长篇时政小说

点将

做人在情商，做官在政商

朱小文 著

大变局，通天路，

文人从政的惊心动魄 是坚持还是妥协？

一部文人从政的修炼秘籍

新世界出版社
NEW WORLD PRESS

图书在版编目（CIP）数据

点将 / 朱小文著. —北京：新世界出版社,
2012.8

ISBN 978-7-5104-3277-4

Ⅰ.①点… Ⅱ.①朱… Ⅲ.①长篇小说—中国—当代
Ⅳ.①I247.5

中国版本图书馆 CIP 数据核字(2012)第 202868 号

点　将

策　　划：北京博中阳文化发展有限公司
作　　者：朱小文
责任编辑：黎　靖
责任印制：李一鸣　刘丹丹
出版发行：新世界出版社
社　　址：北京西城区百万庄大街 24 号（100037）
发 行 部：（010）68995968　（010）68998733（传真）
总 编 室：（010）68995424　（010）68326679（传真）
http://www.nwp.cn
http://www.newworld-press.com
版 权 部：+8610 6899 6306
版权部电子信箱：frank@nwp.com.cn
印　　刷：北京雁林吉兆印刷有限公司
经　　销：新华书店
开　　本：710mm × 1000mm　1/16
字　　数：280 千字　印张：17
版　　次：2012 年 10 月第 1 版　2012 年 10 月北京第 1 次印刷
书　　号：ISBN 978-7-5104-3277-4
定　　价：29.80 元

目录

CONTENTS

第一回 书生坐庄

白面书生今坐庄，五更点卯等开张。
民生疾苦声声催，打点行李盼天光。

前几天，阎子丹知道自己被任命为南华省顺州市市委常委、大平县县委书记，激动之余涂鸦了一首诗略表自况。妻子柳依依说，韵律不工整，诗不成诗，词不成词。阎子丹笑答，诗以言志，便是好诗。

大平县是顺州市的农业大县，大平县城所在地名叫富春镇，建城千年，傍水而居，宛若少女，神秘而矜持。静静的顺水河，犹如一条巨大的飘带萦绕在少女腰际，一萦绕就是千年。大平县文化底蕴非常深厚，据说唐代著名文学家韩愈，曾三次入岭南，两度被贬广东，途经此地，留下千古诗篇。明代著名的哲学家、教育家、政治家和军事家，“心学”流派创始人王阳明曾在此做官，至今县城还有阳明山、阳明塔，当地百姓中也出过颜氏等望族，至今颜氏百年老宅还保留着“一门三进士”的御笔牌匾。因此，大平县老百姓便有着与生俱来的骄傲和自信。

大平县人称“三山三水四分田”，好山好水好养人，地肥物丰人口多，是南华省仅有的三个百万人口大县之一。从古至今，百姓衣食丰足，知书识礼。改革开放以来，大平百姓又以柑桔等特色农业为龙头，大力发展农村经济，在南华省建设社会主义新农村大潮中也并未缺席。此外，大平县还在全省举办过有史以来的第一次县级选美比赛，美人胚子里选美人，挑出了十大粉嫩美女授予她们“大平之星”，这一举动一时被传为佳话。现在冠军陈泠雨、亚军陈凤儿都被选调进入了县机关单位工作，两人也被称为“大平双娇”，只是大娇陈泠雨性格内向，沉静如水，人送外号“冷美人”；小娇陈凤儿性格外向，长袖善舞，人送外号“火凤凰”。

事实上，光鲜的外表下，大平县的经济发展并没有那么亮丽，甚至在南华省改革开放的大发展浪潮中被远远抛在了后面。如果说“人有人性”、“地有地性”的话，那么大平县的性情像极了不求上进的大懒汉，无所事事，看上去却很快乐。大平话舒缓低沉，听起来让人昏昏欲睡。大平人也是有名的闲适，悠闲地端着茶杯，跷着二郎腿躺在藤椅上磨蹭，或在麻将桌边一摸就是一天。走进顺水河边的采龙步行街，总会看到沿街小店的店里店外，坐着很多没事瞎咧咧的人，一张报纸一杯茶从早坐到晚，日子过得像白开水一样寡淡无味。

大平的沉寂引起了上级领导的不满。省领导不止一次在调研中说：“南华省是全国的经济高地，但我们的高地上有一个洼地，这个洼地就在你们顺州市……”顺州市领导对大平县经济发展很上心，也很头痛。这不，今天新的县委书记就要上任了。

新大平宾馆是县委、县政府的执行所，上午8点半，交接仪式就在宾馆大会议室里举行。新任县委书记阎子丹面露微笑，快步向前，紧紧握住即将离任的县委书记王德意的双手。顿时，全场爆发出热烈的掌声，四目相对的一瞬间，阎子丹从王德意的目光中捕捉到几分一闪即逝的失落。

也难怪，一把手，一把手，王德意毕竟在这块土地上“一把”就是5年之久，都快成“一霸手”了。能舍得了这2700多平方公里的土地吗？能舍得了130多万的百姓吗？没错，他现在高升了，荣任顺州市副市长，官居副厅，那是多少人梦寐以求而求之不得的啊。可是，他心里就是没滋没味，据说这个接任他的白面书生才38岁，整整比他年轻17岁！自已奋斗了几十年，临老了才捞个副厅级的副市长，而这小子从省团委空降，一下子就是副厅级的市委常委，而且还兼了大平县县委书记！凭什么啊！

说实话，王德意对说一不二的县委书记宝座很有感情，这个宝座是摇钱树，怎么摇怎么有；这个宝座是魔法杖，指山山会崩，指水水会冻。可是没办法，按照中共顺州市委《关于阎子丹同志任职的通知》（中共顺委【2****】125号）文件精神，5天前阎子丹同志就被一纸通知扶上了中共大平县县委书记的宝座，而他只捞了个副市长，原本希望副市长兼县委书记的美梦也宣告破灭了。王德意心里叹了口气：当官不当一把手，就像做菜不放油，没味道！

一身黑绿T恤的阎子丹，1米80左右的个头，明显比胖墩墩的王德意高出一个头，那么的挺拔、阳光，而又率性、洒脱。王德意甚至怀疑，刚刚大会议室里的热烈掌声都是冲着这个年少得志的白面书生而去的。阎子丹倒是很坦荡，他对王德意现在的心情充满理解。在他看来，人是有感情的，对战斗过的地方，奋斗过的岗位，熟悉的人和事难舍难分都是人之常情。

窗外，春光明媚，顺水河边的歪脖子老榕树上甚至传来了叽叽喳喳的鸟叫声。

新大平宾馆会议室里，大平县县委书记交接仪式还在热烈进行。仪式的规模前所未有的宏大，除了市委组织部领导和县四套班子领导例行到位之外，阎子丹的“娘家”团省委也派了位副书记与市委项伯瑞书记连袂而来。一千多号各县单位和乡镇领导干部把会议室挤得满满的，会议由市委组织部副部长主持。

例行开场白之后，轮到王德意发言。他以无比自豪的口气说：“5年来，大平县委、政府坚决科学发展观，从实际出发，顺应经济社会发展的新任务、新要求，坚定不移地走好农业富县、工业强县、旅游旺县、商贸活县四条路子，充分挖掘发展潜力，增强发展动力，抓投资、打基础、兴产业，全力提升县域经济综合实力……”他的讲话热烈，富有感情，手势生动，话里话外充满了对大平人民的眷恋之情。

然而人家并不买账，对这位似乎热爱大平、献身大平的老书记热情洋溢的讲话，反应却出乎意料的冷淡，在前面几排县委办秘书的“领掌”示范之下，全场才响起零零落落的掌声。真是尴尬。

对比起来，阎子丹的就职演说简洁而干脆，无非一是感谢，感谢组织信任；二是表态，向大平人民承诺干净做事、勤勉做事、公平公道做事。短短三分钟演讲，他没有提出激动人心的治县方略，但却赢得了一堂掌声。也许习惯了高谈阔论、豪言壮语的人们，太渴望清汤挂面的老实话了。

阎子丹是典型的从家门到学校门、再到机关大门的“三门”干部。坦率地说，这种干部要不就书生气十足，酸得冒泡；要不就官气十足，自以为高人一等。在基层，他并不是那么受欢迎。王德意心底里并不看好这个阎子丹，他出校门就一直在共青团南华省委机关里工作，虽然当处级干部已经有多年，但他这个处级和县委书记这样的一方大员比起来，其实就是一个单位里的中层干部而已，甚至只能说是一名普通的工作人员，哪来的治县方略。

人生就是不可预知，谁能想得到，省直机关的一名普通干部忽然间就成了“一把手”，统领130多万纭纭百姓，脚踩2700多平方公里的土地，集党、政、财权于一身！

大平县历史上曾经富裕，当下却远远落后于全市发展水平，在全省也是经济“洼地”，阎子丹这时深深感到了压力。省委组织部领导找他谈话时，就说“派你到大平，就是派你去冲锋陷阵、扛旗打突击”。这时他看着台下上千双期待的眼睛，才明白这话的份量。刚才，他就职演讲中本来已经打好腹稿，临了决定不做具体承诺，先摸清县情、政情、民情，再做决定。

交接仪式结束，下午陪同省、市领导到几个中心镇以及铁岭镇老河口——东莞产业转移工业区参观。吃过晚饭，送走省、市领导，已经是晚上9点多钟，阎子丹这才走进自己那个设在新大平宾馆8楼的宿舍——808号房间。却见门缝中躺着一张纸条，纸条上写着四行字：

大平做官好，
得意有高招。
可怜权财色，
全归雷傅乔。

阎子丹琢磨半天也没琢磨出什么味道，只能确定，这封信的内容应该是讽刺大平官场的一些什么人。他忍不住打了个呵欠，正准备洗漱休息。忽然电话“叮铃铃，叮铃铃”急促地响了起来。“奇了怪了，这电话我还没用过呢，谁这么大神通知道我房间的电话号码？”

“阎书记，您好！”竟然是一个中年男人的声音，“打扰您了，可我不得不提醒你：小心王德意！那可是个得意便猖狂的大贪官！没错，我说的就是你的前任王德意……他贪污腐败，生活糜烂，拉小山头，打击异己……”

阎子丹一愣：“喂，请问您是哪位？您说这些可有什么事实根据么？”

那中年男人却说：“对不起，阎书记，我暂时不能告诉您我是谁，请您体谅。但我说的话句句属实……您很快就会体验到的……”

阎子丹说：“其实你也应该知道，我今天上午刚刚到位，连办公室都还没去过呢！”

那中年男人自顾自地说：“当然，王德意是副厅级，呵呵又升官啦……副厅级是省管干部了，不属于您管，但我相信您……因为您是省城来的空降领导，在大平我就相信您……您跟王德意应该没什么瓜葛，应该还不能这么快就被王德意收编吧？”

阎子丹极力想从男人的口音中辨别出他是哪里人，可惜这男人普通话太正宗了，毫无地方口音。话语中，男人似乎非常熟悉大平县官场的情况，说话有条不紊，不紧不慢，阎子丹忽然闪过一个念头：这男人该不会是大平官场中的人吧？

中年男人在那边继续用讽刺的语调说：“呵呵……我差点忘记了，您是高空部队啊，高配、空降，你们天生就应该超脱肮脏的地方政治圈子，作为普通老百姓我也许不应该对您有过高的期待……”

忽然门外响起“笃……笃笃……”的声音，轻而断续，敲门者显然比较犹豫和胆怯。

阎子丹对话筒那边的男人说：“抱歉，有人来敲门，您稍等……”没等他说完，电话那边响起了“嘟嘟嘟”的声音，断线了！阎子丹愣了一下，放下电话去开门。门外站着两个人，一个来人身材高大，硕大的酒糟鼻非常扎眼，但精神头很好，是傅有义副县长，阎子丹在中午的欢迎宴会上已经认识他了。另一个来人却不认识。

傅有义满脸堆笑，亲热地伸出双手：“哎呀，阎书记……”

阎子丹礼貌地握住伸过来的双手，“您好，傅县长！这位是？”

傅有义说：“阎书记，您还是叫我老傅吧，叫我有义也行。哈哈……这位是吕正伟，南华省富丽华房地产集团公司的老总，咱们县头号纳税大户……”

阎子丹说：“欢迎，欢迎。老吕要为我们县多做贡献哟，我今后的工作还需要你的大力支持呢。来，老傅，吕总，请坐！”阎子丹给他们倒了杯茶，微笑着看着两位客人。

傅有义呼噜呷了一口茶说：“真香哪！”边说边麻利地掏出一包软中华香烟，恭恭敬敬地递上一支，“阎书记，您请……”

阎子丹皱了皱眉头说：“这烟挺贵的吧？可惜我不抽烟，老傅你自便吧，不用客气。”

傅有义尴尬地把烟收起，自己也不敢抽了。

傅有义半拉子屁股挨着沙发边缘，一脸诚恳的样子说：阎书记，您刚刚到位，人生地不熟的，生活上有什么需要的话，您说一声就行，对于县领导的公务活动，县财政是绝对保证的。”

阎子丹边听边颔首。傅有义看气氛越来越融洽，神秘一笑，向吕正伟使了个眼色。吕正伟打开随身的黑皮包，掏出一个信封来，满脸堆笑双手递上说："阎书记，县财政穷一点，我们企业就代劳了。这是一点安家费和零用钱，您先用着，什么时候不够了您一个电话，我立马送过来。不用客气，这是惯例。"

阎子丹像被烫着似的，突地站起来，旋即又坐下，眼神在傅有义和吕正伟身上回来扫视了一下："这是惯例吗？这钱是你们的还是公家的？"

吕正伟满面通红，尴尬地说："你们工作不容易，大平县政务环境这么好，市场环境这么好，都是你们的功劳啊。我们掏点钱，支持支持政府工作，为政府工作做点贡献，也是应该的嘛。"

傅有义说："阎书记，您从省委机关来，可能还不了解我们基层，我们基层琐事多又繁杂，处处都要花钱，您说您一个贫困县的一把手，穷家难当啊！可难当不也得当嘛，我们大平县再穷也没穷到让领导自掏腰包办公务的地步。这不，我们县一些有实力的企业都会伸出援手，比如吕总一向就急公好义，常常会为县领导的公务提供一些经费，这是惯例，也是通例，我们一贯如此，其它地方也是如此。"

阎子丹碰也不碰那信封，严肃地说："老吕啊，我不知道省直机关和基层单位有什么不同，但我知道中国法律在全中国范围内是普遍适用的，当然包括大平县。这钱嘛，我不能收，这所谓的惯例就到我为止吧！"他想了想又说："老傅、吕总，这次我不怪你们……关于领导公务经费的问题，我过段时间再和你交流交流，你看这样行吗？"

傅有义、吕正伟面面相觑。傅有义语无伦次地说："阎书记，我……我……我是一片好意，您千万别误会，唉……这个……"

阎子丹见他们慌了神，遂放缓语气说："老傅啊老傅，人家吕总挣钱也不容易。我们为民办事，为企业创造良好的环境，那是职责所在，可不能把成绩当资本向企业伸手。这样可不对，是要犯错误的！"

傅有义带着吕正伟从阎子丹的房间出来，越想越觉着别扭。本来好好的一件事，却被不识趣的阎子丹搅得不汤不水。他所说的"惯例"确实不是瞎掰，而是行之有年。按他的想法：企业家和领导之间就应该互通有无，互相帮助，互相促进，怎么就错了呢？领导就不食人间烟火？就不用花钱？讲到花钱，哪个领导会花自己的钱请客办事？你那几个工资又能经几天花啊！自己本来一番好意，想领导之所想，急领导之所急，结果反被阎子丹教训了一顿。拜神不成反招鬼了，这算什么嘛……

正在发牢骚时，傅有义手机"铃铃铃"地响起来，他看看号码，立即停下脚步，鬼鬼祟祟地环顾一番，压低声音嘀嘀咕咕几句。原来是王德意副市长约他和吕正伟参加一个例行的小型聚会，当然聚会的还有雷大江、乔树、张永发三个人，这种小型聚会他们私下称之为“1加5圆桌峰会”，1就是王德意1大天王，5就是傅雷乔张吕5大金刚。

傅有义马上精神焕发，心想只要有罗老王爷罩着，就凭阎子丹那小子还能翻了天？他迅速钻进吕正伟的奥迪A6豪车，嘴里不干不净地哼哼：“白天有口喝，晚上有把摸，神仙日子乐呵呵……”吕正伟一踩油门，车子向约好的酒店疾速驶去。

……

新大平宾馆8楼某个窗户透出幽黄的灯光，一个影子焦躁地晃来晃去。

没错，那是阎子丹在房里踱步。他脑海里乱糟糟的，这就职第一天就碰到这么多怪事。先是接到反映前任王德意的莫名电话，接着是傅有义、吕正伟按“惯例”送零用钱……大平这池水究竟有多深有多浑？他忽然想打电话给柳依依，这时他只能找妻子倾诉了。妻子是个律师，是省城著名的新方舟律师事务所的台柱子，思想成熟，看问题全面又深刻，阎子丹有时甚至自愧不如。因为看问题深刻，柳依依都快变成宿命论者了。人们对于自己的命运也许可以从小处着手，但关键时刻都是上帝说了算，比如丈夫阎子丹空降到大平县做县委书记，不就是上级组织部门在扮演上帝的角色吗？也是因为看问题深刻，柳依依对生活也充满了职业女性的智慧和小女人式的俏皮。两人新婚之夜，她为丈夫订了《柳氏家法》，洋洋洒洒十八条，基本原则就是：小事不决听依依，大事不决听子丹。她当然是掌握最终解释权的，只有值得孔老二、耶老稣和穆罕默德联席研究的问题才叫大事。上任之日，柳依依送丈夫出门都要提示《柳氏家法》“小事不决听依依，大事不决听子丹”的基本原则，然后亲一下丈夫，俏皮得像个十七八岁的小女孩。

阎子丹犹豫了一下，只是发了条信息给柳依依：扬帆起航，顺风顺水，老婆大人请放心。然后洗把脸，走出了新大平宾馆的门。柳依依回道：相公加油！

小县城的夜晚显得冷清而寂静，省城现在应该正是热闹的时候，两相对比，完全是两重天。南国的春夜，偶尔有一两声虫鸣蛙叫，给这个乡下小县城增添了一丝生气。

阎子丹两手插裤兜，漫无目的地走在老旧的街道上。这条街道他今天已坐车经过四五次，柏油路面的街道狭窄而又坑坑洼洼，两旁是低矮的老房子。他甚至还注意到有一间房子写着“抓革命，促生产”的斑驳标语，几十年的老房子，外墙也没有粉刷。

阎子丹停停走走，走走停停。此刻，他心情是复杂的，应该说有些忐忑不安又有点激情燃烧。这样一个县，经济发展落后，官场现在看来也比较混沌，干部群众关系似乎也不是太好。“郡县治，则天下安。”自从组织找他谈话以来，他就无数次地思量施政方略，想着怎么带领130多万老百姓致富。他想起刚才那莫名其妙的男子在电话里说：“作为老百姓，我们对您有期待……”以民意为依归，回应老百姓的期待，这应该是一切施政方略的出发点。他慢慢走着，开始用心去丈量脚下这片土地和民心。

走在昏黄的街灯下，戴着400多度近视眼镜的阎子丹走着走着，踩在一片水洼上，脚一扭，险些摔倒。他弯下腰揉了揉脚踝，竟然有点肿。阎子丹出生在南华省北部山区，生在农村，长在农村，大学毕业后进入团省委工作。应该说，对于农村，他是再熟悉不过的了。在他的心里，大平县城不应该是这样，前段时间他还在省委机关刊物上看过一篇《新希望：小步快跑推进大平县城市化进程》，写得非常好，署名就是王德意。也正因为看了这篇报道，他对即将主政大平县充满了信心，对王德意老书记留下这么好的底子心存感激，现在看来远不是这么回事，事情没那么简单。想着想着，他脚下又打了个趔趄，又是一个水洼。一个念头忽然电光石火从他脑海中闪过：就从整治市容市貌着手，渐次推进施政方略。

初春的夜空黑压压的，连颗星星也没有，让人感觉很压抑。阎子丹把衣领竖起来，忽然感觉夜风凉飕飕的，原来是到了顺水河边。他迟疑了一下，继续沿着河滨路走去，很快就走到了宝顺桥头。眼前的顺水河波光跳跃，倒映出影影绰绰的岸边建筑。忽然一辆车呼啸而过，激起坑洼里的脏水，溅了他一身。阎子丹有点恼火，刚刚的好兴致被一扫而空，他悻悻然扭身往回走。

“救命啊……救命啊……”前面隐隐约约传来女人的尖叫声。阎子丹侧耳倾听，确实有人在呼救，没错！他赶紧高一脚低一脚往尖叫的方向跑去，眼前一片昏暗，他的近视眼又不争气，几次都差点摔倒。那女人的尖叫声越发凄厉，简直有些歇斯底里，在黑夜里听得人毛骨悚然。阎子丹跑到一条横巷小胡同，女人的尖叫声就是从这里发出来的，只是声音越来越虚弱。

眼前是一座破落的客家小院。阎子丹气喘吁吁，来不及喘口气，就听到屋内桌倒罐破的声音，一个女人声嘶力竭地撕打、叫骂和呼救：“救命啊……救命啊……臭流氓……”阎子丹想也没想就一脚踹去，房门应声而开。昏暗的白炽灯下，一个30多岁的粗壮男子光着膀子，穿着大裤衩，正把一个女孩死死压在地上。女孩双手死死护住被撕破的上衣，两腿又蹬又踹，眼见就要体力不支。

那粗壮男子闻声回头，一张大嘴，两只暴牙，特别碍眼。他丢下女孩，凶神恶煞地朝阎子丹扑过来，骂道："你他妈的，哪个狗洞里钻出的货，敢管老子的闲事！"阎子丹见这家伙长得高头大马，随手操起门边的一根木棍，劈头一抡，正打在那家伙的鼻梁上。男子顿时鼻血长流，捂住鼻子嗷嗷叫着转起圈来。阎子丹趁机拉起女孩，转身就跑。他想，还是赶快逃出这是非之地，到开阔的街道上就不怕那男子追来了。看看后面，果然那男子不敢追来。阎子丹拉着女孩，跑到街边一间小店，掏出手机，喘着粗气向110报了警。

小店店主是位面善的老大爷，老大爷自称姓李，是县建龙水泥厂的退休职工。只因为他看不惯现在大平县各级政府部门的所作所为，一讲起这些就来气，不由自主地摇头，人家干脆叫他"李摇头"。"李摇头"给他们倒了两杯热水，想问却又摇摇头忍住了，对这种事情似乎已经见怪不怪。

阎子丹这才认真打量起被救的女孩。这女孩20出头，架着一副眼镜，非常文静秀气。原来她叫方薇薇，是大平县五柳镇育才中学的老师，有一个母亲和一个哥哥。刚才那个粗壮暴牙男子是大平县有名的流氓公子哥，因为长着一张碜人的大嘴，人送外号"张大嘴"。他仗着自己在县纪委工作，父亲又是县国土局局长，胡作非为。平时里，他也不好好上班，而是纠集一帮公子哥，四处晃荡，看中哪个女孩，哪个女孩就遭殃。这次也不知道为什么，竟然一个人摸到方薇薇家里来了。

再问为什么只有一个人在家，方薇薇只是低头轻轻抽泣不愿再说话了。

阎子丹愤怒了："'张大嘴'？我看他是高衙内，太不像话了！就没人管管他们？"

方薇薇说："谁敢惹他们，报警？警察才不理会呢，没准过几天还会找到你，往死里缠你！"

阎子丹同方薇薇聊了20多分钟，还未见警车的影子，大怒。他再次把电话打到110，张口就问："我报警差不多半个钟头了，怎么还没见你们的车！你们就是这么出警的吗？你们局长雷大江呢？把他的手机号告诉我，我是新来的县委书记阎子丹！"

"切，你是县委书记？老子还是市委书记项伯瑞呢……我们的车肯定是去了，可能堵车，你等着吧……"电话那边非常不耐烦，随即挂了电话。阎子丹愣了，气不打一处来。

方薇薇惊呆了，这个戴着眼镜的叔叔原来是县委书记！她眼里闪过一丝喜悦，忽然站起来作势就要跪下叩头。阎子丹急忙扶起说：“小方，别这样。是我们工作没做好啊，我们对不起你。”面对这个女孩，他忽然觉得惭愧，一时竟然不知说什么话好。他看看表，心里狠狠骂道：岂有此理，什么“有困难找警察”，连救命的事都指望不上，我看完全是官老爷作风！现在就是来了，那“张大嘴”也早跑得不知去向了。

阎子丹只好带着方薇薇回到新大平宾馆，把她安顿在807号房，跟自己的房间挨着。他又给县委办主任李海打了个电话，李海派了一个名叫陈泠雨的女同志过来。这位陈泠雨正是当年的“大平之星”选美冠军。但见她肌肤光洁，脸色红润，樱桃小嘴，玲珑俏鼻，气质娴静淡雅。

阎子丹考虑到方薇薇备受惊吓，特别叮嘱陈泠雨今晚务必留下来陪方薇薇，余下的事明天再作处理。

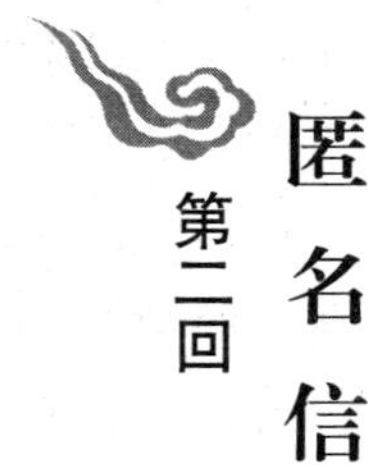

第二回 匿名信

这么折腾到夜里11点多。阎子丹打开808房门，瞥见地上有一封信，他捡起一看，上书：阎子丹亲启。信中举报了他的前任王德意贪脏枉法、打击报复、生活糜烂等问题，还提到一位信访局股长及一位女人的名字。阎子丹呆呆地看着这封匿名信，心情沉重而又紊乱。

他想做一个清官，一个造福一方的有作为、有建树的好官，然而他脚下要施展抱负的又是怎样的一块土地呢？上任的第一天，意想不到的事接连发生：反映王德意问题的电话，送“零花钱”的傅有义、吕正伟，长着大暴牙的“张大嘴”，迟迟不来的110，最后又是告发王德意的匿名信……他的脑子乱极了。

说实话，阎子丹想过自己第一天上任会碰到哪些事情哪些人，然而今天的经历却万万也没料到。在他上任之前，他心里想的就是如何制订治县方略，把干群关系搞好，把经济搞上去，让全县人民早日过上小康生活。现在看来，富民之前，他首先还得先安民，搞好社会治安……连人身安全都不能保证，怎么发展经济？这一夜他失眠了。

天亮了，阎子丹沿顺水河边的长堤跑步，他已经决定，今天上班的第一件事就是约谈纪委书记乔树和信访局局长安民。

乔树听说新县委书记找他谈话，不但一点不紧张，反而窃喜，不就是例行了解纪委的工作情况嘛。事实上，他在得知县委书记要调整信息后，早就请纪委办公室的秘书们写好工作汇报，可以说有备无患，如果真让他汇报工作，那保证是全面细致、有条有理。他正想在新书记面前好好表现，留下第一个美好印象。

阎子丹吃完早饭不到8点，刚走出电梯，一眼看到乔树正局促地站在808的房门外。乔树抢前一步，紧紧握住了阎子丹的手。阎子丹看他胸有成竹的样子，心里很奇怪：难道他知道我要问他什么？

进了房间，阎子丹正要沏茶，乔树抢过去，手脚麻利地冲水泡茶。阎子丹看他忙得差不多，便问起县信访局那位受贿股长的情况。乔树这才知道人家不是来听他的工作汇报，而是来打听方正的事情。乔树心里一惊，呷了口茶，趁机平复一下心情，然后字斟句酌地说："哦……阎书记啊，你说的那位信访局的股长嘛，名叫方正，方正不阿的'方正'，但是名不副实，其实为人一点也不方正，滑头得很呢。这个人在县信访局工作期间，利用职权敲诈富丽华房地产集团公司，一下子就收了30万元，这不是胆大包天嘛！一审被判8年，据说那小子还不服，嚷嚷着四处找律师上诉呢。"阎子丹说："上诉是法律赋予他的权利。我只是想知道方正案子的前因后果，说他敲诈有什么确凿的证据吗？"乔树说："他当时受理了一宗信访案件，是几个刁民无事取闹，说是要举报村干部涉嫌富丽华公司土地腐败问题。方正在调查期间威胁该公司老板，说了些恫吓人家的话，要手段逼得该公司不得不给了他30万块钱，这事有该公司的一位姓游的经理作证，铁板钉钉的事，赖是赖不掉的。"

正说着，信访局局长安民赶到。阎子丹说，我们正聊到信访局方正股长的事呢，要不安局长你来说说，也许更清楚？安民尴尬地说："关于方正的事，身为局长我有责任，我没管好自己的干部，发生这种事情，不但信访局面上无光，还给咱们大平县县委、县政府抹黑丢脸了，在群众中造成了极坏的影响……"

阎子丹看安民边检讨边怯生生地瞄着乔树，知道他们串通了在隐瞒什么。他有些不快，这匿名电话和匿名信应该不是空穴来风，其中必有蹊跷。于是又问乔树："听说方正举报了个别领导的一些问题，然后就出了收受贿赂的事，这是怎么回事？"乔树又是一惊，有点措手不及，这个新来的县委书记上任刚来第二天，知道的事可真不少！他心里砰砰狂跳，这其中的真相是绝对不能跟外人说的，哪怕对新任县委书记，也绝不能说。乔树故作镇静，掏出香烟，先递上一支给阎子丹。阎子丹摆摆手，他是不抽烟的。乔树狠狠吸了两口，阎子丹注意到他的手在微微颤抖。

乔树好一会才开口，他并不直接回答阎子丹的问题，而是顾左右而言他，自顾自地大谈方正工作怎么懒散，平时不尊重领导，和同事关系如何如何闹得很僵。阎子丹见他绕开话题，没有正面谈方正举报领导的事，更加心存疑惑，也不追问。因为他知道，再谈下去也是白谈，这乔树在跟他绕弯子。阎子丹心里冒火，却不得不忍住。是啊！自己虽然贵为新来的大平县第一把手，毕竟下属还不了解自己，怎么能要求他们一下子就对自己推心置腹呢？对于涉及举报领导这种事情，如果关系到某些内幕，那谁心里没条防线？

乔树和安民走后，阎子丹想叫县委办主任李海去法院把方正案子的档案调出来研究，转念想想又觉得不太稳妥，虽说自己是县委书记，但法院独立办案不受任何组织和个人干预，这点法律常识他还是有的，传出去的话，搞不好社会上说他干预司法独立呢。非要了解这个案子的话，从检察院那边入手，通过院长来了解，这样应该比较妥当一点。像方正这种案子，检察院没有理由不重视，当时检察院是怎么提起公诉的，根据什么证据认定他贪污受贿？

他向远在省城的妻子柳依依请教。柳依依沉吟片刻，在电话里对他说："作为新上任的县委书记，你上任伊始就直接找政法机关过问具体的案子，而且这个案子还涉及到举报领导的事情，太唐突了，欠考虑。你心里头再急，再放不下这件事，再想尽快把这事弄得水落石出，也得顾及你作为县委书记的身份。县委书记是什么？是130多万老百姓的头儿！你凡事都务必从大局着眼，要沉着，要稳重，这么多工作不还得靠各大部门去落实嘛，很多具体的事情得依靠手下的领导干部，自己不方便办的，迂回一下，请部门领导过问和处理。不是很好吗？"

阎子丹觉得妻子的话很在理，他仿佛找出了两个线头，也许扯住这两个线头，就能把大平县官场这堆乱麻梳理得清晰一点，这两个线头嘛，一个是方正这个案子，一个是"张大嘴"强奸未遂的案子。

……

话说昨天夜里陈泠雨陪方薇薇在807住了一晚，按照阎子丹的意思，吃过早饭后又陪同方薇薇到案发所在地的城西派出所做笔录。

这个陈泠雨就是当年"大平之星"选美比赛的冠军，天生一个美人胚。但她绝不只是个花瓶，她确实是那种少有的美女加才女。

她在机关里其实蛮另类的，周围不缺少狂蜂浪蝶，但她从不正眼瞧他们。陈泠雨比较交心的朋友有两个，一个是当年的选美亚军陈凤儿，一个是县委办的庄飞，再加上丈夫袁鸿利，4人是中学和大学的同学，都是从五柳镇的4个小山窝里飞出来的金凤凰。庄飞不但和陈泠雨是同学，还曾经和陈凤儿是恋人关系，可惜陈凤儿早已另择高枝嫁作他人妇。陈泠雨、袁鸿利倒是修成正果，有情人终成眷属。庄飞当年戏说的“庄凤卖傻”与“陈袁难了”两对组合，到如今是一对劳燕分飞，一对喜结连理，这就叫做世事难料吧。

参加工作以后同学的关系变得有点微妙，在机关里陈泠雨和庄飞打照面，最多也就是唠几句家常，互相调侃一下彼此而已。陈泠雨每次对庄飞露齿一笑，他都会感到受宠若惊，那笑容就像这春天的一缕阳光，把他照得透心亮。在县委、县政府大院里，谁都知道陈泠雨有多么矜持，难得冲着异性露齿一笑，特别是在男性领导面前，她总是那么娴静、端庄、沉稳。在外人看来，陈泠雨有时矜持得甚至到了不近人情的地步，比如在走廊迎面碰到领导，哪怕是县委书记、县长这样的党政一把手，你若不是先跟她开口打招呼，她是不会主动跟你打招呼的，她只会两眼漠然地盯着前面，春风拂柳般从你身边若无其事地走过。这么一来，与机关里其他女同事相比，陈泠雨的为人做派便显得那么另类，像只高傲的孔雀。有人说她矜持，有人说她清高，有人说她不懂人情世故，更有人说她目无领导，眼里只有自己。其实陈泠雨是在自我保护，所谓的矜持、清高都是这朵玫瑰身上长出的刺，让觊觎她的男人们无从下手。这世界有多复杂，男人的内心就有多复杂，她从陈凤儿的身上深刻地领悟到了这一点。

陈泠雨的美貌和才华是公认的。她还写得一手好文章，是县委办、县府办数得着的笔杆子。她也写官样文章，写些必不可少的套话，但写得恰到好处，套而不空，套而不假，而且她写的文章还有着女性特有的细腻和灵性，在官样文章里独树一帜。她并不是书记、县长的秘书，写大报告轮不上她，但在9楼办公的常委和县长们却时不时地点她的名，指定她写讲话稿。就这而言，她显得卓尔不群。在外人看来，像陈泠雨这样才貌双全的女子早该被提拔了。事实上，她却只是一个主任科员，甚至连庄飞都不如，人家庄飞好歹是县信息新闻科科长，实职！曾经有好多次，风传组织上要提拔她，到后来却总是落空。其实谁都知道，在人事安排上，所谓的“组织上”就是前任县委书记王德意，王德意就是“组织上”。“组织上”一直不提拔陈泠雨，外人看来不可理喻，要知道王德意对女下属还是比较“照顾”的，特别是美女下属。他也曾经想“照顾”陈泠雨，可惜人家不领情。

至于王德意的得力干将傅有义，他绝对是游刃于各色女人中的老油条，特别好色却又道貌岸然。庄飞曾经暗暗分析过，他觉得傅有义之所以这么好色，都是家里的那头母老虎逼的，加上又有了权力，难怪在外面竖起这么多的彩旗。本来傅有义这厮身板高大，一脸官相，肥头大耳，仪表堂堂，坏就坏在一颗硕大的酒糟鼻子大煞了风景。可惜的是，他老婆虽然是原来县领导的千金，却长得歪瓜劣枣，又干又瘦丑得惊人，九阴白骨爪非同小可，强悍无比。有一天在街上遇到这两个人，但见他老婆叼着烟，雄纠纠地走在前面，傅有义象头肥大的宠物猪，俯首帖耳地在后面跟着，表情十分敬畏。他的畏妻如畏虎是出了名的，据说某次县长办公会议，傅有义迟到了半个小时，各位县长们发现他的脸上、脖子上伤痕累累，眼神迷离，泪光宛然。大伙心里嘀咕，傅县长肯定又遭遇老婆的九阴白骨爪了。

傅有义还有个毛病，特别喜欢找女下属做“思想工作”，春风化雨般地化挑逗于无形。事实上，这不但是他的嗜好，也是他的强项。傅有义习惯于封官许愿，许愿落空，便打着“组织上”的旗号给你做“思想工作”，旁征博引，谆谆善诱，不管你是否心服，只要把你说得口服才恋恋不舍放你走。给女下属做“思想工作”，他的秘诀是看人下菜碟，对有的女孩子一本正经，对有的女孩子就一步步引诱。在傅有义说来是一种开心的游戏，他乐在其中，乐此不疲。当然，傅有义这套把戏对陈泠雨是无效的。

庄飞是真关心陈泠雨。每次风传陈泠雨要被提拔，他都不忘好心地提醒老同学：“我说泠雨，不食人间烟火可不行，你有没有找‘组织上’交交心呐?”

陈泠雨一脸惘然：“什么交心?”

庄飞调皮地伸出两个指头沾沾口水，做出数钞票的姿势。

陈泠雨笑了，嘴角边露出一丝不屑的神色。“组织上”在大平县境内就等同于王德意，她非常明白这一点。想到王德意，她脑海里就浮现出那桩陈年旧事，心里头就有藏不住的厌恶。

那件事发生在9年前，当时的庄飞和陈泠雨，还是刚进机关的新人。忽然有一天，两人被抽到一个三人调查组，组长正是县纪委纠风办主任傅有义。调查组的任务是连夜赶赴五柳镇，调查县委办主任王德意在扶贫期间涉嫌性骚扰该镇广播站女播音员的事。陈泠雨负责做记录，傅有义开口问话。即便这样，陈泠雨还是经不起那位名叫胡媚的女播音员赤裸裸的话，羞得不敢抬头，只是埋头记录。那时，她刚刚大学毕业，纯粹是一个不谙世事的小女孩。

轮到对王德意问话时，陈泠雨羞得几乎想找条地缝钻进去。关于涉嫌性骚扰事件，王德意先是大呼冤枉，接着架子一端像平时做报告一样，清清嗓子侃侃而谈，说根本就不存在性骚扰的事，他保证没有光顾过胡媚的隐秘部位。之所以产生误会，都是因为他对工作太认真、太执着，找胡媚谈话谈工作多了一些，偶尔双手不小心碰过胡媚身上的某某部位，这些无意应该可以理解的嘛。

王德意越说越激动，称女播音员背后肯定有卑鄙的政敌在唆使，目的不过就是想毁掉他的前途。他哽咽着恳请县委娘家给他做主，务必要还他清白，最后竟然“扑通”一声跪下，痛哭流涕。陈泠雨吓得花容失色，她万万想不到，一个平日里道貌岸然的领导，竟然会当着她这个小姑娘的面下跪！鉴于双方各说各话，调查陷入了僵局。

第二天，那位有着两抹香肠肥唇的女播音员胡媚突然找上门，说所谓的性骚扰事件都是她捏造的，至于她和王德意的亲密接触，全是她主动，目的就是想让王德意把她调到大平县电视台去。可是没想到王德意党性坚定，坚决拒绝她的要求，她一气之下才捏造事实，写信控告王德意对她进行性骚扰。陈泠雨感到很蹊跷，这个叫胡媚的女播音员的态度怎么会180度大转弯？她的话哪句是真哪句是假？傅有义因此下了个初步结论：王德意不愧是具有先进性的共产党员，不愧是党的优秀干部，不但不应该受处分，而且应该予以表扬。就这样，在调查组组长傅有义的提议下，这件事就大事化小，小事化了，调查组当天就回县里交差去了，临走时傅有义还跟王德意又拥又抱以示抚慰。末了还说：“我的好兄弟，你受委屈了。”县委最后根据傅有义的汇报，做出了三点处理意见：一、建议镇里对女播音员胡媚进行严肃批评教育；二、写个内部调查结论，还王德意清白；三、对王德意这种在艰苦环境里默默工作，又备受委屈的好同志，以后组织上在用人的问题上优先予以考虑。

所谓世事如棋局局新。谁能想到，这样一位“绯”声远扬的王德意，后来竟然在官场上混得风生水起，扑腾扑腾几下，就蹦到县委书记的位置上了。而傅有义因为护驾有功，竟然成了县委书记王德意身边的大红人，三下两下就混成了副县长，分管着文教卫体和财政。这真是树无皮必死无疑，人无皮天下无敌。

陈泠雨和庄飞看到王德意和傅有义，心里总不免有点尴尬。但人家毕竟是领导，对于以前的不愉快经历像失忆一样，脸上看不出丝毫尴尬，更看不出半点愧色，跟陈泠雨打哈哈时照样谈笑风生，作指示时半点也不客气。然而陈泠雨知道，由于人家心中那根藏了6年的刺，自己就只剩下两条路可走了，一条就是彻底屈服，同流合污，混个好前程；一条就是被冷落，只要王德意和傅有义在位一天，就别想在机关里混出头。

累了一天，陈泠雨从县委、县政府大院往机关宿舍区赶。也就10分钟的路程，她步履匆匆回到家中，却发现忘了买菜。丈夫袁鸿利后脚就回来了，他现在会当官，有地位，懂得几乎所有处世哲学的问题，在滚滚俗世中如鱼得水。

陈泠雨有时在心里寻找他过去的影子，可惜再也找不着当年那个羞答答的、穿15块钱一件T恤衫的纯真大学生了。

袁鸿利一脸不高兴："昨晚怎么不回家，妮儿闹腾了半宿才睡着，早上刚被她爷爷接走。"

陈泠雨淡淡地说："妮儿从学校回来过了？我昨天已经发信息告诉你，单位让我陪一位女同志，叫你别等我了。"

袁鸿利坐过来问："非得让你陪啊，怎么回事？"

陈泠雨耐着性子，把昨晚怎么安抚方薇薇，今天又怎么到派出所做笔录的经过一一告诉了他。

袁鸿利说："原来这样，县城治安坏到这个程度了？那个方什么……真不明白新来的阎子丹书记为什么要让你陪她？"

陈泠雨心里堵得慌："我是县委办的女同志，陪女孩子自然方便一些。至于阎书记，他长得是圆是扁我都还没看清呢，你疑神疑鬼的多无聊啊！"

袁鸿利说："你心里说不定有多美呢，哼哼……别以为我不知道，现在的领导都是偷腥的猫！"

陈泠雨说："好好好，所有领导都像你一样庸俗行了吧？"陈泠雨站起身去倒水喝，懒得跟他说话。她凭直觉知道袁鸿利出轨不止一次两次了，对于丈夫自己疯狂放火却又防范别人点灯的心态极其反感。

袁鸿利还在嘟囔："你是我老婆，我能不关心吗？人家县委书记刚到任，凭什么一来就晚上去找你？机关有多少眼睛在盯着，人家会怎么说你，又会怎么想我？王德意、傅有义他们要是知道，还以为是我用漂亮老婆实施美人计呢。告诉你，大平县的天下现在是谁的还说不准呢，现在就投靠阎子丹太早了点！"

陈泠雨说："别恶心了。这些官场上斗来斗去的事，我不关心，你也别跟我说。如果连累你了，我现在就跟你说声对不起……算了，我讨厌说这种事，不说了。"陈泠雨也没心情做饭了，她拿起电话准备叫外卖。

袁鸿利拦住她说："别叫了，我们出去吃，把傅有义他们也请了，顺便做点解释工作……这个时候，你越不解释，人家越传得难听。"

陈泠雨说："我解释什么？我跟人家阎子丹上床了？你真无聊！他们嘴脏，那是因为他们心里藏着太多脏东西，爱怎么传怎么传，我懒得搭理。"

袁鸿利说："你要不是这么拗，何至于走到今天这一步……"他摇摇头，无奈地独自出门请客，向傅有义他们"做解释工作"去了。

陈泠雨看着袁鸿利出门，消失在楼梯拐弯处。丈夫和她同岁，人却见老得多，那膨胀的将军肚她已经腻歪得不行了。有时候陈泠雨就想，一靠命二靠运三靠世故和人情，命运这东西不信还真不行。上学时怎么没看出袁鸿利有做官的潜质，那时候的袁鸿利净围着她转，像个小跟班。他现在早就不做她的跟班了，他除了热衷于吃就是热衷于打麻将，麻将是他唯一热爱的“体育运动”，也正因为吃喝打麻样样精通让他在某个圈子里如鱼得水，再加上父亲好歹做过政协副主席，他在仕途上可以说是顺风顺水，转眼就已经是县教育局的代理局长了。陈泠雨对丈夫的评价就一个字——俗，不满意也得凑合着过，谁让他是自己挑的丈夫呢。有一件事，甚至她一想起就觉得脸红。

那天，袁鸿利因私事到县委办找陈泠雨。正好碰上王德意书记，身为教育局副局长的丈夫竟然在众目睽睽之下握着县委书记的手不放，在县委书记坐下之前，替他把椅子拂了又拂，然后小心翼翼替他脱下外套，轻轻拍打衣襟，又吹吹沾在上边的头屑，最后驯服地站在书记身后，手臂上兀自挂着书记的外套。那一瞬间，陈泠雨感觉全屋的同事都在用奇怪的目光看着她，她一下子羞愧得满面通红，恨不能找条地缝钻进去。清高得不食人间烟火的陈泠雨，竟然有这么一位丈夫，那神态，那动作，特别是那吹头屑的谄媚样子，多像传说中的李莲英，太奴颜婢膝了，太滑稽可笑了，太让身为老婆的她丢脸了。她瞅空就溜走了，像做贼一样。

事情过去了，但那天让她羞愧的场景始终纠缠着她。每次丈夫趴在她身上运动时，那场景就不请自来，浮现在陈泠雨的脑海，把可能的高潮赶得无影无踪。丈夫袁鸿利比她有出息，经过多年奋斗，去年底教育局局长因为贪污被免职后，他终于熬成了教育局代理局长，这一代理就代理出心病来了：代理代理就是代人管理，所以从根本上来说局长这个位置还不是自己的。陈泠雨知道丈夫痛恨“代理”那个字，也理解他的野心，谁不想进步啊，可是她就是越来越无法忍受他身上越来越浓烈的俗气。

当然，袁鸿利也越来越看不惯她，不止一次说她太拗。陈泠雨专门查过这“拗”字，意思是“固执，不驯服。”确实，她不是个驯服的女人，对权势、世俗不驯服，对觊觎她美色的领导不驯服。陈泠雨心里清楚，她混这么多年还是一主任科员，在老公眼里就是个失败的机关干部。

天不知不觉黑了下来，陈泠雨拉上窗帘，打开了灯，心里敞亮了一些。她懒得叫外卖，冲杯牛奶，凑合着吃点饼干，这样的“晚饭”她已经吃了不少了；洗过澡后，她开始看电视消磨时间。央视八台是老套的韩剧，没什么看头；江苏台是“非诚勿扰”，听说这节目很红火，里边的拜金女马诺、艳照女闫凤娇大大地出了风头，但她又对这些女孩子那些脏唐臭汉的八卦不感兴趣；几十个频道转来转去，恰好又碰到了大平新闻联播，却是王德意、雷大江、傅有义等几张肥腻腻的官脸在讲着官话，大倒胃口之余赶紧又转到中央三台。这下好了，终于看到一张光鲜亮丽的脸——张也。“继往开来的领路人，带领我们走进新时代，高举旗帜开创未来……”这歌怎么这样应景呢，只是不知道新县委书记阎子丹能不能开创大平的未来，刚才那个老县委书记王德意还在大平的新闻里晃荡呢，他有什么放不下的……张也越是唱得意气风发，陈泠雨就越是心烦意乱。她干脆关了电视，上床休息。

陈泠雨在办公室搞材料多年了，落下神经衰弱的毛病，不容易入睡。但今天很奇怪，头一碰着枕头就进入了梦乡。她飘飘荡荡，似乎来到一幢高楼的楼顶，站在春天的风里，鸟瞰纷纷扰扰的大千世界，熙熙攘攘的蝼蚁众生。她悠悠地举起双手，头顶的白云像流水一样从指间滑过，那么柔软，那么缠绵，她忽然想扯下一片云彩绕在自己的腰间，脚底下却传来一阵又一阵喧嚣。她讨厌这喧嚣，她要逃避这喧嚣，她闭上双眼纵身一跃，像一片树叶飘了出去。她在春风里旋转，飘飘荡荡，转转悠悠，那么自由，那么自在！不知怎么的，她又变成石头，极速往下坠落，坠落……下面是深不见底的深渊……在她惊恐无助的时候，忽然一个男人粗重的声音在她耳边响起：“别怕，别怕，我来了……”

陈泠雨惊醒过来，迷糊之中发现丈夫山一样压在自己身上。袁鸿利正在忙碌着，嘴巴还喃喃自语：“我来了，我来了……”

陈泠雨用力推他，踢他，却不管用。袁鸿利喷着酒气，鼻子哼哼吱吱：“我心里不好过，我、我想要你……”

她叫道：“我不要!”

袁鸿利蛮横地一翻身，沉重地压住了她。她只好放弃抵抗，死了一般摊开四肢，两汪泪水顺着眼角嘀嗒淌了下来。白天还怂的丈夫，现在像一头野兽一样，放肆地冲撞，比以往任何一次都来得猛烈。她无助，屈辱，里面隐约作痛，咬着牙熬到他完事。袁鸿利从她身上滚下来，喘息更加粗重了。陈泠雨说：“你就是这样要我的吗?”

“我弄疼你了?”

“疼，疼彻心扉!”

第三回 治县方略

日子过得真快，转眼间就要召开中共大平县第XX届第X次代表大会了，这是阎子丹主政大平以来的第一次党代会，大平全县的干部职工和群众都想看看这位新任县委书记到底能拿出什么样的治县方略。很快，大家从阎子丹的主题报告里看到了答案，新来的书记显然被省领导在调研中提到的“南华省是全国的经济高地，但我们的高地上有一个洼地，这个洼地就在你们顺州市的大平县……”所触动，立志要把这块经济洼地改造成政策高地，注入新的发展活力。陈泠雨边听边整理笔记，记下了下面几条：

一、把大平县建成一个平安示范县。阎子丹提出：“平安不是仅仅要求治安好，犯罪少的狭义的平安，而是涵盖了经济、政治、文化和社会各方面宽领域、大范围、多层面的广义平安。这项反映广大大平人民的共同心愿，就是要‘为之于未有、治之于未乱、防患于未然’。概括地说，就是要我们全体干部，做多做好一些得人心、暖人心、稳人心的大事、实事、好事。”（陈泠雨批语：难度不小，前几天的强奸案还没破呢。）

二、把大平县建成一个人人安居的民生大县。阎子丹慷慨激昂地说：“过去干革命，我们党无权无钱，靠搞‘土改’实现‘耕者有其田’，从而得到群众支持，取得胜利。今天，住房是老百姓最大的民生问题，我们党要赢得民心，就要为老百姓盖房子。我们先从最农村做起，慢慢地向城里扩展……”当然，首先要解决的是农民的住房问题了，在城镇化的时代潮流中，对农业进行高定位，对农民进行高优惠，对农村进行再建设。实施大平县三农建设五年规划，实现农民收入年均增长18%。按照这个计划制订了30条惠农措施，其中最重要的一条就是建设“安农工程”，对大平县农村的土坯房、危房进行大规模改造，让农民搬出来住上安全舒适的砖瓦房。资金问题由县里统筹解决。（陈泠雨批语：哪里来钱？怎么个统筹法？）

三、把大平县建设成一个优教惠学的教育强县。一个重要措施是建设“安教安学工程”，改造和升级全县所有的农村中小学教学楼，5年内全县中小学标准化达到60%。在全面普及9年义务教育的基础上，对全县农村学校中小学寄宿生给予生活补助，对孤儿、单亲儿童、家庭困难儿童实行“零收费”入学，彻底解决“上学难、上学贵”的问题，同时还逐步推广学生饮用奶、鸡蛋计划，为非寄宿贫困生提供“爱心午餐”，不断改善青少年的营养状况。为此，保持财政性教育投入占全县生产总值的4%，不足部分另行统筹。（陈泠雨批语：好是好，钱呢？）

四、把大平县建设成一个幸福指数较高的爱民福地。阎子丹在报告中感慨：“一个贫困潦倒的人是没有尊严的。我们中国共产党人的宗旨是为人民服务，职责是推进维护社会公平和正义，创新出一种体现人的尊严的包容式增长新模式。这是我和你们共同的职责。我在这里必须说，从西方的发展实践中我们得出了教训，没有就业机会的增长、没有民主参与的增长、贫困没有减少的增长、文化没有丰富的增长、环境不友好的增长，都是‘带病的增长’模式。这样的增长，不可能带来幸福。内地某省有个地方经济发展很快，但他们搞的是重污染企业，结果钱是赚到了，但赚到了用来干什么呢？用来买药吃，因为土地污染了，空气污染了，当地成了肺癌和胃癌的高发地。得不偿失嘛。”怎么实现这个目标，阎子丹提出了解决10件民生大事、建设“五个大平”的设想，即平安大平、宜居大平、优教大平、安农大平、乐业大平。阎子丹鼓励台下的各乡镇和县直单位领导：“总之，只要高度重视，且工作得法，大平就能从落后中奋起，就完全可能让老百姓的幸福感大大提升，在较短的时间后来居上。”（陈泠雨批语：说得有理，可是不容易做到。）

这就是阎子丹为大平规划的建设蓝图。可是怎么实现，怎么去推动？陈寒雨不由得在心里打了几个问号。她继续往下听，尽可能详细地做着笔记。

在报告中，阎子丹结合大平县的实际情况，提出首先整治业已恶化的社会治安环境，还130多万大平百姓一个天朗气清的世界。阎子丹在会上强调：“‘整治社会治安’得民心，顺民气，响应民意，就是把人民的呼声放在心上的具体表现。一个地方既要搞好物质文明建设，又要搞好精神文明建设；如果只抓GDP，只抓经济建设，不抓精气神，就难有大出息，甚至会迷失方向，领导干部就容易走向腐败，走向堕落。这已经被历史一再证明，而且还将继续被证明。”

台下的领导干部听了以后热烈鼓掌，显然是大受鼓舞。而陈泠雨却并不那么乐观，以她对大平县当前的政治经济环境的了解，她对阎子丹的雄心壮志并没有什么信心，阎子丹提出的目标不可谓不好、不可谓不诱人，但是这事说来容易做起来难，他是否有这个魄力和执行力，只能用以后的实践来证明了。

对于“整治社会治安”，阎子丹已经有了一个全盘规划。这么一来，“打黑”又显得重要了，他暗暗下决心要整治大平县的治安，还大平县一片干净的天空。他想好了：一是让孩子们有学上，二是让大人们工作安心，三是让老百姓有个卫生整洁的环境。

会议的第二天，阎子丹惦记着整顿县城市容市貌的事。他通过县委办、县府办联合通知，动员县城各级干部职工1千多人，带着扫把，扛着铁锹、锄头，走街串巷，清理街道，消灭卫生死角。阎子丹特意穿上运动衣裤，卷起裤腿，撸起袖子，走入干部职工队伍中，和大家一起动手扫大街，运污泥。对于阎子丹来说，这再平凡不过，他自己本来就是农村娃，小时候什么粗活脏活都干过。然而就是他这再平凡不过的举动，却感动了大平百姓。老百姓说，活了几十年，没见过县委书记一身汗一身泥，和大家一起有说有笑地劳动。莫说一起干这些脏活累活，就是见上一面也不容易，即使见着了，叫声“XX书记”，人家也懒得搭理你。在老百姓的印象中，县委书记就像传说中的皇帝，居高临下，深居简出，躲在幕后发号施令。

当然，阎子丹难忘那晚在大街上散步的经历，他几次差点踩进水洼，扭伤脚踝。他动员机关干部职工扫大街，并且自己亲力亲为，这的确和以往历任县委书记迥然不同，让老百姓耳目一新。老百姓迅速知道来了一位与众不同的新县委书记，这位县委书记喜欢与群众打成一片，和他们一起，卷起袖子干活，于是开始纷纷把目光聚焦到他身上。在阎子丹的动员和示范下，大平县城的卫生整治搞得热火朝天，环保部门的垃圾车和干部职工的平板手推车来回穿梭，县城市容市貌很快焕然一新。

突然，一辆挂着O牌的黑色沃尔沃“吱嘎”一声，在阎子丹身边停下。车上下来一位身着崭新二级警督制服的高壮男子。阎子丹抬头看一眼，来人是县委常委、县公安局局长雷大江，阎子丹在新老县委书记交接的当天就认识了他。阎子丹装作没看到，继续弯下腰去，把一堆垃圾往车上铲。雷大江神气地环顾一圈，咧嘴一笑："您好，阎书记。"

阎子丹对他是有看法的，头也不抬："我的大局长，挂着二杠二星（二级警督），开着沃尔沃，好大的官威嘛，来检查治安工作吧？这县城的治安确实该抓一抓了，不抓不行了！"

劈头被县委书记一顿冷嘲热讽，雷大江脸涨得通红，额头冒汗，腮帮子上那颗硕大黑痣上的两根毛激烈抖动，这是他大发官威的前奏。但他面对的是新任一把手，愣了好一阵，才把吱溜上冒的肝火压下去说："阎书记，您言重了。我是特意来领罪的，前两天晚上110接警的事……"

阎子丹说："让我说你什么好。出了点问题不可怕，改进了就行了。公安部门就得保境安民，保一方平安，你们对130多万大平县老百姓的生命和财产负有责任！群众有难，公安部门就得随时赴汤蹈火。我前天夜里打110报警，等了半小时没人出警，给110留了电话，直到今天也没人回一个电话给我这个报案人。老百姓能指望你们什么？指望得上吗？等你们来救人？人早死一百遍了！"阎子丹拄着铁锹，直视雷大江说，"这样吧，你先跟我做几天清洁工，清扫清扫街道垃圾，过几天专门研究治安工作，清扫社会垃圾。你看怎么样？"

雷大江接过一位干部递来的铁锹，也开始铲起垃圾来："阎书记，您批评得对！前天夜里，110的弟兄们不知道是您，要知道是您亲自拨打的电话，我肯定亲自带队在10分钟内赶到案发现场了！"

阎子丹说："老雷啊，110是130多万老百姓的保护神，不是我阎子丹的私人保镖啊！"

雷大江知道失言，暗叫一声不好，赶紧赔笑："书记说得对，我一定好好整改，马上整改！"

阎子丹看他服软，缓了缓语气说："老雷啊，昨天的案件不能就这样了结了。那个流氓叫'张大嘴'吧，他老子是县国土局局长张永发？老雷，只要违法乱纪，不管他有什么样的背景，一定要追究到底。"

雷大江说："请书记放心，我们保证调查清楚，及时向您汇报。"

在大街上，被阎子丹狠狠地训了一顿，雷大江觉得丢尽了面子。他还从来没有这么狼狈过，真是一朝天子一朝臣啊，原来王德意对他也要礼让三分，今天却被新来的县委书记在大庭广众之下训得像孙子一样，使他威风扫地。想到这里，雷大江心里顿时生出强烈的逆反情绪。他想：我是堂堂的县委常委、政法委书记、公安局局长，你县委书记又能奈我如何？外来和尚！白面书生！不就是在省级机关里做过几天处长吗，手下三五个大头兵而已，你知道大平县这池水有多深吗？你知道县官是怎么当的吗？你不就是想混个高配副厅级别吗?！从省城空降到这个大平小县城来图什么，不就是图镀镀金吗？典型的空降干部！今天你当众给我一个下马威，发你的阎王威，好，我让你空降书记变空转书记，看看是你新来的阎王厉害，还是我这个千年老鬼厉害！他现在对阎子丹又是恨又是怵。县委书记的权力有多大，他是太清楚了。虽说自己占着县委常委、县公安局局长的关键位置，平日里威风凛凛，但跟县委书记比起来，就是只耗子，人家才是猫，想怎么玩他就怎么玩，想什么时候吃他就什么时候吃……雷大江想到阎子丹一脸寒霜，只觉得心跳加速。

经过大扫除，大平县城果然旧貌换新颜，平日里随处可见的垃圾不见了，坑坑洼洼的柏油路面变得整洁了，走在大街小巷上，感觉神清气爽。可就在这个时候，大平县委县政府大院里却流传着新县委书记的顺口溜：

抓壮丁，

扫大街，

当咱干部是契弟。（大平县俚语：契弟相当于北方话“二百五”的意思）

顺口溜传到阎子丹的耳朵里，他淡淡一笑。许多人都在揣测，这阎子丹到底是什么样的一个人，此时此刻在想什么。通过这几天的亮相，大家对他的感觉是：这个年轻的县委书记跟以前的历任书记迥然不同，甚至可以说是反了个个儿，对群众特别亲，对其他领导特别狠。据说，许多领导干部对他又是好奇，又是害怕。

一连两天，阎子丹都没见到公安局局长雷大江的影子，他心里一直记挂着公安局队伍整改和“张大嘴”强奸未遂的案子。

这几天阎子丹白天仍然卷起衣袖，和干部职工在县城的大街小巷搞卫生，晚上找各位领导干部单独谈话交心。他真切地感觉到，做县委书记有多难，130多万人口，90多个县直单位，22个乡镇，这份家业太庞大了，各项工作还在熟悉阶段，真是千头万绪。但他没有退缩。以阎子丹的个性，不干则已，要干就干好它，要挑就挑重担子，要走就走新路，否则当初组织上找他谈话时，他完全可以把县委书记这重担推掉，只干市委常委就行。

通过几个晚上的谈话交心，阎子丹对大平县的认识更加理性和全面。他翻阅了大平县志，发现明代王阳明主政大平时，对当地百姓有过这样的评价：

"民风淳朴，然好勇斗狠，喜讼嗜赌"。还有人把前几任县委书记编成顺口溜："走了一只朱，跑了一只杨，现在来了王德意，大平从此没天理。"更有人把大平县城文化广场举火焰的塑像也编成戏谑的顺口溜："领导头上一把火，烧得大伙没法躲；一烧群众泪汪汪，二烧干部告黑状，三烧市长脸长长，四烧省长火三丈。"

对于这一切，阎子丹不由得陷入了深深的思索之中。他上任后，决心从整顿会风开始，把大平领导干部的工作作风扭转过来。在第一次全县干部大会上，人们见证了他的强硬作风。上午九点准时开会，县委、县政府以及县人大、政协四套班子成员在主席台上就座，各乡镇党一把手和县直机关负责人齐刷刷地坐在台下。9点20分，国土局局长张永发匆匆进来。阎子丹指指会场上的挂钟说："张局长，你迟到了，对不起了，请你在会场外面站着去听会吧！"这突如其来的尴尬场面，不仅是张永发没有想到的，会场上所有的人都没有任何思想准备，作为权力部门负责人，张永发在大平县乃是响当当的人物，在王德意主政期间更是红极一时。于是，台上台下一片愕然。张永发在众目睽睽之下退到门外，尴尬万分，一腔怒火在心头乱窜。整顿会风会纪竟然拿前朝红人祭刀，这在大平县历史上闻所未闻。

陈泠雨也参加会务组织工作。她知道，每位新来的县委书记几乎都会强调一次会风会纪，扬刀立威。然而高高举起轻轻放下的例子太多了，以致于她对什么"整顿会风，严肃会纪"之类的话已经具有了免疫力。开会前布置会场时，她就发现还有县纪律监察部门的两名干部参与会务工作，当时很纳闷，现在明白了。只见他们在会场门口摆了张签到桌子，将迟到人员的姓名、单位、职务、迟到时间统统登记起来，说是会后要通报全县。

会场上，阎子丹说："同志们呐，我到大平之后，第一件事就是把大家动员去扫大街，有人抱怨说，我这是'抓壮丁，扫大街，当咱干部是契弟'。动员大家去扫大街，不是我没事找事，是为我们的县城洗脸。在座的各位，你们为什么天天都洗脸刷牙穿衣打扮，不就是为了讲究卫生，有一个好的精神面貌吗？凡是要求进步的、讲点文明的人，不都是这么做的吗？我不怕跟大家讲，我到大平的第一个晚上，在大街上差点摔倒五次。我们主要的街道——平南大道，到处是垃圾，苍蝇满天飞。你们还想凭旅游旺县？就冲着这条平南大道，人家就不来！人家凭什么花钱来这里受你这份洋罪？"

台上台下开始有人交头接耳，小声议论，对阎子丹刮目相看。这个新来的县委书记前几天和大家一起劳动时是那样和蔼可亲，今天忽然变成另外一个人，发这么大的火。

陈泠雨记得，阎子丹那几天就分在县委办这个小组里，和大伙一起扫大街，装垃圾，当时他整天乐呵呵的，边干边和大伙唠家常。那时的他和现在判若两人！她也感到惶惑，难道阎子丹和她陈泠雨一样另类，是别人眼里不食人间烟火的人？陈泠雨忽然对这位新县委书记平添了几分亲切感，同时又不免为他担心。他毕竟是县委书记，把大家都得罪了，今后怎么领导各乡镇和各县直单位的头头脑脑们呢？

阎子丹接着说："有人说我一个堂堂的县委书记，成了扫大街的。我觉得扫大街没有什么不好，作为县委书记，我首先要让大家在一个整洁卫生的环境中工作和生活，不应该吗？还有人说，阎子丹还没摸到当官的门道。错了！我早就摸到门道了，只不过我的门道和许多人的门道有所不同。官字两个口，我这两个口，一张嘴向下，向老百姓宣传党的政策；一张嘴向上，为130多万大平百姓鼓舞与欢呼。我现在替老百姓讲的第一句话就是'干部要有干部的样子，工作要有工作的规矩'。在这里，我给大家立一条开会的规矩，今后无论开什么会，迟到、早退，违反会场纪律的，一律罚款500元，全部存入希望工程账户。还要写检讨交到县纪委监察部门，由县纪委监察部门将之通报全县。从这个会议开始执行！"

第二天，阎子丹带着李海、陈泠雨他们到铁岭镇老河口——东莞产业转移工业区检查工作，路过五柳镇，一看书记、镇长办公室没开门，于是叫李海先后拨通书记、镇长的手机："你在哪儿呢？"两人的回答如出一辙："哈哈，我在办公室处理文件呢。"阎子丹接过手机大声说："我就在你办公室门口，你在关门关窗关灯办公吗？节能减排，好作风嘛。"巫启山书记、韦汝贤镇长吓呆了，赶紧一身臭汗赶回来，两个撒谎精面面相觑，面红耳赤。后来阎子丹在一个公开场合说，他最讨厌领导干部撒谎。领导干部在处理公务时都撒谎，那求真务实从何谈起。我们在家教育自己的孩子不要撒谎，可是有些官员却撒谎成性，讲政绩，就撒谎给领导听；讲发展，就撒谎给老百姓听。这样的官员不是太可恨了吗？

阎子丹严肃认真的工作作风，渐渐被各级领导干部们接受。老百姓高兴了，于是又有人编了顺口溜："阎王一上任，开会要点名，撒谎和迟到，通通都批评。"阎子丹听到后，仰天大笑说："我都成阎王了？好啊，好啊，对那些坐在机关里糊弄老百姓的小鬼，我这阎王就得管管。"他还在大会上毫不掩饰地说："对于各级干部，我有时是有点不近人情，为什么？就是为了建设一个和以前不一样的大平。有人说我是来镀金的，我在这里就向大平130多万百姓表个态，如果我阎子丹不能把大平的工作搞上去，我主动向组织辞职，然后就待在大平，专门研究大平未来经济的发展路向。我保证!”

晚上，阎子丹回到新大平宾馆的808宿舍，只见房门口站着一个人，原来是中山大学时的同学袁秋明。袁秋明再也不是以前大学时的书生模样，而是变成了典型的乡镇干部模样，中等个，憨憨的，黝黑黝黑的，但精神头十足。阎子丹握着他的手说：“我的老同学，你这条地头蛇不地道啊，都这么久了也不来找我。正寻思着要找你聊聊，这不你就来了。”

与阎子丹的热情相比，袁秋明反而有些拿捏。进了屋，阎子丹显然情绪很好，边给袁秋明倒水边说：“老同学，到了大平，本来首先得找找你这地头蛇的。真是对不起了，这几天忙着熟悉情况，不要见怪哟。”

袁秋明说：“别这么说。你到大平来当书记，我可是被吓了一跳。大平这地方挺怪的，哪任书记来都得被评头品足一番。你来没几天，也有许多舆论，别放心上，习惯了就好。一方水土一方人嘛，其实大平县老百姓还是很淳朴的，只是……”

阎子丹摆摆手说：“有舆论好啊，说明大家关心县里的发展，也关心我的工作，这是监督，也是鼓励嘛！有老百姓盯着，我不怕，我真心实意地盼着老百姓把我们这些当官的都盯好，这样少犯错误，也不敢犯错误。”阎子丹忽然正色问道，“秋明，你在黄陂镇做党委书记有3年了吧？”

袁秋明说：“快5年啦！穷家难当啊。你看，我在县委党校做臭老九，慢慢熬到教务主任，接着到县团委干了几年，然后到乡镇，5年前才弄了个书记。难呐！你看我还不到四十，看起来都像五十出头的人了。你呢，还跟以前读书时一样，白面书生一个，坦白说我是自惭形秽，都不敢来见你这个老同学。”

阎子丹劝他不要这么悲观，阅历就是财富。还请他多帮忙，今后为大平的社会经济发展共同努力。

袁秋明红着脸说：“阎书记……”

阎子丹不高兴了，瞪他一眼说：“咱们这么多年同学，千万别弄生分了。公共场合你叫我书记，私下场合还叫我子丹，要不跟以前一样叫我‘阎王’也行，那感觉多亲切。”

袁秋明笑笑，改口说：“子丹，谢谢你这个老同学还这么念旧。这世事真是难料啊，我们当年毕业后在‘天下为公’的牌坊下一别就是10多年。我回到家乡，从基层做起，拼了老命才做到一个科级的党委书记，你在团省委空降到我的家乡，现在是市委常委、县委书记……回想当年，恍如隔世啊。不过恕我直言，这大平县的水深着呢，浑着呢，老同学你得悠着点……”袁秋明犹豫了一下，吱唔起来。

阎子丹看着他，鼓励道：“继续说下去，我想听。”

袁秋明说：“其实我也说不好，你刚来这几天肯定会有什么精彩遭遇……省、市领导到大平，哪怕住上一晚，都会接到匿名电话、匿名信什么的，我就不信你没有接到。哈哈……还有那些顺口溜，你以为真的是老百姓编排的？我看你还是小心一点的好。”

阎子丹说：“我刚刚到大平，两眼一抹黑。有什么需要注意的，老同学可要随时提醒我哟。”

袁秋明压低声音：“你没听说嘛，现在人家都开始风传，说什么一出‘阎王’之争的好戏正在血腥上演！老同学，你对雷大江、张永发他们也太严厉了点，他们可都是王德意的老班底，怪不得人家有想法。”

阎子丹说：“严厉吗？别人爱怎么想怎么想吧，我是开大门走直路！”他从抽屉里找出那封信，指着那四行字问袁秋明，“这封信是我上任之初有人塞进我宿舍来的，你帮我参谋参谋，是什么意思。”

袁秋明皱眉轻轻念道：

大平做官好，

得意有高招。

可怜权财色，

全归雷傅乔。

他意味深长地笑了：“老同学，既然你主动问到我，那我就跟你实话实说，反正你迟早也得面对这个烂摊子。”原来，这信上的顺口溜在大平早已经流传颇广了，大概意思是说大平在王德意的领导下，出现了几个比较贪恋权力钱财和女色的领导，从字面理解应该是指雷大江、傅有义和乔树。特别是傅有义和雷大江两个，号称是王德意手下一文一武两根台柱子。其中雷大江脾气暴躁，冲动易怒，平时非常嚣张跋扈，特点是比较贪权贪财；而傅有义则老谋深算，喜怒不形于色，平时当面一套背后一套，特点是非常好色，雷大江讽刺他是台上扮君子、台下扒裙子。

阎子丹心情变得沉重起来，原来大平的水这么深！两个老同学沉默下来，不知道怎么把话题继续下去。袁秋明递过一支烟，阎子丹想也没想就接了过去，两人其实都不会抽烟，咳得面红脖子粗。许久，阎子丹突然问：“秋明呐，信访局方正的案子你听说过吗?”

袁秋明惊讶地说：“你耳朵还真灵，刚来几天就听说这案子了？这个案子全大平的老百姓都知道，说什么的都有。我嘛还不够层次，对于内幕实在了解不多。唉……就是觉得他挺冤的。”

阎子丹点点头：“呵呵，也是，这种内幕你怎么可能知道呢。纪委乔树书记你认识吧，这人怎么样?”

……

这天晚上，两个老同学聊到东方既白，阎子丹请老同学吃早饭，一碗猪脚粉下肚，匆匆上班去了。

第四回 大平火凤凰

刚上班，陈泠雨接到丈夫袁鸿利的电话，约她下班后去平南大道一家客家菜馆尝尝新鲜。陈泠雨不想去，袁鸿利在电话里哼了一声，说你要是不去我可跟别人去了啊。她不知道袁鸿利怎么就那么爱吃，毕业时一百多斤的身量现在吃成了二百多。客家人说“鸡撑大猪撑坏，人撑成猴猪八怪”，现在袁鸿利就是猴猪八怪，一身五花猪腩肉直晃荡。这是陈泠雨越来越讨厌他的地方——一身俗气。其实袁鸿利以前有过少年多情的时光，否则陈泠雨也不会看上他。到现在她还记得丈夫当年写的《有梦相随》：

又见你粲然一笑
又见你长发飘飘
梦不到的西厢红烛
却梦见你一蓬雨伞荡过断桥
回眸深处
路也迢迢情也迢迢
…………

要是丈夫还像当年一样该有多好！陈泠雨想罢丈夫，又想起工作上的烦心事。她在县委办公室又忙碌又憋屈，王德意把即将50多的梁德提拔为办公室副主任兼调研室主任，明摆着就是压着她整治她，这个梁德天生异型，长相极为猥琐，活脱脱像三年没吃野果子的瘦猴，他别的本事没有，拍马逢迎的功夫却是一流。想想在这种家伙手底下朝九晚五，心里能不堵得慌吗？

组织上这么安排，当然是贯彻了王德意的意志。王德意当政的时候，还是非常重视县委办工作的。他在官场混，总结出一条真理：这官当得好不好，能力不重要，业绩也不重要，重要的只靠两点："嘴皮子和笔杆子，能吹才是硬道理。"到了他这种县处级别之后，连这两点都不需要，自有秘书们代其劳。特别是陈泠雨写的讲稿他是非常喜欢的，认为文章很大气，读起来气势恢弘，词锋犀利，热情澎湃，能把破庙形容成皇宫。可惜人家就是对他爱理不理，真是个女书呆子。没办法，他只好退而求其次，把陈泠雨冷冻在主任科员的位置上，转而起用忠心耿耿的梁德作为办公室副主任兼调研室主任。宁要奴才，不要人才嘛，对于性格各异的下属他有的是办法整治，清高者以庸俗者治之，才高者以善妒者治之，你陈泠雨不是清高又才高吗，我偏偏用梁德这个庸俗又善妒的奴才整治你！

陈泠雨和梁德两人共用一个办公室。她每天上班的第一件事，就是打扫卫生，然后泡上一壶茶。过去除了这些工作还要打开水，现在有了饮水机，这道程序就免了。官大一级的梁德是从不做这事的。在机关里，有些人就爱在这些小细节上较真，因为这体现了他们的地位高低以及那点可怜的心理优越感。9点了，梁德座位上还是空的，他已经差8个月就55岁，一眼就望到仕途的尽头，以前王德意指望他压压陈泠雨，却并不指望他在工作上有什么表现。这梁德有两大爱好，一是吹牛，二是泡妞，人送外号"大泡梁"，偶尔能写一两块豆腐干，在《大平日报》露露脸。他和电视台《热点追踪》栏目的陈凤儿一男一女，一个靠笔一个靠嘴，乃是原县委书记王德意的御用喉舌。

"大泡梁"曾经给日报上写过一首诗，说"在大平的天地里/他睁开双眼/世界哑口无言"。明白人都知道，他这是在歌颂王德意，仿佛王德意就是一个遗世独立的政治巨人，正给大平带来千秋福祉似的。这"大泡梁"俨然以王德意的心腹自居，常常摆出一副宰相家臣的架势，指手划脚，着实让陈泠雨吃了不少苦头。

陈泠雨心里跟明镜似的，"大泡梁"不是个善茬，他在仕途浸淫那么久，办公室政治学娴熟得很，几乎精通一切算计人的伎俩。有一次陈泠雨出差两天没跟他打招呼，他竟然像县委书记一样叉着腰，说办公室制度有规定，外出要请假，不请假就当旷工。末了双手一摊，说想帮也帮不了你，县委领导已经知道了，他是爱莫能助啊。陈泠雨心里明白得很，这人肯定是向县委某领导打小报告去了。他就这个德性，拿着鸡毛当令箭，表面说得冠冕堂皇，其实内心龌龊不堪。

“大泡梁”今天没来，他上班总是想来就来，不想来就不来。其实他不来更好，他一来陈泠雨反而要忍受他的指手画脚，他的狐臭、汗味，还有他的浮肿眼袋，以及与网友QQ聊天不时发出的嘻嘻笑声。

陈泠雨今天穿了件水蓝色白领套装，特别亮丽。她忙完琐事，打开电脑，准备上政府网公文系统查收文件。

一个窈窕的身影闪了进来，粉嫩的纤手在她肩头轻轻一拍：“姐!”陈泠雨不用回头，就知道是陈凤儿。只有她才敢跟自己开玩笑，这里也只有她才叫她“姐”。陈泠雨比陈凤儿大两个月，一个四月，一个六月。两人同年又同姓，便姐妹相称，而陈泠雨也确实像疼妹妹一样疼她。参加工作之后，两人更被外面称作大平双娇，冷热各异的性格和仕途上的不同遭遇并没有冲淡她们的姐妹情份。

陈泠雨瞟她一眼，嗔道：“看你开心的，什么事把你乐成这样?”

陈凤儿今天穿一件粉色的束胸连衣裙，摇曳多姿，活力无限，性感十足。她眉梢一挑说：“怎么了，吓着咱们的冷美人了吗?”说着一屁股坐在“大泡梁”的大班椅上。

陈泠雨忙说：“我的好妹妹，领导的位置你也敢坐！人家很忌讳这个的，下来下来。”

陈凤儿不情愿地站起来，坐到长沙发上：“真是官大屁股大，压死人啦!也就是你才对这个姓梁的逆来顺受；光凭这个，你也得赶紧活动活动，早点被提拔，少受他的窝囊气。”

陈泠雨看她一眼说：“好了，好了，别在单位里议论领导的事。对了，到底是哪阵风把你吹来的?”

陈凤儿说：“特意来看看我姐姐，不行吗?”

陈泠雨说：“信你才怪。来看你的初恋情人吧?”

陈凤儿撇撇嘴：“好人没好报，我哪有闲工夫看他? 我是那种藕断丝连的人吗? 你还别说，上次不小心碰到，他把眼睛瞪得像铜锣，好像我欠了他一百万似的……哼，我才懒得理他呢。”

陈泠雨说：“好好好，你不看他，你是看我，看我的笑话对吧?”

陈凤儿说："我哪敢看你笑话，王德意离任之前不是有一次最后的晚餐吗？大家都争取这最后一次提拔的机会，听说不少人得偿所愿。你怎么不争取呢？我的冷雨姐呃，你该反省一下了。以前王德意当你是宝贝，可是你不领情，现在好了，人家走了我看你怎么办。"

陈泠雨说："我看到他就恶心！看来你这次是给我上课来了。"

陈凤儿摇摇头："我哪敢啊！从很小的时候开始，你就是我的榜样。我只是觉得，你在县委机关待了八九年，竟然从未登过领导家的门，严重的浪费资源嘛！你自己孤芳自赏，别人却不这么看，只会说你性格孤僻，不尊重领导，拒人于千里之外嘛，搁谁身上会喜欢？这方面姐夫就比你强。你这种滚滚俗世唯我独醒的做派，结果只落得个自我孤立嘛。有一句话说得好：如果生活是强奸，又无法拒绝的话，那么就让我们学会享受吧。"

陈泠雨懒得跟她讨论下去，微微一笑："你就忽悠我吧，歪理一套套的，像个大领导。"陈凤儿本是个心气很高的女子，凡事都争个你高我低，无奈自从碰到陈泠雨之后，处处都输她一筹：论读书成绩没她好，论唱歌嗓子没她亮，论跳舞身段没她柔美，论相貌人家是选美冠军自己是亚军。真是有点泄气，就连工作以后还是输给她，单位没她显赫，文章没她漂亮！陈泠雨是她的榜样，也是她的梦魇。陈凤儿既在心里抗拒陈泠雨的名字，又暗地里将她当作一个超越的目标，一个比赛的对手，以至于她的爱情和婚姻都因之而改变。她本来和庄飞感情不错，嫌人家没出息一直拖着没结婚，直到遇见张刚强，才狠下决心结婚。张刚强长得高大英俊，比陈泠雨的老公袁鸿利威武多了，这让陈凤儿长了不少志气。不过现在她又有了一个新的心病：陈泠雨是主任科员，自己只是县电视台的副台长，副科级干部而已。

陈凤儿说："泠雨姐你错过提拔机会，我的机会却来咯。这回咱们得比一比谁先当上科长。"

陈泠雨觉得好笑说："我是没戏了，要抢乌纱帽你自己去抢，我不稀罕也不跟你比。"

陈凤儿说："谋事在人嘛。你改改你孤芳自赏的毛病，肯定有戏。"

陈泠雨说："别激我，我胸无大志，凡事只求问心无愧。"

陈凤儿手机"的的的"响了一声，她拿起看了看，眉开眼笑道："泠雨姐，知道给我发短信的是谁吗？"

陈泠雨说："姐哪知道啊，你自己说。"

陈凤儿得意地朝上面指了指："9楼的！"

陈冷雨一惊："县领导？哪位？"

陈凤儿点点头："嘿嘿，傅有义呗。"见陈冷雨露出不信的样子，她又说，"有什么奇怪的，那个老色鬼，有事没事往电视台跑，还不是因为我们台里美女多吗？昨晚他在西湖大酒店请我们喝酒，还缠着我喝交杯酒。他啊典型的老色鬼，在桌底下偷偷捏我的大腿……"

说到这里，陈凤儿突然脸红了，想起傅有义讲的笑话。傅有义说："有六个女干事竞争妇女主任一职，当然，有五个落选了。领导找落选的五个女干部做思想工作，问她们是否知道落选原因。第一个落选女干部说：我的上面没人呗。第二个落选女干部回答：我和她不同，我上面有几个人，但他们都不硬你说怎么办？第三个落选女干部说：我上面的人不比她少，他们也都很硬，可是他们在上面不使劲，你有什么办法！第四个落选女干部叹口气说：我上面的人不比她少，他们都很硬，他们埋怨我在下面没活动。他们不满意！"

詹建国哈哈大笑，摸摸他的歪嘴喃喃自语："不是五个落选女干部吗？还有一个怎么回答呢？"傅有义笑得前仰后合说："这第五个该不会就是我们的火凤凰吧，哈哈，怎么回答的只有咱们的大美女才有发言权哟。"

陈凤儿平时素荤不忌，这回也羞得红了脸，追着傅有义又捶又打。傅有义趁机捉住陈凤儿的一双玉手说："凤儿，一回生，二回熟，千万别忘记了你傅哥哥哟。以后我可要和你常联系了，好不好？"陈凤儿说："你不联系我，我也要联系你呢，小女子我用党性保证！"就这样陈凤儿把手机号码给了傅有义。

陈冷雨见陈凤儿愣在那里脸红红的，不由得好奇地问："人家县领导端的架子多大，平时像一尊神似的，道貌岸然，人家会主动给你这个小女子打电话？"

陈凤儿不屑地说："管他架子多大，还不都是男人嘛。傅有义这个老色鬼，昨晚到今天已经给我发了五条黄段子，你这个正人君子就不要打听了，哈哈……不过蛮好笑的。"陈凤儿纤腰一扭站起来，说去9楼拜访拜访傅有义，搞好关系，迟早派得上用场。陈冷雨还想说什么，想想又忍住了，只是轻声叮嘱说："凤儿，咱们女人得照顾好自己。你跟领导交往，凡事要把握好分寸，保护好自己，明白吗？"

陈凤儿大大咧咧地说："冷雨姐，你把心放到肚子里去，对待好色的领导我陈凤儿有的是法子，谁小心谁还说不定呢！"她说了声"拜拜"，扭身往门外走去。

9楼比较特别，全是正副县长和几位常委的办公室。陈凤儿来到9楼，在傅有义办公室门前，四周看看没人，便给他发了条短信：“傅哥，邻家小妹向你报到。”傅有义的短信马上又来了：“小妹来访，欢迎之至！”

陈凤儿得意一笑，优雅地收起手机，暗红色的房门悄无声息地打开了。傅有义微笑着站在面前，似乎早就料到她今天的来访。他伸出头，迅速地往楼道两头张望一眼，胖乎乎的右手往后一甩，做了一个请进的手势。眼前的陈凤儿俏生生地站在面前，细腰犹自轻轻扭动，像早春的杨柳，长发绾在脑后，摇曳生姿，俏皮而风骚。

陈凤儿敏感地捕捉到了傅有义眼神里闪过的一丝惊喜，她自信心迅速膨胀，于是大大咧咧地进屋，一屁股坐在阔大的大班桌前，绽放出花一样的笑容：“傅哥，您怎么猜到我今天准会来？领导就是英明！”

傅有义说：“小妹你心疼我啊，傅哥哥知道你一定会来的。”他笨拙地挪动着大身板，给陈凤儿倒了一杯玫瑰花茶说，“玫瑰花茶，浪漫又养颜，只有你这种花一样的美女才配喝。”说罢沉重的身子往大班椅子上一靠，缺觉浮肿的眼睛眯缝着瞟她，右手几个指头惬意地在桌面上轻轻地弹，发出“笃笃笃”的暧昧声响。

陈凤儿撇撇嘴说：“傅哥您是不晓得，到了这9楼，我看这全是县领导的办公室，两条腿直打哆嗦呢！”

傅有义说：“不会吧？咱们鼎鼎大名的火凤凰两条美腿还有哆嗦的时候？我可是半点也看不出来。”他骚情地瞄着陈凤儿白生生的大腿。

陈凤儿说：“都怪你，一点也不体恤我，还说对待美女要像春天一样温暖呢！您都想不出来，进您的门，我要鼓起多大的勇气，要经过多么激烈的思想斗争！”

傅有义眼里放出灼灼光芒来，挑逗地说：“嗯？难道你傅哥在辣美人心中就这么可怕？再说即使我是老虎，我也舍不得吃你啊，不是吗？”

陈凤儿头一歪，俏生生的脸竟然露出少女般的羞涩：“才不怕你吃呢。其实我是觉得有点冒昧，毕竟只有一面之缘嘛，一下子就找你这样的大领导，人家心里紧张……”

傅有义像作报告一样，做作地挥了挥手说：“千万别这么说，我以我的党性保证，其实我心里也很记挂你这个邻家小妹啊！一面之缘也是缘呐，而且我们这缘还真不浅，这人就是奇怪，有的人见一面就互相牵挂对方，有的人天天见面，却只是点头之交。你说奇怪不奇怪？”

陈凤儿说：“啧啧，到底是大领导，说的话就是有水平，听着也舒服。其实我是担心您日理万机，见过的美女数不胜数，如果把我这个小女子给忘记了，也很正常不是吗?”

傅有义说：“天地良心，再多的美女也抵不过我的邻家小妹，况且你还和我喝过交杯酒呢，这是夫妻的情份啊……我想起来了，我还有幸软香温玉抱满怀呢，此乃三生修来的好福气!”

陈凤儿的脸泛红，三月桃花般娇羞。她听出傅有义话里话外，另有所指。那天两人喝交杯酒，她们台长在一旁助兴起哄，很识趣地推了她一把，她借势有意无意地往侧边一倒，傅有义的厚嘴唇就啃到了她的俏脸蛋。她甚至很明确地感觉到，傅有义还趁机搂住她的腰肢，神不知鬼不觉地搔了几下。陈凤儿显出一丝羞涩，悄声说道：“都是我们台长使的坏，你们这些男人啊就是喜欢拿我们女人逗趣……”

傅有义说：“我的辣美人，你可千万别这样说。你们台长绝对是个好领导，亲切，能干，有事业心，可惜啊快到钟了，上升空间不大咯。不过我还是得感谢他。”

陈凤儿问：“为什么感谢他?”

傅有义直视着她：“当然得感谢！没有他我怎么会认识鼎鼎大名的大美人火凤凰呢？你不知道，认识你之后我有多高兴。真的!”

陈凤儿笑说她也高兴。她避开傅有义灼人的目光，忽然听到“滴滴滴”的熟悉声音，是QQ，肯定是有网友发信息过来。陈凤儿笑道：“傅哥你工作挺忙的，我没有打搅到你吧?”

傅有义装模作样地说：“工作嘛，总是常做常有的，现在还有比接待辣美人更重要的工作吗？怠慢美女，那就是脱离群众。不妥，不妥，相当不妥!”

陈凤儿觉得好笑，干脆指着电脑：“我的傅哥呃，没想到你也这么时尚，也喜欢玩QQ，您的QQ上不少美女吧?”

傅有义脸上掠过一丝尴尬，很快又恢复如常地说：“与时俱进嘛。其实我的QQ 上男女老少都有。我这QQ其实是为了方便工作，这是可利用高科技手段推进党的事业。有了新的高科技工具，做思想政治工作就更方便，更快捷，更有效！对我来说，哪怕是聊天也是为党在聊，为群众的利益在聊嘛!”

陈凤儿扑哧一笑，急忙用手捂住嘴巴。

傅有义挑逗地说：“美人笑，佛心跳，凤儿一笑把命要。”

陈凤儿笑得花枝乱颤：“你们做领导的也这么坏，怪不得人家编排你们的笑话。”

傅有义正色道："什么笑话说说看。我好歹受党多年教育，免疫力大大的有。现在网上顺口溜泛滥，很好嘛，我们可以通过这个渠道了解民情，了解民意，从中看到民生疾苦嘛。"

陈凤儿道："那好吧，这可是你逼我讲的。这顺口溜是在大平论坛上看到的，说的好像也是大平的情况。它说，'当官五最：最盼下属来打牌，钱如潮水般涌来；最怕情人怀了孕，上班老婆来拼命；最爱有吃又有喝，还有洗脚和按摩；最擅吹牛又撒谎，骗了老婆骗了党；最惨靠山垮了台，一切白搭要重来。'"

傅有义说："可笑啊可笑，我们的干部是这样子的吗？不是嘛。社会上就是有些无聊人，专门编些乱七八糟的段子，以攻其一点、不及其余的手法，以一杆子打翻一船人的蛮横，对我们的干部进行人身攻击。非常要不得嘛！简直是诬陷。要是咱们的王德意书记听到，不知道要怎么发火呢。比如说洗脚按摩，那也是为了工作嘛，没有办法嘛。坦白说，我其实一点也不喜欢这个，有一次为了搞定一个投资项目，一天内我就洗了三次脚，按了四次摩，谁乐意嘛，还不是为了工作！你不跟着人家应酬，人家觉得你难相处，谁给你投资？实事求是地说，洗脚按摩也是生产力，也能出GDP。"

陈凤儿调皮地撇撇嘴，做出不相信的样子。傅有义端起不锈钢茶杯，茶杯上面"为人民服务"的字样鲜红鲜红的。他继续用他最擅长的勾引加挑逗方式给陈凤儿做"思想工作"："我的火凤凰呃，作为机关干部你应该很清楚，除了给领导出主意提意见之外，还有一项工作是重中之重，那就是搞接待嘛，有些人对公务接待有偏见，不参与接待，不善于接待，甚至编些段子来攻击接待工作，行吗？接待就不是工作了？那可是大学问，往高里说，那是中国的国粹。美国佬、英国佬懂什么叫接待吗？他们才不懂呢！在你傅哥看来，编造这些段子的人，要么是心态不好，要么是别有用心，打击我们干部的积极性，抹黑我们党和政府的形象。在文革的时候，早就被定为反革命分子了，咱可不能学他们哟。现在社会上这么多不稳定因素，有些人惟恐天下不乱，编段子，造舆论，咱们这些当领导的有多苦，谁知道啊！你看看我这个副县长，还兼着规划建设局局长，下面有多少人要吃饭，每天有多少乱七八糟的事要处理！不拼命工作行吗？老实跟你说，我的辣美人，自从当上这个副县长，我就没吃过一天安乐饭，没睡过一个安稳觉！我啊，希望所有的同志都像你一样，体贴我们领导，理解我们领导的心呐……"说到这，傅有义笑眯眯地盯着陈凤儿，一只胖手习惯性地摸摸他的酒糟大鼻子。

陈凤儿拉长声音撒娇："傅——哥——您受委屈了。"傅有义站起来走近她，很诚恳的样子："辛苦倒没什么，就怕辛苦没人理解，有苦没处说，那才叫委屈呢。比如我们楼下那个陈泠雨，我前段时间让她写个讲话稿，她竟然不肯，说是县委办主要承办县委领导的材料，不承办县政府领导的材料。什么话嘛！唉……好在有你理解我，体贴我，凤儿！"

傅有义长得又高又肥，和陈凤儿靠得又近，唾沫星子都溅到了陈凤儿脸。她本能地往后退，脸色绯红地低声说："凤儿没有你说的这么好……还有，我得跟你说声对不起呢。"

傅有义纳闷："哟，我的火凤凰怎么生分起来了？"

陈凤儿难为情地说："因为……因为陈泠雨是我的好同学好姐妹，我叫她姐姐。"

傅有义惊讶得瞪大了眼睛，半天才回过神来："啊，这样吗？还以为你们大平双娇有瑜亮情结呢，没想到你们还是闺中的好姐妹？真是难以相信，你们这两朵姐妹花，都是天生的美人胚子，一个冷冰冰，一个火辣辣，这个性也差太远了！天壤之别嘛，难以想象！"

陈凤儿说："小妹我今天来，一来看望一下领导，二来是顺便代表我泠雨姐向你说声不好意思了！"陈凤儿装作窘迫地扭着自己的裙角，心里却十分得意，看来果然如她所料，傅有义已经被她的魅力牢牢地吸引住了。

傅有义疑惑地问："这么说，是陈泠雨叫你来的喽？"陈凤儿摇摇头。

傅有义叹口气说："我说嘛，她才不会这么开窍呢。唉……你那个泠雨姐怎么说呢，如果她有咱们凤儿一半懂事就好啦！她本来是这幢楼里有名的才女加美女，工作能力那是没的说，只可惜啊就是不懂事，太清高了，还不知道怎么处理与领导的关系。按理说，她早该被提拔了，即使不提拔也该有个实职，即使她心里有什么看法，也可以谅解嘛，问题在她自己身上，得从自己身上找原因啊！人和人之间，就像机器的齿轮一样，得互相配合，互相润滑，否则就会彼此磨擦，彼此损耗，对大家都没有好处嘛！清高也好，傲慢也罢，那都是机关工作的大忌，不尊重领导那更加是不可理喻，对不对？把别人都得罪个遍，看谁会在关键时刻帮你说话！我看呐，在这方面她就是没你强，就是得向你这个妹妹学习学习！"

陈凤儿说："她写得一手好文章，我是万万比不上她的！"傅有义说："好文章顶个屁用！以前人们说'秀才人情纸半张'，现在社会是残酷的，需要的是全能型的人才，特别是能战斗的人才。凤儿，我看你就是多面手，你绝对比她强。我非常欣赏你……人才难得嘛！”

陈凤儿大眼睛扑闪扑闪地说：“承蒙傅哥厚爱，小妹荣幸至极！我会继续努力的，保证不辜负傅哥的期望。可惜……”

傅有义说：“可惜什么，凤儿有话尽管说，你傅哥给你兜着。”

陈凤儿说：“可惜的是小妹的舞台太小，要辜负傅哥哥的厚爱了。”

傅有义微微一笑：“这个嘛，我也觉得以凤儿的能力，完全可以为党挑更重的担子。这事包在你傅哥身上了……适当的时候，我跟组织上打声招呼。小意思嘛！”

陈凤儿面如桃花：“傅……哥……你对我太好了！”

傅有义趁机握住她的纤纤玉手，在她手心里搔了搔：“嗯……为美女效劳，那是我莫大的荣幸嘛。”

陈凤儿水汪汪的大眼睛斜了他一下，嗔道：“哎呀，弄得人家痒痒的，你们做领导的真坏！”

傅有义说：“我坏吗？”忽然一把搂住陈凤儿，右手放肆地伸进她粉色的裙底里，挑逗地问：“你猜猜，我是出剪刀呢还是出锤子？”陈凤儿咯咯咯笑得花枝乱颤地说：“剪刀！”傅有义摇摇头，陈凤儿接着又猜是锤子和布。傅有义哗地一声掀起裙子，原来是一只中指。他得意地哈哈大笑说：“一阳指！”

两人打情骂俏，不知不觉半个小时过去了。傅有义斜了一眼壁上的挂钟，恋恋不舍地说：“唉哟真是可惜，美好的时光总是过得这么快！我五分钟后马上就开县长办公会议，为人民服务嘛，没办法。”

陈凤儿娇声说了句“拜拜”，便摇摇曳曳地往外走。傅有义跟在后面，身子几乎贴着她后背。陈凤儿作势要拉开房门，傅有义在后面说：“凤儿，就这样丢下你傅哥哥了？”

陈凤儿回过头，看了看那双快要喷出火来的眼睛，“啵”的一声甜甜地送出一个飞吻，然后迅速打开房门，闪身出去。傅有义揉揉眼睛，脑海里依然晃荡着陈凤儿那丰满的臀部，修长的双腿，如雪的肌肤。

陈凤儿可不是陈泠雨那样的书呆子，对于男人她有充分的自信，她自有一套治理男人的哲学：男人得喂他，但又永远得让他们饱三分饿七分，否则人家吃饱嘴一抹再也不稀罕你了。现在的男人，特别是那些有点权力的男人，不愁吃，不愁喝，就是欲望膨胀得不行。

第五回 俗世不容有情痴

陈凤儿走出县委、县政府的大院，心里喜不自胜。天是那样蓝，草是那样绿，连风儿都带着香甜气息，这是个春风沉醉的日子。她回头望去，身后这幢挂着巨大国徽的大楼，因为有了傅有义这样骚溜溜的领导，也显得不那么神秘和威严，甚至还生出一丝亲切的感觉来。总有一天，她妖娆的身影将朝九晚五地出现在这幢象征着权力与功名的大楼里，也许还会有一个独立的办公室。她深深地沉醉于这种美好的向往之中，全然没有听到身后有个男人向他打招呼。

跟她打招呼的是庄飞，她的大学同学兼前男友。看着陈凤儿一扭一颠地走在大街上，每一扭都似曾相识，每一颠都颠得他心头直颤。庄飞记忆的闸门汹涌打开，往事长河决堤似地奔涌。大学那阵子，陈凤儿是极喜欢庄飞的。大四的最后一个月，小两口都有种浮生若梦、大限将至的感觉，要感情还是要工作，要分手还是要继续，日子空空，一切都那么不确定。两人相约到罗浮山游玩，在九天观遇见一个邋里邋遢的道士，颇有张邋遢臭而有道的遗风。道士拉住这对小情侣，掐指一算，说这两口子肯定不会白头到老："意中人，人中意，只可惜俗世不容有情痴。"陈凤儿如中魔咒，脸色煞白，掏出500大洋，哀求破解大法，庄飞心疼那几个钱，说可以去麦当劳吃N次情侣套餐。那道士复又闭眼掐指，喃喃不知所云，忽而睁眼，妖光闪烁，从道袍里边拿出一只痰盂模样缺边裂角的破罐子，说此罐不凡，乃月老遗落人间之物，可以驱邪固缘。庄飞不舍

500 大洋，讽刺说是否盛过月老大人的老痰？陈凤儿揪住他的“地包天”，说“不可无礼，亵渎神灵”。回到大学，庄飞给陈凤儿取一道号：痰盂师太，为张邋遢第三十八代再传弟子，性喜三八，又极缠人，一身黯然销魂痰盂功笑傲情场。庄飞有一回正说得高兴，一扭头瞥见陈凤儿趴在桌上抽泣，把书都打湿了，还说了句让他感动一辈子的话：“痰盂也好，破罐子也好，我吃两个月速食面省下钱买你一颗真心，我怕你毕业后不要我了。”庄飞赌咒发誓，一定把真心装进痰盂里，封存一万年。哪知道N年之后，世界全颠倒过来，缠人的变成了庄飞，而陈凤儿进入官场之后，渐渐失却纯洁天真的秉性，现实得容不下一个情字。还真应验了那道士的预言：意中人，人中意，只可惜俗世不容有情痴。其实庄飞是有点错怪陈凤儿了，她对张刚强还是有真感情的。陈凤儿不是无情，她是真情和现实都想要，只不过真情是铁，现实是钢，钢总比铁强。

毕业后，陈凤儿走了捷径，也不考公务员，只是报名参加了第一届“大平之星”的选美，挟亚军之威特招进入县电视台之后，庄飞毫不犹豫地放弃了在广州的工作机会，跟着陈凤儿回到大平县，经过千难万难终于留在县委机关。那时陈凤儿还只是电视台里的合同工，就窝在二楼角落的一间小房子里当打字员，一天到晚盯着稿子，呆着一张脸噼里啪啦地打个不停。下班后，两人到顺水河边散步，陈凤儿永远是没完没了的牢骚与埋怨，什么张记者的稿子错别字多，李主播的稿子太潦草，一天下来，眼睛也蒙了，腰肢也酸了，还有台里三个老女人总是指手划脚瞎指挥，故意折腾她这个年轻女孩子……庄飞唯一能做的就是倾听，然后用人民币去安慰她，请她吃，请她穿，直到她气消了为止。这是爱情的代价，作为男人没什么好抱怨的。可以说，他俩的恋爱是失衡的恋爱，庄飞对她情深意长，她对庄飞从开始时的纯真渐渐变成了不冷不热，左右摇摆，甚至抱着一种聊胜于无的态度，反正闲着也是闲着，就当是骑牛找马，白马来了，真正的王子自然也就来了。庄飞不傻，当然知道她心里的小九九。

尽管如此，庄飞还是像所有的男人一样，为这个漂亮的女人着迷，为她跑前跑后，美滋滋地做她的跟屁虫。庄飞被她治得百依百顺，可无论庄飞怎么“凤儿”、“宝贝”地叫她，她总是嗯嗯呀呀地用鼻子回答。陈凤儿有她表达亲昵的独特举动。她高兴也好，不高兴也好，都会揪庄飞的长下巴，揪得他嗷嗷叫，庄飞甚至怀疑，他的“地包天”之所以越来越厉害，可能就是被她揪成这样的。然而疼归疼，庄飞却喜欢陈凤儿来揪，因为这是她特有的撒娇方式。也只有这时候，庄飞才能品尝到一点点恋爱的甜蜜。

有一次，陈凤儿揪得特别狠，边揪边说“气死我了！气死我啦！”原来是她那个长着一张歪嘴的詹建国台长，借口检查工作，到打字室来撩拨她，揩她的油，一会说黄段子，一会摸她的秀发搭她的肩膀，最后竟然顺手一按，着实被他摸到了鼓鼓囊囊的胸脯上去。庄飞气坏了，嚷嚷着要找歪嘴台长算账。陈凤儿小嘴巴一撇，又揪住他的长下巴训道："猪啊猪，你还让不让我在电视台混了？算了，我的事我自己解决！哼哼……摊上你这个没用的男人，就知道打打打！"

庄飞说："就这么便宜了那个歪嘴？"

陈凤儿说："哼，我才不会便宜你们男人呢。"

男人统治世界，女人统治男人。陈凤儿决定开始尝试统治男人的实践。没过多久，她摇身一变成了台里的记者，四处采访，结识了不少领导，彻底摆脱了对着电脑敲敲打打的命运。也就在这时，她对庄飞的长下巴失去了兴趣，于是庄飞的命运也像那台电脑一样，被她敲敲打打之后，彻底地被抛弃了。分手的理由嘛，很简单，她不想和一个没出息的男人过一辈子。庄飞无从反驳，哪个女人不想背靠一个强大的男人呢？她结婚的当晚，庄飞在野外疯狂大哭，那个叫陈凤儿的女人今夜注定将从他生命的账本上一笔勾销。他用几年的时间验证了一个真理：所谓的爱情不过就是七彩玻璃球，在这个浮躁拥挤的俗世里，碰碰就碎了。

庄飞从此对她心死，想着法子躲她。奈何大平县城就巴掌大，总有关于陈凤儿的消息钻进他的耳朵里，比如她找了个警察，结婚时警车开道；一直都怀不上小孩；她由记者很快提拔为办公室主任，又从主任提拔为副台长，等等等等。老百姓戏称：漂亮就是硬道理，风骚便是生产力。每听到一次陈凤儿的消息，庄飞就觉得长长的下巴隐隐作痛，仿佛她又在发嗔揪他下巴。

自从两人分手之后，"陈凤儿"简直成了县城里人们闲谈时的热门词汇，这两个字时不时就来撞击庄飞的耳膜。原来，陈凤儿居然在县城里混出了个雅号——火凤凰。庄飞知道她人长得漂亮，加上活泼爽快，牙尖嘴利，荤素皆宜，自然在各种交际场合大受欢迎，雅号应该就是这么混出来的。自从当上电视台副台长，她如鱼得水游刃于各种社交场合，把善于应酬的天赋发挥得淋漓尽致。人们传说，她的嘴巴是甜滋滋的，身子是软乎乎的，撒的尿是香喷喷的。据说有一次，县委王德意书记到台里指导《领导访谈》栏目的摄制，陈凤儿兴起，竟然和王德意喝起交杯酒，连续灌下3大杯XO，直到趴在酒桌上！大平人喝酒时，把喝满杯叫满炮，喝半杯叫半炮，于是人们就说王德意连发3炮，把咱们妖妖娆娆的火凤凰给轰趴下啦。当时，王德意怜香惜玉，亲自开车把她送到酒店。

哪知陈凤儿醉得糊涂，把王德意的坐驾当成了坐厕，不知怎么的褪下罗裙，雪白的屁股一晃，一泡丽水哗啦啦地撒在车上。王德意闻那高山流水之声不恼反喜，说火凤凰名不虚传，连撒的尿都是香喷喷的。事后王德意对陈凤儿颇有倾慕，雷大江提醒说陈凤儿老公是公安局刑警大队的张刚强队长，说张刚强是个愣头青，愣起来天不怕地不怕连人都敢杀！王德意反复权衡，终于不敢招惹陈凤儿。不过后来他知道傅有义和陈凤儿勾搭上之后，又后悔便宜了傅有义那小子，心想嫩嫩的白菜全让猪给拱了。

这几年来，庄飞也在饭局上碰到过陈凤儿。当两个旧情人不期而遇时，庄飞有点尴尬，而陈凤儿却依然是春风满面，优雅地伸出纤纤玉手，盈盈一握，一口一个老朋友，叫得他都迷糊了，这是几年前深深爱过的、曾经牢骚满腹的那个陈凤儿吗？在酒桌上，陈凤儿火凤凰本色毕露，两杯酒下肚，面泛桃花，黄段子一个接着一个，把一桌男人逗得前仰后合。那挤在她旁边的台长，一张歪嘴变得更加恶心——这个喜欢揩油的领导，什么时候都爱挤在陈凤儿旁边坐！

庄飞不喜欢陈凤儿这种活法，毕竟是自己深爱过的女人，不想她被别人说三道四。有时庄飞想，陈凤儿和陈泠雨两姐妹真是两个极端，中和一下该多好啊！

庄飞记得她还有7个月就30岁生日了，但他不得不承认：陈凤儿光洁生动的容貌，妖娆丰满的体态，还是那么楚楚动人，而且洋溢着一种少妇特有的韵味，足以令男人着迷。对9楼某些惦腥的领导来说，她意味着什么？一盘色香味俱全的大菜！

庄飞这个信息新闻科长不是白当的，他敏感的神经瞬间一闪，快步奔向电监室。出于安全考虑，在这幢大楼的公共场所、楼道、楼梯、电梯、会议室、接待室、停车场全都有暗藏的摄像头。

电监室里，小冯正在在网友QQ视频聊天，见科长进来，手忙脚乱地关掉视频。庄飞瞪了他一眼，径自调出录像，倒过来倒过去反复察看起来。

很快，庄飞就知道：陈凤儿先进县委办找陈泠雨，接着她乘电梯上9楼，然后在916室门口发手机信息，一会儿傅有义鬼鬼祟祟探出头来，她迅速闪了进去。约摸35后分钟，陈凤儿容光焕发地走出来，显得很兴奋。

35分钟！这期间可以做多少事啊，孤男寡女的……想着那么迷人的一个陈凤儿躺在宠物猪一样的傅有义的怀里，庄飞心里空落落的，像丢了500万似的。他灵光一闪：在傅有义办公室装个针孔摄像头，看看这对狗男女能干出什么好事。

……

新大平宾馆离县委、县政府大院不远。

这天，阎子丹吃完早饭，走出大门，正准备去上班。突然一个身影从门侧蹿出，“扑通”跪在他面前，高叫“冤枉，请阎书记为民做主！”阎子丹吓了一跳，本能地倒退两步问道：“你，你是谁?”

这种封建社会才有的拦路告状镜头，把一些人都吸引过来围观。告状的是个妇人，50出头的样子，头发斑白凌乱。正在此时，宾馆的保安老王跑过来，粗暴地揪着妇人的衣领说：“起来！起来！这样为难领导，太不像话了！”

那妇人使劲挣扎，哭着说：“阎书记，救救我儿子，我儿子冤枉啊……”阎子丹制止老王的粗暴行为，怒道：“你……怎么可以这样，她是老人家！”老王嗫嚅地退到一旁。那妇人继续说，她是信访局方正他娘……阎子丹一愣：又是方正的事！

阎子丹知道这事不方便在公开场合讲，赶紧轻轻扶起老妇人，把她领到808号房。阎子丹给她倒了杯水，看她喝了口水，缓下气来问：“老人家您别着急，您叫什么名字?”

那妇人说：“我是方正他娘，叫马红妹，是大平县建龙水泥厂的下岗职工，和‘李摇头’大爷算是比较要好的工友。儿子现在被关，还有一个女儿读书，她不得不每天早出晚归卖点青菜，一来补贴家用，二来也好为儿子申冤。不能让儿子这么委屈啊！”

阎子丹说：“老人家您别着急，慢慢说。说起来我妈妈要比您大一点，我就叫您马阿姨吧。马阿姨，方正的事我也听说了，只是了解的不多，您知道什么情况就说吧，我在这听着。”

那妇人说了声：“阎书记，我儿子冤呐……”说罢又哭了起来。阎子丹待她哭罢，微笑着说：“马阿姨，有什么冤屈您就说。”

马红妹感激地点点头，继续说：“我那可怜的儿子，他绝对是受冤枉的，有人故意设套诬陷他。早在出事之前，我儿子就预感到不妙。有一次，我们母子两个在家吃饭，他跟我说，万一他出了什么事，一定要相信他，他是清白的，还要督促妹妹把书念下去，没钱念，就一边打工一边念书。”说到这，马红妹泪如泉涌，“没过几天，我儿子突然就被他们带走了，也不告诉我们他人在哪里，也不让我们见人。你说我儿子受了天大的冤屈，我做娘的心都要滴出血来了。我不甘心呐，我一定要为我儿子申冤。我也找过纪委的乔书记，求他告诉我我儿子在哪里，请他给我儿子申冤。但他不但不搭理我，还骂我胡搅蛮缠。更没想到的是，自从我找过乔书记以后，就开始有人明里暗里监视我，我想去顺州市和省城告状，可是车站不让我买票。前几天我到省城告状去，我就不信这天下没有说理的地方。我那可怜的薇薇就一人在家，差点受了‘张大嘴’的污辱。薇薇说是新来的县委书记救了她，我还不信呢，哪有这么好的官，哪有这么巧的事！昨天，我在街上碰到‘李摇头’大哥，他讲了那天的经过，他还告诉我新来的县委书记叫阎子丹，和别的官不一样，也许可以帮我儿子方正申冤。昨天晚上有一个陌生男人打来电话，他也说了和‘李摇头’大哥同样的话，我这才相信我儿子可能有救了，就在新大平宾馆门外等了几天，终于等到了您。”阎子丹纳闷地说：“你直接找我就行了，为什么要等呢？”马红妹说：“县里很多领导怪我到处告状，都不待见我。你不知道，我去新大平宾馆找你，也有人盯梢。给领导添麻烦，我实在没有办法啊！”

阎子丹吓了一跳。他怎么也不敢相信，现在竟然还有盯梢这种事，那不是解放前国民党特务对地下党干的事吗？他忽然想起了什么，问道：“马阿姨，刚刚说给您打电话的那个男人是谁？”马红妹摇摇头说那男人的普通话很标准，听不出什么口音，只是从他的声音来判断，应该是个中年男子。

阎子丹猜测，这个打电话给马红妹的中年男人，可能和那天打电话给他的是同一个人。他问：“那……你说你儿子受人陷害，有什么证据吗？”马红妹说：“阎书记，你想啊，我的儿子我知道，他老实巴交的，从来不惹事，在县信访局工作干得好好的，非要说他有什么毛病，他也就是认个死理。就凭他，无论如何也不可能去敲诈别人，更何况对方是富丽华这种大公司的老板呢。除非他疯了！”

阎子丹若有所思，马红妹看着他说：“有一天晚上，一个自称姓游的经理说是代表富丽华房地产集团公司来向我儿子反映一些情况，把我儿子骗到西湖大酒店，到了凌晨两点多才把他送回来。我儿子也不知道着了什么道，一直昏睡到第二天下午，醒过来发现一个黑色的皮包，里边是一摞一摞的钞票，足足30万元！”

阎子丹沉下脸问：“那后来呢？”

“还没等他从惊讶中回过神来，那个姓游的经理就带着纪委的同志找上门来，指认我儿子利用职权敲诈勒索，伸手要钱。领导认为，人证物证俱全，也容不得我儿子辩解，当即就把他带走了，从此我再也没见着他。”马红妹哭着说，“县法院判了8年，我儿子不服，正着手上诉的事。我知道他们都设好套了，纪委、检察院、法院都串通好了，我儿子这个小人物在劫难逃，谁让他倒霉呢！”马红妹悲从中来，放声痛哭。阎子丹知道她委屈，由她放声大哭，待她好不容易止住哭声，这才站起来说：“马阿姨您的话我都听进去了，请您相信我，您儿子的事组织上会调查清楚的。这样，您先待在这里别动，等我回来，记住了！”

阎子丹匆匆下楼，准备买点早餐给马红妹，她蹲守那么久，又紧张又委屈，肯定饿坏了。买好早餐，他琢磨了半天，还是打了个电话给县纪委书记乔树，让他9：30把方正的案卷送到他办公室，并且说方正的妈妈就在他的宿舍，让他派人带她回家，好好安抚安抚。

乔树说：“阎书记，她居然到你宿舍胡闹！简直胡搅蛮缠，刁民行径，太不像话了！”

“我看你才不像话！”阎子丹大怒，“你好好查查中华人民共和国宪法，任何一个公民都有权利向上级领导反映情况。即使方正有罪，他老娘有什么罪？你说！”他是真生气了，这大平也真不太平，有匿名举报，有拦路告状，有莫名其妙的盯梢，还有官员如此漠视民困。所有这些都让他这个新来的县委书记碰到了，能不恼火吗？

天空忽然传来一声响雷，仿佛这大平的政治天空正酝酿着一场暴风雨。

阎子丹心里隐隐感到不安。他匆匆赶回宿舍，发现房门大开，而马红妹却不见踪影。保安员老王听说马红妹不见了，吓得脸色惨白：“阎书记，不好了，肯定要出大事了！”

阎子丹说：“能出什么大事？这是县委、县政府的招待所，马红妹就在我的宿舍里！”

“哎呀阎书记，你是不知道啊，这里面复杂着呢。在有些人看来，马红妹是个危险人物，有人专门盯梢的。马红妹刚才当众跪下告状，很多人都看到了，那些人也肯定收到消息了。我看她凶多吉少！这可怎么办呢？”

阎子丹又找来两个保安和老王一起，四处寻找。他跟去监控室调阅录像资料，果然发现情况不对。从录像上看，他前脚下楼买早餐，两个年轻人后脚就上来，没多久就挟持着马红妹从员工专用电梯下到地下室停车场，粗暴地把马红妹塞进车里，然后快速离去。从车的外型来看，应该是丰田子弹头，可惜车牌号被蒙住了。竟然敢从县委书记的房间里挟持人质，这真是闻所未闻，胆大包天！

阎子丹火速赶到办公室，随即打电话给雷大江，让他马上到自己的办公室来。阎子丹非常激愤，突然想起在电话里告诉乔树马红妹在他宿舍的事，随后马红妹就被挟持了，阎子丹不由得对乔树产生莫名的怀疑。这个乔树，得对他进行认真而谨慎的重新认识。

等了一会儿，乔树匆匆赶来。“对不起，阎书记，路上塞车了。”乔树紧张地搓着手说，“这个马红妹，唉！太不像话了，跟我胡闹还不算，居然还跑到县委书记宿舍去胡闹……”

阎子丹拉长着脸，盯着乔树看了一会儿。乔树被盯得心里直发怵，尴尬地躲开阎子丹那剑一般的目光。阎子丹说：“乔大书记，你还在责怪马红妹胡闹吗？我告诉你，这个‘胡闹’的马红妹，已经被人挟持走了，不对，应该说是被绑架走了。就在我和你通话之后的几分钟内！”

乔树说：“阎书记，你说的是真的吗？谁吃了熊心豹子胆，敢到县委书记宿舍绑架?!”

阎子丹很自责，也懒得跟他说这事，便催促乔树：“方正案子的材料呢?”乔树说，一会纪委办公室的同志就送来。

乔树走后，公安局局长雷大江随后赶来。他仍然制服笔挺，二级警督警衔格外醒目，乍一看，的确高大、威武、神气。

阎子丹抬头瞄了一眼雷大江，又埋头继续研讨文件。雷大江很是尴尬，紧了紧衣领，轻声道：“阎书记……”阎子丹这才抬起头，盯着他看了一会说：“大江同志，今天请你来，目的就是听你谈谈咱们县的社会治安情况。开始吧！”

雷大江一怵，他想起那天因为方薇薇强奸未遂案和110接警不出警的事，曾经被阎子丹狠狠批评过一回，他心里一直不服气，当时他慑于阎子丹咄咄逼人的批评，不情不愿地表态要追查这两件事，事实上他却一直躲着阎子丹。他以为阎子丹怎么也会照顾一下他的面子，谁知道他这么执著，还是旧事重提突然叫他谈社会治安情况。雷大江沉默了一会，字斟句酌地说：“阎书记，对于大平县的社会治安情况，不是我说大话，由于我们始终对犯罪分子保持高压态势，目前大平县的治安在全顺州市来说都是比较好的，发案率比较低，老百姓的安全感比较高。”

阎子丹讽刺道：“是吗？这么说大平可真是夜不闭户、路不拾遗喽？你这个公安局局长功不可没嘛。”雷大江心虚地避开他剑一般锐利的目光，阎子丹拉长脸继续说：“可我这个大平的县委书记亲身经历了两件事，第一件事，是县纪委干部‘张大嘴’竟然肆无忌惮跑到方薇薇家犯案，110接警不出警，而你作为公安局局长至今对我没有任何交代；第二件事，就在刚刚，方正的老娘马红妹找我告状，在县委书记的宿舍里被人挟持！我已经交代新大平宾馆报警了。

现在我阎子丹——中共大平县委书记，向大平县最高治安长官报告！”阎子丹声音高了八度，激愤地质问，“这，在你这个公安局局长眼里也是晴空万里，阳光普照吗？”

雷大江说：“阎书记，咱们大平有130多万人口呢，出点小问题也是难免的，总的来说……”他被阎子丹一顿讽刺，禁不住大声争辩。此刻的雷大江似乎忘记了他面前的是县委书记——大平县的第一把手。他继续发泄着不满：“咱们的国情在这摆着，社会转型，各种社会矛盾积累在一起，转型期间的一些不稳定因素不可能一日之内消失，这就是改革开放的代价。我没办法改变，你也改变不了，不是吗？总的来说，社会治安形势确实一片大好！”

阎子丹说：“歪理，强词夺理！”他脸越拉越长，本想好好跟雷大江辩论辩论社会转型的问题，忽然又忍住说，“这是我们的国情还是我们大平县的‘病情’？你自己琢磨去。你现在马上组织警力，把马红妹被绑架的案子给查清，犯罪分子要抓获，最重要的是确保马红妹的人身安全。人家一个老太婆，都50多岁了，如果在我们这些所谓的父母官的眼皮子底下受到伤害，我们还有脸戴头上那顶乌纱帽吗？”阎子丹十分严肃地看着雷大江，“我没脸戴，你也别想戴！”

雷大江还想说什么，阎子丹摆摆手说：“去吧，我等着马红妹的消息，随时给我电话！”然后他自顾自地低头继续批阅文件。雷大江哑口无言，想继续申辩却又理亏。他看看冷若冰霜的阎子丹，切切实实感到了被领导冷落的滋味。不知道为什么，雷大江觉得阎子丹就是自己命中的克星，见到他就不由得心慌。他呆呆地站了一会儿，见阎子丹始终把当他空气一样，只好悻悻地退了出去。

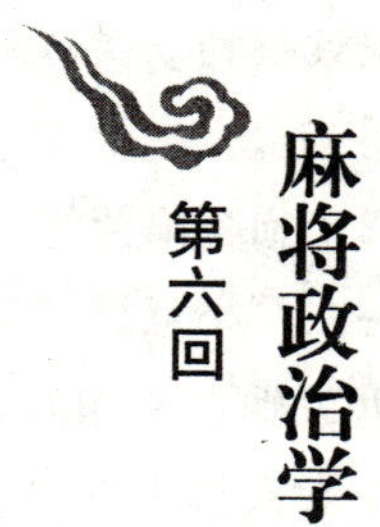

第六回 麻将政治学

教育局的业余生活还是比较丰富的。

周末的晚上，是袁鸿利开展交际活动的最佳时机，一般来说他都会到万绿酒店开间房，或打牌或唱歌，或做一些不足为外人道的事情。万绿宾馆的幕后老板正是傅有义，只不过平时都是小舅子莫鸣在帮忙打理。袁鸿利他们自然把该酒店看成最好的活动据点。

这个周末也不例外，袁鸿利这次决定搞点“经济活动”，也就是打麻将，他邀来自己的顶头上司傅有义副县长，还找来交通局侯奇青，当然不能少了美女作陪——办公室主任胡媚。这胡媚正是当年被王德意性骚扰的乡镇女播音员，后来被傅有义一和稀泥，王德意就顺势把她“招安”了。现在的胡媚早就褪去青涩，变成一个长袖善舞的官场女子。

傅有义副县长的第一大爱好就是和下属打麻将，他常说的话就是：麻将打得好说明有头脑，麻将打得精说明很专心，麻将打得细说明懂经济，麻将通宵嘎说明干劲大，赢了金山不发泡说明心理素质高，输掉裤子不投降说明竞争意识强。

当然，傅有义打麻将算的是“经济账”，识趣的下属怎么也会趁机进贡一点点；而袁鸿利打麻将算的是“政治账”，他进贡多一点，傅有义在工作上就会照顾多一点。大家心照不宣，对这种互利双赢的好事乐此不疲。

这麻将乃中国国粹，千变万化，各地有各地的打法。袁鸿利他们热衷于一种叫“大平庄”的打法，输赢翻番都比较大。袁鸿利手气出奇的好，一上场就连胡几局，转眼赢了5000多块。看到傅有义副县长的脸阴沉沉的，袁鸿利如梦方醒，抓到好牌也不胡，掐着傅有义手头需要什么牌就打什么牌。慢慢地，自己口袋的钞票按计划流出去，而傅有义副县长桌面的钞票越堆越高。傅有义这才龙颜大悦，跟袁鸿利、侯奇青说说笑笑。3个领导大吃胡媚的豆腐，胡媚嘻嘻哈哈，荤素不拒。

期间莫鸣走到牌桌旁买了三四马问：“打多大？”坐在傅有义对家的胡媚告诉他：“五一二，小意思。”胡媚老公在广东中山某建筑公司做包工头，没闲工夫也没心情管束她。胡媚人又极风骚，莫鸣不知深浅早就惦记上这个女人，他可不知道这个女人裤带的另一头还系着姐夫傅有义和更厉害的王德意。莫鸣打开一罐燕京啤酒，边喝边走到她身后看牌。胡媚穿着一件宽松的白衬衣，下身穿一条紧身牛仔短裤，胸部饱满，依芬牌内衣若隐若现，两条又白又嫩的修长大腿轻轻而有节奏地颤动着。莫鸣的脐下三寸马上就有了反应，赶紧呷了一口冰凉的啤酒镇住。胡媚显然手气不顺，从头到尾就没胡过一把。傅有义挑逗说：“胡美女，你不是被我自摸就是被我点炮，我赚大发了。”几圈下来，胡媚把钱包输得空空如也，莫鸣讨好地掏出一大叠钞票数也不数扔到她面前：“用我的！”

打到东方既白，个个面有菜色，便推牌散局。侯奇青说早上有个会，夹起皮包匆匆走了。胡媚“滴滴笃笃”奔洗手间补妆去了。袁鸿利便说：“傅县长，您累了，就地休息一下？”于是又开了一个套间，将傅有义副县长送了过去。他又聪明地打了一个电话：“喂，兰兰吗？对，我们又大战了一个晚上，现在傅县长在万绿1206休息呢，对……那我把他交给你了，放心，对你还能不放心吗？”兰兰姓米，是县附中的教导主任，和傅有义的关系明眼人一看就心知肚明。

袁鸿利安排好这一切，想起傅有义前几天跟他说过的话：“鸿利啊，你那档子事，我保证尽快上报县组织部，当然县委常委会还要讨论，你还得想法子活动活动哟。”他反复咀嚼傅有义的话，像孩子吃糖一样兴奋又激动。

胡媚不知何时从洗手间钻了出来，冲他露齿一笑。他吓了一跳：“咦，你还在？”胡媚扭扭捏捏说想陪陪他。

袁鸿利见她胸高臀大，一副久经沙场的样子，有点犯怵地推说：“想陪陪我？你提着猪头进错了庙门？擦我的皮鞋是没有用的。”

胡媚说："有用！我这个主任都当3年了，做得腻歪了。等你这个代理局长摘掉'代理'帽子的时候，不要忘记我哟。你分管我们办公室，不也得关心关心我的进步吗？在党组会上多说几句好话，不行吗？嗯……"胡媚说着说着开始撒娇。

袁鸿利沉吟道："按说凭我们的关系，这个忙嘛一定得帮，不过……不知道傅县长心里是什么想法，教育局的事，我说了也不算，得看他这个分管副县长的。他不吭不哈，我先提出来，反而帮倒忙。你干脆直接擦傅县长的'皮鞋'得了，也许人家觉着痛快，你的事儿就妥了！"

胡媚说："我只要你做个顺水的便宜人情，在组织部谈话的时候帮我说句话就够了，县领导那边我心里有谱。你刚刚和米兰兰的电话我都听见了，人家说'埋头苦干一百件事，不如跟着领导干一件事'，我看你跟傅县长的关系铁得很！只要你肯帮，就一定帮得成。袁局长，我一直都是你的人呐，什么时候都向着你，去年年底年度考核，我好话说了一箩筐。如果组织部今后考察你，没说的，我还向着你！"

袁鸿利玩了个通宵，哈欠连天。他走到床边，把自己甩到床上，席梦思发出痛苦的"吱哑"声。胡媚俯下身子，就要帮他脱衣服。袁鸿利作势推拒，胡媚嘴巴一撇，道："袁局长，你怕什么？人家傅县长还和米兰兰出双入对呢，现在说不定已经在床上百般恩爱了。你倒好，老虎的身板老鼠的胆！"

袁鸿利说："我哪敢跟傅县长比！你没听说过'权力是最好的春药'吗？讲起权力，我这个代理局长是孙子，人家傅县长才是大爷！"他往床里边靠了靠，胡媚却又挤得更紧一些，一双软绵绵暖乎乎的玉手放在他胸前，轻轻把玩他的浓密胸毛："两厢情愿，谁管得着！我胡媚是个识大体的女人，绝对不会有非分之想，床上事，床上了，绝不拖泥带水。你常说同事之间要互相关爱，难道你就不能给我一点点关爱吗？"

袁鸿利说："我怕……"胡媚突然整个人压下来，不让他说下去。他完全没想到这个婆娘身上会蕴藏着这么惊人的力量，像一头死了崽子的母狼一样，要一口把他吃下去。袁鸿利闻到浓烈的奶香味，只好闭上眼睛任由她摆布。胡媚东摸摸西摸摸，把他脱得精光，一边还哼哼叽叽。袁鸿利经不起她折腾，也起了兴儿，却终究有心无力。胡媚光溜溜地坐起身来，轻声问："你……真的紧张了？"袁鸿利尴尬万分："唉……我紧张就这样。"

胡媚说："你那是心理障碍。我有办法替你放松放松，保证卸下你的思想包袱！啧啧啧……我还真是没想到，咱们袁局长原来道行这么高，还坐怀不乱呢。”袁鸿利懊恼地说：“什么坐怀不乱？老子是想乱却乱不成。”

胡媚像行家一样侃侃而谈：“不奇怪，打了通宵的麻将，筋疲力尽，加上思想包袱太大。我知道你的妻子叫陈泠雨，曾经的‘大平之星’冠军！你妻子漂亮又有才华，风姿绰约，气质高雅，和她比起来我就是庸姿俗粉呗。哼，难怪你没兴趣。”

袁鸿利不由得叹了口气，悠悠地说：“婚姻就像穿鞋子，舒不舒服只有自己的脚知道。在别人眼里，我这老婆又漂亮又有气质，还是个才女，一定很幸福美满。其实根本不是这么回事，不怕你笑话，我们已经很长时间没有过夫妻生活了。她和我都30岁，别人像我们这种年纪最不济也是‘每周一歌’，我们呢连‘半月谈’也说不上，一个月都难得一次。现在更夸张，都快成‘季度奖’了。更气人的是，她从来不主动，你要她她还百般不情愿！”

胡媚说：“奇了怪了，‘三十如狼，四十如虎’，你们正当虎狼之年嘛！难道她性冷淡？妇科病？还是……”

袁鸿利说：“胡说！她没病，如果有，那也是心理疾病——精神洁癖。她这个人也瞧不上，那个人也看不惯，就像…….就像是神雕侠侣中的小龙女，一副不食人间烟火的模样。我知道她最瞧不上的人其实就是我，一会儿嫌我在领导面前卑躬屈膝，像李莲英，一会儿又说我一身肥肉直晃荡，像大贪官。呃，你说说，我这模样真的就像大贪官吗？简直是鸡蛋里面挑骨头嘛！”

胡媚拍拍他的大肚皮，笑得花枝乱颤：“到底是夫妻啊，说得真形象。你看你，肚皮鼓得像我们女人怀了孩子似的，有8个月大了吧？哈哈……贪官都长这样，你老婆还真没冤枉你。刚才你功亏一篑，其实和你一身肥肉大有关系。十个胖子九个痿，还有一个早泄鬼，你最好减减肥。”

胡媚看他懊恼，便收起笑声安慰说：“其实我们应该同病相怜才对。我那死鬼老公在广东中山做生意，赚了不少钱，根本没把我这个三两千块钱工资的公务员看在眼里，一年半载也难得回来一次。他肯定在外面养女人了，我就不相信他能熬得住……袁局长，咱们同是天涯沦落人，更应该互相安慰才对。”胡媚拿眼睛勾他，再次强调，“袁局长，我是个爽快的女人，对你的家庭可没什么兴趣，你就把心放到肚子里去吧。”

袁鸿利说：“那就来吧！”

第二天是星期六，陈泠雨吃过早饭想去顺州市看女儿，她想跟袁鸿利照个面再去，夫妻间有些话还是要说的。

陈泠雨的女儿叫袁妮，才4岁，长得粉嘟嘟的，非常聪明，几乎就是陈泠雨小时候的翻版，现在在市区小太阳中英文幼儿园读大班，一年好几万学费，贵得离谱。袁鸿利在女儿身上是很舍得花钱的，在市区买了套房子，由他爸妈住着，也好照顾孙女学习和生活。女儿是陈泠雨的心头肉，是她的牵挂和骄傲，只要情绪不好，她都会想去见见女儿，那心情仿佛就像女孩子去见自己热恋的男友一样。她越是看不惯袁鸿利，就越发依恋自己的宝贝女儿。

快10点了，袁鸿利还没回家。从3年前当上副局长开始，他就经常夜不归宿，用时髦的话来说就是“回床率”越来越低。开始，他还会打个电话发条信息说一声，敷衍说有饭局，后来，干脆连敷衍的话也懒得说。对于丈夫，陈泠雨是从不过问他在外面的花花事儿。其实她一人在家，反而轻松自在，连空气都是纯净的；而丈夫一旦在家，她就觉得烦。她最讨厌丈夫在家里穿着大头裤衩，裸露上身，一身肥肉晃荡来晃荡去，腻味得喘不过气来。她想不明白自己为什么就这么讨厌他，其实也懒得想。

陈泠雨懒得再等，她考虑是给袁鸿利打电话呢还是留字条，犹豫了一下，最后决定给他留张字条。她讨厌丈夫苍白的嗯嗯呀呀的回应，更讨厌从电话里听到他周围的麻将碰撞声和酒杯交碰声。她知道和丈夫混在一起的自然都是那些花着公款、吃喝嫖赌、又天天把“积极工作”挂在嘴边的公仆们，她绝对不愿意自己的名字从他们嘴里吐出来，她觉得脏。有一次，在和丈夫通电话时，她听到电话那边一个猥琐的声音在问：“老袁，你老婆的电话吧？就是那个‘大平之星’冠军吧，漂亮！你老兄好艳福啊……”然后是丈夫得意的笑声，有时还夹杂着嘻嘻哈哈的暧昧笑声，她恶心地要窒息，胃里翻出一阵酸味，从此绝不在丈夫“应酬”时和他通电话。

陈泠雨把字条搁在大厅茶几上，提起行李包就要出门。袁鸿利忽然回来了，边脱鞋边问：“要出门？去哪里啊？”陈泠雨说去市区看孩子，很久没去了怪想的。

袁鸿利说：“以后再去吧，我想和你说说话……你不觉得我们需要沟通沟通吗？”

陈泠雨放下包，坐到沙发上却不看他，静静等他开腔。袁鸿利说：“我一夜没回，你怎么也不问问我干什么去了。”

陈泠雨说：“我不想问，这是你的自由。”

袁鸿利摇摇头：“哪有你这样做老婆的，老公夜不归宿竟然也懒得过问，说明你心里根本没有我。当然，谢谢你给我这样的自由，但我也对得起你的信任，我从不胡来，不信你问傅县长，问我们办公室胡主任也行。”

陈泠雨忍不住一阵反胃，讥讽道：“问他们?”

袁鸿利说：“他们怎么了，他们也是有头有脸的人。如果你认为应酬、打麻将、卡拉OK之类也是腐败，我无话可说。不过有一条我对得起你，我从来没学着他们在外面搞女人。你不在乎我，但我在乎你，我一直在谨慎地把握自己，这是事实!”

陈泠雨转过头扫了他一眼。袁鸿利的眼神闪过一丝慌乱，他肉乎乎的左腮帮子有两弯淡红的月牙。陈泠雨知道那代表什么，她心里揪了一下，但脸上风平浪静，她已经没兴趣和他讨论这问题。

袁鸿利说：“我觉得，我们不能再这么下去了。你必须改变你的精神洁癖，别这也看不顺眼，那也看不顺眼，多累啊。我特别希望你对自己的老公能正确对待，要致力建设一个和谐的婚姻家庭生活……我不想活在你鄙视的目光里。我的要求，不过分吧？比如，你老说我们几个混在一起的领导是贪官，也说我长得像贪官，你老公是贪官吗？你这不是自个给自个找不自在嘛……”

陈泠雨说：“呵呵……我能自在吗！和你混在一起的都是些什么人，谁不知道？还有你，时不时往家里弄几条烟，几百上千的中华一条一又条，你哪来的钱？还有，你不贪，哪来的钱把妮儿送到市区的贵族学校？我告诉你，我这次去市区看妮儿，就是想给她物色一个新学校，咱们女儿读书也要读得清清白白!”

袁鸿利涨红了脸：“你这个女人，真是不可理喻，对自己老公也吹毛求疵！再说我这算什么啊？你知道吗，前几天我到小区便利店买酒，老板娘说一个领导家属一次就卖给她50瓶XO。这个社会就这样，优胜劣汰，适者生存，这样的事儿还少吗，你怎么就不开窍呢。”

陈泠雨站起来，打断他的话：“我不想再听下去了。我们别互相指责，也别指望改变彼此，就这样吧。不过现在请你去清洗清洗自己，你知道我有洁癖，你身上的气味我受不了。”她忍了忍，终究没忍住，又加了一句，“还有你的腮帮子，多打点肥皂把那东西洗掉。”

袁鸿利心里有鬼，慌乱地钻进洗手间，往镜子前一站叫了声不好。在他左腮帮子上，赫然印着两道鲜红的唇印，仿若两根硕大的香肠，分外妖娆。该死的胡媚！他捧把水慌乱地把它擦掉，又急急跑出大厅说：“泠雨，泠雨，不是这样的，你听我解释。”

陈泠雨已经出门了，落寞的背影越走越远，越来越模糊。她其实是听到了袁鸿利的叫喊，但她懒得回答，快步走出机关宿舍区，直奔不远处的汽车站。真是奇怪，本来她心情很平静，但一坐上去顺州市的大巴，觉得离自己的女儿越来越近，忽然眼睛就泛红，流下泪来。她低头在行李包里翻找面巾纸，忽然一方白白的纸巾从后座递过来。回头一看，原来是庄飞："怎么是你啊，庄飞……"

庄飞笑道："人生何处不相逢，你这是怎么了？"

陈泠雨说："刚刚上车，眼睛里进沙子了，没事。"

庄飞知道，她眼睛没有进沙子，是心里进了沙子。陈泠雨夫妻的事外边的人是知道的，只不过大家都不说破，毕竟陈泠雨是个很自尊和敏感的人。庄飞对陈泠雨这个老同学一向是很感激的，当年陈凤儿和他分手时，陈泠雨还帮着做了不少补救工作，虽然没挽回伊人之心，但庄飞是领情的。他们在路上轻声地聊天，聊当时大学里的一些趣事，至于感情和婚姻的事，他们都心照不宣地回避。庄飞想，陈泠雨、陈凤儿两姐妹都是天生丽质，岁月似乎在她们脸上没有留下任何痕迹，而自己眼角的皱纹却向鬓角呈放射状地延伸。庄飞不由得感慨：人和人就是不一样。

眼看就要进入市区了，陈泠雨忽然问："老同学，你说我这人是不是很孤僻啊？"

庄飞摇头："才不是，你一点也不孤僻，是看透世界，不随波逐流。你很了不起，我说真的！"

她淡淡一笑，自言自语地说："也许我们3个同学当中，还是凤儿把这世界看得更透。如果我们都像她那样，在机关里如鱼得水，谁知道是祸是福？"

庄飞说："那不一样，陈凤儿是陈凤儿，陈泠雨是陈泠雨，这个世界像陈凤儿这样的女孩子多的是，像你这样的女孩子却独此一家。你们啊，一个是追逐富贵的牡丹，一个是孤傲沉静的菊花，我特别尊重你这位老同学，真的！"

陈泠雨似乎很惊讶："怎么这样说凤儿，我还以为你旧情难忘，郁郁寡欢呢，搞得我一直不敢在你面前提凤儿的名字。"

庄飞悠悠地说："也许吧，凤儿毕竟是我生命中永远不可替代的一部分。我爱她，但我不喜欢她为人处世的方式。"

陈泠雨沉默不语，静静地想着心事。庄飞敏锐地捕捉到她心中的一丝丝沉重，柔声说："其实我们大家都蛮佩服你的，我敢说，其中包括许多领导！你的能力，你的洁身自爱，都是有目共睹的，也不是一般人可以拥有和做到的。当然，如果你凡事都不较真，装糊涂，就像有的女同志一样，圆滑一点，世故一点，嘴上荤素不拘，领导想在口头上占点便宜就由他们去，反正也不少块肉，这样也许就能在机关里如鱼得水，顺风顺水了，你说呢?"

陈泠雨点点头："我还是省省吧，这事我做不来，我也不羡慕人家如鱼得水。"

庄飞说："你啊就是太纯粹。"

陈泠雨说："纯粹点好啊，毛主席说要做一个纯粹的人，这样做人心灵清静……我有时真想不通，我只不过想过清静的日子，为什么别人就觉得我是清高呢？包括你和凤儿都这样。"

庄飞笑笑说："对于你来说，清高不是模样，是气质，就像菊花的香气，淡雅而悠远，自己也许不觉得，别人却是十里闻香。你这种人呐，想不清高也难。"陈泠雨淡然一笑，再不作声。

下车作别时，陈泠雨不忘开解庄飞："你呀是个好人，就是有点蔫儿坏，对感情又太执著放不下。如果一生都在等一个永远都等不到的人，那就意味着用一生来参与一个输定了的赌局，不值得的。该忘记就忘记了吧，该放下的就放下吧，找个合适的好女孩过日子，平淡的日子才叫神仙日子。相信我！"

庄飞的蔫儿坏和对感情的执著是出了名的，陈泠雨这么说他自然是意有所指。在陈凤儿与张刚强的婚礼上，庄飞大大方方应邀前往。这大平婚庆除了闹洞房之外，还有个闹宴的风俗，在宴席间就迫不及待地闹开了。庄飞待到新郎新娘过来敬酒，他两手各托一盘子，一盘是枣泥加水饺，一盘是枣鹅加水饺，非要让陈凤儿说出哪个菜更好吃，不说还不让通过。陈凤儿嗫嚅了半天说："枣泥水饺没味道，枣鹅水饺味道好点。"庄飞斜眼看着张刚强阴阳怪气地大叫："好啊，好啊，凤儿说找你睡觉没味道，找我睡觉味道好点……"满桌都大笑，电视台的詹建国台长趴在桌上笑得喘不过气来，张刚强呆了一下，突然将手中的酒"哗"的一声泼在庄飞脸上。庄飞但觉冰凉的酒水缓缓地流过滚烫的胸口，爽极了。

庄飞永远无法忘记陈凤儿，着实浪费了陈泠雨的一番语重心长。分别后他直奔顺义路某小巷的一家小IT器材店，他要办自己的事去了。他早就在网上搜索到该店的有关资料，这次就是来买无线针孔摄像头，500万像素的，足够清晰了。

庄飞在等待时机，他必须寻找机会，正大光明地进入傅有义办公室，然后把针孔摄像头安装在某个合适的位置上，关键是要做到神不知鬼不觉。庄飞很清楚，他这样做是违法的，但他被一种神秘的力量支配着，不由自主，甚至在一种亢奋的状态下做着这一切。或许真的被陈泠雨说中了，他确实对陈凤儿旧情难忘。

第七回 『1加5圆桌峰会』

在大平县通往顺州市区的公路上，一辆沃尔沃正往市区方向疾驰而去。

雷大江依约参加“1加5圆桌峰会”。他在车后座舒服地摊开四肢，右手拇指熟练地拨了个号：“老爷子，我是大江啊，您在哪呀？我……我刚刚进入市区，好的，好的，马上到……”

沃尔沃轿车在顺水河边的沿江路穿行，没一会工夫就开到了市迎宾馆门前，雷大江下了车，钻进了市迎宾馆。随之乘电梯前往18楼，进入了其中的一个房间，只见王德意和张永发正交头接耳低声说话。见到雷大江，王德意立马站起身迎了上去，两双手热烈地握在一起，像生死战友久别重逢一般。

雷大江说：“老爷子你走了，我们可受罪了。”

张永发说：“大平全乱套啦！那个乳臭未干的交阎子丹，当什么县委书记，做人一点也不成熟，做事一点也不稳妥。也不知道组织上是怎么考虑的，把这种人放在一把手的位置上。你说阎子丹他懂什么啊？官字怎么写的可能还不知道呢，就学着人家当官了？你看看，他上任以来都做了些什么，不就是发动干部群众扫马路，倒垃圾吗？哪有县委书记这样当的，荒唐！荒唐！”

王德意说：“我都听说了：抓壮丁，扫大街，当咱干部是契弟。很有意思嘛。”

雷大江说：“姓阎的就是会来事，前段时间还把我和张永发晾在会场外面呢！说是迟到的一律在外面听会。‘炒作’嘛！制造新闻嘛！小丑啊小丑，我看他就是学《非诚勿扰》学坏脑子了，热炒，狂炒，反复炒作某人的私生活，炒来炒去，不就是为了吸引眼球嘛。可恶……”

王德意冷冷地说：“好嘛！我在大平5年，你们养尊处优，有时还抱怨我管你们管得太严。好了，现在姓阎的把你们赶去扫马路体验生活去了吧！”

雷大江拿起茶几上的钓鱼台香烟，恭恭敬敬地给王德意点上一支说：“老爷子，方正那事很麻烦，他那个老娘不知怎么的，前几天竟然闯进新大平宾馆，找阎子丹告状去了！”

张永发说：“方正就是个祸害，得想法让他闭嘴，否则会坏大事的。”

王德意闭着眼睛，悠悠吐了个烟圈，突然问：“这老傅、老吕怎么搞的，还不到，什么作风！”

雷大江也冒火了：“也不看看都什么时候了！这个老傅，就是磨蹭，他妈的只有见到美女时他才猴急！说到阎子丹，我就头疼。他给我下死命令，必须尽快把马红妹找着，随时向他报告。”他咕嘟一声，很响地喝了口水，接着说，“他妈的，那帮狗东西，一个老太婆都看不住，竟然让她混进去找到了阎子丹。这下麻烦大了。”

王德意说：“不是让你派人盯着这个老太婆吗？怎么还是让她混进去了？”

雷大江说：“亏这个老太婆也想得出来，竟然学古人拦路喊冤！”

张永发说：“我看这事不简单！背后一定有高人指点。你想啊，她一个下岗的老太婆不看书不看报，懂什么啊。阎子丹长什么样子？住在哪里？什么时候上班？她怎么知道的，背后肯定有人唆使……这事我是越想越觉着不对劲！”

王德意站起来，开始踱起他著名的企鹅步说：“有人指点是肯定的。这种烂事就怕闹，不闹没问题，小闹小问题，大闹大问题。至于阎子丹，千万别小看他，他可不是省油的灯，说不定会把大平县闹得鸡犬不宁。不信，你们就看着吧。”

王德意说话没有人敢打断。他继续发挥他特有的领导思维，绕着圈子踱着标志性的企鹅步说：“大江说姓阎的不会当官，我看他当官的手腕厉害着呢。他借着整顿会风的机会，把张永发晾在外面听会，摆明了就是给前朝旧臣们下马威。还有，他动员你们干部职工扫大街，他卷起裤筒子撸起袖子，一身臭汗的样子，电视上一播，老百姓还不说他的好？不得了，不得了，这小子太有手腕了！”

正在这时，傅有义火急火燎地进来了。王德意说：“有义也来了，‘1加5

圆桌峰会’就差乔树了。今晚咱们好好喝几杯XO怎么样？六斤装！”

张永发说：“好，六斤，六六大顺，祝老王爷今后顺风顺水，好好照顾我们这些小弟。”

王德意微笑说：“放心！我永远不会忘记你们这帮好兄弟的。酒嘛肯定管够，好歹我也是一个副市长，革命也不能不喝酒，是吧？”

傅有义忽然说：“老爷子，那个姓阎的也到市里来啦！”

雷大江说：“你和他一起来的？”

傅有义说：“想到哪里去了！我是看到他的车，他还是那部本田雅阁，A79079号，打眼得很！我在后面慢慢跟着，跟到顺州河的四通桥头，被他甩掉了。”

雷大江说：“姓阎的小子够狠，老王爷一走，就把一号沃尔沃的小许给踢开了。”

王德意示意大家坐下：“有什么法子，现在人家是大平的一把手。我是不在其位不谋其政，说不上话喽。”

雷大江说：“小许向来都是一把手的司机，现在守着一辆空荡荡的一号沃尔沃，怪可怜的！听说小许托人说了不少好话，姓阎的装聋作哑，就是不点头。”

张永发问：“老王爷，您说姓阎的来市里干什么？”

王德意想了想说：“明天开市委常委会，可能研究干部的事，嗯……应该是这事。”

雷大江激动地说：“他妈的，老子的乌纱帽还攥在姓阎的手里呢！现在老王爷走了，我们是没了娘的娃，他就拿我和有义、永发下刀子……

德意说：“听说老乔也遭罪了？”

雷大江啪一声拍着额头说：“可不是嘛！还不是因为那个方正的事，可被姓阎的折腾惨了。”

王德意说：“打电话把老乔叫来。”

雷大江摇摇头说：“人家现在敏感着呢。我叫他过来，他在电话里吱吱唔唔说有事脱不开身，让我给您带个好。我看他八成叫姓阎的整怕了，恐怕是要跟咱们保持距离喽。”

王德意不悦地说：“请都不来，还问什么好啊？我看他就是不如大江，一个县委常委、纪委书记怕什么？见到姓阎的就打哆嗦了？没出息！”

张永发说：“乔树是身不由已，谁让他是纪委书记呢？方正的事把他弄得焦头烂额，他有什么办法，他得善后。”

王德意烦躁地在室内转起圈来：“让法院尽快结案……方正一条小泥鳅，还能翻了天？他要上诉，就让他上好了！”

雷大江说：“老王爷，别忘了这中间还夹着一个姓阎的呢。我看这事还得你出马，跟下面通通气比较好。”

王德意看看手表，不耐烦地说：“老吕呢，大江打他手机。拖拖拉拉的，什么作风！”

雷大江急忙拨通吕正伟手机，吕正伟说不用等他，他来了直奔餐厅就是。

王德意说：“行吧。今天还有一位重要客人。”他取出手机，按了一个号码。

雷大江、傅有义、张永发三人面面相觑，他们再加上吕正伟、乔树号称“5大金刚”，是王德意的5根权力支柱。一般来说，在“1加5圆桌峰会”这种场合，王德意是不会再叫别人的。看来这个神秘的客人来头不小。

放下电话，王德意说：“我敢叫他来，那就是信得过的自己人。这客人是通天人物，今后少不了找他帮忙。”

雷大江说：“老爷子的客人自然不是凡人。”

王德意神秘地一笑：“别打听，来了就知道了。走，喝酒去。”全部人都进入了一个雅间，王德意自然坐在首座，大家依职位高低团团围着他坐下，只留下王德意左边一个位置。这时服务小姐领着一个30出头的小伙子走进来，王德意急忙站起，迎上两步，热烈地握住他的手说：“哎呀，邱处长，可把你盼来了。”随即转身，得意洋洋地对大家介绍说，“省国家安全厅的邱处长，不得了，30出头，都做处长好几年了。”大家恭恭敬敬地抢着和邱处长握手。

王德意高举酒杯说：“来来来，这一杯，我们大家热烈欢迎邱处长的到来！”说着带头干了杯，“邱处长，XO酒不上头，这些都是兄弟，放开了喝。”接着张永发、雷大江、傅有义轮流给邱处长敬酒。看看6斤装XO快喝了三分之一时，吕正伟赶来了。

“老爷子，诸位兄弟不好意思了，我迟到了。”吕正伟靠近王德意耳边，压低声音说，“老王爷，市委常委明天研究干部吧？”

王德意微笑着小声说：“正常情况，先不理它。”随后高声说，“老规矩，谁迟到罚酒1杯！”吕正伟端起酒杯，咕嘟一声喝了下去。王德意说：“正伟就是牛啊，到底是大企业家啊，财大气粗胃口好。”随后又说，“大江，我看人家老吕喝酒就是比你爽快！来来来……老吕，我给你介绍一下，这位是邱处长，你们亲近亲近。”

吕正伟伸出手一边握一边说：“幸会幸会，邱处长，我来迟了，敬你一杯。”说罢站起来，恭恭敬敬地给邱处长倒了半杯酒。邱处长也站起来，在吕正伟肩膀上轻拍两下说：“吕总，久闻大名，咱俩亲近亲近，您是老爷子的得力干将啊，前途无量！”说罢诡秘地一笑，又仰头豪气冲天地大笑起来。吕正伟只觉得肩头一沉，心里道“没大没小，来头不小！”他看王德意把他当祖宗敬着，又觉得邱处长痛快，心里不由得也高兴起来，一仰脖子把酒全倒进肚里，呛得直咧嘴。

王德意如同军帐的统帅，谁跟谁碰杯，谁喝了多少杯，他心里有数，始终掌握全局，控制着喝酒的节奏，喝到酣处，悄声叫过司机，安排邱处长去“下半场”了，自己领着大家继续进行他们的“1加5圆桌峰会”。

5大金刚等邱处长一走，变得活跃起来。

雷大江说：“我看那姓阎的来者不善，善者不来，打定主意拿咱们兄弟开刀了。老王爷你得为我们做主啊。”

“是啊，是啊。”傅有义说，“张永发那才叫惨，迟到几分钟竟然被晾在外面听会，闻所未闻，打击报复嘛！中央政治局开会也不至于这么严格，开什么玩笑嘛。做秀，绝对是做秀！”

张永发趁着酒劲说：“政治小丑，不做实事就知道拿我们开刀。”

王德意胸有成竹地说：“你们也要夹起尾巴做人，犯不着和他对着干。他才38岁，血气方刚，表现欲望强烈一点，可以理解嘛。你们要小心应对，避其锋芒，要抱团少张扬。等他折腾累了，自然就转移目标了。像他这种人年少得志，三分钟热度一过就好相处了。”

6斤装喝完，雷大江、傅有义、吕正伟陆续走了。王德意示意张永发留下，他压低声音面授机宜：“永发你要特别注意，鸬鹚村那块土地的事儿千万要处理好，该做的工作要先做到前面，别又让姓阎的抓住什么辫子。”张永发频频点头。王德意不放心，又叮嘱了一番。

中国就是这样，一朝天子一朝臣。主要领导变动，下面的各路诸侯有喜有悲，有惊心动魄的，有蓄势待发的。现在5大金刚就属于惊心动魄的一类，他们对阎子丹的未来走向不明所以，惴惴不安，留恋着旧主子王德意在位的好日子。张永发尤其害怕，方正那案子的源头就在他们国土局。目前最着急要做的，就是把屁股擦干净。

……

天刚露出鱼肚白，一辆本田雅阁轿车从大平县城的方向往顺州市区驶去，卷起落叶和灰尘，路边的环卫工人吓得往旁边一躲。

本田雅阁轿车进入市区后稍稍减速，到了总相宜宾馆门口，车子减速进入了地下车库。乔树从车里钻出来，他身穿黑色风衣，竖起大领子，慌里慌张地走进电梯。

“笃笃，笃笃，笃笃笃……”908号豪华包房外响起一阵急促的敲门声。正在酣睡的王德意一惊坐了起来，心里砰砰跳个不停。自从阎子丹接替他之后，他就莫名的得了神经衰弱，睡得再死也经不起一点点响。床上一位体态丰腴的美女头发散乱，睡眼惺松，正是胡媚。胡媚嘟囔着：“谁啊，大清早的这么讨厌!”

王德意昨晚杀伐过度，整整一夜没让胡媚好好休息一下。他竖起食指在嘴边做了个噤声的手势，侧了侧身，凝神倾听，敲门声更加急促！王德意一下跳起蹦到地上，双手忍不住颤抖，压低声音催促：“快点，快点，把衣服穿上，我感觉不太对劲!”

胡媚吓得语无伦次：“啊，怎么办呢？怎么办呢？该，该，该不会是纪委的人吧?”

王德意强作镇定：“屁话！你就不能盼我一点好，纪委来了你就开心了?”

胡媚噘着嘴说：“这是你自己讲的……看你那贪吃怕烫的样子!”两人伸腰蹬腿，慌慌张张地穿好衣服。王德意又做了个噤声的手势说：“别声张，待在里边。”说罢轻轻关好门，蹑手蹑脚来到外间，一边用手理理稀疏的头发，一边把耳朵贴在门上：“哪位?”

门外的人应了一声：“是我，乔树!”王德意舒了口气拉开门。乔树一脸慌张地杵在门口，双手不停地揉搓。王德意生气地说：“什么事，一大早慌里慌张的，亏你还是县委常委呢!”

乔树苦笑道：“老爷子，你，你，你这回一定要救我!”王德意掉头往房里走。乔树跟进来，随手轻轻关上门。王德意抽出一支烟，乔树急忙点着，手抖得跟筛糠似的，点了几次才点着说：“听说昨天市委常委会议在研究大平领导班子的事……”

王德意问：“嗯……你这么快就听说什么了?”

乔树哭丧着脸说：“阎子丹要拿我祭旗，他看我好欺负!”

王德意皱起眉头说：“我的乔书记，乔大人！你好歹也是县委常委、纪委书记，慌什么啊！大平不干，还有其他县嘛，县里不行，还可以来市里嘛，怕没位置吗？他阎子丹再心狠手辣，也不能把你的副处给撸了，组织上不允许嘛！”

乔树嘴唇发抖地说：“我听说了，姓阎的准备把我的县委常委、纪委书记废了，什么位置也没给我留，要把我晾起来！这可怎么办呢，怎么办？”

王德意忙安慰他，说：“那纯粹胡说八道，组织上从来就没有这样用人的。”为了强调，他还拍着胸脯说，“放心，组织原则我还是懂的，你的消息不可靠，不可靠。”

乔树仍是一副苦相说：“千真万确。姓阎的连我的接班人都找好了，叫梅剑锋，市纪委下来的！”

王德意吃惊地说：“真的？不可思议，对你一个堂堂的副县级干部能这样，像一条咸鱼一样晾起来？”他直勾勾地盯着乔树，松弛的两腮帮子耷拉得更厉害了，“难道是就地免职回家待岗？”

乔树几乎在哀嚎：“就是，听说就是这样。恐怕，恐怕……”他结巴了半天，终于壮着胆子说，“恐怕有点不妙，万一方正那事翻出来，再扯上什么事，我免职事小，恐怕王副市长你……”

这不是在威胁王德意吗？这个人可是他一手拉上来的！王德意怒视着乔树，当年要不是看他听话、会吹会拍、能跑能送，怎么会把一个畏畏缩缩而又政声败坏的镇长越级弄上来当什么纪委书记，现在倒好，遇到点难处就掐他这个大恩人的脖子！他又愤怒又好笑，就凭你乔树能威胁我堂堂副市长？然而一想到方正，王德意马上由愤怒转为莫名的恐慌，他深深吸了口气努力镇定下来，习惯性地端出领导的架势，不屑一顾地说：“小意思嘛，我就不信他方正还有咸鱼翻身的那一天。你大小也是个县委常委，是组织的宝贵财富，你要对组织有信心，组织培养一个干部不容易，不会委屈任何一位干部的。”

乔树还想说什么，王德意打断他：“老乔你是老共产党员了，要经得起组织的考验，这点自信应该有吧，嗯？其实组织考验考验你也是好事，没什么了不得的嘛。你被一条不着边际的小道消息就弄得惊惶失措，真要有点什么风吹草动，你岂不是要跳进顺水河？回去吧，回去吧，你的事我帮你留意留意，我就不信这个邪，难不成顺州市常委全都听姓阎的了？”

乔树说：“老爷子，那就全靠您了！”他站起来往外走了几步，到门口又回过身来，“老爷子，我个人事小。我一直有个担心，就是怕方正把鸬鹚村那块地的事儿翻出来，我感觉这事好像被姓阎的盯上了。他正在催我把方正的材料给他，催命鬼一样。老爷子你说我该怎么办好？”

王德意说："你自己琢磨着办，根本原则是不能如了姓阎的意。"他松弛的两腮帮子一塌，脸色极其难看，"就这样吧，不留你吃饭了，走的时候注意点形象。"

乔树还是跟以前那样，临走时恭恭敬敬地伸出双手，王德意根本不耐烦做这无谓的程序，很机械地伸出手，乔树只摸到王德意的两个手指头，还没来得及热情一握，那两个尊贵的手指头就缩了回去。

乔树满腹心事，拖着沉重的脚步走了。

不知为什么，王德意听到乔树提到"方正"这两个字，突然心烦意乱，恨不得他马上从眼前消失。这个平日里唯唯诺诺的手下，和雷大江、傅有义、张永发、吕正伟号称自己的5大金刚，原来怎么看怎么顺眼，没想到这么经不得事，一条小道消息就把他吓得唇白面青。他突然间从心底生出几分鄙夷来。

王德意回到房间，再也无心干那些花红柳绿的事。他揭开被子，胡媚撅着屁股还赖在床上。他拍拍那肥肥白白的屁股，粗鲁地叫她赶快离开。床头的手机忽然响起来，王德意看看号码："喂……又什么事啊？……知道了，知道了，等周末我回家再说吧！好，好，就这样！"

胡媚不屑地说："你老婆吧？瞧你怕的。"

王德意说："少啰嗦，快点走，注意别让人看到。"

王德意洗漱完毕，躺在沙发上闭目养神。他不同于傅有义，在对待女人的问题上已经有相当的定力。他曾经教训好色的傅有义："仙女其实也是一堆俗肉。对女人的期待须适可而止，别把自己搭进去了。"他用手反复梳理着稀疏的头发，这表明他在飞速地思考。他觉得自己有点冒失，不应该把胡媚带到总相宜的包房里来，干这种花红柳绿的事。王德意越想，越为自己的胆大妄为捏了一把汗。他继续自己擅长的领导惯性思维，总结了两条，一是好好调教调教胡媚，免得她嘴碎；二是以后这种事得慎之又慎，起码不能再到总相宜这种固定包房来搞，要搞这事就到"钓鱼台"去，确保安全嘛。

王德意走进市委、市政府大院里的领导餐厅，他还是习惯在这里吃早饭。

阎子丹昨天开完常委会，今天还有点事，他也在领导餐厅吃早饭。迎面就碰到王德意，两人都有点意外。说实话，虽然他们一个是常委，一个是副市长，但其实碰面的机会并不多。按照省委和市委的意图，阎子丹的工作以大平为主，这是明确无误的。当初交接的时候，王德意就感觉到，这个阎子丹的眼神是那么犀利，以至于他想介绍一下大平的基本情况都呐呐于口，心慌得很，不知道怎么开口。他总觉得最终和阎子丹会有一战，他害怕这种战斗。特别是前几天的“1加5圆桌峰会”又喝酒又聊天，傅有义、雷大江谈了许多关于阎子丹到大平的传闻，加上一大早乔树又慌乱地说阎子丹拿他开刀，王德意想想这事心里就不寒而栗，想起以前做的许多脏唐臭汉的事儿，心里后悔不迭。他以前是那么自信那么强势，可是这一刻，他真真切切地感到自己的虚弱了。

阎子丹大步走过来，大大方方伸出手说：“王市长，您好！”

王德意说：“哎哟，我的阎常委，呵，阎书记，哈哈……都不知道叫你什么好了。”

阎子丹说：“那就叫名吧，要不叫我小阎也行，我就喜欢干脆，不喜欢叫什么官衔的，这个官啊就是一顶帽子，而名字却是生死相随的。对吧，王市长？”

王德意有点局促地说：“高见，高见。要不这样，在市里见面叫你常委，在县里见面叫你书记？”

阎子丹说：“怎么称呼没关系，你觉得舒服就行。我呢就是个简单的人，简单地工作，简单地生活，多好。”

王德意频频点头。说实在的，自打他第一次见到阎子丹就觉得眼前一亮，不仅仅是因为他只有38岁，更因为他身上有一般同龄人不具备的干练和刚毅。按照王德意这种地方官僚的思维惯性，自己奋斗了这么多年，直到两腮塌下头发稀疏，好不容易才爬到副市长这个宝座。而他阎子丹，一个年纪轻轻的小伙子，竟然由省委直接空降到县里当一把手，这背后意味着什么？意味着他是省委看重的后起之秀。他是又羡慕又嫉妒。

两人在餐桌上坐了下来，王德意讨好地说：“阎常委，听说你在大平干得不错啊！如火如荼，轰轰烈烈嘛。”

阎子丹说：“您过奖了，我正要向您这个老革命请教呢。您是前辈，在大平干那么多年县委书记，好的经验可不要藏着掖着。”

王德意听到阎子丹叫他“老革命”，心里一愣，他爬到这位置，就怕人家说他老，仿佛人家在提醒他到钟了到岸了该下台了。年纪越大他心病越重，也因此心里特痛恨别人叫他“老革命”。

王德意说：“阎常委昨天就过来了？也不打声招呼，让老哥招待招待你嘛。”他脑子迅速地转动，一会想到乔树的话，琢磨着怎么探听一下市委常委会上的内容。

阎子丹说：“昨天过来参加常委会，今天还有点事就没回去。想着老哥哥你事多，不敢惊动你呐。”

王德意打哈哈："什么话，见外了嘛。"

阎子丹笑笑，他猜出王德意有话问他。果然，王德意压低声音问："组织上又有新动作了？"

阎子丹说："是啊，干部人事改革嘛。"他很坦然，毕竟对面是副市长，组织上的事他应该有权知道。王德意心里嫉妒得要命，虽然身为副市长，他现在却必须转弯抹角地打听组织上的事。两人思想距离太遥远，话说到这里也就戛然而止了。吃完饭两人又喝起茶来。阎子丹说："王市长，在官场上我是个新手，你可得多帮帮我哟。"

王德意说："千万别客气，只要我能帮得上忙的，你尽管吩咐。说吧，我保证知无不言，言无不尽。"

阎子丹认真地问："你觉得乔树这位同志怎么样？"

来了，来了。王德意心里一怵，果然这个阎子丹要拿乔树开刀了。他沉吟了一下说："乔树这位同志，怎么讲呢，我们的组织对干部的评价一向是慎重的，通常不是简单地用好和坏来区分，按照毛主席老人家的说法，乔树这位同志是七个指头和三个指头的关系，成绩还是主要的嘛，缺点有没有？有，但那是次要的，也不可避免。你和我也一样，谁能不犯错误呢？不可能嘛。"

阎子丹不动声色，继续问："王市长的理论水平确实比我高。您说得有道理，任何事物都是一体两面，不能简单地肯定或否定。我只是想听听您的意见，您觉得乔树做纪委书记是否合适？"

王德意说："乔树这位同志，凭我的印象，还是不错的。再说他作为纪委书记，是由市纪委和市委常委通过组织程序考察、任命的，让我们都相信组织吧，组织用人总是有道理的。"王德意看看阎子丹，继续说，"纪委书记难做啊，干的都是得罪人的事。我们做上级领导的，要多体谅他们的难处。我想想，乔树在纪委书记这一任上已经三年多了，这三年里得罪的人肯定不少，如果有一些人有点意见，有点看法，有点舆论，很正常嘛，谁也不敢说他的工作能让全部人满意。耶酥那么伟大，不是还有个犹大在算计他嘛。阎常委，在基层做事尤其不容易，你在大平再当一阵子县委书记试试看，也会有那么几个人不满意的。唉……中国就是这样。"

阎子丹寸步不让地说："王市长的口才的确很出色，大平这地方嘛，舆论是复杂了点，老实说我还真听到一些关于王市长的闲言碎语。不过我也相信毛主席老人家的一句话：群众的眼睛是雪亮的。我相信组织，也相信群众，什么样的舆论都没有关系，一切让事实来检验吧！至于我嘛，我是个角色主义者加理想主义者。既然已经是大平县委书记就扮演好这个角色，我的理想很简单，就是促进大平快速发展，争取大多数人的满意。”

这个年轻人太冲了！王德意心里愤怒至极，他知道阎子丹话里的意思，他想反击随即又忍住了，因为他从来不怕唯唯诺诺的人，但他怕那种认死理、爱较真的“一根筋”，以前有一个方正，现在又来一个更难缠的阎子丹。然而阎子丹毕竟不同于方正，他可是市委常委、大平县县委书记！想到这里，王德意还是不敢招惹他，只好以奉承的口气说：“阎常委，言重了，言重了。像你这样年轻有为，又是省委来的空降干部，那是真正的天之骄子啊，在大平过渡两三年，再上来当市长、书记，绰绰有余，前途一片光明啊！”

阎子丹说：“您太看得起我了，在你面前我就是个小字辈。我到大平，就是来接受劳动人民再教育的。尤其是要向您这位老革命学习哟。我是下定决心了，大平面貌一天不改变我就一天不离开！”

王德意说：“勇气可嘉，勇气可嘉啊。到底是年轻人，有冲劲，有活力，朝气蓬勃啊。”他听得胆战心惊，今天阎子丹的话太有挑衅性了，好像是冲着他来的。王德意心里憋屈极了，说：“阎常委，我还有个会，不好意思了。”他站起来，撇下阎子丹逃也似地走了。

王德意边走边生气。刚刚阎子丹向他了解乔树的情况，说明要拿乔树开刀这事不是空穴来风，八成是真的。这阎子丹下手也太快、太狠了点！王德意的心里腾地升起一股寒气，从乔树身上，他又想到傅有义、雷大江、张永发、吕正伟，看来手下5大金刚的苦日子要来了，5大金刚之后呢？王德意想着想着，忽然后悔竞选这个副市长，以前在大平县县委书记的任上多风光，要风得风，要雨得雨。

第八回 美女捞嫖客

县广播电视大楼就在县委、县政府大院旁边，这充分证明了喉舌离不开大脑，大脑也离不开喉舌。

电视台台长詹建国最近有点烦。他很清楚地知道，自己已经是秋后的蚂蚱，再蹦哒半年就得退休了。陈凤儿明里暗里向他提出，想再上一层楼。詹建国就是不明确表态，他是老色鬼也是老油条，还想利用这最后的权力揩点油。

这天临下班，詹建国扯着陈凤儿，想实施他的揩油计划。可惜陈凤儿已经不是以前的丫头片子了，现在人家隐隐约约摸到了另一个更大的靠山。于是她坚决拒绝："不要，今天不行。"

"为什么不行？找到新靠山了？看不上我了？"

"不是，我心情不好。"

"怎么不好？"

詹建国还在拉拉扯扯。陈凤儿忽地站起，尖叫道："就是不好，就是不好，你真烦人！"

詹建国一愣，显然他没想到陈凤儿这种激烈的反应。他脸涨得通红，双手叉腰端出台长的架势，耍横地说："我知道你勾搭上了傅有义，把他的魂都勾跑了。现在嫌弃我了？我一个快退休的老头子，是比不上人家副县长兼规划局局长！不过我老实告诉你，你别把我惹急了，我可是什么都做得出来的！反正我船到码头车到站，我怕谁！别说一个傅有义，就是王德意，惹翻了老子，也没好果子吃！”

陈凤儿说：“切，看你能耐的！”她对詹建国的恫吓不屑一顾，屁股一扭，头也不回就走。詹建国伸手一抓，被她毫不客气地甩开了。陈凤儿一只脚迈出屋子又扭回头说：“詹台长，如果我没记错的话，百字水景区有你的干股吧？每月的分红应该不菲吧？”

詹建国老脸通红：“你什么意思！”

“没意思！”

“好，好，你是在要挟我吗？”

“我要安静，你要平安，我要快速上位，你要安全着陆，我们各取所需吧。”

詹建国双眼瞪着她：“你知道我的脾气，把我惹急了我可是什么事都做得出来的！”

陈凤儿仰着头扬长而去。刚刚走出电视台大楼，手机就响了，詹建国在那边呼哧呼哧地喘着气，好一会才说：“凤儿，我的心肝哟，好歹咱们也好过一场，我跟你说声对不起，是我错了，我说了一些伤感情的话！这样，今后我听你的，你就别让人看我们的笑话好不好？嗯……我今后一定好好表现，行不行？我的姑奶奶！”

陈凤儿说：“以后少烦我！”她鼻子哼了一声，她现在还真不把这个老家伙放在眼里。以前她厌烦詹建国，但是没有办法。现在不一样了，她背后已经有了一个傅有义，再也用不着和姓詹的玩这种虚与委蛇的把戏了。她佩服陈泠雨的清高，但她知道自己做不到。在陈凤儿眼里，上司就是上帝。在上帝面前，她只是一个白白嫩嫩的祭品。

詹建国虽然说好好表现，毕竟还没明确答应推荐她做台长。其实陈凤儿也不相信詹建国的鬼话，她决定给傅有义打打电话，向新靠山表白表白自己的想法。正想着，手机就响了，正是傅有义打来的。她笑了：这个色鬼，这么快就憋不住了。

陈凤儿接通手机，眉开眼笑地说：“我的傅哥哥哟，你真是禁不起我想念啊，我这一想你你就来电话了！”

傅有义说：“我的邻家小妹想念我了？看来我们开始彼此想念了！”

陈凤儿说：“能让傅哥想念，那是小妹我的福气。傅哥啊我要跟你说，我们那个詹台长就要退下来了，他还没答应推荐我呢。你得帮我，谁让你是我哥呢。”

傅有义说：“好好好，我的宝贝小妹！我一定出面，我马上给他打电话，他不敢不答应。这样，你自己也上上心，盯紧一点。组织部门很快下来摸底，只要詹台长推荐你，后面的工作交给你傅哥就行了。”

陈凤儿说：“谢谢傅哥！有您这个哥哥，小妹我有福气了。晚上我请傅哥去小红楼吃鹿肉怎么样？”

傅有义说：“今晚嘛就免了，市里边有领导过来，你傅哥哥走不开啊，革命永不打烊嘛。唉……鹿肉嘛，壮阳的，可惜吃不上了。不过吃不上也没关系，不是说秀色可餐吗，凤儿的秀色比鹿肉美味一百倍一万倍。我这个人没什么大志，只想饱餐凤儿的秀色，不知可否？哈哈，采阴补阳，采阳补阴，延年益寿，青春永驻，这也是双赢嘛！”

陈凤儿说：“傅哥不愧是领导，说话就是有水平，把人家说得尾巴都快要翘起来了！”

傅有义说：“翘起来好嘛，翘起来好嘛，可惜听得到看不到，更加摸不着了……对了，我这还有事需要你搭把手呢。”

陈凤儿说：“跟小妹也客气？说！”

傅有义压低声音：“唉……说起来真丢脸，谁叫我有一个不争气的小舅子……”

陈凤儿竖起耳朵倾听。原来，傅有义的小舅子莫鸣在县政府招待科做司机，也就是万绿酒店的注册法人代表。事实上，这酒店的幕后老板是傅有义。仗着姐夫傅有义的关系，莫鸣要是进机关当公务员那太容易了，可是人家竟然放着公务员不做，反而坚决要求做合同工。当时袁鸿利、胡媚都骂他傻，莫鸣说你们才傻呢，然后发表了他著名的“实惠论”：遍地英雄起四方，有钱才是李闯王。做公务员有什么意思，只能夹着尾巴领死工资，挣个钱搞个女人都不行，还是做合同工好，一边吃公家的饭，一边注册个公司赚公家的钱。你袁局长一个月三千不到，大不了就报销一点，白吃白喝一点，大胆点的话再贪污一点，那又怎么样？就那几个钱还不够我这个酒店每个月收入的零头呢，哪个更实惠？袁鸿利听得一愣一愣的，直叹莫鸣是人精。

话说这莫鸣还有一个德性，跟傅有义很像，就是爱私下里勾三搭四，乐此不疲。昨晚和镇里一个相好的女干部开车兜风，后来到顺水河边的一个僻静处，两人干柴烈火在车上胡作非为起来。结果巡警路过，发现小车激烈晃动，还以为是有人偷车，两个肉搏中的男女被带到三新派出所。派出所的意见是以嫖娼论处，罚款5000元，通报本人工作单位。莫鸣当时还牛得很，亮出傅有义的身份，还当场给他打电话。傅有义这可犯难了，这种丑事自己一个堂堂副县长出面也不好，不出面也不好，怎么办呢？他想起公安局刑警大队队长张刚强正好是陈凤儿的老公，让她做个中间人，神不知鬼不觉地摆平岂不是最好。

“请傅哥一百个放心，傅哥的事就是我的事，小妹这就去办！”

陈凤儿立马动身，直奔县公安局。公安局刑警大队全都熟悉这个大名鼎鼎的队长夫人。陈凤儿一进门，这个招呼，那个招呼，干警们全都叫她嫂夫人，叫得她心里暖洋洋的，受用极了。

张刚强此时正在队长办公室里，头仰在大背椅上，双手耷拉在肚皮上，两脚搁在大班桌上，心事重重的样子。结婚这么多年了，一直都没有做父亲，这是他的一块心病。刚刚老太太从老家打电话过来，说来说去又绕到那句话：“什么时候给我带个孙子回来？”他心里烦，每回都是这个问题，以为你儿子是头百发百中的种牛吗？不过说来也奇怪，他和陈凤儿放弃避孕快两年了，陈凤儿的肚皮还是扁扁的，月经也依然风调雨顺，从不爽约。后来陈凤儿广纳一些三姑六婆的闺中秘诀，采取仰卧、深吸、持久战、屁股垫高，这么折腾了几年，她的一亩三分地依然颗粒无收。

听到脚步声，张刚强张开眼见是自己的漂亮老婆，急忙调整坐姿说：“你怎么来了？”

“我检查一下你们的警容警貌呗。”陈凤儿先笑后嗔，“一队之长，怎么可以把脚搁桌上？让你们的雷大江局长看到了不撤你才怪。”

“要撤快撤，谁稀罕这破队长。累都累死了，天天跟小偷、大盗、嫖客打交道……队长的脚怎么了，也是肉长的嘛。”张刚强伸了个懒腰，又重重地靠在了椅背上。

“怎么，老婆查岗不开心了？”陈凤儿绕到他身后，在老公的肩膀上轻轻地揉起来，然后又让他把头低下，并起双掌轻轻敲击后脖。

“嗯……”张刚强闭上眼睛，显然很舒服。好一会儿张刚强才睁开眼说：“好了，让弟兄们看到又要笑话你老公了。说吧，你肯定有事儿。”

陈凤儿说：“就你眼睛毒！”然后把来意说了。

张刚强哼了一声说：“你也学会‘捞人了’？莫鸣的事我也听说了，现在人在三新派出所呢。黄所长都跟我说过了，公事公办，拘留15天，加罚款5000大洋。”

“什么，什么，人家也不是嫖娼啊！”

“不服？那他去复议、去听证好了，悉听尊便。”

“复议、听证？他敢吗？这不全暴露了吗？人家也是体面人，以后怎么见人呢？这比借供还狠呐！老公你就不能原谅原谅他吗？”

“体面人？我呸，体面人能做出这种烂事！民工嫖娼，人家憋得慌，我原谅他。莫鸣是什么货色，一边在机关做司机伺候领导还不够，一边在外面开酒店把领导伺候到床上去！这次好了，干脆自己赤膊上阵搞上别人老婆了。就这家伙表面上道貌岸然，其实一肚子男盗女娼，什么玩意儿！”

张刚强最痛恨伪君子，说着说着眼里闪出寒光，两道剑眉狠狠地向两边挑起来。陈凤儿知道，老公这副表情就表示他已经愤怒至极。通常来说，张刚强这人虽然粗豪，但是对她还是很疼惜的，几乎言听计从，以前替人说情，她一个电话，老公也就痛快答应了。老公的反常让她心里一咯噔。陈凤儿撒起娇，柔声说：“老公你就答应我吧，人家好歹是傅有义的小舅子，好不好吗？”

“傅有义的小舅子又怎么了？更该治一治！打着傅有义的招牌到处玩女人，人家老公就活该做绿头王八？什么玩意儿！”张刚强的剑眉几乎要竖起来，陈凤儿忽然心虚起来。

“好了，又不是祸国殃民的大事，能放过就放过吧。不为莫鸣，就当是为那个乡镇女干部，这种丑事如果曝光，让人家怎么做人呢？”张刚强更怒：“知道是丑事还做？我要是她老公，非一枪毙了她不可！”

陈凤儿只好来硬的，把脸一沉：“张刚强，我是你老婆，别给我打官腔！这种事你们通融得还少吗，怎么偏偏就是容不得莫鸣呢？给你老婆一个面子……不给面子也行，那5000元我来出，我马上给你钱。照你们的老规矩，不开专用收据，给你4000！”说罢作势掏钱包。

张刚强往门外张望一眼，厉声说：“别钱啊钱的，我们是全市公安系统先进单位！”

陈凤儿俏皮地晃晃脑袋：“先进个屁，不是我求我姐姐帮你们写材料，你们评得上吗？还先进呢，做你的梦去吧。”

张刚强说：“冷雨是你姐，也是我姐。再说文章再好，也得有感人事迹才行啊。”

陈凤儿说：“算了吧，事迹材料谁不知道，一拧就能拧出一脸盆水份来。”她调整一下声调求和地说，“老公乖了，就当是给老婆一个面子嘛。”

张刚强点了一支烟，狠狠抽了一口说：“人家傅有义的事你上什么心，他自己怎么不来？”

陈凤儿说：“我不上心行吗？我的提拔还得靠他呢。你也别有什么想法，不光是傅有义，其他领导的事我也得上心。官场的一切秘密就两个字——交易。事实就是这样，今天你帮我，明天我帮你，你给我这样好处，我就还你另一样好处。”

张刚强说：“我懒得理你的什么这领导那领导，看到他们就恶心。道貌岸然……我提醒你，我可不想自己老婆被当成酒国狂花，被叫作火凤凰。”他狠狠吸了一口，被烟呛得激烈咳嗽起来。

陈凤儿不由分说抢过张刚强手中的烟，丢在烟灰缸里，再用他杯里的水浇灭。张刚强眼神明显柔和起来。

陈凤儿说：“老公，我知道你受委屈了。可是老公你凭良心说，我疼不疼你?”

张刚强点点头说：“疼。”

陈凤儿说：“嘴长在别人身上，谁爱说谁说去。老公你记住，只要我疼你，你爱我，这不就行了吗?我现在做的一切全是为了咱们的家，知道吗?”

这时，张刚强的手机响了，他匆匆拿起手机：“您好，雷局长……”放下手机，张刚强站起身来说：“老婆，你先回吧，我有任务，今晚就不回去了。至于莫鸣嘛，我会给老黄打电话叫他放人的。这个狗娘养的，下次再搞别人老婆，老子让他身败名裂!”

陈凤儿说：“还是老公疼我！你什么任务啊，注意安全知道吗?”她粲然一笑，双手勾住张刚强的脖子，在他脸上狠狠地亲了一口。

……

陈泠雨还是那么漂亮，并不因为做了孩子她妈就变成黄脸婆。她一头乌黑的披肩发，眉儿弯弯，眼睛水灵，活脱脱一个紫薇格格的样子，而且脸色红润白嫩，吹弹可破，樱桃小嘴，玲珑俏鼻。陈泠雨不仅人长得漂亮，而且更是当前难得一见的娴静职业女性。不过跟陈凤儿丰富多彩的生活不一样，她的日子依然过得忙碌而又寂寞。在县委、县政府大院里，陈泠雨似乎超脱于一切争名逐利的浮躁之外，神态那么安详，像一株亭亭玉立在僻静池塘里的荷花，笑迎雨露，沐浴阳光，静静地绽放着自己的美丽。

恰恰相反的是，关于陈凤儿的江湖传说多了起来，而且传说中又有傅有义的影子。既然是传说，那就是真真假假，不能不信，又不能全信。庄飞是个被动的人，谈恋爱被陈凤儿操纵，现在工作又被傅有义操纵。他要看看这两个操纵了他生命的人是怎么个荒唐，他需要一双眼睛，而这双眼睛要二十四小时盯着傅有义的办公室。

然而9楼作为县委常委和县长们的办公室，管理是有特别规定的，楼层也有专门的人员在楼梯拐弯处登记，但凡外来人员都要登记。当然，9楼还有一条专供领导使用的电梯，上次陈凤儿就是坐领导专用电梯来找傅有义的。领导办公室更是严格管理，没有主人的允许，哪怕清洁工也不得擅入。

庄飞却不一样，他有自己的办法。他启动了木马，很快傅有义便找他了，说电脑中毒开不了机，快过来修修吧，否则看不到文件办不了公。庄飞装模作样忙碌了好半天，趁傅有义不耐烦出去的当口，细细地打量起来，他要找一个最隐秘的地方，然后神不知鬼不觉地把无线针孔摄像探头装进去。因为县领导的办公室都是典型的一套两间式办公室，分里外间，外间是办公室，里间其实是豪华套房，有休息室，卫生间、电视机、冰箱、衣柜、特大号床，一应俱全，里边还根据领导的个人要求，准备了一些八宝粥、牛肉干、百事可乐等食品。庄飞把无线针孔摄像探头装在里间，心扑通扑通地跳个不停。豪华套房里面布置的实在是清雅，但见壁上挂着一条横幅，是本市著名书法家居鲁石写的宋人张孝忠的《鹧鸪天》：

豆蔻梢头春意浓。
薄罗衫子柳腰风。
人间乍识瑶池似，
天上浑疑月殿空。
眉黛小，
髻云松。
背人欲整又还慵。
多应没个藏娇处，
满镜桃花带雨红。

好个“多应没个藏娇处，满镜桃花带雨红。”毫不掩饰房间主人的怜香惜玉。庄飞恨恨地想：傅有义这个老色鬼，如果真有心藏娇，藏个十天半月也没人知道，还嫌什么没藏娇处？矫情！

庄飞灵机一动，迅速地将摄像探头安装在这条横幅的上头，正对着那张特大号的床。他飞快地回到自己的办公室，关起门紧张地调试起来，监视器屏幕上的特大号床越来越清晰，太好了。庄飞忽然害怕，他害怕床上会突然滚出两个雪白的裸体，而其中一个裸体曾经令他那么热血沸腾，现在又那么胆战心惊。

他有点茫然，关掉监视器，呆呆地坐着，现在的他反而有点后怕，也有点后悔。

一连几天，监视器的屏幕里都没有什么动静，那张特大号床依然空空荡荡的，有个中午傅有义在那休息，光溜溜的竟然是裸睡。庄飞道声晦气，关掉屏幕，闭上眼睛，脑子也随之陷入一片晦暗之中。

就在裸睡的那天下午，傅有义突然来到信息新闻科，东转转西转转，鹰隼一样的目光扫来扫去。庄飞怀疑傅有义是不是嗅到了什么。他表面和平时一样，点头哈腰，心里却直发毛。傅有义一脸严肃地问最近网络上有什么动向，庄飞陪笑说也没什么动向，只是有个叫“熊猫烧香”的木马比较厉害，县委楼和县长楼有几台机子中毒了，包括您傅县长的机子中的也是这个毒。傅有义皱着眉头说，要认真防范网络病毒，保守党和政府的秘密，防止不法分子从网上盗取国家秘密，这工作很重要，不出事则已，一出事肯定是大事。切记！他离开时，庄飞讨好地问，傅县长您的电脑现在没问题了吧？傅有义没搭理他，头一仰，双手往背后一操，走了。

这一天，庄飞参加一个网络安全与维稳的工作会议，不期然碰到了张刚强。跟前女友的丈夫坐在一起开会，感觉怪怪的。张刚强坐在他对面，一边飞快地做着笔记，一边拿眼瞟他。张刚强的眼神像闪电一样，一闪一闪灼得庄飞脸上发烫。很显然，他认出了妻子的前男友，婚宴上的那一幕又浮现在眼前。这个王八蛋竟然敢玩“枣泥水饺没味道，枣鹅水饺味道好点了”这样的文字游戏，让他新婚妻子当场出丑。他当时盛怒之下不但把酒直接泼在庄飞身上，而且还想揍这个王八蛋。

庄飞出于男人的好胜心也不甘示弱，会议期间也偶尔向张刚强翻翻眼。两个熟悉又陌生的情敌活像两只好斗的公鸡，频频用眼神交战。庄飞突然想起一句古怪的话：手中无剑，眼神为剑，眼神无剑，心中有剑。张刚强毕竟是警察，几个来回下来，庄飞招架不住那犀利的眼神，心慌意乱，败下阵来。

散会时，张刚强大步流星走来，径直向庄飞伸出大手说：“庄科长，你好。”庄飞大出意外，急忙也伸出手，立即感到那大手的威力，手指被捏得咯吱作响。他咬牙忍着，不动声色地答道：“张大队长，你好。”

张刚强说：“人生何处不相逢，看来我们还真是有缘。”

庄飞说：“正是，正是，有缘，有缘。”

张刚强说：“找个时间喝两杯?”

庄飞说：“好啊，舍命陪君子。”

张刚强说：“你是个爽快人。”

庄飞说："张队长也是个爽快人。"

张刚强说："咱就这德性。"他接了个电话，低声支应了几声，回头对庄飞说，"对不起，事儿跟着屁股来了。"说罢挥挥手，大步流星地走了。

庄飞想让他给陈凤儿带个好，话到嘴边又咽下去了。如果说出口就太不识相了，那不是找不自在吗？庄飞下巴又隐隐作痛，好像陈凤儿又在揪他的"地包天"。

就在庄飞碰到张刚强的第二天，大平发生人事地震，而且是3连震。第一震是乔树的乌纱帽果然被摘掉了，县委常委、纪委书记的职务说没就没了，接他位置的人叫梅剑锋；第二震是县检察院检察长由水清明担任；第三震是袁秋明从黄陂镇党委书记被提拔为副县长。除袁秋明外，梅剑锋和水清明都是外地调入的非大平籍人士。这下子，全县炸开了锅，各级干部更是处在地震的余波中，一片哗然。按照通常的做法，新任一把手到位后，一年左右才调整干部，没想到阎子丹上任不足百日就开始"清君侧"，从身边的副县级领导中寻找下刀的对象。

随后，阎子丹又紧锣密鼓地召开县委、人大、政府、政协以及法院和检察院领导联席会议。在会上，阎子丹指出："今年是全县改革和发展的关键之年，要抓民生，要视民如伤。搞经济建设，就要有一个安定团结的局面，公安机关的作用是什么，就是要保驾护航，就是要让老百姓睡安稳觉，让违法犯罪分子无处藏身。我来大平刚刚百日，没睡过几天安稳觉。第一天晚上就碰上外号叫'张大嘴'的私闯民宅，意图强奸民女。同志们呐，张大嘴可是县纪委的干部，这是什么样的干部?！我亲自打110，等半天没见警察来！这又是什么样的人民警察？第二天，我亲自把这事告诉县公安局局长，到现在还没有下文，没有任何一位公安局领导主动找过我，向我做出一句解释！110是什么？110是老百姓的救命稻草！老百姓眼巴巴地等着你们来救命啊，我的老爷！你们就这样把老百姓弃之不顾？于心何忍？于心何忍！"

这时伍达先县长说："对不起，我插个话。前几天，我到了几个乡镇，发现一些农村的种果大户都反映，每到收成的时候，都有村霸上来强摘果子，村主任、村支书睁只眼闭只眼，派出所干警接案不办案，不把群众的利益放在心上。难道这是正常现象吗？做官做官，不就是为民做主吗？老百姓遇到这么多困难，我们一点主也做不了？有何面目面对大平130多万的老百姓！"

阎子丹严厉地扫了一眼坐在第一排的公安局局长雷大江，接着说："还有更离谱的！一个经过千辛万苦找我告状的女人……同志们，她找的是县委书记，可是她竟然在县委书记的眼皮底下失踪了，被绑架了！天大的笑话嘛！所以，县委、县政府必须下决心，采取一切办法尽快恢复社会正常秩序，还130多万老百姓一片净土！这事由我亲自抓，请公安机关在两天内拿出方案，务必在全县范围内迅速开展严厉打击各种违法犯罪活动的专项行动。”

阎子丹话音刚落，响起一片掌声，许多同志纷纷表态支持。然而身为县委常委、县公安局局长的雷大江却面无表情，一副若有所思的样子。傅有义等几人也态度暧昧，低头假装做笔记。阎子丹环顾一圈，断然一挥手说：“稳定是发展的前提，这观点没人怀疑吧？如果没有，就这么定了！”

联席会议效果出奇的好。

第九回 心猿意马

当夜，梅剑锋接到一个电话，对方很嚣张地挑衅：“你是新来的纪委书记吧，想替方正翻案吗？没门！他老娘马红妹在我们手上，最好给老子识相点！否则送她上西天。”不等梅剑锋问他是谁，电话啪地一声挂断了。梅剑锋之前已经从阎子丹口中多少了解到方正一案，知道这不是简单的绑架案，而是政治勒索。

人命关天，梅剑锋马上向阎子丹当面汇报。阎子丹说，无论如何也不能让马红妹受到伤害，于是马上找雷大江研究解救方案。

阎子丹虽然对公安局局长雷大江不放心，这时候却不能不找他商量，毕竟解救人质离不了公安局。他想这样也好，可以通过解救马红妹更好地考察雷大江，是金子还是泥丸，一试便知。从内心深处，他希望自己对雷大江的看法是不准确的，毕竟党培养一个副县级领导不容易，但愿他雷大江大节无亏，只是工作方法上有点问题，这样他还是能体谅的。人无完人嘛，谁没有一些小缺点呢。

阎子丹说：“剑锋啊，我是大意了，来之前没料到大平这么复杂，你思想上要先有个准备。”阎子丹在屋里踱起步来，说，“老实跟你说，前几天我在顺州市开常委会的时候，碰到一个老同志，他跟我说，‘刚来大平是雄心万丈、朝气蓬勃，走的时候是垂头丧气、心灰意冷；大平是个臭屎坑，掉进去浑身发臭，再也不能清清爽爽做人。’确确实实，这里的水又深又浑，我这一百天来都是如履薄冰，如临深渊呐！”阎子丹盯着梅剑锋的双眼继续说，“剑锋，今天你就是中共大平县纪委的梅书记了。你知不知道，我这是百日新政啊，不得不把纪委书记和检察长都撤换了，其中的原因以后你慢慢会知道！当务之急的是，尽快把方正一案给我查个底朝天，不管是不是受贿，一定要实事求是，给老百姓一个交代。现在是你不急，人家急，人家把马红妹绑架了，这是犯罪分子在向我们叫板呀！”

梅剑锋沉吟许久说：“阎书记，今天四大家加上两院的联席会上，我觉得有点不对劲。本来主要议题就是治安，可是公安局局长雷大江却一声不吭，还有几位领导也态度暧昧，我琢磨，他们是不是有别的想法？这思想如果不统一，工作开展就难了。”他想想，又果决地说，“阎书记，我从心里非常支持你的意见。我们为官一任，就要造福一方，给老百姓一个安全的生活和创业环境，这是我们最基本的责任。谁跟老百姓过不去，我们就跟他过不去！阎书记您放心，我坚决站在您这一边！”

阎子丹极其严肃地说：“一个地方要发展，必须要有正气，有正气才能走正道，走正道才是走大道，经济才能大发展。我们公安部门的天职就是，为改革开放保驾护航，给老百姓一片净土。我看大平的治安环境不理想，首要的责任在公安部门。这段时间我想了很多，明白了两件事，我们必须要一手抓治安，一手抓治官，营造良好的社会环境和吏治环境，不能拖了，马上就做，这两件事做好了，我们抓经济建设才有基础，才有条件。今年年底如果经济没起色，在上级领导面前直不起腰是小事，但我更怕老百姓骂娘。所以……”

正说着，雷大江闯了进来。阎子丹说：“雷局长，你来得正好。主要是请你来商量一下整顿社会治安的事，主要是‘两抢一盗’工作，三天内拿出综合整顿方案，召开公检法司大会，进行全面动员。”阎子丹顿了顿说，“就在刚才，梅书记接到一个匿名电话，可以确定，方正的母亲马红妹被绑架了，而且随时有生命危险。这事迫在眉睫，人命关天呐！”

雷大江腮帮上那颗硕大黑痣上的两根毛激烈抖动着，他忍不住脱口而出：“狗娘养的，是谁这么大胆？敢在太岁头上动土！”

梅剑锋说：“打电话的人没有留下姓名，电话也没有显示号码。”

阎子丹说：“雷局长，无论如何必须尽快想办法解救马红妹，办法你来想。”

雷大江说："好吧，我听你的。"

阎子丹沉下脸说："雷局长，不是我说你，按说保一方平安是你们公安部门的天职，我这个县委书记本来不需要过问具体的个案。但是遇到这种大案要案，作为公安局局长，你应该主动向我汇报，对不对？"见雷大江低头不语，阎子丹生气地说，"还在考虑吗？没有考虑的余地！一是解救马红妹，二是整顿全县治安，一会就去部署吧，随时向我报告。"

雷大江勉强答应一声："行。"阎子丹看他如此疲懒，正要发火，手机却响了。阎子丹看了看来电号码，站起来对雷大江说："刚两件事你现在就去办吧，记住，随时向我报告。"

雷大江"嗯"了一声，赶紧溜了。阎子丹这才接通手机，是乔树打来的。乔树吞吞吐吐地说："阎书记，我向您检讨……我现在就把所有情况向你汇报……关于方正案子的详细情况……"

阎子丹说："老乔有事慢慢说。这样吧，我正在纪委梅书记这里，你到这来吧，我们等你。"不到20分钟，乔树匆匆赶来。他头发蓬乱，胡子拉碴，垂头丧气，似乎一下子老了十岁似的。见到阎子丹，乔树带着哭腔说："阎书记，关于方正的案子，别说你不清楚，作为当时的纪委书记我自己也犯糊涂。"他顿了顿，下定决心似地接着说，"其实根据我们的了解，信访局和社会对方正的评价还是不错的，普遍认为他人如其名，为人方方正正，有正义感，办事认真，唯一的缺点就是太爱较真。当时纪委查处他受贿的案子，我是一百个不相信，况且证据也确实不足，不足定性嘛。后来……有位县委领导打来电话，狠狠地批评我说有群众来信揭露他，来人已经找到纪委了，你们还包庇护短，叫百姓有冤没处申，非让我尽快从重处理。所以没办法……阎书记，其实我也挺难的……"

阎子丹不满地说："老乔啊老乔，让我说你什么好啊！你是共产党的纪委书记，不是哪个人的家臣！这不是糊涂官判糊涂案吗？办案要凭良心，要讲证据，讲法律，你一句话就可以毁掉一个干部的一生，改变一个干部的命运，难道你不明白吗？还有，你早就答应尽快把方正的案卷交给我，到现在还没交，这不是阳奉阴违的做法吗？"

乔树难堪地低下头说："阎书记，唉……难呐！我……"

阎子丹说："有什么难的？咱们共产党员正道直行，开大门，走大路。你东也怕，西也怕，怪不得办糊涂案，有没有是非观念？有没有最起码的做人良心？你这样还能当纪委书记吗？"

乔树说："我，我也很自责，总觉得这事办得有点作孽，唉……难呐！我是没办法……"

阎子丹生气地说："难什么难？说白了你不就是怕得罪上级领导吗？你怕得罪上级领导，就是不怕得罪老百姓，就是不知道举头三尺有神明吗？"

乔树说："我对不起组织！"他忽然想起王德意说过"组织就是他，他就是组织"的话，于是顿了一下改口说，"我对不起方正，对不起马红妹！"

阎子丹说："在办理方正案子的过程中，检察院和法院是什么样的意见？"

乔树说："说不好，可能他们也有不同的想法，但又能怎么样呢？谁也不能跟组织抗衡，甚至在某些时候法律也抗衡不过组织。"

阎子丹厉声问："什么组织？"

乔树涨红了脸，小声嘟囔道："上级就是组织，一把手就是绝对组织，在绝对组织面前，我这个纪委书记抗衡得了吗？"

阎子丹严肃地说："一把手也是人，个人是个人，组织是组织，怎么能把个人等同于组织呢？乱弹琴！这个问题你回去再好好想想。你给我说实话，方正到底有没有干过违法乱纪的事？如果没有，那他有没有得罪过什么人？"

乔树说："在机关工作，得不得罪人有时自己也不知道。我倒是听说，他利用到市里办事的机会，到过市纪委反映某些人的不正之风，也就是所谓买官卖官的事，我劝过他不要太较真，可是他不听。有什么办法呢？唉……"

阎子丹脸一沉说："纠正不正之风是你们纪委的本职。你倒好，还劝干部放任不正之风，劝人家不要去反映不要去纠正，你就是这样做纪委书记的吗？看来对你做出免职决定，是完全正确的。"阎子丹愤怒地拍打着桌子说，"你啊你，不保护和腐败斗争的好干部，反而还屈从于某些人的意志，去打击报复他们，你，你的心是怎么长的？现在方正身陷囹圄，他妈妈被绑架，命悬一线，还有一个妹妹活得像个孤儿似的，简直是家不成家。你于心何忍？于心何忍！"

乔树哭丧着脸说："阎书记，我知道错了，想到方正，有时我连觉也睡不着，总觉得他在牢里诅咒我……现在说什么也晚了！"

阎子丹说："老乔啊老乔，我们共事刚刚一百天，你也许不了解我，我不希望自己的同事违法乱纪，毕竟你也是上有老下有小的人，万一把自己搭进去，对谁都不好。所以，我希望你对我坦诚一点，把知道的情况都说出来，毫无保留地，毫不犹豫地，全都说出来。"

乔树极其沮丧，唉声叹气。阎子丹又说："同时，借你这张嘴，给那些所谓的代表组织的人捎个话，别打着改革开放的旗号，大钻法律的空子。欠老百姓的账，迟早是要还的，一百年也要还！”

梅剑锋递给乔树一杯水。阎子丹继续说：“还有你，别以为你们聪明，老百姓都傻，好欺负。告诉你吧，我来大平之后，现在抽屉里满是老百姓的检举信，知道你们在老百姓心目中是什么形象吗？四个字：面目可憎！”

乔树的脸红一阵白一阵，他听阎子丹说了好几次“你们”，越听越心惊肉跳。大平老百姓把他和雷大江、傅有义、张永发、吕正伟叫“5大金刚”，开始时他对自己竟然被归为“5大金刚”之一还沾沾自喜，觉得终于可以加入“老王爷”的小圈子，从此有了巩固的后方靠山。现在看来，既然阎子丹收到那么多老百姓的检举信，十有八九已经知道“5大金刚”的名号，怪不得他第一刀就往自己身上砍。乔树在心中反复把自己排了又排，又和另外四大金刚比了又比，觉得有点冤，自己在“5大金刚”里边的“含金量”最低，得到的好处比他们少，做的坏事比他们少，结果却最先被砍。

……

和乔树一样，袁鸿利这段时间也不好过。

袁鸿利是代理局长，隔壁就是新提拔的胡媚副局长的办公室。他是个敏感的人，每天都竖着耳朵听脚步声，哪个脚步声是谁的，往哪位局领导的办公室里走，他都一清二楚，琢磨琢磨他还可以从中嗅出某种政治动向，比如谁最近跟哪位局领导走得比较近之类的苗头。

下午，他又听到“滴滴笃笃”的脚步声，那是胡媚的高跟鞋在欢快地敲击着楼板，他甚至可以想象得到，那个骚货屁股一撅一撅往她的新办公室走去的样子。在胡媚被提拔为副局长一事上，袁鸿利还是说了话的。他虽然不知道胡媚和王德意那层秘密关系，却敏锐地觉察到傅有义一直都很关照这个女人，就认定这两人有一腿。有了这个先入为主的认识，袁鸿利干脆顺着傅有义的意思，在组织部门征求意见的时候做了个顺水人情，帮胡媚说了些诸如“政治过硬、业务能力强、群众基础好”之类的套话。胡媚呢，也许是因为事业上蒸蒸日上的缘故，脸上总是笑眯眯的，保养得很好的脸更加容光焕发，对楼道里搞卫生的阿姨也热情地打招呼，两只奶子夸张地耸得老高。袁鸿利其实有点儿怵胡媚，这个女人太有城府和手段，即使和王德意、傅有义的关系那么紧密，却从来不在他面前露半点口风。

正想着，“滴滴笃笃”的脚步声又响起，胡媚的两只小蹄子从办公室里拐出，竟然朝他办公室里来了。袁鸿利吃惊地抬起头，胡媚风骚地站在他面前。

今天她穿了一件红色的无袖紧身衣，胸部高挺，脸带红霞，咯咯咯咯的笑声像一串断线的珍珠，洒满一屋。袁鸿利说："胡局长，容光焕发嘛。"

胡媚噘起香肠嘴说："袁局长不要取笑人家嘛。最近我是来得少了一点，但你知道的，我们的关系……这不是要避嫌嘛，你生气了？"

袁鸿利说："我的胡局长，我们什么关系？不就是革命同志嘛。"他停顿了一下又说，"我嘛就一代理局长，没什么成长空间了，你呢现在是副局长，很多工作可以直接向傅县长汇报的。站好队，跟对人，这是很重要的，嗯？"

胡媚眼角一挑，说："我一直都跟着你，我就是你的人，不是吗？我心里清楚着呢，这一次是你提拔我，否则组织也不认识我是谁啊。无论如何，我是要报答你的。"她特意把"报答"两字拖得长长的。

袁鸿利说："我那是顺水人情，傅县长对你很关心，我这一来是支持他，二来也是支持你，领导美女两不得罪，一举两得嘛。其实你应该像我家泠雨一样鄙视我，我就是这种小官员，小肚小肠的。"

胡媚说："不，我理解你。官场不易，谁没有自己的小算盘，别看电视上的领导一个个道貌岸然，其实跟咱们没什么两样，都是俗人。"

袁鸿利说："你真是善解人意啊。你这次来有事吗？"

胡媚说："我最近打听到一个方子，狗肾驴鞭汤，绝对特效，早上就开始炖了，想给你补补，晚上六点到我家吧，好吗？"

袁鸿利犹豫了一下说："还是不要了吧，这人多眼杂的。"

"你啊就是小心眼。别以为我不知道，哼。"

"哼什么？"

"在你眼里，我是傅县长的人，你怕捋了老虎须。对不对？"

"本来就是嘛。"

"我就是我，不属于任何人。你总是想这想那，怕这怕那，嫌这嫌那，哦……我知道了，你是不想啃别人啃过的肉，对吧？"

"难道别人没啃过吗？"

"啃没啃过跟你没关系。不过我跟你说，傅县长之所以提拔我，那是因为'老王爷'跟他打了招呼，明白吗？就是这样，你说我是谁的人？"

"嗯……那'老王爷'是谁？难道他比傅县长还牛？"袁鸿利长出了口气又问。

"'老王爷'是谁我可不能告诉你，总之是通天的人物。怎么样？去不去我家?”

“去，干嘛不去!”

胡媚咧嘴笑了。她转身扭着屁股走到门外，又回头向袁鸿利挤了挤眼，摆摆手做了个拜拜的姿势。袁鸿利又兴奋又惶惑。他随傅有义去过胡媚那装修豪华的住宅打过麻将，这次如果去“补补”，不知会补出什么故事来。他无法抗拒这种诱惑，他翻翻案头上的书，抄出一本《公务员守则》，又抄出一本《顺州市文明守则》，逐篇逐条地查找，幻想着可以从中查找到去女同事家喝补品的依据，可惜没有。他多么希望陈泠雨能打个电话给他，这样他就有决心拒绝胡媚的诱惑了。他生气地将手机丢在桌面，眼睛死死地盯着，希望能听到叮铃铃的声音……袁鸿利心猿意马，时间就这样过去了，办公楼也渐渐安静了下来。下班了，陈泠雨始终没有给他电话，她是一个对丈夫“回床率”漠不关心的妻子。袁鸿利狠狠地想：陈泠雨，你不疼我，自然有人疼我！他出了门，打车直奔富景花园去了。

富景花园是一个大平县城所谓的高尚住宅区，入住者都是一些官员或有钱人，也就是所谓的成功人士。袁鸿利夹着黑皮包，恨不得把脖子缩进胸腔里，他怕遇到熟人。胡媚家门虚掩着，他一闪而进。胡媚就站在屋内，冲着他咧嘴笑。

袁鸿利警惕地打量周围问：“方便吧?”胡媚嗲道：“除了我们俩，一只蚊子也没有。放心吧，我的大局长。”

餐桌上有一砂锅。袁鸿利嗅嗅果然很香，便问：“真的是狗肾驴鞭汤？这就是你说的秘方吗?”

胡媚说：“当然啊，如假包换。不过对于男人来说，最好的药不是什么这个肾那个鞭，而是美女，美女就是好药！今晚，我就是你的药!”胡媚挑逗地说。袁鸿利迎着她的眼睛说：“是你，是你，你是最好的汤，最好的药。”

饭后，胡媚催他去洗澡。袁鸿利扭扭捏捏说：“我只喝汤不上床。”胡媚撇撇标志性的香肠嘴说：“呸，别装了。说白了，你就是又想吃肉又怕烫嘴，还想找个理由不让自己内疚，对吧?”胡媚说到他心里去了，“别担心，人家陈泠雨根本就不在乎你，内疚什么呢？赶快去洗澡。”

袁鸿利被他说穿了心事，只好乖乖地去洗澡。等他出来，胡媚已经猫一样钻在被窝里等他了。屋里只剩下一盏床头灯幽幽的亮着，空气显得非常暧昧。

胡媚的表情就像潘金莲的鬼魂上了鲁智深的肉身——又淫荡又粗鲁。她的黑眼睛扑闪扑闪，灼得人不敢直视。她掀开被子，露出光溜溜的身子说："过来啊，你闻闻，我全身都香喷喷的呢！"

袁鸿利钻进被窝搂住她，手忙脚乱地爬到她身上。他想慢一点，持久一点，可关键时刻他竟然想起傅有义副县长那张严肃的老脸，这不是搞领导小蜜吗？心里一吓，很快就坚持不住，草草完事。

"还是表现不好，狗肾驴鞭汤是白喝了。"袁鸿利羞惭地说。胡媚说："跟上次比，厉害多了。"这个女人并不满足，可也只能这样了。

袁鸿利舒坦地摊开粗大的四肢，就像一头吃饱喝足的公猪，吭哧吭哧大声地喘着气，很快睡意如洪水漫来。醒来已经是晚上十一点多了，胡媚正爬在他身上，一根一根地数着他的胸毛。见他醒来，便说："今晚就留这吧，继续吃'药'。"

袁鸿利正想答应，忽然手机响了，原来是陈泠雨打来的。他竖起食指，作了个噤声的手势。胡媚淡定得很，边抚弄他的肥肚腩边呶呶嘴，示意他快接。

袁鸿利接通手机说："喂，老婆啊，我一会就回来，正在应酬，要晚一点噢。对，对，很重要的应酬，市教育局领导检查工作，实在是走不开啊！"

胡媚越听越忍俊不禁，于是"卟哧"笑出声来。袁鸿利大惊失色，急忙拉过被子一盖，把胡媚罩在被内。然而已经晚了，陈泠雨真真切切地听到了那"卟哧"的女人笑声，冰雪聪明的她半听半猜，知道那一声浪笑就是教育局那个姓胡的女人发出来的。她早就听说教育局有这么一号女人，天天抖着大胸脯，"嘀嘀笃笃"地走路。

陈泠雨慌忙挂断手机。胡媚那一声"卟哧"的浪笑，如同一个浪头扑来，呛得她心里一颤，失魂落魄。她闷得慌，蓦地打开窗户，一股清凉的夜风吹过。深邃的天穹里，满天的星斗扑闪扑闪，窥视着屋内这个羞愤的女人。

直到晚上11点多，袁鸿利才回来。他蹑手蹑脚，万分小心。陈泠雨听到开门的声音，知道他回来了。这个男人现在畏畏缩缩的，一副奴才相。陈泠雨感到更恶心，甚至比刚才胡媚的一声浪笑还要让她浑身不自在。

袁鸿利小心翼翼地观察着陈泠雨的表情，轻声细语地说："怎么电话打了一半就挂了？家里有什么事吗？"

陈泠雨继续遥望夜空里的星星，头也不回地说："妮儿学校过段时间要开家长会。我看你有没有空，你也该看看女儿了。就是这事，并不是想查你的岗。"

“我知道，你一向对我是很民主的，从来没查过我的岗。今天的应酬真是……”

“你不用解释什么，我对你的应酬不感兴趣，真的。”

“事实上那是我的同事，不是酒店里的小姐。你知道我不是那种人。”

“呵呵，小姐怎么样，你的同事又怎么样？谁能比谁更干净吗？”

陈泠雨掠了掠被夜风吹得有点散乱的头发，关上窗户。她是个要面子的人，不想让夫妻两人的这种谈话飘到外面。外面可以听到噼哩啪啦的麻将声，那是另一种生活形态，低级而庸俗，却又无限和谐。陈泠雨想，如果自己也低俗一点，也许就可以和丈夫凑合着过上平淡的生活，无风无雨也无晴，了此一生。

袁鸿利说：“你总是这也看不惯，那也看不惯，难道我还有我的同事都这么让你瞧不上眼吗？你活得清高，很好，别人活得庸俗，也很好，各活各的呗。”

陈泠雨说：“对，各有各的活法，别人我不管，我得管着我自己，这就是我的原则。”

袁鸿利委屈地说：“我也想活得轻松一点，谁愿意喝酒应酬，在领导面前装孙子？可我没办法……我不为自己，也要为这个家，为你们母女打算吧？”

“你的生活方式和我们母女没有关系，别拿我和妮儿给你的龌龊勾当打掩护。”话说到这，陈泠雨侧头想了想说，“其实我也犹豫很久了，一直怕我们过不到一起会给妮儿的幼小心灵带来伤害。不过，如果我们硬凑着过到一起，我们俩都会觉得不幸福，又怎么能给女儿幸福呢？”

袁鸿利紧张地看着她，不由自主地把身子向她身边靠过去，臃肿的身子把沙发压得叽叽叫，身上的汗臭味、烟草味还夹杂着胡媚的香水味，直向她扑来。陈泠雨皱眉掩了掩鼻子说：“妮儿还小，等她以后长大了我会跟她解释的。只要我们疼她，让她和别的孩子一样开开心心成长就行了。”

袁鸿利叹口气说：“这么说来，你已经觉得和我过不下去了。”

陈泠雨断然说：“是，实在过不下去了。”

袁鸿利说：“一定要这样吗？我知道你漂亮你清高，你压根就没瞧上我。我也知道我配不上你，我生活上也有不是的地方，我经不住别的女人的诱惑，可是这全是我的错吗？你就没任何错误吗？我是非常非常爱你的，除了你我对别的女人从来没有动过心。我保证!”

陈泠雨说："别跟我保证，也别跟我发誓，我不是小女孩了。我要离婚有我自己的理由，至于你的外遇什么的，我早知道，也不在乎……"

袁鸿利带着哭声说："那你在乎什么？看在妮儿的面子上，别离了好不好？"

陈泠雨断然说："不好！我们还是分开好，对大家都有好处，你可以继续过自己想要的生活，我也想拥有一个独立的精神空间，我需要清新的空气，需要自由地呼吸。跟你在一起，我会闷死，会窒息而死，会腐烂而死。我一天也不想这样下去了，一天也不想了！"

袁鸿利站起身，凸着大肚腩，绕着茶几来回走了几圈，拉长脸说："我看你是有精神强迫症。你很清高别人都很庸俗，是吗？好好好，我这就成全你，这就遂了你的愿，行了吧？我就不信，离开你我就活不了！"

陈泠雨说："谢谢你。"

袁鸿利说："妮儿怎么办？"

陈泠雨说："好办。平时她继续在学校读书，放假回来跟着我，你想什么时候见就什么时候见，到你那住也行，只要妮儿高兴。我们分开了，但我们还是她的父母，一样爱她疼她。她以后的学费和生活费用，我们一人一半，你看呢？"

袁鸿利嗤之以鼻："一人一半？算了，就你那几个工资！要不是我厚着脸皮捞点外快，妮儿能到顺州市去读贵族学校？做梦吧你。"

陈泠雨说："这几年辛苦你了。"

夫妻两人又就财产分割细节达成协议：房子归陈泠雨，存款归袁鸿利，袁妮的学费全部由袁鸿利负责，袁妮的生活费两人分摊。陈泠雨走进书房，飞快地打印出一份离婚协议。袁鸿利细细看了一遍，抖抖索索签下大名，他伤感地说："多年的夫妻说分就分了！唉……我们离婚的事就暂时保密，我们这段时间正在人事调整，争取把代理局长的'代理'去掉，再上一个台阶吧。我担心离婚会有负面影响，中国就是这样。要不，等人事调整之后，再公开行吗？"

陈泠雨说："行。我承认我有精神洁癖，这几年对你太苛求了。"

袁鸿利说："别说了，好聚好散吧。"他走出家，很重地关上了门。他知道，当他有一天再回来的时候，他就不是这里的主人了。

陈泠雨小心翼翼地藏好离婚协议书，慢慢地走回房间，躺到床上，眼泪却不由自主地流了下来。这时候许多美好的回忆反而历历在目：高三毕业那个暑假，袁鸿利去香港旅游，她在汽车站哭着向丈夫挥手；结婚第一年袁鸿利到最艰苦的贵州边远山区支教，她为丈夫收拾行李，叮嘱他要工作更要注意身体……今天他们离婚了，她只能默默地看着前夫重重地关上门后消失在视线之外。是啊，这世界变化真快。同床共枕的人可能随时会变心，只有床默默地让你躺让你靠，忠诚到底。有人怀揣美梦走进婚姻，而她却在做了多年噩梦之后离婚了。

第十回 公安内鬼

继“庄凤卖傻”组合后，“陈袁难了”组合也彻底散伙了。袁鸿利和陈泠雨离婚的事没几天就公开了，这事得怨袁鸿利自己。那天晚上，袁鸿利在城东大酒店请傅有义喝酒，正好碰上陈凤儿。陈凤儿主动表示与姐夫干一杯，傅有义提议：今天火凤凰一定要和你的袁姐夫喝交杯酒，大家说好不好啊？”众人起哄。陈凤儿大大咧咧地举起酒杯，环着袁鸿利的胳膊说：“交杯就交杯，谁怕谁啊？来，姐夫，祝你和我姐姐美满幸福！”

袁鸿利已经喝高了，一把将陈凤儿推开，说：“去去去，谁是你姐夫，你姐早把我甩了！”

陈凤儿以为他酒话连篇，便说：“这么好的姐夫哪找去，我姐舍得甩你，我还不答应了呢！”

袁鸿利也喝高了，眼泪叭嗒叭嗒竟然掉了下来：“在你姐眼里，我袁鸿利是个俗人，她对我就是不屑一顾！”大伙一看情况不对，纷纷岔开话题，不欢而散。

陈凤儿回到家里，赶紧给陈泠雨打电话，从她那里证实了离婚的消息。她说：“我说姐，那袁鸿利除了凸着个大肚腩之外，其实还行啊，眼看要提拔当局长了。你怎么就舍得？”

陈泠雨说：“没什么舍不得的。”

陈凤儿说：“肯定是那姓袁的跟别的女人好上了？告诉我，是哪个骚货，我一定替你出这口恶气！”

陈泠雨说：“你想多了。你只要记住一点就够了，你姐姐我现在心里非常宁谧，日子非常清爽。冲这个，你要祝贺姐姐。”

陈凤儿给陈泠雨打完电话，张刚强恰好回家了。只见他把脚上的鞋一脱，光着脚板躺到沙发上看起电视来。陈凤儿给他拿了双拖鞋大声说：“大新闻！大新闻！”

“什么大新闻？”张刚强头也不抬地问。

“我姐和袁鸿利离婚了！我姐提出来的……咦，你怎么一点也不惊讶，好像事不关已的样子？”

“哼，你姐离婚了，你高兴什么？”

“我高兴吗？”

“一脸的幸灾乐祸。”

陈凤儿脸色绯红，急忙说：“哪有，我这是喝酒喝的。你知道我喝酒上脸的，一喝就红了。”

“别掩饰了，也不想想我是干什么的。”

“好好好，你是警察，眼睛像鹰一样准，鼻子像狗一样灵，行了吗？我是有点嫉妒她。你不是一向很欣赏我姐的吗？说她身材婀娜多姿，气质优雅高贵，举止随性淡定，身在红尘中，心在五界外。看看，看看，她也离了，而且是她自己提出离婚的。”

“别这样说你姐！其实我一直认为，你姐嫁给袁鸿利，本来就是一朵鲜花插在了牛粪上。离了也好，我都替你姐松了口气。”

“哼哼，你其实心里喜欢我姐，我知道！”

张刚强避而不答，却问：“今天又去城东大酒店喝酒了吧？牡丹厅？”

“你跟踪我了？”

“用得着跟踪吗？我是警察，每个酒店和娱乐场所都有眼线，别让我看到你做坏事哟。”

“你才做坏事呢，乱讲什么啊。”

“一个饭局，用得着从下午5点22分吃到晚上8点多才回家吗？傅有义也在座吧？”

“是的，还有很多呢，什么质监局局长、工商局局长、教育局局长，这个长那个长一大堆。工作需要嘛，我也没办法。好了，今天你老婆高兴，你别问这问那，败我的兴，我要冲凉去了。”说罢嘴里犹自哼着邓丽君的“甜蜜蜜”，径自到浴室去了。

陈凤儿从浴室出来，出水芙蓉似的，更加容光焕发，她从丈夫手里抢过电视遥控器，找到江苏卫视。她喜欢看《非诚勿扰》，喜欢马诺和闫凤娇。

张刚强很讨厌那个“宁可在宝马里哭，不愿意在自行车后面笑”的马诺。他皱皱眉头，起身去浴室。他轻轻关上浴室的门，看了看洗衣机，里边有陈凤儿刚刚换下的衣服。他用两只手指拈起粉红色的肚兜，看了看，嗅了嗅，扔下。陈凤儿喜欢穿肚兜，常用这东西代替胸罩，她觉得肚兜比胸罩好多了，没有束缚感，特别舒坦。事实上，她不知道从哪里听说当年周迅喜欢肚兜，在试镜时不经心地一露红红性感的肚兜，立马就吸引了导演的目光，顺利占据了《桔子红了》第一女主角位置的，现在俨然是大腕了。有顺口溜专门称赞周迅的精明：“精上精，猾中猾，漂亮的肚兜成就她。”

张刚强收起思绪，又拈起那条肉色的丁字内裤，用手指轻轻捏捏那些隐秘部位，觉得有点粘，有点可疑，他谨慎的职业习惯让他不敢轻易下结论。他的第六感告诉他，这个妖娆的妻子可能早就越过红线，做出羞辱他的事了。他不甘心，再次把丁字裤凑到鼻子尖，很职业地嗅了嗅，马上被汗臊味和骚骚的女人味呛得打了个喷嚏。

张刚强洗完澡，围着浴巾来到卧室，陈凤儿撒娇地从前面抱着他，兴奋地说：“老公，今晚我要好好犒劳犒劳你！”

这个女人是如此妖娆，如此媚惑，如此鲜活，简直是挑逗，不，是挑衅！她晶莹而凹凸的胴体，是任何男人都无法抵挡的诱惑。他心里充满了愤怒，粗鲁地俯冲。他又像个热血的勇士，在陈凤儿节奏多变的呻吟声的指挥下，冲锋陷阵，狂轰滥炸。

“哎哟，你弄痛我了！”

张刚强铆足劲，坚持着自己的频率，一点也没有怜香惜玉的意思。他心里狂叫：你也知道痛，你也知道痛，老子早就痛彻心扉了。

……

这天临下班的时候，袁鸿利把胡媚叫到办公室，告诉她：“我……离婚了。”胡媚说：“我早料到了。你怎么蠢到会离婚呢，你老婆可是公认的贤妻良母，又漂亮又有才华。难道是她甩了你？她红杏出墙了，肯定是这样！”

袁鸿利被激怒了大声说：“你以为她跟你一样吗？她虽然高傲，这也看不顺眼，那也看不顺眼，却从来不干那种偷鸡摸狗的事！”看到胡媚满不在乎、幸灾乐祸的样子，他更加生气，“都怪你！那天晚上你浪叫个什么劲，全在手机里被我老婆，嗯……陈泠雨听到了，让我一点辩解的机会都没有！”

胡媚说：“你的意思是，我得对你离婚一事负责喽？好啊，那我也离了，然后咱们再来组合。不过我那死鬼老公每月给我两万五，你呢？你养不起我的！就算你能捞点贪点，也满足不了我，嗯……我是说你的身体。”

看袁鸿利哑口无言，胡媚做了个拜拜的手势，扭身撅着大屁股，走了。空气里还残留着她淡淡的香水味，继续刺激着情绪已经坏透了的袁鸿利。他狠狠地擤了擤鼻子，诅咒着这个香喷喷的却又无情的女人。

袁鸿利恨詈胡媚，又怨恨起陈泠雨，觉得她太苛刻。突然，一股愤怒之情不可抑止。你陈泠雨不是高傲吗，不是有才华吗，不是才女加美女吗，怎么连个科长也没混上？离婚就离婚，有什么了不起的，离了你我过得更好。

袁鸿利踉跄着走在街上，抖抖索索地从裤兜里摸出手机，拨了个号码，就大叫大嚷了起来，怕别人听不见似的：“喂，喂，我是袁鸿利。我说侯局长，今天陪陪哥们，到‘糖果俱乐部’去，选两个熟悉的小妞，对，就是阿香和阿花……对，我买单。去，订房！”眨眼之间，他不再失落不再感伤，又变成了原来的那个袁鸿利。他趾高气扬地招了辆的士，掏出一张百元大钞，对司机说：“不用找，‘糖果俱乐部’！”刚进包房，阿香和阿花就迎了上来，一左一右抱着他的脖子，她们才不像陈泠雨那样，总是嫌弃他浑身肥肉。

侯奇青局长还没到。袁鸿利和阿香、阿花声嘶力竭地吼着“妹妹你坐船头哦，哥哥我岸上走，恩恩爱爱纤绳荡悠悠……”他很快就在软玉温香中迷失了自己。他东摸西摸，左搂右抱，心里还忿忿地想，女人不就是那么回事嘛，有钱多年轻多漂亮的女人都能搞到手，老子爱怎么摸就怎么摸。你陈泠雨，不是高傲吗？你就当你的圣女去吧！

……

这时最可怜的就是方正了。

方正被关在看守所里已经九九八十一天了，思维变得迟钝，人似乎也麻木了。好在他消息闭塞，对母亲和妹妹的遭遇一无所知。

他耳边回响着看守人员曾经讽刺他的话：“方正你小子注定是个悲剧人物。你的悲剧在于，喜欢在老面姓面前玩所谓正义的走钢丝游戏，背后却没系上大人物大靠山给你的安全绳。这样玩，当然是要摔下来的。”他在痛苦地思考：难道自己真的做错了吗？

当初，方正被一辆呼啸的警车带走之后，就觉得掉进了深不见底的黑洞。

这种被羞辱被冤枉的日子，他一天也过不下去，他想过自杀，用头去撞墙，却只是把头撞了个包。他满腹冤屈，他怀疑这大平县还是不是人民的天下，这法律是人民的法律还是王德意的看门狗，想咬谁就咬谁。他痛恨王德意，但他就是大平的皇帝，虽然没有龙袍，却说话有份量，谁反对他谁就得摘乌纱帽，甚至像自己一样坐黑牢。

审他的人凶神恶煞，哪里是在依法办案，分明是整人，反铐双手，搞疲劳审讯，强光照射不让睡觉，昏过去，冷水浇醒，再昏过去，再用冷水浇醒，就这样没完没了，跟你耗，跟你磨。有人说，县纪委、反贪局、法院联起手来，把他的案子办成铁案，任包公在世也翻不过去。想到这里，方正不由得失声痛哭，这帮狗东西心肠太歹毒。一审开庭那天，他声嘶力竭地为自己辩护，可是法官频频敲法槌，打断他，不让他说话。特别是他提到王德意的名字，法官就猛地断喝："被告不得牵扯与本案无关的人和事……"

一审宣判后，他心灰意冷。一天，和妈妈在建龙水泥厂的老工友"李摇头"送衣服给他。方正问起家里的事，"李摇头"欲言又止，只叫他别担心，他妈妈和妹妹都很好。他看左右无人，便压低声音告诉方正，大平县变天了，王德意走了，新来的县委书记叫阎子丹，30多岁不到40岁的样子，还兼着市委常委，听说已经开始调查他的事了。刹那间，方正心里燃起希望的火苗，心里透过一丝亮光。

方正躺在潮湿的黑屋里，正在怅惘地东想西想。忽然，"咣当"一声巨响，黑屋的铁门打开，两个男子突然闯进来，一个粗壮的男人，他认得那是县纪委的"张大嘴"；另一个留着小胡子，叫王破盘，方正却不认识他。这个王破盘自幼父母离异，先是跟着父亲生活，父亲是个酒鬼，一喝醉就揍他。他高一就读不下去了，天天泡网吧，后来跟一些不三不四的人瞎混。"张大嘴"知道他愣，就把他当打手豢养着。

王破盘骂骂咧咧地把方正一把拖起来，说："方正，你他妈的给老子起来!"

方正被连拖带拎地带进一间屋子。"张大嘴"骂道："你好大胆，还要上诉?"王破盘站在一旁，两眼放出吃人似的凶光。

方正说："那是我的权利。"

王破盘骂道："死到临头，你他妈的还权利呢!"说罢朝他腿上狠狠踹了一脚，方正踉跄倒地。

"张大嘴"轻蔑地说："你就是一个屁！想上诉？鬼理你啊，你的案子是铁案，神仙难救。我劝你还是早点认罪伏法，不就是8年吗，好好改造，过三两年说不定就出来了。何苦连累你老娘呢？”

方正挣扎着爬起来：“我妈？你们……你们把我妈怎么了？”

王破盘提腿又是一脚，再次把方正踹倒在地，一边骂道：“去死吧，你个蠢货！”

“张大嘴”摆摆手，王破盘退到旁边。“张大嘴”说：“别上火嘛！你老娘还挺会来事，竟然学人家拦路喊冤，还找到新书记阎子丹房间去了。可惜啊，人家县委书记眼里哪里装得下你方正这点屁事，结果把她晾在房间。我们嘛，就当做做好事，给她找个睡觉吃饭的地方。”

方正颤声说：“找个睡觉吃饭的地方？你们把她怎么了？你们这是绑架！你们……你们……还有没有王法？”他挣扎着又想站起来。王破盘啪啪甩手两个耳光，打得方正嘴角流血。

“张大嘴”假惺惺地制止王破盘，对方正说：“兄弟，你何若呢？我现在给你指条明路吧，只要和我们好好配合，我保你平安无事。很简单，一要认罪伏法，别再做无谓的上诉了；二是写个字条给你老娘，叫她老实点，别到处告状，上窜下跳，丢人现眼。否则，别怪我们不仗义。你是明白人，好好想想。”

方正挣扎着站起来，愤怒地叫道：“你们是什么人？我要见法官！我要见律师！”

王破盘破口骂道：“去你妈的，老子什么人是你可以问的吗？还想见法官，想见律师？老子还送你见阎王呢！”骂完，对着方正劈头盖脸就是一顿拳脚。方正被打得满脸血污，犹自趴在地上哼哼不已。

“张大嘴”又摆摆手说：“我说兄弟，做个平凡人多好。你就安安心心地当你的信访局股长，干嘛学别人当什么反腐英雄？再说王书记好好的，也没得罪你，你犯什么傻呢？放着好好的事儿不做，竟然也跟着那帮刁民起哄，举报王书记，我说你是犯傻呢，还是犯贱？是，不错，像你这样举报王书记的人也不少，但结果怎么样？人家是吉星高照，你们越告，他越是被提拔。人家现在是顺州市副市长！你能怎么样？鸡蛋是永远碰不过石头的！你还年轻，别再做这种不自量力的事了。”

方正盯着“张大嘴”说：“王德意是你们什么人，给了你们什么好处，让你们丧了良心，竟然这样来祸害我？”

“张大嘴”说：“方正，我看你是条汉子，我真想不明白，你犯得着吗？人家即便是腐败，又碍你什么事，你管得过来吗？还反腐败呢，拿身家性命去反，

现在还把自己老娘给搭上，值得吗？”

“张大嘴”软硬兼施，说只要方正老实“认罪”不再上诉，就可以保证放了他母亲，并给他母亲和妹妹一笔钱。

方正从地上坐起来，虎着脸瞪着两人，他狠狠地咬着干裂的嘴唇再也不吭一声。“张大嘴”没办法，向王破盘挥挥手说：“妈的，死脑筋。带他回去！”

“等等！”方正突然说，“我知道你们是受人之托，我不怪你们，只希望你们告诉我，我妈妈现在在哪里？你们把她怎么了？”

“张大嘴”沉吟一下说：“我只能告诉你，现在你妈一根毛也没少，明天会怎么样，我就不敢保证了。你最好老实承认贪污，别再胡说王书记迫害啊什么的，否则后果自负。”

方正说：“两位，求求你，不要为难她，她有糖尿病。等哪一天我沉冤得雪，我不会忘记你们的恩情！”

王破盘说：“你还想平反？真是白日做梦！”他冷笑一声，连拖带拎地把方正带回了原来的黑屋子。

铁门“咣当”一声被沉重地关上了。

王破盘说：“妈的，这叫什么事！要不是看在那几个臭钱的份上，老子才不干这种绝子绝孙的缺德事呢。老子一直担心，这种案子恐怕总有一天会被翻过来，听说新来的县委书记阎子丹很难搞，说不定哪天会找到你我的头上。”

“张大嘴”说：“他妈的，那是几个钱的事吗？咱们这么多把柄在姓阎的手里，我老爸也牵扯在方正这个案子里呢。你小子不懂就别胡说，只有和老爷子站在一起，才能斗倒姓阎的。光你和我？早死一百回了。”

想了一想，“张大嘴”又自我安慰：“不过阎子丹毕竟是嫩，怎么着老王爷子也比他多吃几年干饭，这两人斗起来，谁赢谁输还不一定呢！”

王破盘说：“那到底怎么办？万一将来……老子可不想把命交给那姓王的老东西。”

“张大嘴”说：“没什么好担心的，老王爷子这棵老树哪有这么容易就倒了！再说姓阎的也没给老子留后路啊，他到现在还在催着公安局追捕老子呢。只要方正这边捂住，天塌不下来！”

王破盘说：“问题是方正那小子太犟，怎么办呢？看样子他是死猪不怕开水烫，非上诉不可了。总不能在看守所里把方正给杀了吧。妈的，老王爷子也太狠了点，对付方正这种死脑筋，叫人揍他一顿得了，搞什么公检法铁案，现在人家要上诉，还不知道会咬出多少事呢。这下好了，骑虎难下了吧？”

“张大嘴”说：“他想上诉就能上诉吗？就是上诉了也一样弄死他。老子进出公检法，就像进自己家门一样。你看我这不是来看守所了吗？”

王破盘说：“大哥，我就不明白了，你连纪委的班都不敢上了，怎么还敢跑到看守所来？我都听说了，阎子丹到处抓你呢！”

“张大嘴”不理他，走开几步掏出手机小声说：“‘雷公’……您交代的事……”

……

又是一个夜晚。闹腾的大平县城终于安静下来，只有城东大酒店（莲花湖大酒店）、西湖大酒店、总相宜宾馆、万绿宾馆的夜总会，以及新豪城、热带雨林等几家舞厅的男男女女们还在歌舞升平。

在县城宝顺桥下，县公安局武警大队队长张刚强正带着8名刑警执行一项重要的抓捕任务。对象是国土局张永发的公子——“张大嘴”。“张大嘴”那天强奸未遂，正好撞到了新任县委书记阎子丹的枪口上，再也不敢到纪委来上班。据说张永发还替他请了1个月的事假，县纪委竟然也给批准了。

据侦查，原来“张大嘴”并未离开县城，而且还是那么张狂，每天晚上鬼混到凌晨两点多，和几个公子哥一起赛车，开着三菱跑车在县城的街道四处狂奔。

抓捕小组守候到凌晨3点多，仍然不见“张大嘴”的影子。张刚强断然说：“执行第二套方案，熊朝东、钟小武、陶志国跟我去‘张大嘴’家，其余的同志留下继续伏击。”

凌晨4点钟，张刚强他们赶到“张大嘴”家。这是在大平县城富人聚集区的一幢小别墅，平日里就“张大嘴”一个人在这里住。张刚强他们蹑手蹑脚地接近大门，张刚强向熊朝东、钟小武做了个手势，两人身手敏捷，双手在墙上一按，轻轻一跃，翻墙入院。突然，一只黑影扑了过来，熊朝东反应神速，飞起一脚，黑影逃到一边，发出“嗷嗷”的惨叫声。张刚强用应急手电一照，是一只壮得像小狮子似的藏獒。钟小武打开院门，四人进小别墅搜索了一遍，里边空无一人！

难道“张大嘴”得到什么消息，藏匿在他老子张永发的家里？怎么办？去张永发家里抓人吗？张刚强向雷大江电话请示，雷大江狠狠地把他训了一顿说“张永发是什么人？你也敢碰！你有证据吗？万一‘张大嘴’不在那里，你怎么解释？这不是把我们都弄被动了，嗯？”无奈，行动只好宣告失败。

回到县公安局刑侦大队办公室，大伙神情沮丧，有的趴在桌上，有的靠在椅背上，全都无精打采的。熬到早上8点多，雷大江大步流星地进来大声说："怎么了？全都成了斗败的公鸡了？"

大家强打精神，但都没吭声。张刚强把雷大江拉到一边悄声说："雷局长，老实说，我怀疑我们的行动事前已经走漏风声了……"

张刚强还想说下去，雷大江大声打断他的话说："谁？哪个王八蛋敢通风报信！让老子查出来，非扒了他的皮不可！"张刚强尴尬地收住声音，他只是怀疑，本来是想悄声跟他汇报的，哪知道雷大江会大声嚷嚷。

这时，雷大江的手机响了，他看了看号码，立马走到室外。过了一会儿，雷大江面色慌张地进来大声说："大家提起精神，阎书记马上就到。大家要守规矩，别乱说话。"

没多久，阎子丹风风火火地赶来了。

阎子丹扫视了一眼，看大家蔫蔫的，笑笑说："大家熬了一夜吧？你们都辛苦了。这样，局领导留下来，你们大家都赶快回家，好好休息，今天就不用上班了。雷局长，我就越俎代庖，大家的这个假我批了行不行？"

大家走后，阎子丹说："现在是早上8点38分，我本来应该放手让你们去干。公安工作我是外行，你们是专家，我来不是想指挥你们，是来支持你们，看看你们需要什么样的帮助，尽管提。这整顿社会治安工作，关系到老百姓安居乐业的大事，是民心工程，抓好了，有利于全县经济社会的发展大局。说实在的，我也不安心，昨天晚上从8点开始，我就一直等，等你们的捷报，可惜一直等到今天早上8点也没等来。只好给雷局长打电话，自己赶来了。"

"阎书记，您是一把手，全县多少大事等着您去处理。治安的事，您就放心好了，有咱们这帮伙计……"

阎子丹不耐烦地打断他的话："什么'伙计'！你是共产党的干部，所有干警也是共产党的干部，哪来什么"伙计"、什么"老板"？好了，大家汇报一下情况。由黄政委先汇报，然后是曹副局长轮过去，给我说重点就成，过程中的细节问题留待你们自己研究。"

雷大江从未被人抢白过，觉得在下属面前丢了脸，腮帮子上那颗硕大黑痣上的两根毛激烈抖动，好不容易才压住心头腾腾的火焰。

阎子丹说："你们谁来说说这次行动的情况？"

大家齐刷刷地望向雷大江，都不吭声。雷大江目光灼灼，威严地在几位副手身上扫来扫去。

阎子丹鼓励的目光落在张刚强身上："张队长，你来说说？"

张刚强点了支烟，猛吸两口，咬咬牙说："对不起，阎书记……我们行动失败了，没有完成您交给我们的任务，我……"

阎子丹吃惊地说："不是说已经跟踪'张大嘴'有段时间了吗？难道情报有误？"

张刚强说："情报绝对准确，我亲自跟踪很长一段时间了。'张大嘴'自从强奸方薇薇未遂，知道闯了大祸，再也不敢到县纪委上班。不过这小子很嚣张，仍然躲在大平县城。根据我们的侦察，他每天晚上11点至2点，一定会在街上和几个公子哥会合，参加非法赛车。不过说来奇怪，今天晚上就是没见到他们的影子，不但'张大嘴'没看到，其他几个公子哥也没见影子。好像他们得到了什么信息，统统不见了，真是奇怪！"

雷大江急忙打断："办案什么情况都可能碰到，没什么好奇怪的！张刚强，你这样乱说可不好，会引起阎书记的误会，还以为我们公安局有内鬼呢。"

阎子丹说："雷局长，别急嘛，听听张队长的意见。张队长，你慢慢说，到底怎么回事？"

张刚强低下头，他不知道怎么说，县委书记叫他说，而顶头上司雷大江的意思却是叫他"别乱说话"。这时曹成军说："阎书记，我也有责任，请领导批评。"

雷大江黑着脸，眼睛恶狠狠地瞪着曹成军和张刚强。大家吓得不敢说话，也不敢抬头看阎子丹和雷大江。

阎子丹冷冷地看着雷大江。雷大江被他看得心里发毛，额头冒出细汗。阎子丹站起来，在室内来回踱步，突然站住问雷大江："'张大嘴'是怎么得到风声的？"

雷大江装糊涂："哪个'张大嘴'？什么风声？"

阎子丹知道雷大江在装，恼怒地说："难道你抓了半天，还不知道要抓谁吗？"

雷大江面红耳赤。阎子丹接着说："我可听说了，那混小子是县国土局局长的公子，仗着一个有权有势的老子，胡作非为，欺男霸女，劣迹斑斑……"阎子丹越说越生气，拍着桌子大声说，"我现在跟你们说，法律面前人人平等。不管'张大嘴'老子是谁，一定要抓捕归案！张队长，你详细说说抓捕过程，部署这么严密，为什么还是让他漏网了？"

张刚强说："我们埋伏在宝顺桥，从晚上10点一至到凌晨3点多。结果一直没见到人，后来我们执行第二套方案，我带着熊朝东、钟小武、陶志国去'张大嘴'住处抓捕，结果也扑了空，他家根本就没有人。"他抬头看了看雷大江，不敢说雷大江阻止他们去'张大嘴'父亲家，而是说，"我们本来还打算去'张大嘴'父亲家，但是后来分析，觉得还是别轻举妄动，先别打草惊蛇比较好。"

阎子丹说："既然人家已有准备，那么现在秘密抓捕已没意义，干脆明着去。".

张刚强看了看雷大江说："他老子是国土局局长，听说上边也蛮有背景的，我想……还是慎重点好！"

阎子丹说："原来是这样！好，你不敢去，我去！雷大局长怎么样，跟我一起去？"

雷大江说："阎书记，这些小事哪里敢惊动您亲自去。我去就行，我去就行。"说罢掏出手机。阎子丹说："别打什么电话了，你带队，我押阵。一起去，就这么定了！"

雷大江嘟嘟囔囔地说："张永发大小也是个领导干部，人还是比较通情达理的。我相信，只要'张大嘴'在那里，他一定会把儿子送来自首的。"

阎子丹断然道："走，现在就去张永发家去。"

到了张永发家，这是独门独户的大院，沉重的大铁门冷冷地紧闭着。阎子丹说："雷局长，你不是有张永发的电话吗？现在就打给他，叫他开门，其他什么话也不用说。"

张永发接到电话，穿着睡衣就慌慌张张下来开门。冷不防，一只黑影扑过来，是条大狼狗！张刚强怕它伤害阎子丹，眼明手快举手就要开枪，雷大江训道："张刚强，打狗也要看主人，别在张局长家动刀动枪的！"

张永发家的客厅非常豪华，连见多识广的阎子丹都被震住了。张永发手忙脚乱地给大家倒茶，阎子丹见雷大江一味跟张永发唠家常，就是迟迟不切入正题，便朝张刚强使了个眼色。张刚强会意地说："张局长，你儿子张大伟在家吧？请他出来一下好吗？"

张永发忽然大笑说："就这事啊？阎书记来我家，我还以为是什么事呢。儿大不由娘，这个混小子早就不和我住一块了，我看他也不顺眼，眼不见心不烦呐！"他看看雷大江又说，"雷局长，你办事可不地道啊，竟然无凭无据来我家抓人？好歹我们也是同朝为官，还是留三分薄面，今后好说话，不是吗？"

雷大江说："对不起，张局长，我是职责所在，请你体谅。"

阎子丹淡淡地看着两人，知道他们在唱双簧。他深深地认识到，这个雷大江实在不配做保一方平安的公安局局长。于是他打断两人的双簧："老张，今天是星期二，现在是8点52分，这个时候你本来应该在县国土局的办公室里办公，可能在批阅文件，也可能在参加会议，或是检查工作，你现在一身睡衣算什么？嗯……说到你儿子，古人说，养不教，父之过。你儿子做过什么，你就两眼一抹黑什么也不知道？他不在自己家，当然就有可能在你家。公安干警是在履行公务，你也是领导干部，应该知道自己作为一个公民的法律责任在哪里？难听的话，你就不要再说了。"

张永发见阎子丹发怒，语气软了下来说："我服从组织。唉……我家那混小子，你们抓住就立马把他毙了，我就当从没生过这个儿子。"

阎子丹向张刚强挥了挥手，张刚强说："张局长，得罪了。"说罢带着5名干警从一楼到5楼逐个房间搜查过去。

客厅的气氛忽然尴尬起来。张永发心想，自己好歹是县直单位的一把手，以前的王德意书记对他也是客客气气的，重一点的话也没跟他说过。没想到新来的阎子丹一点面子也不给，第一次登门就带着公安干警，夹枪带棒的来抓自己的独生宝贝儿子，难道县委书记没事干，一定要亲自领着公安干警四处抓人吗？他心里对这个新来的书记产生了强烈的抵触情绪，心里恨恨的不得劲。当然，这县委书记的权力他是再清楚不过，像他这种一局之长，在县委书记眼里也就是个中不溜秋的中层干部。如果要把书记惹了，书记脸一翻，随时就把你的局长乌纱帽给撸掉，甚至给你一个非领导职务的主任科员，把你晾起来挂起来。想到这里，他打了个寒战。眼前这个新县委书记，只有38岁，还是团省委的空降领导，在市里挂着党委的职务，前途不可限量，多少人巴结还来不及呢。想到这里，张永发突然换上一副笑脸，不断给阎子丹添茶，一会又从抽屉里掏出一包中华烟，非要给阎子丹点上一支不可。阎子丹看他抽这么贵的中华烟，皱了皱眉头，厌恶地摆摆手说："不会，不必了。"

这时，张刚强带人下来了，很沮丧的样子。他冲阎子丹耸耸肩，示意说没找到人。张永发得意地瞅着阎子丹。雷大江说："我就说嘛，张局长是个通情达理的人，儿子如果在家，早就逼着他到公安局自首了。"

阎子丹看他们的双簧又开始唱起来，干脆装聋作哑，站起来就走，边走边说："老张，儿子是你的，希望你以一个共产党员的身份，多做做你儿子的思想工作，最好让他主动投案自首，千万别以为公安部门拿他没办法……"

阎子丹走到门口，回头跟张永发挥了挥手说："张局长，你该去上班了。记住我的话，后会有期!"

第十一回 民心大顺

整治治安行动的第一仗失败了，很快就有人在背后议论，说阎子丹“搞经济，不在行，专抓街头小流氓”。阎子丹一笑而过，这种流言蜚语还不至于让他生气。他也不担心，不怕失败，就怕找不到失败的原因 。其实从那天雷大江和张永发的双簧戏里，他已经敏锐地觉察出一点端倪。这些天来，阎子丹通过其他渠道暗中做了大量调查，真相越来越清晰，公安机关确实出了内鬼，早早就把整治行动的信息捅到外面去了。一切证据都指向了某个重要人物！为了证实这个调查结果，阎子丹决定做个试探。再过一两个星期，治安行动还是一再泄露，一再无功而返。事实证明公安局确定有内鬼，“严打”事实上已经变成了“假打”。

“打黑’首先必须要有一支过硬的政法队伍，不然的话打不下去，也唱不下去。阎子丹痛下决心，由县委办牵头，召开全县公检法司大会，重点是整顿公检法司队伍，狠抓思想、作风、纪律三大建设。在简短而又激昂的讲话中，阎子丹指出“‘严打’之所以变成‘假打’，问题出在内部，症结就在于‘官匪一气，警匪一家’”。

阎子丹话音刚落，坐在旁边的雷大江再也忍不住暴躁易怒的脾气，“啪”的一声拍案而起。他腮帮子上那颗硕大黑痣上的两根毛激烈抖动，青筋暴凸，冲着阎子丹大吼：“诬蔑！你这是诬蔑，是对我们全县公安民警的巨大侮辱，你是代表谁在说话？代表共产党还是代表你个人？你必须收回刚才那句话！”

台下近两千名公检法司的干部先是惊呆了，接着议论纷纷。

雷大江当众顶撞阎子丹，大大出乎所有人的意料。大家都知道他势力庞大，加上老县委书记王德意又对他宠爱有加，视若心腹，可以说他是名副其实的“政法王”，在大平县里他可以当半个家。

大家虽然见惯了雷大江的嚣张跋扈，但是仍然没想到他竟然敢在大会上跟县委书记公开较劲。在大平历史上可从来没有过这种事，雷大江真是疯了！大家都眼睁睁地看着他这个县委书记，看他会不会被雷大江的嚣张气焰灼着。阎子丹被当面顶撞，一时下不来台，脸色铁青。他好不容易压住火气，冷静地说：“实践是检验真理的唯一标准，我们让事实来说话吧。如果事实证明我说错了，我向大家道歉，如果事实证明，我们内部有人勾结违法犯罪分子，搞权钱交易、权色交易那一套，别怪我不客气。你们知道我姓什么，姓阎！我是共产党的县委书记，更是违法犯罪分子的阎王，代表130多万老百姓找他们索命来的！”

掌声雷动……

当天晚上，雷大江跑去顺州市见王德意。听说雷大江当着两千名公检法司干部的面顶撞阎子丹，王德意大惊失色，痛骂他傻大愣，犯了政治幼稚病，迟早要被撸掉公安局局长的乌纱帽！雷大江本来是向王德意邀功的，没想到原来是闯下了大祸。他后悔不迭，只好放低姿态，拜托王德意无论如何要帮他向阎子丹求情，原谅他的冒失和冲动。

果然，王德意的话不久就应验了。

那次全县公检法司大会以后的第2个月，也就是6月6日上午，雷大江一上班就接到县委办公室李海主任的电话，说阎书记请他到办公室谈事。雷大江想起王德意痛骂他犯了政治幼稚病，警告他顶撞阎子丹之后，小心人家拿他开刀，从此害怕见阎子丹，甚至害怕听到他的声音。今天阎子丹召他去，也不知道有什么事情等着，他胆战心惊，慌里慌张地赶到阎书记办公室。一进门，雷大江觉得气氛不对，心里更加乱了方寸，阎子丹办公室里除了他本人，还有夏凡、顾阳胜。夏凡是分管组织人事工作的副书记，而顾阳胜正是县委组织部长！雷大江进来时，3人正在低声地谈着话，他脑海里忽然闪过让他心惊肉跳的两个字“摘帽”！

阎子丹淡淡地说了声：“老雷你来了！坐，这边坐。”雷大江心里又狂跳了一下，以前阎子丹见到他都叫“雷局长”，今天怎么叫“老雷”？夏凡副书记拍拍沙发，又朝旁边挪了挪，示意雷大江坐下来。这时，县委办漂亮的女秘书小何进来，为大家泡了一壶茶，然后又悄悄退出门外，顺手把门轻轻带上。大家呷了口茶，郁结的气氛似乎有点消融了。阎子丹看看夏凡，又对顾阳胜点了点头说："这样，老雷既然已经来了，我们就长话短说。我先开个头吧。"说到这，他停下来目光柔和地看着雷大江。雷大江更慌乱了，他完全没有了往日的自得和骄矜，心里打鼓一样砰砰跳，呼吸都有些困难，他不敢接触阎子丹的目光，只是不知所措地看看夏凡，然后又看看顾阳胜。他深吸一口气，收了收腹，挺了挺胸，想装出一副雄纠纠的气派来，结果又觉得憋得慌，于是下意识地松了松裤带。

阎子丹笑了，他就是要看看雷大江局促的样子。他轻轻地用手指有节奏地敲击着桌面说："雷大江同志，今天请你来，是为了跟你通报一个决定。嗯……经大平县县委常委会研究决定，并提请县人大常委会讨论通过，现免去你大平县公安局党组书记、局长的职务。"阎子丹说话时一派轻松，慢悠悠的，轻声细语，颇有点谈笑用兵的风范。

雷大江虽然有种不好的预感，却无论如何不能接受被"摘帽"的残酷现实。阎子丹竟敢对他玩杯酒释兵权这招，太阴狠了！毕竟他是县委常委，如果有重大的组织人事变动，他肯定得参与，绝不会被这么瞒着。当阎子丹谈笑间说免就免去他公安局局长的职务时，他脑袋嗡了一下，心里有一个声音在狂叫"报复，这是彻头彻尾的报复!"

雷大江再次青筋暴凸，腮帮子上那颗硕大黑痣上的两根毛激烈抖动，从沙发上跳起来大吼："县委常委会什么时候开的，为什么躲着我偷偷地开，我是县委常委……你们……"

夏凡厉声说："雷大江同志，请你自重！你是县委常委，没人背着你开会，你更应该知道，我们党的组织人事制度是有回避原则的，我们这是按原则办事，原则是要遵守的嘛。"

雷大江置若罔闻，继续指着阎子丹大声质问："为什么不事先征求我的意见！你搞打击报复，搞一言堂，我要到上面控告你……"

阎子丹依然一派轻松，但是轻松并不等于软弱，那是一种更加大气的强硬。他把身子往大班椅子上靠了靠，平静地看着雷大江说："大江同志，工作有分工，权力有轻重，安排什么工作，行使什么权力，这要组织上综合考虑。权力是人民赋予的，不是你自家的，难道公安局局长就你才能当？别人就不能当？别把权力和交椅看得这么重！作为国家干部，这点最起码的道理你难道不懂吗？你在担任公安局局长期间，存在这样那样的错误和缺点，大家都看在眼里，你自己心里也有数，你扪心自问，继续留在公安局局长的位置上合适吗？至于你说我搞打击报复，搞一言堂，有什么证据？我从省里来，之前和你从未见过面，哪来的恩怨情仇啊？”停了停又说，“县委的这个决定是慎重的，是留有余地的，虽然你不再是公安局局长，但组织上还是爱护你的，县委常委的职务还是给你保留着的，你面子上也过得去，还可以继续为大平人民服务嘛。要好好想想，充分体谅组织上的一片苦心。”

阎子丹再次显示了他谈笑用兵的魄力，第一次扬刀立威，把纪委书记乔树给换了，第二次扬刀立威，扒下雷大江的警服。

雷大江气炸了，牙齿几乎要一颗一颗咬碎吞进肚里去。当阎子丹带着夏凡、顾阳胜、雷大江走进公安局党组小会议室时，除了公安局几位副局长、政委黄力强，还有一张熟识的面孔——顺州市公安局刑警支队队长高良。雷大江明白了，几分钟后，这个高良马上要行使原来属于他的权力，要坐他的位置了。雷大江心里恨恨地骂着这个“姓阎的”，甚至恶狠狠地生出掏枪干掉他的念头。可是雷大江对眼前这个“姓阎的”有一种发自心底的畏惧，目光和阎子丹一接触，心就要猛地跳一下，再也不敢多看“姓阎的”一眼。他觉得阎子丹和自己以前见过的所有领导都不一样，他的目光淡定，却又如此犀利，似乎能把他的五脏六腑翻开来看个一清二楚。在这一瞬间，他哪里还有什么骄矜和傲气，巴不得早点从这个办公室里溜走，一刻也不想多待。

阎子丹看出雷大江脑海里正在天人交战，他不能任由这头蛮牛继续胡思乱想下去，于是站起来走到雷大江面前说：“雷大江同志，个人必须服从组织，下级必须服从上级，这个道理不用我跟你解释了吧？有什么想不通的地方，可以回去慢慢想，想通了不要忘了给我一个电话，直接找我谈话也行。”说罢他向夏凡和顾阳胜挥了挥手，断然说，“马上召开公安局党组会议，部署人事调整工作！”

雷大江顿时瘫坐在沙发上，像只泄了气的气球。他仿佛做了一场噩梦，有句话这样说“眼看他起高楼，眼看他楼塌了”。他何尝不是这样，本来权势熏天，今天却顷刻间丧失殆尽。

会议没开多久就结束了。其实就一个议程，由组织部长顾阳胜宣读了县委常委的决定，免去雷大江的公安党组书记、局长职务，由高良接任县公安局党组书记、局长职务。

雷大江被免去县公安局党组书记、局长的消息迅速被传开了，全县干部都炸开了锅，再次受到震撼，这个雷大江长期以来简直就是县委第二书记，在某些场合甚至拥有绝对的权力。人们议论的焦点还是阎子丹，觉得这个新来的县委书记敢碰硬，敢较真，有魄力。参加过上次公检法司大会的一些同志私下里说，早知道雷大江长不了，谁让他在大会上公然顶撞县委书记，哪个县里出过这样的公安局局长，哪个县委书记能容忍这种狂妄的下属？撤得好！也有人想得更多，觉得阎子丹下的是雷大江的岗，亮剑指向的却是雷大江背后的某人，这就叫做项庄舞剑，意在沛公！

雷大江被免职的效应很快显现出来，没几天一大批知情人纷纷浮上水面，有的主动报案，有的主动自首。

高良上任后的第五天，县公安局召开县局机关全体人员和全县派出所长干部大会，阎子丹突然现身会场。在阎子丹的简短动员讲话之后，高良宣布全县18个派出所所长大轮岗，当天夜里就在全县开展暴风骤雨般的严打整治专项行动。在此次活动中，如有泄密、消极作为者，先就地免职再事后追究，性质恶劣、情节严重的，调离公安机关，或者开除公职，直至追究法律责任。

第二天凌晨6点结束行动，全县共抓捕138个负案逃窜嫌疑人，张永发的宝贝儿子“张大嘴”终于未能漏网，着实被抓了正着。那些恶名昭著的村霸、街霸，平日里欺男霸女、危害乡里、巧取豪夺，这时都蔫了，统统落入恢恢法网。一时间，大平县城鞭炮声此起彼伏，民心大顺，民意大安，民气大长。随后在县电视台开办《平安大平》栏目，在每天晚上8点钟的黄金时段，向全县通报警情警讯。一时间，《平安大平》栏目不但在全县大出风头，在全顺州市都成了收视率最高的栏目，各县区电视台纷纷仿效，开办自己的《平安XX》栏目。

张永发这次栽到家了。他平时宠着的宝贝儿子，现在抓进去了，还在县电视台《平安大平》栏目里亮相，向全县坦白累累恶行，垂头丧气地向全县人民谢罪。他哪里吃过这种亏，赶紧给心中那个无所不能的“老王爷”打电话求救，谁知道“老王爷”把他大骂了一顿，然后让他找雷大江去。他只好打电话给雷大江，说你大小还是个县委常委，无论如何求你把我那宝贝儿子给捞出来。雷大江经不起张永发三两下撩拨，埋藏在心里的怨恨像火山一样爆发了，在电话里高声诅咒阎子丹，说阎子丹不讲道义，不讲政策，不讲法律，纯粹是一个空降的政治混世魔王，这样胡搞乱搞，迟早要把自己搞到山穷水尽，无路可走。又说，这个“阎王丹”、“姓阎的”就是爱出风头，办什么《平安大平》栏目，无非是吹捧自己的政绩，侮辱嫌疑人的人格，最后还是为了讨好群众，树立他在全县群众中的威信。

张永发从雷大江的话里听出了什么，赶紧四处活动，又是找律师咨询，又是找枪手写信四处发匿名信告状，为宝贝儿子鸣冤叫屈，恶毒诬蔑阎子丹搞打击报复搞男女关系，甚至还将一封信寄到阎妻柳依依处。果然，“张大嘴”没几天就被偷偷“捞”了出来，躲得不知去向，后来又惹出天大的事。

群众有些牢骚，说治安整治的像孙猴子闹西游，有背景的妖怪都被如来、观音等权贵带走了，没背景的妖怪统统乱棍打死。阎子丹听说“张大嘴”被捞走的事儿，却并不着急，他知道这家伙迟早得再次落网，他有这个信心。

经过暴风骤雨般的严打，全县社会治安形势得到根本好转，各行各业也兴盛起来，营商环境大为改善，一些当年被恶劣治安吓走的生意人纷纷“鲑鱼返乡”，回来寻找投资机会。

这天，高良向阎子丹汇报治安整治情况。高良说，从内部查阅的资料表明，全县近几年来从看守所和拘留所里被“捞”出去的犯罪嫌疑人竟然高达2332人，全是通过欺骗手段取得保外就医和取保候审的。“捞”出多少人，就能“捞”进多少钱，这些都是明码标价的。阎子丹吃惊地瞪大眼睛，他哪里知道公检法司系统里还有这么多的弯弯绕，他气愤地把桌子拍得“啪啪”响：“奇闻呐，天下奇闻！……”然后就噎住了，他实在不知道怎么来表达他的愤怒。

在三天后召开的全县整治社会治安阶段性总结大会上，阎子丹谈到看守所、拘留所“捞”人的奇闻，讲到当前社会治安的严峻形势，他拍案而起：“记得上次我在全县公检法司大会上的动员讲话里，讲到治安问题出在内部，症结就在于‘官匪一气，警匪一家’。有些人不同意，当场要我收回这句话。我也当着两千名干部的面讲过‘实践是检验真理的唯一标准，让事实来说话’。今天我就向大家公布一组数字，请大家检验，看看我说的话有没有错。请大家听清楚了：过去五年里我们全县以保外就医、取保候审名义被放出来的，又不具有正常手续的，确定为被非法“捞”出去的犯罪嫌疑人和罪犯，共计2332人！其中就有臭名昭著的‘张大嘴’，谁捞的谁心里清楚！另外，负案在逃嫌疑人307人，审而未结案件3625宗，审判之后未执行的案件4326宗，触目惊心呐同志们！今天在座的各位有的是县级副科级以上的领导，其余的全是公检法司干部，我请问各位，这些负案累累的犯罪嫌疑人和罪名确凿的罪犯，就埋伏在社会的各个角落，你们安全吗？群众安全吗？当然不安全！正像我当时说的那样‘官匪一气，警匪一家’，沆瀣一气，狼狈为奸，不保境安民，不为民请命，却做犯罪分子的保护伞。不是这样吗？当然，以前那种情况一去不复返了，我们处理了一批不为民撑腰的人，打击了一批为坏人通风报信的人，现在的公检法司系统焕然一新，完全是另一番景象。”

刹时间，台下数千双眼睛齐刷刷地盯着雷大江。雷大江冷汗直流，频频擦汗、喝水，却无论如何也不能掩饰自己的尴尬。事实上，他恨不得马上散会找个老鼠洞躲起来。

就在社会上的违法分子纷纷落网，社会风气为之一变的时候，一种舆论在坊间流传，阎子丹又得了个新的外号——“阎王丹”。这外号越叫越响亮，只是老百姓叫得高兴，而某些人却听得心惊肉跳。

心底无私天地宽。正是因为阎子丹把人民群众的利益放在心上，对违法犯罪分子切齿痛恨，所以他才敢在公检法司大会上做出庄重承诺：“我是共产党的县委书记，更是违法犯罪分子的阎王，代表130多万老百姓找他们索命来的！”事实上，他也正在狠狠打击歪风邪气和各种恶势力，一步一步实践着自己的诺言。

整顿社会治安工作取得阶段性的重大成果，阎子丹开始腾出时间考虑方正的案子，他想从这个案子中找到一个突破口，从中窥视大平县人事组织系统中的重大问题。可惜，方正案子放在市中院，一直到现在也没有什么结果。他曾经详细研究过方正的案卷，也向妻子柳依依请教过，现在他几乎可以确定，这是一起典型的冤假错案。至于谁主导了这起冤假错案，又为什么陷害方正，现在还不能确定，一切要等案子结束后才能水落石出。

这天阎子丹刚刚下班回到新大平宾馆的宿舍里，梅剑锋的电话就打过来了：“阎书记，方正有情况，他在看守所病了，听说病得还不轻！”

阎子丹说：“有病赶快治啊，这还用请示吗？即便他是真的罪犯，咱们也要实行革命的人道主义。去吧去吧，千万别再弄出什么意外！”

梅剑锋说：“阎书记，我跟高良局长商量过了，现在的情况有点复杂，我们都有个担心，怕方正一旦离开看守所，他的安全就不好办。出了问题谁负责？所以要请示你！”

阎子丹说：“这事的确要慎重，你和高良两人必须商量个主意来，你们一个是纪委书记，一个是公安局局长，如果你们这点办法都拿不出来，老百姓还能指望谁？所以，我对你们就两个要求，一个是方正的病要治好，第二个是方正的安全不能出问题。”他踱了几步，停下来接着说，“你跟高良说，就说是我讲的，要绝对保证方正的人身安全，要做好保密和保卫工作。”随后又压低声音，“要防止有人狗急跳墙，杀人灭口！知道吗？”

梅剑锋说：“好的。事实上我也感觉有种看不见的危险正在步步逼近。”

阎子丹说：“随时向我汇报情况。另外，有没有马红妹的信息？”他有点急了，“她的安全和方正的案子有密切的关系，必要的时候请求市公安局、省公安厅的支持。一句话：必须尽快把马红妹安全解救出来。”

梅剑锋说：“阎书记，我正要向你汇报呢。刚刚高良和我商量方正的案子时说到马红妹的事。他说马红妹的下落已经有线索了，正在召集力量研究解救方案，具体情况他说晚上再向你汇报。”

阎子丹说：“好！这是我听到的最好的消息！”

……

阎子丹一直记挂着马红妹被绑架的事。就在绑架发生后的第三天，阎子丹忽然接到公安局局长高良打来的电话：“阎书记，马红妹的事有眉目了。”阎子丹急切地问：“在什么地方？”

高良说：“在黄陂镇一个13层的烂尾楼里。”黄陂是离县城最远的一个镇，足足有110多公里。高良焦急地说：“犯罪分子很狡猾，挑的地方非常偏僻。根据我们侦查的情报，现场有4个绑匪，马红妹暂时还是安全的。”

阎子丹命令高良立即暗中控制现场，迅速制订营救方案。无论如何，不能再让马红妹在眼皮子底下被犯罪分子转移了。人命关天，他决定马上赶到现场！

阎子丹隐隐约约地感觉到，方正的冤案、马红妹被绑架案背后有蹊跷，似乎时时处处闪烁着大平县的某些重要人物的影子。对于马红妹的被绑架，他非常内疚，无论如何人是在他的房间里丢的，然而谁能想到犯罪分子竟敢在县委书记的眼皮子底下绑人呢？所以，他今天倒要看看，到底是什么人，这么无法无天！

阎子丹匆匆赶赴黄陂镇，一路上不断催促司机小杜：“快点！快点！”

临时指挥部设在与烂尾楼遥遥相望的黄陂建筑公司大楼的第14层，居高临下，方便观察。公司里的人员已经被疏散了。阎子丹一到，高良马上向他汇报解救方案。

根据高良的介绍，两个绑匪押着马红妹躲在最高的第13层，另外2个则不知躲在哪个角落，这么大的一幢烂尾楼，也不知道他们具体藏在哪一层的哪一个角落。

高良和阎子丹反复推演营救方案，把方方面面的可能情况都考虑进去了，他向大伙招招手，大伙围拢过来听他部署。高良说：“大伙听仔细了，一定要记住！待会交换人质的时候，我们的行动方案是：当张刚强走到绑匪藏身的13楼，熊朝东代号为101，我们的一号狙击手，你的任务是瞄准狙击绑架马红妹的人，他必然是一手抓着马红妹，一手持枪顶着马红妹，在交换人质的时候，他势必用力推开马红妹，再一手抓住张刚强一手持枪顶住他。101注意了，你必须在抓住绑匪推开马红妹的一瞬间，狙击他，生死勿论，关键是要击中，并确保他失去战斗力。钟小武代号为102，我们的二号射手。你的任务是，瞄准并狙击交换现场出现的第二个绑匪，如果没有第二个绑匪出现，你就作为101的备用射手，万一101没能完成任务，由你把握时机，补漏完成！”高良顿了顿，走过去，从排好队的8个武警战士中从左向右点过去，“103、104、105、106、107、108、109、110，你们是另外8名狙击手，记住自己的代号了吗？”大伙大声喊：“记住了！”高良接着说：“103、104在13楼找好掩体，负责狙击瞄准对面12楼；105、106 在12楼找好掩体，负责狙击瞄准对面11楼；107、108在11楼找好掩体，负责狙击瞄准对面10楼；109、110在10楼找好掩体，负责狙击瞄准对面9楼。一旦发现对面这些楼层有绑匪出现，你们一要把他们的火力压下去，二要阻断他们逃跑的路线，比如楼梯口、门窗等等。都听明白了吗？”战士们齐声回答：“听明白了！”

这时，从武警部队调来的10名狙击手已经就位，10个黑洞洞的枪口从各个角度指向烂尾楼的大门口和各楼层楼梯口。

阎子丹挥挥手说：“老高，这里一切由你指挥，包括我。”高良操起一只喇叭，向着对面烂尾楼大声喊话，宣传政策，进行攻心。喊了半天，对面一点动静也没有。与此同时，担任主攻的25名武警战士从外围向烂尾楼摸去，逐渐缩小包围圈，很快进入烂尾楼，一楼，二楼，三楼，慢慢向上搜索过去。高良继续喊话，一来攻心，二来分散绑匪的注意力。阎子丹见对面没什么动静，不禁犯起嘀咕：“难道绑匪已经转移？”

高良说：“绝无可能，发现绑匪藏身之处后，我们的侦查员一直在这里守着，视线从未脱离烂尾楼的所有出口。”

就在这时，高良手机急促地响了起来，他接通：“喂……我是高良。”

“我知道是你，新任公安局局长！怎么样，想抓住我们，向阎王丹报功吗？告诉你，没门。”

“你是谁？说吧，有什么条件？”

“条件就两个，就怕你们没这个胆！”

“说！”

“一是马上让你们的人退出烂尾楼，别他妈的在楼里鬼鬼祟祟；二是让阎王丹来替换马红妹，你们不就是想救她吗？怎么样，我看你们就没这个种！”

“我要知道马红妹是否安全。”

“哼，别他妈的啰嗦，你们照老子的话做，老子保证让马红妹活蹦乱跳走出这鬼地方。”

“好，给我15分钟时间，15分钟后你再打我手机。”高良挂掉手机骂道，“王八蛋，别让老子抓到，非崩了他们不可！”

阎子丹焦急地问：“快说，到底怎么回事？”

高良眼里要冒出火星来，把绑匪的两个条件跟阎子丹说了。然后骂道：“这不是漫天要价吗？这帮混蛋！”

阎子丹断然说：“老高，我答应了。马上给他们打电话，我来跟他们谈。”

高良死活不同意说：“太危险了，不行……对不起了，这里我是总指挥，你必须听我的。”

这时，大队长张刚强过来，拉过高良附耳说了几句。高良沉吟说：“这……行吗？容我再好好想想，再好好想想……”

张刚强大声说：“来不及了，再等几分钟绑匪打电话过来，我们拿不出应对方法，他们会起疑心的，这样马红妹就危险了。”

高良说：“那也不行，不能让你去冒险。”

阎子丹说：“两人有话直说，吱吱唔唔干嘛，也不看看什么时候。”

张刚强说：“阎书记，我的想法很简单。绑匪反正不认识你，就让我代替你把马红妹换出来。你看，我们身材差不多高，我们现在马上换一下衣服，免得绑匪起疑心。”

阎子丹来回踱了几步说：“不行，不行，这样太危险了，还是我去！”高良和张刚强坚决不同意。

张刚强说：“阎书记，保护人民的生命财产安全是我们警察的份内事。还是我去！如果这次又让绑匪逃脱，或者让马红妹受到伤害的话，我们这些做警察的有什么脸面穿这身警服！有什么脸面去面对130多万的大平百姓！”

高良想了想断然说：“阎书记，我看行。就让张刚强代替你，关键有三个环节一定要注意：一是必须镇定，让他们相信你就是阎书记；二是必须把他们引出来，置于神枪手的射击范围之内；三是在神枪手枪响之后，必须马上把马红妹抢出，并隐藏在安全角落。接下来就由主攻人员压住绑匪火力，进而抓捕。三个环节环环相扣，务必把握好，把危险降到最低。”

高良怕张刚强没记住，又让他复述了一遍。

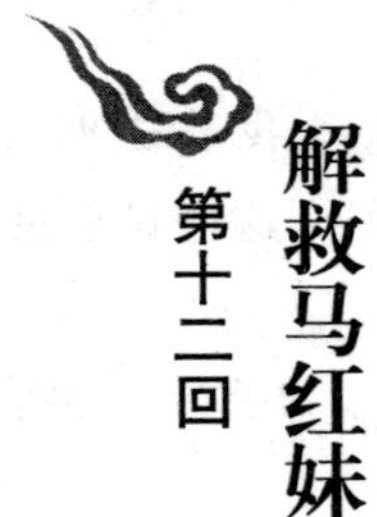

第十二回 解救马红妹

高良的手机果然又响了，他接通后说："喂……你们听着，经过商量，我可以满足你们刚才提出的条件，但是我必须确认马红妹是安全的，你让她接电话……"

对方恶狠狠地说："如果敢给老子来阴的，老子就让你们给马红妹收尸！"说罢手机那头忽然传来马红妹嘶哑的声音："阎书记，别上他们的当，别上当……"没等说完，对方抢过手机说："你听到了，老子没有骗你，马红妹一根毛也没有伤着。怎么样，快让阎王丹跟我说话。"

阎子丹正要接过手机，高良却把手机交给张刚强。张刚强拿着手机，走到一边继续和绑匪就交换人质的细节进行谈判。

高良跟阎子丹悄声解释："做戏要做全套，从现在开始就假戏真做，让张刚强代替你。"

形势越来越紧迫。高良指挥武警战士再次缩小包围圈，然后对张刚强做了个手势，示意他代替阎子丹用喇叭向绑匪喊话。

这时张刚强已经和阎子丹互换衣服。阎子丹挥挥手说："大胆说，得拿出书记的架子来。"

高良说："对，调整一下状态。"

张刚强拿着喇叭，清了清嗓子大声说："对面的人听着，我是大平县委书记阎子丹。你们说的两个条件，我们都答应了，我的人已经退出大楼，我现在就去替换马红妹。”他顿了顿回头看看阎子丹，又看看高良。阎子丹赞许地看着他，高良点点头，竖起大拇指。张刚强咳了一下，接着说：“对面的朋友，我不知道你们是谁，但我知道你们也有爱你们的父母，也许还有爱你们的兄弟姐妹，也许还有爱你们的儿女，你们也想过平平淡淡的幸福生活。我不明白你们为什么要绑架一个老人，她和你的父母一样，辛劳一辈子，就指望着和自己的孩子相依为命，平平淡淡地过一辈子。现在他的儿子坐牢了，女儿也辍学了，你们就这么忍心？要伤害一个可怜的老人吗？”他扭头看了阎子丹一眼，接着说，“我阎子丹更不明白的是，你们为什么现在又要用我做人质，我刚来大平任职，和你们无怨无仇。你们可能以为我不会接受你们的条件，但是我告诉你，我接受。我是共产党员，为官一任，就要造福一方，我怎么可能看着自己的老百姓受到无辜的伤害呢，我现在就去替换马红妹。但是你们必须记住，你们要言而有信，不许伤害马红妹。好了，我的号码是138……，我进入大楼之后，你们可以直接拨打我的手机和我对话。”

对话完毕，高良说：“不错，看不出来你小子还真有点水平，像个县委书记的样子。”

阎子丹说：“表现不错！我看张队长的攻心战术很成功，估计对他们的心理有一定影响，只要他们还有一丁点人性的话。”

张刚强说：“希望如此吧。不过我觉得事情没这么简单，他们现在肯定在打电话，向背后指使的人请示呢。这帮狗日的！”

阎子丹说：“必须做好万全的准备。张大队长交换人质的时候，你们要密切注意周围动静，防止他们打冷枪，要抓住时机把马红妹藏到安全角落，无论如何张大队长和马红妹的安全要放在首位！”

高良又走到曹成军副局长面前：“曹副局长，你负责指挥外围的武警战士，人就位，弹上膛，随时听我指令行动。以陶志国带4名武警战士，按既定方案，守在13楼楼梯口，抓住人质交换的瞬间，冲过去把马红妹控制起来，万一对方开枪，陶志国和李双喜火力掩护，另两人架起马红妹后撤。”高良看看大伙大声问，“都听明白了吗？”

大家齐声答道：“听明白了！”

高良刚刚部署完毕，张刚强的手机响了，他故意大声说：“喂……我是阎子丹……嗯……我在听着，你们考虑得怎么样……好吧，既然你们不听劝告，那么就按你们的意思办，交换人质，我去把马红妹换出来，呵呵……死有什么大不了的，人人都免不了一死，如果我死了，我死得光彩，如果你们死了，你们死得可耻。说吧，怎么个换法……好，希望你们能像条汉子，遵守自己的诺言。”

张刚强挂掉手机说：“他们推后一个小时交换人质，不知道又在要什么花招！”

“推后一个小时？”阎子丹皱皱眉头，看了看表说，“现在是6点13分，再过一个小时就是7点13分，天都黑了，不利于我们突击啊。这帮家伙真够狡猾的！”

高良说：“天黑也不怕，我们看不清，他们一样看不清，他们的心理压力比我们大，毕竟现在大局由我们掌控着。”

时间一分一秒地过去了，高良又对着喇叭喊了几次话，对面烂尾楼里依然毫无反应。大家都在焦急地等待，张刚强不断踱着方步。

这时，阎子丹接到县纪委书记梅剑锋打来的电话，向他汇报了方正的案子，说是案子已经从市中院发回县法院重审。目前方正还不知道马红妹被绑架的事。

阎子丹说：“暂时不要告诉他，他已经这样了，不能再给他心理打击，他也是人呐！”阎子丹沉吟一会，接着说，“那个徐德元院长，欺上瞒下，执法玩法，哪像个人民法院院长？得考虑早点换人。对他这个人，社会上有什么反映吗？”

梅剑锋说：“社会上对方正的案子反映太强烈了，说什么的都有。我们还是内紧外松，先从外围把一些关键人物的事证做实了，再拔出萝卜带出泥，到时背后那些大人物想跑也跑不掉。现在的任务是，把某些关键人物的关键事情调查清楚，取得铁证，那一切都好办了。”顿了顿，梅剑锋又说，“市纪委那边我也通过气了，必要时请他们介入，这样力度就足够大了。”

阎子丹说：“好，办案你是内行。什么时候有新情况，随时向我报告；什么时候需要我给你们撑腰，你说一声。我给你的原则是：依法、有理、有据……还有，你立即找找县法院的徐德元院长，希望他能亲自挂帅督办方正的案子，如果再搞成葫芦官乱判葫芦案的话，别怪老百姓要撸他的乌纱帽。好了，就这么跟他说，就说是我说的！”

和梅剑锋通完电话，阎子丹和高良又检查了各成员的准备情况，时间已经是7点！

这时张刚强的手机又响了：“阎子丹，给老子听着，我们决定马上交换人质。你直接上13楼，在13楼的楼梯口停下，脸朝内墙，等待老子的命令。”

张刚强接完电话，坚毅地看着阎子丹和高良：“阎书记，高局长，你们下命令吧。”

阎子丹深情拥抱张刚强，高良擂了擂他的胸膛说：“好样的，张刚强。注意安全，祝你成功！”

张刚强整了整夹克衫。他常年穿着警服，随时接受任务。现在换上阎子丹的夹克便服，除了稍稍有点窄之外，还算是合身。他深吸一口气，由于担心对面的绑匪看到，他也不敢像往常一样向阎子丹和高良敬礼，就转身大步向对面的烂尾楼走去。

高良再次用目光检查了一下待命执行的武警战士，101至110共十位狙击手已经就位，陶志国等4人已经在13楼楼梯拐角处埋伏，随时准备好冲上去救人。

张刚强慢慢沿着楼梯，一级一级爬到13楼楼梯口，然后慢慢转身，脸朝内墙站住。

就在这时，一个留着黄色头发的大个子不知道从哪个地方窜出，他显然是个左撇子！只见他左手拿着手枪对着马红妹。马红妹本来就是一个瘦小的老妇人，被他提溜着，恍如落在老鹰爪下的小鸡一样。

“黄毛”和马红妹一出现，氛围一下紧张起来，狙击手们的枪口齐刷刷地指向了“黄毛”。

张刚强看到马红妹，精神为之一振，只觉得全身热血沸腾。他迅速调转身子，背靠内墙，警惕地面向“黄毛”。

这时“黄毛”厉声说：“你，不是阎子丹！”

张刚强说：“胡说，我就是阎子丹！如果不信，你就打电话问你的主子，看看我有没有骗你。”说罢作势转身就走。

“黄毛”急忙说：“慢，我相信你！对不起，我们干的是掉脑袋的事，不得不谨慎啊。”

张刚强说：“既然知道我是阎子丹，就别废话。说吧，怎么交换？”

“黄毛”说：“别急，别急嘛。”

张刚强训斥道：“不急找我来干嘛？荒唐！”

“黄毛”说：“你听我命令，一步一步慢慢过来！”

张刚强一步一步挪动脚步：“放了马红妹，你看把老人家折腾得没个人样。”

“黄毛”说：“少废话，听我命令。慢慢走过来！”

张刚强一步一步挪动脚步，眼睛死死盯着“黄毛”持枪的左手，两人越来越近，只有五步之遥。他多么想一步冲上夺下手枪，救下马红妹。

此时的马红妹嘴巴被堵着，眼睛被蒙着，听到“阎书记”的脚步声慢慢靠近，她心里又是感动又是埋怨，你一个堂堂的县委书记，值得为了我这老太婆冒这么大的风险吗？马红妹当初冒险直闯新大平宾馆，拦路等着，她还真没抱多大希望，没想到阎书记还真把她请到房间，细细听她诉说。然而就在阎书记去给她买早餐的当儿，她像做梦一样，被两个凶神恶煞的男人给撸走了。现在看来，这伙人绑架她，还不仅仅是因为她儿子方正的案子，还想利用她来交换阎书记，不知道他们要怎么害阎书记呢。想到这里，她急得满头大汗，喉咙里咕嘟咕嘟又叫不出来，一个念头在她脑海里打转：绝不能让阎书记落在这伙人手里。

张刚强和“黄毛”已经是一步之遥，他甚至可以看到“黄毛”眼睛里的红丝。他沉声说：“请你遵守承诺，放了马红妹，我跟你走！”

马红妹清晰地听到了“阎书记”的声音，虽然觉得声音有点不像。她很激动，拼命地扭动身子，她不能让阎书记落入绑匪手中。

就在三人交叉的瞬间，“黄毛”一脚把马红妹蹬出两米开外，向张刚强恶狠狠地扑来。马红妹卟嗵一声倒在地上，同时响起一声清脆的枪响，“黄毛”的手枪掉在了地上，持枪的左手满是鲜血，他痛得哇哇大叫。张刚强右脚一扫，把手枪扫到了楼下，随即一个前扑，把“黄毛”死死压在身上。说时迟那时快，陶志国等人早就飞也似的把马红妹架起，藏到墙的另一边去了。这时，一间屋子后面闪出火光，“突突突”的子弹疯狂地扫射过来。高良迅速拔出手枪大声命令道：“103、104、105、106、107、108、109、110，把上面的火力压下去！”

“哒哒哒……”八支03式自动步枪一起开火，烂尾楼的13层顿时枪林弹雨。

而此时的张刚强和“黄毛”正滚在地上扭打，张刚强人高马大，加上“黄毛”左手中枪，三两下就把他制得服服帖帖。陶志国等人抢到马红妹后，先是藏在一堵墙后面，后来慢慢向楼梯挪去，结果一梭子弹扫过来，马红妹“哟”的一声，腹部中了一枪。陶志国等人死死把她护在身上，好在楼下五位武警战士冲了上来，把对方火力压了下去后，陶志国他们才架起马红妹迅速撤下大楼。

一番激烈的枪战后，烂尾楼里一片死寂。绑匪三死一伤，武警战士两人受伤，加上马红妹，也就是三人受伤。马红妹和受伤的武警以及“黄毛”很快就被送到医院抢救。

阎子丹松了一口气。一场紧张的战斗终于结束了，接下来一是救人，特别是马红妹；二是审讯，一定要从“黄毛”的口中挖出背后的指使人。

在县公安局，审讯迅速展开。

“黄毛”伤得并不重，他这会像斗败的公鸡，神情沮丧。他抬头看着已经换了一身警服的张刚强，愣住了，忽然暴跳如雷：“你他妈的大骗子，你不是阎子丹，你是雷子……”

一旁的熊朝东大怒，左手揪住他蓬乱的头发，右手顺手就是两个耳光：“王八蛋，也不看看是什么地方，死到临头了你牛逼个屁，老实点……”

张刚强挥手制止熊朝东，这时“黄毛”大声说：“我要告你们刑讯逼供……”

张刚强说：“老实点！看看身后的墙上写着什么：坦白从宽！说，谁指使你绑架马红妹的?”

“黄毛”把头扭到一边狠狠地“哼”了一声。

张刚强微微一笑走过去，贴在“黄毛”耳边轻轻说了三个字。“黄毛”睁大双眼，脱口而出：“你怎么知道的?”

张刚强“哼”了一声，轻蔑地看着他，看得他背上直冒冷汗：“我问你，你们为什么要绑架马红妹，为什么要用阎书记去交换马红妹？也是那个人指使的吗？老实回答问题!”

“黄毛”说：“没什么好说的，即使我全都知道，也不会跟你说。他们后台很硬，说了我就得死……”

张刚强说：“在公安局里面，你怕什么？你是个聪明人，现在你不说，人家也会想办法灭你的口，你说了，反而就安全了。你想想清楚，是不是这样?”

经过连续三个小时的较量，“黄毛”的心理防线被彻底击溃了，像泄了气的皮球，瘫坐在椅子上，像竹筒倒豆子——全撂了。这一撂可不得了，原来“黄毛”和他的几个狐朋狗友就是乡下的几个混混，偶尔替人打打杀杀赚点血腥钱。这天他接到一单“生意”，平日里经常一起鬼混的“张大嘴”神秘地找到他，让他先绑架马红妹，然后再用马红妹交换阎子丹，事成之后给他20万元。他当时吓了一跳，曾打听是哪路大仙请“张大嘴”做这杀头“生意”。“张大嘴”一脸杀气：“知道得越多，你死得越快!”

“黄毛”再也不敢打听。有一次，他偷听到“张大嘴”躲在洗手间鬼鬼祟祟跟人通电话，原来他听命于一个叫“雷公”的人的指挥。至于这个神秘的“雷公”是谁，他确实不清楚。

此时的阎子丹正和高良坐在审讯中心，刚才张刚强和“黄毛”的交锋两人看得一清二楚。阎子丹回过头和高良交换了一下眼色说：“有意思，这个‘雷公’是谁？我们一起来猜猜如何，你我把各自心目中的答案写在手心上，然后大家对一对，看看我们能不能想到一块。”两人写好，同时摊开手心，互相一看，都哈哈大笑起来，旋即又沉默了。是啊，如果真的是他，那就太可怕了！

阎子丹意味深长地对高良说：“在全县政法大会上，有人对我的讲话有不同看法，让我收回‘警匪一家’的言论。我当时就说，让实践来检验，实践是检验真理的唯一标准。现在看来，我没有冤枉人，他确实是警匪一家，而且是一家亲。他之所以对我的批评反应这么大，不是因为我说错了，恰恰是因为我说中了他龌龊的勾当。”

高良严肃地说：“警匪一家亲的现象绝不能重现，谁还想搞这一套，我扒了他的警服！”

阎子丹想起马红妹还生死未卜，心情沉重起来，许久才说：“刚才‘黄毛’的证词要保密，关于那个人是不是背后的指使者‘雷公’，现在还只是一面之辞，他又是县委常委，我们必须慎之又慎，要不断巩固证据，时机成熟再向市纪委汇报。注意，我要的是证据确凿，铁证如山！”

高良应声“是”。阎子丹又说：“现在形势对我们非常有利，但困难也要估计充分一点。马红妹被解救，‘黄毛’又落网了，那个县委常委，甚至可能还有更大的后台肯定会狗急跳墙，要防止他们搞小动作……”

话音未落，阎子丹的手机响了。他打开手机，看了一下号码：“剑锋嘛，你说……要尽一切力量，请最好的医生，用最好的药全力抢救，我马上就到！”阎子丹关掉手机，紧张地踱了几个方步，随即大手一挥说，“剑锋来电，马红妹的伤情不乐观，正在抢救。老高你陪我去医院，走！”

赶去医院的路上，阎子丹心里不断自责，马红妹在他这个县委书记的眼皮子底下被绑架，饱受惊吓，现在躺在医院生死未卜。这都是他的疏忽啊，如果他这个县委书记机警一点，她也不会被绑架，也就没有后面的磨难！如果马红妹有个三长两短，怎么向方正交代呢？阎子丹焦躁地催促小杜司机：“快点，快点！”又扭头对身边的高良说，“我预感好像有什么不妙……”

车在县人民医院门口一停，阎子丹匆匆下车，小跑着奔向抢救室，高良也快步跟上。看到阎子丹，梅剑锋急忙迎上来。阎子丹急步来到病床前，马红妹全身插着管子，脸上没有一丝血色。医生护士正在忙碌着，阎子丹低声问医生，医生摇摇头说：“阎书记，病人恐怕不行了，子弹贯穿了肝肾，出血太多……”

阎子丹说：“尽一切努力，全力抢救！”

医生说：“你放心，有一分希望，我们就做一百分努力，但是……”

这时号称“白一刀”的白院长匆匆进来，他只向阎子丹点了下头，就立即投入抢救中去。

突然，马红妹苍白的嘴唇微微颤动了一下，护士马上侧耳贴在她的嘴边，一会她站起来跟阎子丹说：“阎书记，病人要和你说话。”

阎子丹蹲下身子，紧紧握住马红妹那双瘦弱无力的小手低声说：“马阿姨，我是阎子丹，你一定要坚持住，你一定会好起来，方正、薇薇还等着你呢……”

只见她嘴唇无力地张了张，好一会儿才发出微弱的声音：“阎……阎……书……记……”马红妹艰难地睁了睁眼皮，到底没有张开眼睛，“我……儿……子……他……冤……枉……啊!”

马红妹嘴角渗出一丝血沫，她似乎已经耗尽了最后一点点力气。阎子丹含着泪说：“马阿姨，我相信你，也请你相信我们，法律一定会还你儿子公道的。你放心!”

马红妹嘴角抽动了一下，泛出一丝不易察觉的微笑，眼角突然滚出一滴晶莹的泪水，慢慢顺着脸颊流到浅浅的酒窝，忽地停住。这时马红妹头一歪，手无力地耷拉下去……

第十三回 雷公现身

小小的大平县城很快就卷起了舆论的漩涡，谣言满天飞，有说警察救人措施不当，导致马红妹被歹徒当场撕票；有说新县委书记出于不可告人的目的，制造了各种障碍，使得救治手术无法进行，导致马红妹死于病床；有人说，新县委书记就是狠，到底是姓阎的，阎王丹啊！

阎子丹敏锐地觉察到有一只看不见的手在幕后操控这一切，正在沉思的当儿，梅剑锋来了。他一进屋就说："阎书记，有人憋不住了，开始浮出水面，他们越是闹得满城风雨，越是说明他们心里发慌。"

阎子丹沉吟半晌说："嗯……这恰好说明，我们打到了他们的痛处。他们慌了，我们可不能乱了阵脚。"

梅剑锋说："很显然，背后那只看不见的黑手想把水搅浑。咱们得抓住机会，把黑手给砍了。营救马红妹起到了敲山震虎的作用，现在该引蛇出洞了，让他们自己一个一个跳出来表演。"

阎子丹问："剑锋，你说说方正的案子，到什么程度了？"

梅剑锋说："案子还在法院的抽屉里呢。那个徐院长说他什么好呢，太窝囊，软绵绵的，一堆烂泥似的，一脑门浆糊，没有思路，没有主见。"

阎子丹说："有为才有位，他做不了自然有人做。我看这样可不可以，找一个较为得力的副院长，然后把方正的案子交由他负责？"

梅剑锋谨慎地说：“这恐怕不好吧，毕竟从组织原则上来说，副院长得服从院长，再说副院长把院长得罪了，以后的日子怎么过?”

阎子丹胸有成竹地说：“我认为没什么关系。这样，由县委出面明确指定一位副院长负责，既不违反组织原则，也给徐院长一个台阶下。”

梅剑锋点点头：“这个办法好。”阎子丹说：“这事得马上办。”说罢两人就直奔县人民法院去了。

院长徐德元没想到阎子丹和梅剑锋会一起找上门来，他慌里慌张地把两人引进办公室，抖抖索索给两人泡茶。阎子丹直接问起方正的案子：“徐院长，我不是干预你们办案，我只是想了解一下方正案子的办理进度。你说说吧。”徐德元支支吾吾老半天，什么也没说清楚。

阎子丹不高兴地说：“徐院长，你这样当太平官可不好哟。全县130多万老百姓还指着你们法院明镜高悬呢，法院得有为民做主的热心肠才行，你说呢?”

徐德元说：“阎书记，这，这……其实方正的案子我是看得到摸不着，有力也使不上……”

阎子丹想到马红妹惨死，又见徐德元的窝囊相，忍不住斥责道：“你就给我推吧，这么一推你就干净了？没有责任了？作为一把手，你就是第一责任人！你明明知道方正的案子牵涉甚广，为什么不介入？你的政治敏感性在哪里？再说法院办案的原则是什么？不就是以事实为依据，以法律为准绳吗？你敢说你们做到了这一点吗?”阎子丹注视着徐德元，“如果你觉得做一个公正司法的院长很难，没有办法干下去，我不勉强你，你主动辞职，我相信会有执法为民的人承担起这个职责!”

徐德元如丧考妣，尴尬的笑容一下子冻住了，胖乎乎汗津津的大脸像一大滩晒化的冰淇淋。他结结巴巴起来：“阎，阎……阎书记……我是人在江湖，身不由已啊……我有苦衷啊，我有苦衷啊!”说罢，浑身筛糠似的颤抖不止。

阎子丹放缓语气说：“当然了，你可能真的有你的难处。”顿了顿又说，“既然你有难处，我也不勉强你。这样吧，方正的案子你就不要再介入了，从今天起就交给张瑞东副院长吧。这对你来说，也是个解脱，你不是说人在江湖，身不由已吗?”他说着说着又生气了，“什么江湖？你是一名共产党员，不是江湖人物!”

这时候，张瑞东正好进来。阎子丹说：“瑞东同志，你来得正好。关于方正的案子，你应该知道吧？从今天起，这个案子由你具体负责。”

张瑞东惊讶地看了看徐德元，又看了看阎子丹说：“阎书记，这个案子我多少知道一些，社会上的各种舆论也较多，具体情况还不是特别了解。但我认为，只要实事求是，以事实为根据，以法律为准绳，也没有什么不好解决的!”

阎子丹说：“好，说得好！你负责两天内成立一个专案组，专门负责办理方正的案子，只向县人大常委会负责，其他任何单位和个人不得过问，注意，是其他任何个人和单位！明白吗?”停了一下，又严肃地说，“据我所知，方正的案子已经由市中院发回重审，你尽快开展工作吧。”

张瑞东郑重地说：“阎书记，我明白了。我保证实事求是，不偏不倚!”

阎子丹出门时指了指大门上悬挂着的国徽，对徐德元、张瑞东说：“你们是头顶国徽、肩扛人民的希望。责任重大啊!”

两人坐上车，正准备一起去医院看方正。阎丹子的手机忽然响了：“你好，我是阎子丹……这样？尽一切努力抢救，我马上赶到。”

真是一波未平，一波又起。

阎子丹挂了手机，焦急地说：“剑锋，我们得赶紧去医院，方正出事了。”

梅剑锋跟在阎子丹身后小心问：“方正出什么事了?”

阎子丹小跑着出门，边说：“不出所料，那背后的黑手真的迫不及待地出来表演了。刚才医院来电话说，方正的妹妹到医院扶他去外面晒太阳……后来方正就不见了，最后被发现躺在医院后面的一个小凉亭里……”

梅剑锋怒道：“太狠毒了，这帮混蛋!”

阎子丹说：“咱们边走边说。”

梅剑锋说：“这是我的工作失误，保安工作没做好。方正这段时间又是高烧又是说胡话，本来应该送到医疗条件更好一点的县人民医院去，这才把他送到县城南端的泰康医院。考虑到保密问题，除了方薇薇向学校请假在医院陪护之外，没有向任何人透露。”他接着说，“当时就请高良局长派了八名干警分4组轮流值班，没想到还是出事了。”阎子丹说：“剑锋，这事不怪你们，我和你们一样，也没想到犯罪分子这么猖狂……你打个电话给高良，叫他无论如何20分钟后要赶到泰康医院!”

两人上车后，司机小杜一踩油门，车子向泰康医院方向飞驰。阎子丹心情非常沉重，他不断把头探向前座，焦急地催促小杜。梅剑锋在想心事，阎子丹刚刚点他过来做纪委书记的时候，向他交过底：大平县官场矛盾积累较多，环境较为复杂，一定要尽快打开纪委工作局面。对于面临的困难，梅剑锋还是有心理准备的，然而工作了一段时间之后，他还是感到惊讶，没想到这里的复杂情况远远超出他的想象，这方正不过是一名普通干部，各种势力怎么就纷纷把黑手伸向他了呢？到底他身上藏着什么秘密？难道他是一把揭开全县腐败案件的钥匙？

轿车“吱”的一声，在泰康医院门前急停下来，把陷入沉思的梅剑锋拉回了现实。两人刚刚走进大门，公安局张刚强大队长就迎了上来，方正出事后他第一个赶来。

阎子丹问：“方正情况怎么样?”

张刚强说：“还在手术室，情况不太乐观。”

阎子丹挥挥手说：“去手术室!”

张刚强领着阎子丹和梅剑锋来到三楼手术室。手术室门外原来由两名刑警把着，因为出事了，现在又临时增加两名武警。三人在手术室门口停下来，只见手术室门框上的“手术中”三字亮着，说明手术还在紧张进行中。两名刑警和两名武警见阎子丹、梅剑锋、张刚强来了，同时齐刷刷地敬了个礼。这时，手术室的门轻轻开了道缝，一个穿白大挂戴白口罩的女医生轻轻闪出门来，看来是准备去拿机械或药。

张刚强一步上前轻声问：“大夫，这是我们县委阎书记和纪委梅书记，请问里边病人的情况怎么样?”

医生随手轻轻掩上门：“不好说，还在手术呢。病人身上有三个刀伤，一刀在右胳膊上，一刀在腹部，一刀刺在了右肺上。再等等吧，手术结束后就知道结果了。”说罢头也不抬，匆匆走了。

张刚强说：“阎书记，梅书记，是我们疏忽了，请求领导批评处分!”

阎子丹说：“现在不是追究责任的时候，你把情况详细跟我说说。”

这时高良也匆匆赶来，他说：“阎书记，我们找个地方，然后再慢慢地向您汇报。”

大家来到医院7楼的一间小会议室，在这里，张刚强详细汇报了方正遇刺的情况。

原来，方正被秘密送到泰康医院后，公安局出于安全考虑，派了八名刑警两人一组轮流值班，每6小时换一次班。经诊断，方正得的是急性肠胃炎，治疗3天之后，病情已经明显减轻。今天上午9点10分，方薇薇来照顾他，说要带他到医院草坪去转转，呼吸呼吸新鲜空气。于是，一名刑警继续留在病房门口，另一名刑警跟着他俩就出去了。方正坐在轮椅上，由方薇薇推着慢慢在草坪里转悠，那位刑警看看没什么事便说，你们先转悠着，别走出大门，我上趟厕所马上回来。谁知等那个去厕所的刑警回来，方正和方薇薇都不见了。两位刑警慌了神，急忙四处找人，结果在住院部后面的草坪找到了方正，只见他已经浑身是血，晕死过去了。两人背着方正直奔抢救室，还好发现得早，再晚一步结果将不堪设想。

事情发生后，张刚强第一时间赶过来，一边组织医生抢救，一边了解、调查这桩离奇的刺杀案件。经过向当时目击的病友调查，原来当时方薇薇推着轮椅和方正在草坪上转悠，两人边走边轻轻说话。转到住院部后面的草坪时，这里没有人，冷冷清清的。方薇薇正要推着方正回去，突然从草坪的灌木丛中跳出一高一矮两个男子，举起小刀扑了过来。方正右手本能地一挡，刀刺在了胳膊上，方薇薇吓呆了，好一阵子才回过神来，跌跌跌撞撞跑出去喊救命。这时恰好两个男医生路过，一看此情景，迅速冲过去救人，并大喊"救命"，两个男子看形势不妙，爬过围墙，跑了。

听完张刚强汇报，高良脸色一沉说："张刚强啊张刚强，让我怎么说你好！前几天营救马红妹刚刚立了大功，阎书记还表扬你呢，转眼又给我捅了这么大个娄子！之前我是怎么跟你交代的，方正的安全保卫问题一点也放松不得！你啊你……"

张刚强羞愧得无地自容地说："阎书记，梅书记，高局长，都怪我工作没做好，我愿意接受组织的处分。"

阎子丹严肃地说："张队长，这次失误的教训要牢牢记住，但不要有包袱，吸取教训，把工作做得更好，这才是最重要的……老高，我是这样想……既然方正住进泰康医院这事是保密的，为什么会有人跟踪过来刺杀？这说明了什么，说明我们内部有问题，肯定有人不小心走漏了消息，甚至是故意向外面传话。他们肯定已经谋划许久，否则不会选择这个时机下手。"阎子丹沉吟了一会又说，"老高，从现在开始，你一是要加强方正的安全保卫，不能再出乱子了，再出乱子的话你这个局长也别做了；二是务必调查清楚方正被刺事件。这是人命关天的大事啊，说明什么？说明了方正案子背后有黑幕，黑幕背后有黑手，黑手已经耐不住了，要跳出来了，你们要抓住机会，顺藤摸瓜。"

高良说："请阎书记放心，我马上重新调整部署，集中办案力量，把刺杀方正的案子拿下来。"

阎子丹严肃地说："老高，这个案子由你亲自挂帅。随时向我报告案情，明白吗？"

高良站起来告辞："明白，我马上回去部署。"这时一个刑警陪同一位医生敲门进来说："阎书记，高局长，方正的手术已经完成，具体情况还是请这位大夫跟你们汇报吧。”

那位男医生经过紧张的手术之后显得非常疲惫，他简单地说：“请各位领导放心，病人暂时已经脱离了生命危险。病人身中三刀，右胳膊刀伤是小事，比较严重的是腹部和肺部的两处刀伤，特别是肺部那一刀，如果再向左偏五六厘米，就可能伤及心脏，那就麻烦了。”

阎子丹紧紧握着医生的手说：“辛苦你们了，请你们这段时间好好照顾病人，他对我们非常重要！”

听完汇报，高良按照阎子丹的指示，回去马上重新调整部署，集中办案力量侦破刺杀方正案件，一刻也不敢懈怠。

在泰康医院里，高良亲自带领专案的刑警们寻找一切可能的目击者，又在医院的草坪和周围反复寻找犯罪分子遗留下来的蛛丝马迹。泰康医院为香港某富商投资兴建，采取港台式的经营管理模式，医生水平和服务水平甚至比县人民医院都要高出一截，平时前来求医的病人也多。根据当时两个目击的男医生讲述，当时一高一矮两个男子用匕首穷凶极恶，刀刀往方正身上的要害处刺去，摆明了是要置他于死地。被发现后，两名男子翻过医院围墙，眨眼工夫就逃得无影无踪。从作案过程来看，显然两个男子是老手，不但有备而来，而且蹲守已久，连逃跑路线都已经事先设计好了。经现场侦查，高良发现，墙头确实有人爬过的痕迹，而且留下的手印和脚印清晰可见，墙外面的脚印尤其深，应该就是在这里跳下去的。经技术鉴定，所穿的鞋均为新款李宁休闲鞋留下的，高个人所穿鞋为45码，另一鞋印为40码，显然是矮个子所穿。两人因为鞋底沾了新鲜的泥巴，所以鞋印一直从围墙延伸到100米开外，才逐渐消失。

方正虽然已经脱离生命危险，但还处于时醒时晕的状态。方薇薇显然被吓懵了，从她断断续续的描述来看，只能确定那两个男人一高一矮，更多的就不清楚了。高良这下犯难了：这一高一矮两个男人是谁，他们是怎么找到泰康医院的？谁指使他们来杀方正的？

高良决定从鞋寻人。从现场来看，两个凶手的鞋都是刚刚买的新鞋，显然是专门为作案而准备的。而大平县城李宁专卖店只有一间，另外在中心市场楼下也有几家商铺出售假冒李宁鞋。这样一来侦查范围进一步缩小，侦查人员很快证实犯罪嫌疑人的两双鞋正是从李宁专卖店里购买的。根据专卖店服务员的证言，上周日晚上11点多，商店正要打烊的时候，一高一矮两个年轻男子进来买了两双鞋。之所以记得这么清楚，是因为这两个人太奇怪了，一般人买东西都挑了又挑，他们只是试了一下尺码，二话不说就买下了。高个子大概有182、

183的样子，矮个子170左右。目标越来越清晰，网子越收越小，高良和专案组的干警们眼睛熬得通红。案发12小时后，阎子丹打来电话，问怎么外面都说案子已经破了，而我这个县委书记竟然不知道，到底案子办到什么程序了。高良说："阎书记，我正要向你汇报。案子还不能说已经破了，但是离破案也不远了。外面传得沸沸扬扬，说明有一只眼睛在盯着我们的一举一动……"说罢高良换了便服，从侧门悄悄溜出去，坐上专案组的套牌车，去见阎子丹。

阎子丹已经在办公室等着，一个茶杯冒出袅袅热气，这是为高良准备的。在阎子丹的办公室里挂着一条他自己亲笔写的横幅：知足常乐，行也安然，从也安然；长也可穿，短也可穿；布衣得暖胜似锦，粗茶淡饭饱三餐；早也香甜，晚也香甜；名也不贪，利也不贪，闲暇无事鉴书篇；知足者常乐，能忍者自安；寓乐于自足之中，不是神仙胜似神仙。

全县开展"整顿社会治安"运动之后，宣传部搞了个箴言大赛，阎子丹在其中挑出这么一条自己最喜欢的箴言，然后亲笔写上，裱起来挂在了办公室里。其实他不知道的是，这条箴言的作者正是陈泠雨。

高良匆匆赶来，茶来不及喝就说："阎书记，我不得不这么小心，你看我都穿便服，走侧门出来的，跟搞地下工作一样，哈哈……我们的对手躲在暗处，眼睛却一刻不眨，牢牢盯着我们，他们的反侦察手段也相当高明。对付他们，就得小心谨慎，现在的具体案情，我暂时不能通过手机和电话向你汇报，防止他们窃听啊！"

阎子丹说："确实这样。我也察觉到了，这个案子背景绝不简单，说不定犯罪嫌疑人背后就是一个庞大的腐败集团，不得不小心谨慎啊。"

高良点头说："阎书记您说得对，这很可能就是一起由腐败与反腐败斗争引发的凶杀案。"

阎子丹侧头思考了一会说："高良，我老实跟你说，方正的案子复杂得出乎我的意料，虽然我本来已经有了心理准备……没想到啊，以前小说里才有的情节，现在像电影一样，在我们面前一一出现！"

高良看着阎子丹，鼓起勇气说："阎书记，说白了就是你的到来打破了大平本来的政治生态。你现在不适应这个政治环境，某些人更加不适应你，而这些人本来在这个政治环境里是如鱼得水的，甚至过着神仙一样的日子。你的到来，让他们的一切都变了，他们当然得挣扎！"

阎子丹看着高良，严肃地说："高良，你的意思我很明白。你眼睛很毒，看得很准，事实上确实就是这样。先是绑架，后是暗杀，某些人已经不仅仅在挣扎了，是在狗急跳墙，他们的总后台快要走出幕后了，不信你等着瞧。”

高良笑了：“阎书记，你的眼睛也很毒啊！”

阎子丹也笑了：“好嘛，连我们的高良同志也学会拍马溜须了！真是千穿万穿马屁不穿啊，明知道是马屁，可是听起来却还是很受用。适可而止哟，可别把我拍晕喽。”

高良说：“我这马屁可是拍得在理。你的确是个特别的县委书记，有胆识有眼光，亲力亲为，敢作敢当。在顺州市让我佩服的官员不多，而你就是其中一个。”

阎子丹淡淡地说：“能让人佩服最好，不能让人佩服也没关系。只要记得做官就要立志做个好官，立志为民办事，这就足够了。”

高良看着阎子丹，竟然扭捏起来：“阎书记，我也不怕你批评我拍马溜须。说实话，在大平工作的这段时间里，你的官德，你的官风，你的人品，都让我钦佩。不是我悲观，我确实觉得像你这样的县委书记太少了，不是没有你这种好人，而是你这种好人几乎都当不了官，更当不了县委书记！”

阎子丹说：“心里装着老百姓，这个官就当得踏实。我是这样想，也希望你也这样。有人告诉我‘书记一到，马路重搞’，县委的沿江路就重搞了三次，每年一任书记来都砸了重修。老百姓心里能没有想法吗？能不骂人吗？我在一本书上看到某位领导说，县委书记的个人素质就决定一个县的政治、经济环境，县公安局局长的个人素质决定了一个县的治安状况。话说得有点绝对了，但确实有一定道理，我们两个人就共同努力吧，让大平的老百姓安安稳稳地生活，快快乐乐地创业！”

两人沉默了一会儿，心里都有些激动。最后阎子丹打破了沉默说：“说着说着就离题了。哈哈……我们接着讨论方正的案子。”

高良的手机忽然急促地响起来：“张刚强吗？我是高良……好……太好了！我20分钟赶到！”

高良挂断手机，兴奋地站起来说：“阎书记，大好事！张刚强打电话来说，刺杀方正的两个犯罪嫌疑人被我们包围在一个乡村小屋里！”

阎子丹说：“事不宜迟，你马上赶去现场。这次千万不能让他们给跑了，一旦抓住，马上开展审讯工作。我等你们的好消息！”

两个犯罪嫌疑人被武警战士和公安民警严严实实包围在卫东镇白沙村一个偏僻的小农户家里。高良赶到现场时，公安局副局长曹成军正在指挥张刚强喊话。可是犯罪嫌疑人穷凶极恶，躲在屋里顽抗。双方就这么僵持着，一时也没有什么好的办法。经过询问村民，明确屋里没有人质，高良的一颗心才放到了肚里。张刚强提出，由他带领三个突击队员强行冲进屋内，两个对付一个，一定可以成功抓捕两个嫌疑人。他拿过话筒，对屋内的犯罪嫌疑人亲自喊话，喊了十多分钟，屋里却毫无反应，可怕地沉默着。张刚强说，对付这些死硬分子，喊话是不会有任何效果的。

高良、曹成军、张刚强紧张地商量着，既然心理战不成，强攻也不行，倒不如智取。一边由高良继续喊话，吸引犯罪嫌疑人的注意力，一边由张刚强带领熊朝东、钟小武、陶志国三名突击队员负责诱捕。高良和曹、张两人对诱捕细节进行了研究，决定当张刚强和三名突击队员摸到屋外墙时，由熊进东踢开屋门，钟小武立即把一个穿着武警制服的稻草人丢进屋内，吸引对方火力，同时摸清对方所藏方位，早已埋伏在门外的两名武警战士一阵扫射，压住对方火力。趁着枪声的间隙，张刚强和陶志国以迅雷不及掩耳之势冲进去，在犯罪嫌疑人还没来得及反应之前，一举把他们扑倒。时间紧迫，高良最后同意了这个方案。

按方案，高良继续拿起话筒喊话。张刚强带领三名突击队员迅速掩到房屋门口，在高良大声喊话的当儿，熊朝东猛地一脚把门踢开，钟小武把稻草人朝里边一扔，“噼里啪啦”枪声从门后响起。门外埋伏的两个武警战士一阵扫射，只听得“哎哟”一声，对方一下子哑火了。说时迟，那时快，张刚强、陶志国像闪电一样冲进屋，两个犯罪嫌疑人还来不及惊叫，就被扑倒在地死死地被摁住了，熊朝东、钟小武飞快地跟了进去，“啪啪”两声，干脆利落地把他们铐了起来！一场惊心动魄的战斗迅速结束了。

高良第一时间向阎子丹报告抓捕犯罪嫌疑人的消息。没等他喘过气来，又接到雷大江的电话，让他迅速赶到政法委办公室有事商量。雷大江被撸去公安局党组书记、局长职务后，只保留了县委常委、政法委书记的职务，从那以后沉寂了一段时间。高良琢磨，雷大江怎么挑这时间忽然叫他去政法委谈事？

高良匆匆走进雷大江办公室，只见他脸拉得老长，腮帮子上那颗硕大黑痣上的两根毛激烈抖动。雷大江冷冷地看着高良说：“高大局长，公安部门要不要服从政法委领导？为什么抓捕刺杀方正案件的嫌疑犯这么大的事你都不向我汇报？你胆大妄为，自行其是！”

高良气定神闲地说：“这案子太突然了，还没来得及跟你汇报呢。再说阎书记交代过，这案子由他亲自抓，你也是清楚的嘛。”

雷大江见他抬出阎子丹，便阴阳怪气地说：“高良，我知道你是阎书记的左右手，好嘛……那我这个政法委书记听听汇报的权力还是有的嘛。如果有的话，那么你就简单地说说马红妹和方正案件的进展情况吧。”

高良知道他的心思，无非就是打着听汇报的旗号来摸摸底，看看他们案子的进展情况。高良打定主意，干脆有一搭没一搭地汇报，云山雾罩，让雷大江摸不着头脑。雷大江越听越不耐烦，正要大发雷霆。忽然手机一响，他看看号码，慌慌张张地跑到走廊听电话去了。高良竖起耳朵，但听得雷大江压低声音："被抓了？笨蛋……不是说已经藏到外省去了吗？赶紧想办法……”过了一会，雷大江满头大汗地回来说了声："我有事先走，你下次再汇报。"

话说两个被抓捕的犯罪嫌疑人，矮个子中枪后抢救无效，当天就死了。高个子正是“张大嘴”的打手王破盘。据王破盘交代，大概半个月前，“张大嘴”找到他，劈头扔给他10万元，说是有人看方正不顺眼，让他找个人一起把方正做掉。事成后，人家答应再给他10万元，并且把他送到缅甸躲起来。至于是谁看方正不顺眼，“张大嘴”没说，也不许他问。只是偶尔有一次，听到“张大嘴”躲在厕所里说话，好像跟一个叫“雷公”的人通过电话。

又是“雷公”！

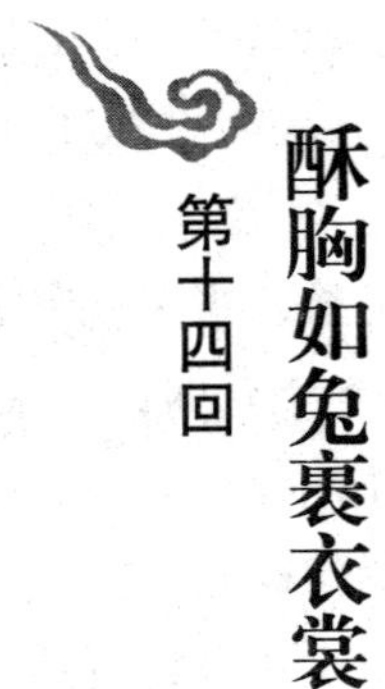

第十四回 酥胸如兔裹衣裳

这雷公是谁，他在一系列的案件中扮演了什么样的角色？经过分析，高良决定先抓捕浮出水面的“张大嘴”，从“张大嘴”身上找到“雷公”的铁证。

这时高良突然接到熊朝东的电话，“雷公”跟丢了。当时高良涨红了脸骂道：“你是干什么吃的，跟个人都跟不住！”

张刚强打圆场说：“高局长，别忘记了‘雷公’也是个老公安。也许他早就察觉后面有人跟踪了，以他的经验，熊朝东还真跟不住他。别担心，我们既然已经盯上了他，他迟早跑不掉的。”

高良这才缓了口气说：“算了，我看他还能横行到什么时候！”

晚上9点钟，高良和张刚强应约来到阎子丹办公室。高良首先将向雷大江汇报的事情向阎子丹作了详细说明，并对雷大江当时接的那个神秘电话进行了大胆分析，他强烈怀疑这个电话是犯罪嫌疑人的同伙打来的。张刚强说，已经派人暗中对“雷公”进行布控，他的一举一动尽在掌握中。

高良说，方正已经从昏迷中苏醒过来，可惜他对遇刺的情况了解得并不比方薇薇多。

这时，张刚强的手机响了，对方说：“张队长，‘雷公’刚刚开着黑色沃尔沃，一个人奔东北方向驶去……请指示。”

张刚强说：“跟着他，保持距离，注意别让他发觉！”他挂断手机，向高良汇报了情况。高良说："结合现在的情况，我现在更加确定雷大江接到的那个神秘电话有问题，十有八九就是犯罪嫌疑人的同伙向他报告犯罪嫌疑人被我们抓捕归案的消息，不然他不至于那么惊慌失措。别忘了，他也是个久经沙场的老公安。"张刚强说："我同意高局的判断。他现在急匆匆地一个人出去，很可能就是去见什么重要人物，也许是犯罪嫌疑人的同伙，也许是他本人的后台！"

阎子丹心里很愤怒，他痛恨这种吃人民、穿人民的公务员，背地里却干着这种害人的勾当。他强压怒火，平静地说："老高、刚强，你们的分析也许是准确的。但是……"他顿了顿说，"我还是觉得这事儿得慎之又慎，没有十足的把握，没有铁证在手，暂时还是不要碰他。你，只是个县级的公安局局长，人家可是个副处级的省管干部！这事也暂时不要向市委或省委报行，目前要严格保密，同时继续搜集证据，切记要做到万无一失，明白吗？"

高良说："请阎书记放心，我们一定做好保密和证据收集工作，随时向你报告工作进展情况。"

这时，法院副院长张瑞东来汇报情况。阎子丹问："方正的案子有眉目了？"张瑞东说："基本上搞清楚了。其实案情并不复杂，从案卷看，漏洞百出。呵呵，坦白说，我都不知道他们是怎么弄出来的。"

阎子丹接过张瑞东递上的案卷，认真地审阅起来。看完之后，他脸色沉重地拨了个电话："喂，剑锋吗？法院张瑞东副院长在我这里，你过来一下，正好一起来研究研究方正的案子。"

梅剑锋很快就赶了过来。阎子丹说："剑锋，老高，你们都在，这就更好了。关于方正一案，全县各界已经是舆论四起，围绕这个案件又接连发生了一连串的相关恶性刑事案子，方正的老娘被绑架，虽然被救了出来，却最终死在了医院病床上；方正本人又在保安严密的泰康医院被刺，幸好没有生命危险。同志们呐，我怎么感觉回到解放前的大上海了！我们的百姓活得这么提心吊胆，我们这些当政者是不是应该感到脸红？现在张瑞东副院长接手方正的案子以后，进展非常快，希望真相很快就能大白于天下。现在，我们一起来听一听张瑞东副院长汇报情况。剑锋，老高，你们也认真听一听，或许对接下来的破案工作有帮助。"

张瑞东翻开随身带着的工作笔记，慢慢说道："方正这个案子我早听说过，知道社会上的议论比较多。虽然有心理准备，但我翻阅整个案卷后，还是被吓了一跳，这个案子办得是漏洞百出，稍懂一点法律的人都能看出破绽来。"张瑞东停了停，接着说："首先游经理自从带纪委的同志指证方正受贿30万元之后，就

再没有露过面。经查证，富丽华房地产集团公司根本就没有姓游的经理，他们的工资单里也查不到这个人，里边的工作人员也没听说过更没见过这个人，所以这个自称是游建民的所谓经理，很可能是受人指使诬陷方正。那么，富丽华房地产集团公司在其中扮演了什么角色，这就很耐人寻味了。”

张瑞东呷了口水，接着说：“经过艰苦的调查，我们最后在广东的深圳找到了那个姓游的经理，在政策攻心之下，他还是承认了确实有人收买他诬陷方正，但他却无论如何不敢说出指使他的人是谁，说一旦泄露消息，他性命难保。我们本来要以涉嫌诬陷罪拘留他，结果他得空逃了……”张瑞东看着阎子丹，然后说，“虽然如此，但方正遭受坏人诬陷却是确凿的，他所谓受贿一案的证据不成立，我们法院已经依法定程序撤销原判，宣布方正无罪释放！”

阎子丹站起来，严肃地目光在张瑞东、梅剑锋和高良的脸上来回扫视了一遍说：“你们这些政法机关的领导们要记住，大平不能再出现方正这种冤案了！你们的一个决定，可以毁掉一个年轻人的一生，可以让一个普通老百姓家破人亡啊！”阎子丹踱起步来，“剑锋，你们纪委继续跟进方正的案子，把善后工作做好，唉……我担心方正心理受不了啊。还有高良，方正现在无罪释放，那些诬陷他的人呢，不得狗急跳墙吗？他们一定会掐住方正那张嘴的，要防止杀人灭口，你老高必须对方正的人身安全负责，他要是再出问题，我拿你是问！”

临走时，阎子丹再三叮嘱高良：“现在形势比较复杂，我还是有点不放心，你去安排一下，把方正转到武警医院去！”

高良说：“好的，其实我也觉得方正在这里不安全，毕竟他被刺事件的风波这么大。”高良警惕地张望了一下，压低声音说，“我马上安排一下，10分钟后把方正转移到武警医院，转移车辆、守护值勤人员全部从武警部队调用，保证秘密地、迅速地完成任务。”

……

庄飞这几天心神不宁，一得空就守着办公电脑，傅有义办公室里的一举一动都被无线针孔摄像头联到了这里。然而几天来傅有义的工作时间非常不规律，上班几乎都是睡眼惺忪姗姗来迟，下班又早早地约好饭局溜了，即便他在办公室，也就是看看文件打打电话，偶尔有这个局那个镇的领导过来拜访，相互说些不着边际的场面话，打打官腔什么的。可怜庄飞就像看一部情节重复的肥皂剧一样，寡淡无味之极。不过有一天见到一张熟悉的面孔，是某某局的局长，他找傅有义东拉西扯一会，走时在桌上留下两条中华烟。庄飞那个羡慕啊，光两条烟就顶他两个月工资，更何况那两条烟盒大有可能是“别有洞天”。

庄飞一直在期待，可惜一无所获。陈凤儿，偷情，暧昧……始终没有在屏幕上露面。庄飞很是丧气，现在都流行包房租房，金屋藏娇，红旗不倒，彩旗飘飘。陈凤儿如果和傅有义偷情，为什么一定要到办公室来？这一刻，他几乎要痛骂自己愚不可及，怎么会想到装针孔摄像头这种馊主意。

就在庄飞开始有点后悔的时候，那种期待中的画面终于出现了。那是周五的晚上，县委、县政府大院里静悄悄的。因为一个软件光盘落在了办公室，庄飞急忙骑上摩托车赶回去取。也不知道为什么，他忽然有一种强烈的冲动，想打开电脑监视器看看，他可从来没在晚上窥视过傅有义的办公室。他随手打开，屏幕上赫然出现了一张扭曲变形的脸，原来傅有义正在对着一个人大发官威："你以为自己是老资格，我不敢训你？呸，老资格有什么了不起的！"庄飞颇为意外，傅有义平时是个有名的笑面虎，轻易是不动怒的。

庄飞定睛一看，发现被骂的原来是老熟人，正是那位和陈泠雨同一办公室的副主任"大泡梁"。傅有义平时也高看他一眼，没想到这会却大动肝火，对他破口大骂。庄飞的胃口一下子被吊了起来。

"大泡梁"本来就天生异型，长得像流浪猴子一样猥琐，这会更把腰弯到90度，满脸陪笑，甚至伸手作势要打自己的脸，傅有义愤怒地一挥手："别他妈的给我来软的！你当你是谁啊？县委书记吗？你有权给我降级吗？就算你是县委书记，也要县委常委会通过才行啊！你哪来的权力？你是什么东西！"

"大泡梁"点头如捣蒜，殷勤陪笑："对不起，傅县长，真的对不起，是我不懂事，是我的失误，您大人有大量，就原谅我这次吧！下不为例，下不为例！"

傅有义声色俱厉："这是严肃的问题，是政治问题！你以为这是小事情吗？外面不知道的，还以为我犯什么错误，被降级了呢！"

"大泡梁"鞠躬不迭，连声说："傅县长，您批评得对。全是我的错，我这就回去写深刻检讨，马上跟总编商量，一定按照您的指示，在报纸头版刊登更正声明！连登三天，好不好？"

庄飞听他们扯了许久，终于听出了一些头绪：原来昨天傅有义陪同东莞市的几位领导到铁岭镇老河口和东莞产业转移工业区视察，"大泡梁"写了一条报道登在《大平日报》上，结果把傅有义的名字排在了新近任命的袁秋明副县长之后。按理傅有义应该排在袁秋明之前，可报纸一出，袁秋明反倒排在了他傅有义的前面！他隐隐觉得袁秋明是个有力的潜在竞争对手，毕竟人家又年轻，能力又强，更要命的还是阎子丹的大学同学。这领导排名乃是极为讲究的事，里边的政治意味多着呢，哪个排在前面，下面那些个乡镇、县直单位的头儿就往哪边靠，投票也投前面的那个，这就是政治站队，西瓜偎大边嘛。“大泡梁”那么一来正捅到傅有义的痛处，难怪他恼羞成怒。

“大泡梁”千道歉万检讨。傅有义见把“大泡梁”的骨头都训酥了，语气一缓说：“还有，你得好好管管陈泠雨，冷美人整天冷冰冰的，好像我们这些当领导的都欠了她十万八千。你既然是她的科室领导，就得好好教育她，叫她向其他女同志……比如向陈凤儿同志学习学习，多尊重领导，多跟领导沟通，领导交办的工作要不遗余力地办好，这样才是同志嘛。”“大泡梁”点头如捣蒜，说一定要好好教育教育陈泠雨，保证让她改变对领导的态度。说罢点头哈腰地退出傅有义的办公室。屏幕里又剩下了傅有义一个人，只见他蹩到门口，向外张望了一会，又轻轻关上门。

庄飞对傅有义的当官手腕还真有些佩服，这就叫做又逼人家叫哥哥又对人家抄家伙，软一刀硬一刀，把“大泡梁”收得服服帖帖。他照着屏幕上傅有义的脑门敲了敲，嘟囔说：“看把你个王八蛋能耐的！”

就在这时，傅有义的手机响了。他脸色一变，马上喜气洋洋地说：“凤儿，我的火凤凰，快来，快来，想死我了。”

庄飞大喜，心说“来了，来了，终于来了！”他深吸一口气，睁大眼睛，一刻也不敢离开屏幕。傅有义显得异常兴奋，像只吃了药的公鸡，在房间里不停地迈着方步，来来回回，不时还看看手表。他急切兴奋的心绪全写在脸上，庄飞忽然想起顺水河边那个钓鱼的阿伯，当他看到鱼儿上钩的时候，神情就是这样！

10来分钟的工夫，门悄无声息从外面打开了，陈凤儿俏脸伸了进来，俏皮地吐了吐舌头，随即闪了进来，顺手把门关上。她竟然有傅有义办公室的钥匙！她那张曾经让庄飞魂牵梦萦的俏脸，现在越发地丰润了。庄飞在屏幕里触摸这张俏脸，可惜陈凤儿欢快地蹦跳着，迎向傅有义，庄飞竟然无法捉到她，一如当年没法捉住她的心一样。庄飞以为傅有义这个急色鬼会露出本性，迫不及待地有所动作，谁知道他只是人模人样地笑笑，坐回桌子后面的大班椅去了。

陈凤儿坐在了傅有义的面前，不高兴地噘着嘴，等着傅有义开口。

“凤儿，我的火凤凰！好消息，好消息！”

“哼哼，什么好消息？别又是逗我开心的吧！”

“我的宝贝，这还真是一个值得开心的好消息，你做梦都想要的好消息！”

“说嘛，你讨厌！人家都等不及了！”她撒娇又急切地站了起来。

傅有义故意卖关子："别急嘛，我的宝贝。你吩咐的事，大哥我可是每时每刻都挂心上的，所以……"说罢只管盯着陈凤儿的俏脸直乐。

"你讨厌，又吊我胃口。快说，快说。"

"嘿嘿，火凤凰急咯。看着美女俏脸通红，那可真是神仙难得的享受，心旷神怡，延年益寿。"

"你又玩我，做领导的就是坏！"

"我可不敢——玩——你。好了我的宝贝，事情是这样，因为马上要在全县组织一次中层干部的公开选拔工作，县委为了营造有利的社会氛围，决定暂时冻结干部队伍的调整工作，一切等公开选拔完毕之后，再做决定。"

"什么？难道要我参加公开选拔吗？我可选不过人家，我不管，我不管，你一定要替我想办法。"

"宝贝急了？"

陈凤儿撒娇道："急了！你又说有好消息告诉我，这就是你说的好消息吗？你真坏，我不跟你玩了！"其实她并不真的急，她知道傅有义后面肯定还有话。

"哈哈哈，火凤凰就是不经——玩——呐，跟你说了吧，让你这么辛苦去参加什么公开选拔，我也不舍得啊，我已经帮你把事儿办好了。虽然说原则上是冻结人事调整，但那只是'原则上'嘛，现在正是用人之际，我已经给你留着一个啦！开心吧，我的火凤凰？"傅有义色眯眯地看着她，意味深长地拉长声音。

"谢谢傅哥哥。都有哪些位置给我留着呢？说嘛，说嘛。"

"比如县电视台台长、招待科科长。告诉你，阎书记特别重视《平安大平》栏目，再说你还是顺州市《热点追踪》特聘的王牌主持人，我觉得你要是不做电视台台长的话可就真的是浪费人才了……"

陈凤儿继续撒娇："凤儿全靠傅哥哥了……县电视台就是你分管的嘛……我不管，你一定要帮我！"

傅有义色眯眯地说："凤儿，哥哥不帮你帮谁！"

陈凤儿这一喜非同小可，不由得睁大了那双好看的凤眼。

傅有义得意地说："嘿嘿，也是你运气好。县电视台是我的一亩三分地，要用什么人我说了算。至于阎书记嘛，他刚刚上任，暂时还不会对科级干部的使用介入太多。我找个机会再跟"老王爷"打打招呼，这事儿也就搞定啦。在常委会召开之前，我再运作运作。我的宝贝，我看你说话字正腔圆，做人又长袖善舞，更要命的是长得这么招人喜欢，你是最适合的电视台台长人选嘛。"

“谢谢你，傅哥哥你真是凤儿的贵人！”陈凤儿高兴得从椅子上跳了起来，又绕到后面，在傅有义胖嘟嘟的腮帮子上“啪”地亲了一下。

“我是你的贵人，你是我的心肝。看到你高兴，那就是我最大的幸福！”

“傅哥哥，我要好好感谢感谢你！”

“怎么个谢法？”傅有义站了起来，眼睛逼视着陈凤儿，好像一只猫盯着一块鱼肉。

“你……你想要我怎么谢，我就怎么谢！”

“你应该说，一切服从组织安排。现在是组织上觉得你能力强，完全能胜任这个职务，所以才让你挑这个担子，不要骄傲，不要辜负组织上的信任。”

傅有义端起那个写着“为人民服务”五个大字的不锈钢茶杯，很饥渴地喝了口水。然后猴急地搂住了陈凤儿的腰，陈凤儿身子挣扎了一下，嘴里“嗯哑”了几声随即就顺从了。傅有义嘴里哼哼吱吱地，像猪拱食一样啃着她的粉脸，双手熟练地缓缓除下她的衣服。陈凤儿手机响了，傅有义抢过挂断了，随即把手机给关了。

“傅哥哥，我真的能做台长吗？”陈凤儿闭着眼睛问。

“能！有你傅哥哥，你还怕什么？”傅有义爱抚着她光洁的玉背。

“男子汉说话要算数。”

“算数，不算数是小狗！”傅有义嘴巴乱拱，双手乱摸，抽空还哼吱着说，“今后，只要你工作做好了，我脸上也有光，这才是对我最好的感谢。知道吗？”

“知道……”

两人像超级演员，在联袂演绎一台黑色喜剧，他们演技高超，说一套，做一套，精神上一套，肉体上又是另一套，互不干扰，又互相交融，起承转合，顺畅无比。

庄飞盯着屏幕，兴奋莫名，又愤恨无比。虽然他早就和陈凤儿形同陌路，理论上他无权干预人家使用自己身体的权利。然而他就是不能释怀，怎么能看着曾经心爱的女人如此堕落，在以权谋色者的怀里挣扎撒娇。

傅有义和陈凤儿翻翻滚滚，身上已经没有一片遮羞的薄纱，庄飞清楚地看到了陈凤儿那雪白的胸脯，甚至还有左胸上的小红痣。多年以前，庄飞曾如痴如醉地抚摸过它，说陈凤儿是胸怀一颗红痣，日后必成大器。他甚至曾经骚情地调戏满面绯红的陈凤儿：

虢国夫人娥眉长，
酥胸如兔裹衣裳。
东莱阿胶日三盏，
蓄足冶媚误君王。

如今，庄飞只能隔着屏幕看着傅有义跟前女友翻云覆雨，愤怒酸楚嫉妒各种复杂的情愫一涌而上。曾几何时，庄飞那么幼稚地认为，这个胸怀一颗红痣的女孩，必定要和自己长相厮守一辈子。哪知道世事难料，两人不但分手了，多年后他竟然还亲眼看到自己当年的恋人，正赤身裸体地和一身肥肉的副县长纠缠在一张床上。

恍惚中，电脑屏幕上全是一堆白白的肉，特别是傅有义那肥白硕大的后背，把电脑屏幕塞得满满的。他笨拙地压在娇小的陈凤儿身上，几乎把陈凤儿盖住了，只留下两只脚丫子翘在半空，颤啊颤啊。庄飞不忍卒睹，闭上眼睛，耳朵里又传来陈凤儿嗯嗯哑哑的声音，也不知道是痛快，还是痛苦。

庄飞心砰砰狂跳，他在窥视着别人，却无意中窥见了自己内心复杂的情感。那屏幕上传来床垫不胜重压的吱呀声，庄飞仿佛听到自己的自尊在痛苦地呻吟，心里痛骂傅有义：他妈的，瓜田李下，君子袖手。兔子还不吃窝边草呢。你个县级领导，刚刚装大尾巴狼板着一张大肥脸教训“大泡梁”，转眼间却伸手脱女干部的裤子。你个王八蛋！

有一刹那，他想把这一段刻录成光盘，把它变成定时炸弹，寄给纪委或者阎子丹，然后把大平官场炸个稀巴烂。经过激烈的思想斗争还是作罢，毕竟心疼陈凤儿，他不能让自己心爱的女人这么出丑啊！不过也不能这么放过傅有义。对，还有雷大江、王德意，他们都是一丘之貉。庄飞琢磨怎么给阎子丹通气，是像上几次给阎子丹和马红妹那样打匿名电话？还是写匿名信？或是留张条？……要不就给张刚强打匿名电话？不行！张刚强也许听得出他的声音。他琢磨许久，决定还是给阎子丹发条短信，让阎子丹来收拾姓傅的王八蛋。

当晚阎子丹的手机上就收到一条匿名的彩信，一个硕大身板的男人身下压着一个女人。男的赫然正是副县长傅有义，女的看不清楚脸面，只看到两只羊脂白玉一样的光脚板勾在傅有义的后腰上。彩信后面附有打油诗一首：

傅县风流雷局狂，

罗老爷子正当行。
有人醉卧温柔乡，
有人忧心钱与粮。

上帝要一个人灭亡，必要让他疯狂。阎子丹把彩信转发给了梅剑锋，交代他“密切关注，暗中跟进，掌握证据，择机而动”。

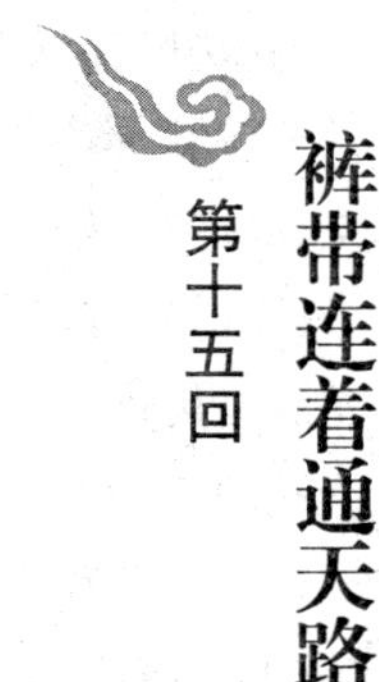

第十五回 裤带连着通天路

第二天晚上，陈凤儿照例去“真女人”美容院。做完SPA水疗、汗蒸两个美容项目，她通体舒泰，沿彩龙步行街，服装专卖店、精品店、金饰店，一个接一个地瞎逛。

逛着逛着，忽然收到傅有义的短信：“宝贝，恭喜你心想事成！”陈凤儿几乎要叫起来了，她血流加快，心脏砰砰跳，颤抖着拨通傅有义的手机，刚听见“嘟”了一声便被挂断了。没一会儿，傅有义的短信又过来了：“开着常委会扩大会议，提拔你的动议刚刚通过了。宝贝，怎么谢我？”

陈凤儿很高兴，飞快地回了几个字：“你想怎么谢就怎么谢。”

应付完傅有义之后，陈凤儿步履轻快，飘飘欲仙，街道两边的霓虹灯五彩缤纷，逛街的人群好像也知道她要被提拔似的，都露出讨好的笑容。她兴冲冲地穿过彩龙步行街，走到顺水河边。河风迎面吹来，把她的心吹得飞起来，莫名的满足感在迅猛膨胀，胀得她难受极了，她要和所有的亲朋好友分享，要让所有的认识和不认识她的人都知道：她，陈凤儿要被提拔重用了。可是，她冷静下来，这组织部门还没找她谈话呢，任命文件还没有下达呢，这事暂时只能偷着乐，还不能到处宣扬。所以，她只能先与老公分享。她拨通手机，里边传来张刚强不耐烦的声音：“什么事，快说，我在执行任务呢。”陈凤儿完全没有理解他的情绪，兴奋地说：“我亲爱的老公，透露个好消息，你很快将要跟一位电视台台长睡觉了！”

张刚强愣了一下说：“神经病！”他显然误会陈凤儿的意思了。

陈凤儿并不懊恼，撒娇地说：“你才神经病呢，你老婆我就要做电视台台长了！开心吗？”

“哦？恭喜，恭喜，哪个领导这么没眼光。”

“亲爱的，不要阴阳怪气的嘛，老是给自己老婆泼冷水。”

陈凤儿挂掉手机，噘着嘴，鼻子“哼”了一声。没一会儿，她又高兴起来，无论如何要找个人来分享她的快乐，否则她会被憋死的。噢，陈泠雨，没有比她更好的倾诉者了。陈凤儿拨通陈泠雨的手机，故作神秘地说：“姐，有好事要告诉你，快到彩龙步行街来，不见不散！”

陈泠雨好奇地问：“看你高兴的，什么事儿？”

陈凤儿胡诌地说：“我买了一条裙子给你，祝你恢复单身，重获新生！”

“呵呵，谢谢了，是该庆祝。”

“快来嘛，快来嘛，我在麦当劳等你，到了给我电话啊！”

陈泠雨犹豫着，她其实对衣服很挑剔，审美标准一向比较高，不一定买名牌，只买心头好。陈凤儿说了声“就这样”，趁陈泠雨犹豫的当儿，抢先挂断了手机。她想起刚刚彩龙街的真维斯专卖店有一条裙子，陈泠雨穿上一定显得高贵典雅，就赶紧往回走，准备把它买下。陈凤儿走进真维斯专卖店，果然发现那条裙子还好好地挂在那里，淡紫色，样式新颖，有点像空姐的职业裙。她自己就先喜欢上了，她试穿了一件，反复在试衣间的镜子前打量，越看越爱，一问2500元，打9.5折。她眼也不眨地买下了，这件要自己留着。然后再转了转，随意挑了一件800多元的裙子，这件准备送给陈泠雨。

陈凤儿往麦当劳的方向走，陈泠雨已经先到，在那等着呢。

陈泠雨说：“凤儿，裙子呢？”

陈凤儿噘嘴道：“呶，你看，漂不漂亮？我专门为你买的，2500元呢！我的比较便宜，800多。”

陈泠雨拿两条裙子细细端详，知道陈凤儿把价儿倒着说了，也不戳穿。她瞟瞟陈凤儿，微微一笑：“谢谢我的好妹妹，怎么这么大手笔啊，花啦啦2500元，我可不舍得买，你还是退回去吧。”

“退回去？才不要呢，你穿上肯定很高贵典雅。再说了，姐，我也有好事要告诉你呢。”

“高贵典雅那是穿不出来的，是发自内心的。啊，不跟你说这些了，你说你有什么好事?”

陈凤儿挑挑眉毛，又故意把胸脯挺得老高：“姐，你看我这样子，当电视台台长够不够格?”陈泠雨说：“够格够格，我妹妹的能力在这摆着呢。”

陈凤儿笑盈盈。陈泠雨见她喜不自胜，不由得愣住了，难道凤儿真的要做电视台台长了?

陈凤儿搂着陈泠雨的肩膀，自信满满地说这回鸿运当头，台长是做定了。

陈泠雨犹自不信：“什么？说清楚一点!”

“说白了，就是你妹妹我今天被提拔了，县电视台台长，县委常委会扩大会议刚刚通过的!”

“刚刚通过你就知道了，你有千里耳啊?”

“没有千里耳，但我有通天路啊！嘻嘻……”

“什么通天路？神神叨叨的！你进步这么快，做姐姐的打心里替你高兴。看来你祝贺我恢复单身是假，向我报喜是真啊!”

“姐姐真是火眼金睛，我想什么你都知道。女人买衣服嘛，就像男人喝酒，高兴了就买呗。我今天是真高兴，一来替你高兴，那袁鸿利俗不可耐，怎么配得上我冰清玉洁的泠雨姐姐呢；二来替我自个高兴，女人想做点事可不容易了，能被提拔更是奇迹。你说该不该高兴，该不该买几件衣服犒劳一下自己?”

“姐祝贺你高升，好好干，做个好官。”

姐妹俩边说，边沿着彩龙步行街慢慢逛。陈泠雨神情淡淡的，一副怡然自若的样子。两人一间一间店地逛，连逛了三十多间，其实并不是真的要买衣服，就是逛逛聊聊。

陈凤儿说：“姐，你这么年轻漂亮，我给你介绍个对象吧，跟我们很说得来的，一个局长干部，去年刚离婚，很帅，很多女孩盯着他呢。”

“免了，一个人很自在。”

“我看你逛街都心不在焉的，是不是眼红我了?”

“眼红有什么用？中国每天都有大把人被提拔，我眼红得过来吗?”

“姐的见识就是不一般。唉，姐姐真是怀才不遇，有时都替姐姐不值。现在讲什么德才兼备都是假的，我看论德，论才，你比很多所谓的政治明星强太多了，比我也强太多了。可是，每次人事调整，都没有你的份，我只能说你是满肚子的不合时宜，生不逢时。姐，我跟你说，其实只要你在人事关系上加把劲，我保证你很快就会上一层楼。你想想，你在县委大楼上班，那是什么地方，那是书记、县长、常委、副县长一大班全县最有权势的人办公的地方啊，你放着资源不会利用，那叫最大的浪费资源，你懂吗？可惜呀可惜……”

陈泠雨不高兴了：“净说这些糟心的话，我不爱听。再胡说的话姐可不陪你逛街了！”

陈凤儿赶紧陪不是，两人又瞎逛了一个钟头，便各自回家了。临别时，陈凤儿像个活泼的少女一样亲了陈泠雨一下说：“谢谢姐，今天是我生命中最重要的历史时刻，谢谢你陪我度过！”陈泠雨淡淡地笑了，说只要妹妹高兴，做姐姐的什么时候都愿意陪你逛街。

陈凤儿回到家，客厅中的挂钟正好指向23：00，她以为张刚强没回家，嘟囔了一句“怎么那么多任务”。打开卧室的门，灯一亮，吓了一跳：张刚强和衣倒在床上，一动不动，面颊上还有一道血印。陈凤儿慌张地跑过去，抚着他的脸瞧来瞧去，一迭连声地问：“亲爱的，你怎么了？怎么了？”张刚强睁开眼睛，却说她大惊小怪，刚刚执行任务，被一个小毛贼的石块砸了一下，受了点皮外伤而已。陈凤儿说：“这不是袭警吗？哪个毛贼这么牛，这不是反了天了！”张刚强说：“没什么，没什么，哪有警察不受伤的。”陈凤儿心疼地说：“谁让你这么拼命，总是冲在最前面，你做领导的就不可以在后面指挥，让其他小警员冲前面就行了。你自己受伤不说，还让我陪着担心！”说着说着陈凤儿眼睛红起来，几滴晶莹的泪珠就滚了下来。

陈凤儿在抽屉里翻找了一会儿，麻利地拿来创口贴小心翼翼地给张刚强贴上，免不了又埋怨一番，随后把张刚强哄到浴室，细心地给他擦了个热水澡。陈凤儿自己也洗了个澡，想到马上就是电视台台长了，她不由得愉快地哼起歌来，暂时忘记了老公受伤一事。

夫妻俩刚刚躺床上，陈凤儿的手机响了，是猪八戒背媳妇的调儿！那是她专门设置的个性信息铃声——是傅有义发来的：夜袭珍珠港。这是他们约会的暗号，如果陈凤儿应约就回“美人受精”，如果不方便赴约就回“美人受惊”。她飞快地删掉了傅有义的信息，又飞快地回了一条：美人受惊。然后关掉手机。

张刚强说：“谁这么烦，都12点了还不消停？”

陈凤儿说：“就几个姐们，都知道我被提拔的事了，给你老婆发信息祝贺呢。”

张刚强说：“以前围着领导转，应酬什么的都没办法。现在你是领导了，做事要悠着点，别跟着瞎起哄，到处死喝滥吃的，群众看了讨厌！”

陈凤儿说：“不吃不喝还叫领导？你倒是找一个让我瞧瞧！”

张刚强不吱声了，他确实找不出来。

陈凤儿心里还想着提拔的事，兴奋劲儿起来，越发蠢蠢欲动，搂着张刚强不断摇晃说："亲爱的，你要奖励我！"

张刚强说："奖，我奖！"

陈凤儿很是主动，而张刚强并不因为面颊受伤而怯战。陈凤儿想到过几天就要摇身一变成为"陈台长"，非常兴奋，忍不住在张刚强的身下挣扎腾挪，大呼小叫，化官场得意为床上能量，和着性爱的节奏，一并酣畅淋漓地发泄了出去。

……

且说高良上任公安局局长以后，遵照阎子丹的指示从严治警。一番计划后，他召开了全县公安系统干部大会，提拔了一批，轮岗一批，下了一批，调整力度是比较大的。奇怪的是，在大家看好的情况下，张刚强竟然没有被提拔。他自己倒是想得开，虽然自己在营救马红妹的过程中立了功，但随后却又因为没有保护好方正而犯了错，功过相抵，不提拔也正常。

大会后，张刚强没有参加在城东大酒店的晚宴，而是被老朋友——三新派出所的黄所长拉去喝酒。黄所长熟门熟路，带着张刚强进了一个不招眼的小酒馆。两人在一个小包厢坐下，要了一瓶剑南春，点了几样下酒菜。

张刚强说："老黄，你不怕'五不准'？不怕禁酒令了？"

黄所长说："谁怕谁是王八蛋，不喝酒的话，干脆就在城东大酒店吃'阿公'，还请你这个大队长出来吃自己？"

几杯酒下肚，黄所长明显兴奋起来说："老张，咱俩是过命的交情，你记得吧，当初我们围捕坪东镇张大头的时候，兄弟我还替你挡了一枪呢，差点没要了我的老命。"张刚强说："是啊，要不是你，我张刚强今天可能在阎王殿里过堂呢。"

黄所长说："所以说，咱们是患难兄弟！本来这次提拔副局级侦查员，不是你就是我。如果给了兄弟你，我没话说，结果咱兄弟俩较着劲，没成想却便宜了办公室的张主任，他老张算个屁啊，人模狗样的混成了副局级！"

张刚强忙说："莫谈国事，空谈误国。喝酒，喝酒！"

黄所长叹口气说："唉……不提也罢，我心里憋得慌！咱兄弟俩之间不说，我跟谁说去？冤呐。其实我也替你不平啊！"

张刚强说："我挺好，没什么不平的。这当官嘛也不是个轻松事，当个大头兵，清闲，挺好！"

黄所长"咕嘟"喝了一口酒大声说："你就给我装！我就不信你这么清高。

我们在一线流汗流血，拼死拼活的，官却让那坐办公室喝茶看报的老张当了去，你就没什么想法？你要真的没什么想法，那我就更没什么想法了。咱从来没得过全市公安系统先进单位，也没得过先进个人，更没有一个火凤凰做老婆……”

张刚强眼睛一瞪：“你什么意思？”

黄所长说：“没什么意思，我觉得兄弟你太不上心了，浪费资源，坐失良机嘛！”

张刚强很生气：“什么浪费资源，直说！”

黄所长拿着酒杯一碰，一口喝下，然后挑衅地看着张刚强：“你喝呀，把兄弟我喝晕了，我就什么都说出来了！”

张刚强“咕嘟”一口气喝下，继续瞪着他：“有屁就放，别跟娘们似的！”

黄所长诡诘地眨眨眼说：“我要是你啊，早就用上秘密武器了，那副局级侦查员根本没他老张什么事。”

张刚强说：“废话，哪来的秘密武器？”

黄所长说：“你这叫典型的灯下黑。嫂夫人那身段那手腕，咱大平谁不知道？火凤凰的名号也不是白混的。我敢说，只要嫂夫人挺身而出，哪有攻不下的关，哪有解决不了的问题？这老话说得好，好汉还怕美人缠呢……”

张刚强黑了脸：“你的意思是说我老婆上当官的床了？”

黄所长仍旧嬉皮笑脸：“哎呀，画公仔不出画出肠吧？”

张刚强厉声说：“这么说，你就是这意思喽。”

黄所长：“哎呀，当我什么也没说。其实这种事也没什么了不得。”

张刚强眼睛一鼓：“你他妈的竟敢这样羞辱我！”

黄所长说：“兄弟误解了不是？我羞辱你干嘛呀？如今我是万念俱灰，我才懒得羞辱你呢。”

张刚强大怒，伸手往腰间一摸，却发现原来没带枪。于是他操起酒瓶，突地站起来照着黄所长大盖帽下的脑袋砸下去。啪的一声，酒瓶砸在帽沿上，把大盖帽砸到了桌底。黄所长大吃一惊，酒也醒了，张嘴瞪眼呆呆看着张刚强说不出话来。张刚强酒气上冲，头昏脑胀，竟然又摇摇晃晃坐下来继续喝酒。两人不说话，又要了一瓶剑南春，一杯接一杯地喝，直到再次喝得瓶底朝天。两人又醉又生气，大眼瞪小眼，呼呼直喘气。

黄所长毕竟失言，暗暗后悔，连说：“我埋单，我埋单！”出小酒馆时黄所长说：“如果我们还想做兄弟的话，就忘了今天喝酒这档子事。”

张刚强丢下一字“操！”便梗着脖子走了。他跌跌撞撞回到家中，刚进门就再也撑不住了，哇地吐了一地。他仰头倒在沙发上，一会儿就打起了呼噜，屋子里顿时弥漫开中鼻欲呕的污秽之气。

陈凤儿回家比较晚，都快夜里十一点了。她一进屋，差点被屋里的污秽之气熏得晕过去。她捏着鼻子打开窗户，把地板打扫一次，又用拖把反复拖洗几个来回，再拿空气清新剂喷个三五回。接着她把张刚强的脸收拾一遍，又倒了杯蜂蜜糖水。忙完这一切，她已经累得娇喘吁吁。看着老公皱眉打呼噜的样子，她又心疼又埋怨，不由得嘟囔："就知道逞能，这回晕了吧？酒是共产党的，身体是自己的。瞧你这熊样，受这份罪自找的！"

张刚强竟然没睡着，努力地睁了睁眼却怎么也睁不开："谁说我晕了？他老黄才晕呢！"

陈凤儿说："你没晕，你海量，武松也喝不过你行了吧？起来喝点糖水，解解酒。"说着去扶他。

张刚强猛地一推她的手："少管我，你又不是我老婆。"

陈凤儿又好气又好笑："我不是你老婆？自己老婆都认不出来，还说你没晕！"

张刚强摇摇晃晃想站起来，又跌坐在沙发上，双手犹自乱舞："你才不是我老婆，我老婆是火凤凰，谁不知道！我老婆长袖善舞，还给我批发绿帽子，你有绿帽子吗？哼……哼……绿油油的帽子哟……"

陈凤儿劈头给了他一耳光骂道："发什么酒疯！"

张刚强捂着脸，一脸惊讶地看着陈凤儿："我发酒疯了吗？全世界都知道了，还想瞒我……绿帽子好啊……"说罢忽然满眼是泪，竟摇头晃脑唱起来，"头戴绿帽好荣光，俺家婆娘真叫强，风流直逼潘金莲，脾气大过孙二娘。头戴绿帽真奇妙，俺家婆娘呱呱叫，好吃好喝好招待，免费给俺作广告。戴了绿帽不窝囊，老子比她更豪强。浪姐野妹才够味，誓舍钱财包二娘。"

张刚强身子摇摇晃晃。陈凤儿怕他摔倒，连忙搂住他哭着说："你胡说，你胡说，别人糟蹋你老婆，你也跟着糟蹋……呜呜……呜……"

他侧身盯着她不放："光哭不坦白，别怪我给你上手段！"说着抓起那个糖水杯，喀嚓一声砸在地上，杯子碎了，糖水洒了一地。陈凤儿哇地一声大哭起来，边哭边搂着他往卧室里拽。

小两口跌跌撞撞进了卧室。张刚强犹自嘟囔："绿帽子好啊，暖和。你不是我老婆吗？再给我弄几顶戴戴！"

陈凤儿吃力地将他放倒在床上，又小心地给他脱掉皮鞋，盖上被子。张刚强闹够了很快打起呼噜，这回是真的睡着了。凌晨两点多的时候张刚强醒来，嚷嚷着口渴。陈凤儿给他递了杯茶。张刚强惊讶地看着守在床边的陈凤儿：“怎么回事？我记得刚才还和老黄喝酒来着……”

陈凤儿说：“你看看你，都醉得不知道如何回来的了。”

张刚强说：“难道这回真喝晕了不成？哎呀，老黄这个家伙又拽着我犯纪律了。以后不喝了，不喝了。”

陈凤儿瞟他一眼说：“是不能再喝了，酒话连篇的。”

张刚强咧咧嘴，抱歉地说：“哎呀……又说酒话了，下次真不能喝了。都说了什么酒话？”

陈凤儿说：“哼，还不是欺负你老婆的话？”

张刚强点点头：“哎哟，对不起。”他看了看陈凤儿的脸又说：“我还要喝水。”

陈凤儿将杯子凑到他的嘴边，小心地服侍他慢慢喝下。张刚强喝罢又躺到床上，侧身背对着老婆，然后举起右手假装理了理头发，顺势将满眼的泪水抹去。陈凤儿从背后紧紧搂住他，温柔地抚摸着。张刚强却心如枯槁，他望着窗外，有一颗星星却格外明亮，孤独地陷于深不见底的漫漫黑夜中。

第十六回 安教安学工程

与陈泠雨离婚后的轻松相反，袁鸿利离婚后马上就后悔了。

袁鸿利一直以老婆为傲。现在，那个引以为傲的“大平之星”冠军老婆，漂亮的、优雅的、有才气的女人就这样离开了自己的怀抱。他觉得丢人，一直耿耿于怀，神思恍惚，一不小心就捅出个漏子：一天，傅有义副县长在城东大酒店请客，他竟然没带钱包，最后傅有义黑着脸自己掏腰包买单了事。尽管事后他谄媚地从傅县长处要回发票代为报销，却禁不住心里一直打鼓。果不其然，傅县长在随后的全县教育战线的政风行风评议动员大会上批评说：“现在我们就是有些同志，包括个别领导岗位上的同志，不敬岗，不爱业，没有事业心，没有责任感，马马虎虎，大大咧咧，精神状态萎靡不振，毫无危机感，以为工作岗位非他不可！是这样吗？我看不是！我就不信，离开他教育战线就不行了，离开他地球就不转了。同志们呐，有为才有位，有位才有威，也许换个人在领导岗位上，人家做得比你更好！想不想试试？”

袁鸿利又是惶恐又是懊丧，人家傅有义话里话外明摆着就是指着和尚骂秃头。他不由得迁怒于胡媚，都怪这个骚女人，害他离婚，害他精神恍惚，否则也不至于出现跟领导吃饭不带钱的低级错误。看到她放浪的背影，他不再心猿意马，而是胸闷气短。要不是碍着胡媚和王德意、傅有义的关系，他真想运用代理局长的权力，给她穿穿小鞋。

这天下班后，袁鸿利还在办公室想心事，忽然听到走廊上响起“的的笃笃”的脚步声。这风骚脚步声在他门口稍顿了一下，竟然走了进来，果然是胡媚。这个女人当上副局长之后，颇有点过河拆桥的意思，很长一段时间也不来找他了。袁鸿利望着那张狐媚的脸没好气地说：“稀客啊，还记得有我这个朋友?”

胡媚嘴一撇：“别那么小家子气嘛，人家现在想你了。”

袁鸿利说：“别，别，千万别想我，你一想我准没好事。”

“我知道你心情不好。不是我说你，你离婚的事还真不能赖我，自己拴不住老婆，别怪这个怪那个。再说你们根本不是同类人，躺在一张床上也梦不到一处。离就离了呗，有什么了不起的，以你今天的地位，再娶个18岁的小姑娘也没问题。算了，别烦恼了，我现在有个好消息告诉你，你想不想把‘代理’去了扶正?”

“谁不想谁是傻瓜，你有什么通天路?”

“有！看你想不想走，如果想，我帮你。”

“说来听听。”袁鸿利看着她，竖起耳朵。

“‘老王爷’听过吗?他出面的话，什么事都能搞定。”

在大平县，谁不知道“老王爷”就是“组织上”，“组织上”就是“老王爷”?袁鸿利揣着明白装糊涂。他沉吟片刻问：“你有走通‘老王爷’的路?”

“别打听那么多。信得过我的话我帮你，不过……仕途无路钱为径，官海无涯礼作舟。”

“好是好，”袁鸿利心动了，“不过……‘老王爷’能真心帮我?”

见袁鸿利还在犹豫，胡媚说：“我办事，你放心。我去找他，包你一步到位。你也别拖泥带水的了，我看你烦恼，是诚心诚意想拉你一把，这才和你资源共享的。不过你得保密。”

袁鸿利问：“如果事成的话，他要收多少‘路费’?”

胡媚右手食指一竖：“这个数。”

“1万?”

“不，10万！”

袁鸿利嫌贵，眼睛瞪得跟铜铃似的。胡媚撇撇嘴说：“就这个价！扶正的话，这点钱半年就能捞回来了。好了，你自己决定吧，如果信得过我，赶紧凑凑，一个星期之内把钱给我，如果信不过我就当我没说。”

“那要不要写份推荐材料什么的，到时让你一起带给‘老王爷’?”

“材料顶个屁用啊，如果写材料好就行的话，第一个被提拔的就应当是你的前妻陈泠雨，她最能写了！你啊白在官场混这么多年了。带钱就行！”

袁鸿利动了心，两天后就把钱给了胡媚。胡媚拿钱后随手塞进皮包里，说了声“拜拜”后就钻进早已等在楼下的一辆黑色轿车，扬长而去。袁鸿利心里忽然不踏实：这个骚女人热心得让人奇怪，该不会在这桩交易中得了什么好处吧？

事实上也被袁鸿利猜中了，胡媚真的把王德意当成摇钱树了，这个精明的女人发誓要趁叶落树死之前多摇些钱下来，毕竟她为这个老男人付出了美好的青春。

……

陈泠雨越发讨厌“大泡梁”——梁德。

最近“大泡梁”沉迷于QQ聊天，把自己的网名改作“靓仔阿德”，不断加入新的小女孩QQ。这天下午，他几乎一直戴着耳机跟网友音频聊天，还一首接一首地对着麦克唱歌。看样子是为网友唱的，可笑的是五音不齐，口齿不清。这可苦了同室办公的陈泠雨，她不胜其烦又无可奈何，只好去平南路的书店里逛逛，看看书。差不多下班的时候，陈泠雨回到办公室，非常惊讶地看到一个露脐的女人和“大泡梁”大声说话，不时还掩嘴发出“咭咭”的笑声。这个女人怪模怪样的，口音也怪，嘴边不断冒出“我晕”、“酱紫”等奇怪的网络用语，显然是“大泡梁”这个老家伙约来的网友。那女人看了陈泠雨一眼，继续跟“大泡梁”谈笑。陈泠雨上政府公文网收文，被他们吵得心烦意乱，便跟“大泡梁”说：“梁主任，网文还没收呢……”那女人听出陈泠雨的不耐烦，竟然剜了她一眼，丢出一句客家普通话：“讨厌，毛（没）一点礼貌。阿德涯（我）走咯，拜拜……”说罢腰肢一扭，撅着硕大的屁股摇摇摆摆地走了。

陈泠雨这下把“大泡梁”得罪惨了。他浮肿的眼袋神经质地抽动，鼻子直哼哼，对陈泠雨没什么好脸色。临近下班的时候，他忽然惊叫一声：“哎呀，真是人老多忘事！小陈呐，李海主任来过电话，说是请你给阎书记写一个关于迎接珠三角产业转移的讲话稿！听说要在十一五规划研讨会上作主题讲话。”

陈泠雨还在网上收文，头也不回地丢下五个字：“谁答应谁写！”

“大泡梁”本以为陈泠雨会受宠若惊，没想到她是这态度：“我以为你会很高兴，所以才答应下来的。你……书记请你写都不写？”

陈泠雨说：“书记有自己的专职秘书，再说还有研究室呢，哪轮得到我来写？我不稀罕，谁想写谁写去。”

“大泡梁”说：“书记亲自点你的名，这是多大的荣耀！”

陈泠雨说："我不稀罕。"

"大泡梁"说："哎呀，我看你还是写的好，以前你是从来不拒绝工作任务的。"

"以前是以前，傻子也有醒过来的时候。"

"哎哟你还是写吧，我的姑奶奶！不然我也不好交代啊，把书记弄得下不来台，你我都不会有什么好果子吃的。"

陈泠雨的怒火一下被点燃了，蓦地站起来，脸涨得红红的说："有什么好果子？我一个人全吃了！你说，是记过还是降级、降职，哪怕是开除我，我也认了！"说罢电脑也不关，直接拎起手包，丢下目瞪口呆的"大泡梁"，头也不回地冲出门去。

回到家中，陈泠雨好不容易把心情平复下来。她眼睛涩涩的，到洗手间洗了把脸，镜子里的自已，眼睛盈满泪水，那么娇艳动人，当年"大平之星"冠军的风采依然。万千思绪忽然被勾了起来，眼泪止不住地流了下来。她觉得委屈，虽然一时说不出为什么委屈，只是心中很是压抑，以至于发了那么大的火。她一刻也不想在办公室里再待下去。

然而哪里才是她的容身之所呢，她能去哪呢？她感到从未有过的灰心，无助地瘫坐在沙发上。这时，手机"嘀嘀"响了几下，陈泠雨一看，原来是阎子丹倡导"整顿社会治安"后宣传部定期发给干部群众的箴言：人生要跨越千山万水，人生要经历雨打风吹。人生也许让你沉醉，也许让你心碎，但无论怎样，你的理想不能颓废，你的信念不能枯萎，掸掸心中的灰，擦擦眼中的泪。只要努力了，只要拼搏了，失败无所谓，昂起头，挺直背，重新再起飞！

她不由得苦笑，感觉肚里"吱咕"一声。离婚之后，陈泠雨就一直在机关食堂里吃饭，省心又自在。她在机关食堂打了份饭菜，坐到一个没人注意的角落慢慢地吃了起来。忽然听到一阵欢笑声，原来是阎书记和几个干部坐在一起吃饭，大家有说有笑，非常自在。陈泠雨有点纳闷，一般来说，副县级以上的干部都在包厢里吃饭，很少跟手下的普通干部这么打成一片的。

陈泠雨虽然跟阎子丹下过几次乡，但还说不上亲近。她总觉得像阎子丹这种空降干部，年轻，帅气，能干，前途无量，而且身边总是围绕着一堆大小干部，自己还是敬而远之的好。

阎子丹今天还是像以前一样的装束，一身休闲服，显得非常干净利落。陈泠雨知道他学理工出身，凡事一板一眼，有人形容他是一位"猛官"，做起事来魄力十足，隐隐然虎气充盈；然而面对困难时又多谋善断，似乎还有一些猴气。

县委、县政府大院里都在传，说他这种空降官员，条件这么好，为什么来大平这种穷地方，不过就是为了镀镀金，捞点政绩好再升上去。对于大平，他只是一个匆匆的官场过客而已。

陈泠雨对阎子丹来大平之后的所作所为还是颇有好感的，觉得他至少还是个为民做主的人。她有时候甚至替这位年轻的书记担心，怕他斗不过雷大江这些地头蛇。正想着，阎书记端着盘子向她走过来。众目睽睽之下新书记竟然毫不避嫌主动过来打招呼，陈泠雨非常意外，脸一子就红了。阎书记很自然地在她对面坐下笑笑说："陈秘书，搭个台可以吗?"

陈泠雨脸更红了，慌乱地点了点头。她低头不语，很认真地吃饭。她可以想像得到，周围肯定有许多人向这边看过来，也许还怀着嫉妒或嘲弄的意味，这让她感觉浑身不自在。下班前，她刚刚拒绝为眼前这位县委书记写讲话稿，阎子丹该不会听了"大泡粱"的添油加醋而来批评自己吧？她继续认真吃饭，她习惯用无声的矜持来捍卫脆弱的尊严。

阎子丹说："陈秘书文笔不错，文笔有丈夫气概。"

陈泠雨听了并不意外，许多人都跟她说过这话，她对自己的文笔一向也很自信。

阎子丹说："我一般晚上没什么事，都会找一些近年的重要工作材料去看，熟悉情况嘛。从这些材料来看，确实有几个材料写得不错，一打听原来是你写的。说实话，在秘书中你是文笔最出色的了，当得起'才女'两字。"

陈泠雨仍然低着头说："您过奖了，那些都是官样文章。"

阎子丹说："官样文章也有高下之分，经你的手，官样文章就顺溜多了，严谨，鲜活，有生活气息，像这样说人话的官样文章还真难得。"

陈泠雨禁不住心里一动，以前有人称赞她文章好，但能说到她心里去的很少。现在阎子丹倒说到她心里去了，陈泠雨抬起头来说："谢谢您的表扬，我是用民间腔调写官样文章，只要领导不批评，我就很满足了。"

阎子丹说："说得好，用民间腔调写官样文章！这就是我们一直提倡的啊，要讲老百姓看得懂的话，做老百姓喜欢的事。本来我一向喜欢自己动笔写讲话稿的，可惜到地方没多久，下车伊始不敢叽叽喳喳，搞瞎指挥会害死人的，所以呢我就只好请陈秘书代劳，不料碰了个硬邦邦的钉子啊。哈哈，你可是大平第一个给我下马威的人呐，有个性。对了，陈秘书的一些情况我有所了解，你的心情我非常理解，行到水穷处坐看云起时，老实人过日子就像傻子倒吃甘蔗，越嚼越甜呐！如果你不嫌跟着我辛苦的话，你今后就多承担承担我这方面的工作任务好不好？我需要你的帮助。”

原来县委书记一直这么关注她，这让她又感动又惴惴不安。陈泠雨咬咬嘴唇点了点头，一个县委书记这么诚恳，把话说到这份上，她还能说什么呢！

翌日上午8点15分，陈泠雨以专职秘书的身份，第一次坐上了阎子丹的车下乡。这次是去铁岭镇，一是看看“安教安学工程”的进度；二是调研一下实施“安农工程”的可行性。陈泠雨坐在副驾的位置上，后面坐着阎子丹，加上司机小杜，一共三人，匆匆下乡去了。毕竟是第一次跟阎子丹下乡，陈泠雨坐在副驾驶座上，开始很是局促，她定定神，专注地看着窗外。远处的丘陵高低错落，连绵起伏，更远的山峰却在云雾中飘渺浮沉，若隐若现，忽远忽近。一路上苍翠的群山起伏，层峦叠嶂，像大海的波涛，无穷无尽地延伸到茫茫无边的天尽头，消失在云雾迷漫的深处。她忽然想起曾经看过的两句诗：我看青山多妩媚，料青山见我应如是。想到这，她脸上不由得浮出一丝红晕。

阎子丹注意到陈泠雨倚窗深思，一会脸如红霞，一会又沉静如水，仿佛在期待着什么，沉思着什么，便和她扯起家常，就像一个大她几岁的大哥，很随意，也很亲切。渐渐地，她觉得不再局促，慢慢恢复了她恬淡宁静的本性。

到了镇里，袁鸿利、胡媚早就和镇委巫启山书记、韦汝贤镇长在大门口恭候了。在他们的陪同下，阎子丹、陈泠雨往育才中学的方向走去，他们要去看看教学楼危房改造工地。大家知道陈泠雨和袁鸿利刚刚离婚，便都心照不宣地不谈这事，免得他们彼此尴尬。

育才中学还是当前的老样子，一条坑坑洼洼的黄土路，一排破破烂烂的低矮平房。一行人慢慢地走上去，远处传来几声汪汪的狗叫声。陈泠雨心中如悲似喜，和袁鸿利、庄飞、陈凤儿的纯真中学时光仿佛又回到眼前，触手可及。

在育才中学教育楼危房改造工地，阎子丹反复强调：中小学校舍危房改造，事关学生生命安全，事关人民群众的切身利益。县委、县政府高度重视，在财政非常困难的情况下，还是加大投入力度，积极实施“安教安学工程”，及时加固和改造中小学校舍危房，最大可能地保障学生生命安全。阎子丹提出几点意见，并叮嘱袁鸿利一定要记下来：一是确保安全。希望教育局督促规划建设局，认真履行职责，规范施工行为，严把工程质量关和安全关；二是确保质量。希望施工单位科学施工，精益求精，把纳入“安教安学工程”的危房都改造成精品工程；三是确保进度。希望抓紧工程进度，确保开学之前孩子们能在新教学楼里上课；四是发挥作用。希望教育部门以“安教安学工程”为契机，加大教育教学创新，不断提高教育教学水平，为大平的社会经济发展培养更多的栋梁之才。

袁鸿利边听边不住点头说“是是是”，而胡媚在一旁笑盈盈的。陈泠雨忽然心里一动，觉得那位陪同的胡副局长似曾相识，却一时又想不起她是谁。胡副局长很干练，很热情，每次到一地，都小跑过来亲自给阎书记开车门，有车从身边一闪而过的时候，都不忘搀陈泠雨一把。后来听到她娇嘀嘀地说一声“阎书记，小心脚下”，陈泠雨才猛然想起：原来是她，那个嗲声嗲气的女播音员！当年举报王德意性骚扰，后来又莫名其妙反口，说是自己主动引诱了王德意。

陈泠雨纳闷，这个女人真能折腾啊，怎么一下子从五柳镇的普通女播音员摇身一变成了县教育局的副局长，而且做了自己前夫的工作搭档。不可思议！只是不知道这个胡媚是否还能认出她陈泠雨来？看她不动声色的样子，应该没有认出来吧。

离婚的陈泠雨和前夫袁鸿利，还有因为卷入绯闻而曾经受到过陈泠雨调查的胡媚，三人碰到一块了，大家心照不宣，心里却是别扭得很。

晚上，铁岭镇的党政领导大团圆，在镇上最高档的宾馆里设宴欢迎阎书记。宴席档次不低，藏猪肉、麋鹿肉，还有桂花鱼。胡媚殷勤地给阎子丹夹菜，还不忘介绍说：“这桂花鱼啊鲜着呢，是从几百公里外的万绿湖里捞上来的。”

阎子丹淡淡地说了声“谢谢”，两道剑眉轻轻地皱了一下，又与陈泠雨对视一眼，似乎还摇了摇头。陈泠雨心里一紧，还真担心这位年轻的县委书记会当场训斥这些镇官们是“败家玩意”。胡媚没觉察，随即又指挥服务员，热情地给每人摆上一盅汤。袁鸿利很尴尬，不敢看陈泠雨。而镇委书记却笑吟吟地看着胡媚，示意她发挥长袖善舞的作用。胡媚笑得像朵花似的，很内行地说：“来来来，这是‘快马加鞭’，好东西哟一般人吃不到，各位帅哥领导不是一般人哪，这就叫做贵人多口福，这不现在就被你们遇上了。嘻嘻……”

陈泠雨看碗里的汤黄澄澄的，看不出其中的妙处，便用汤匙搅了搅低声嘀咕：“什么‘快马加鞭’，名字倒是有点意思。”

一旁的胡媚“嘻嘻”一笑，附耳悄声说：“就是马的蹄筋加海狗鞭，都是男人的宝物……”陈泠雨明白过来，刹时羞红了脸。可不吗，这些都是壮阳之物，大平新闻联播天天都是海狗鞭广告。

酒是XO，阎子丹照例是先发制人，举杯和全桌人一碰，嘴唇一嘬算是敬了一轮，然后说：“我的任务完成，同志们自便。”镇委巫启山书记和韦汝贤镇长不敢逆了县委书记的意，便把注意力转到陈泠雨身上，一个接一个轮着站起来，那劝酒的词一套一套，什么“笔杆子”、“女秀才”、“美女加才女”，结结实实地把面薄心软的陈泠雨灌了两杯。陈泠雨本不善饮，很快就面如桃花，云里雾里起来。不过她酒醉三分醒，注意到了阎子丹飘过的目光里透出的关切。那目光澄澈如水，陈泠雨心里一荡，勇敢地回以感激的目光接纳它。

当胡媚站起来敬陈泠雨时，陈泠雨很是为难，她不想失态，可又敌不过人家盛情。胡媚娇嗔不依，举着酒杯似笑非笑地看着她就是不肯罢休。这时阎子丹忽然举起他的酒杯给她解围："陈秘书今晚还要加班赶材料，文章千古事，可是马虎不得。这酒嘛我喝了，好不好胡副局长?"说罢不容分说，跟胡媚酒杯一碰，仰头一饮而尽。胡媚喝了，又撒娇说"阎书记疼小陈不疼小媚，我吃醋了……吃醋了……"，又逼着阎子丹跟她喝了大半杯，这才坐下来笑嘻嘻地看着陈泠雨。

陈泠雨被她看得不好意思，头嗡嗡响心砰砰跳，眼睛更不敢看阎子丹。她内心深处忽然蠕动了一下，似乎有只沉睡了许多年的东西苏醒过来，也许是一只虫子？她的心越发狂跳，工作这么多年，结婚这么多年，那只虫子可是从来没有苏醒过，从来没有这么蠕动过。

酒宴散时，陈泠雨极力保持仪态，可是脚步仍然轻飘飘的。在进房休息的时候，陈泠雨左脚绊了一下打了个趔趄，阎子丹很自然地伸手在她纤腰上一扶。她感到那只手是那样温暖那样厚实，以至于若干时日之后还能感觉到它的温度。她洗澡时反复用毛巾搓洗，想把这个扰乱她心境的手掌印擦掉，可那手掌印似乎已经赖在了她的灵魂里，怎么也擦不去。

司机小杜没有午休的习惯，便在镇周围闲逛。走到育才中学教学楼改造工地的时候，一个小学男生塞给他一叠纸，小杜顾不上看就揣进口袋里。凭经验，他知道这是一封举报信。小杜也不知道怎么处置，便交给了陈泠雨。信是这样写的：

尊敬的阎书记：

您好。我们是镇一中和镇一小的教师，现在向您反映几个情况。我们知道，在您的关心之下，县财政全额拨款在全县开展"安教安学工程"。我们五柳镇全体教师对县委、县政府的决策坚决支持，但是分管教育的傅有义副县长，还有教育局袁鸿利局长这些害群之马却钻空子搞腐败，具体情况如下：

一、欺骗群众，私收私吞教学楼改造集资款。从3月开始，傅有义、袁鸿利勾结育才中学、第一中学的校领导，隐瞒县财政全额拨款建设改造工程的事实，组织人员到学校门口阻拦学生，不交钱不让进校学习，逼迫学生家长交钱！按每位学生收取500元的额度，共私收私吞所谓集资款共76万多元。

二、胆大妄为，克扣“安教安学工程”财政拨款。傅有义、袁鸿利等人利用私开工程发票等手段，私吞工程款8万多元。

三、打击报复，把方薇薇调离教学岗位。因为方薇薇曾经质疑过“安教安学工程”改造款的问题，傅有义、袁鸿利勾结学校领导，把她调离教学岗位，放在后勤部管食堂。这是打击报复，是对我们教师合法权益的侵犯。

我们反应的情况句句属实，希望领导能够追究傅有义、袁鸿利等腐败分子，为我们主持正义。

五柳镇育才中学、第一中学教师（共31个签名）

2XXX年7月28日

陈泠雨凭着对袁鸿利的了解，基本上猜出这举报信上说的是事实。她犹豫了一个晚上，第二天还是把信交给了阎子丹。阎子丹皱着眉头看了一遍说：“可恶！没说的，你按程序转交梅剑锋依法承办！”

虽然有这样那样的问题，但是育才中学教学楼还是按期落成，落成典礼便定在星期五上午。阎子丹在市里开会，便委托陈泠雨代表他出席。陈泠雨看到教学楼并未完工，5层楼只建了3层，还有两层楼的脚水架没拆还在装修呢。不过教学楼上写着“育才中学教学楼”7个漆金大字很是显眼，字体粗豪，甚至有点霸道，落款竟然是“王德意”！

育才中学楼的落成，可以说是袁鸿利当上局长以来的第一项政绩工程，难怪他赶着办落成典礼。当然，政绩首先归功于分管教育的县领导。于是，傅有义便成了落成典礼的第一主角，他站在高高的主席台上，微笑着向大家致意，红光满面。傅有义高大的身板挺得笔直，酒糟鼻子更加红了。他得意，一是这个面子工程确实让他露脸，够漂亮；二是市政府王德意副市长亲临现场观礼，给足了他面子。

傅有义致欢迎词。欢迎词充斥逢迎上级的谄媚之言，比如建设育才中学教学楼，明明是县委、县政府的集体决策，资金投入是从全县干部职工的工资里挤出来的，他偏偏要说是在王德意副市长的关心和支持下，才筹集了资金，建起了教学楼。

如果说傅有义是今天的第一主角的话，袁鸿利便是第二主角。为了营造气氛，袁鸿利除了邀请上级有关领导，县教育局还专门发出200多份邀请函，请县委、县政府以及县直各部门和铁岭镇领导参加典礼，并临时从铁岭镇各中小学组织了350人的方阵，当仪式上的啦啦队，并且育才中学教学楼的门楼上还挂着50多条各级部领导的贺幅广告，远远望去甚是隆重。加上赶来凑热闹的群众，整个典礼现场聚集了大约有1千多人。

陈泠雨第一次看袁鸿利在大场面上显摆。袁鸿利以前做副局长，总跟在别的领导后面陪笑，从未予人“主人翁”的感觉。然而这次典礼，当上局长的袁鸿利精神面貌焕然一新，迎来送往，穿梭其中，挺胸凸肚，人也不蔫了，甚至有点神采奕奕的模样。陈泠雨心里不由得感慨：权力真是神奇的东西！

陈泠雨回去以后，简单地向阎子丹汇报了一下庆典的过程，也提出了一个疑问：育才中学教学楼共5层，已经完工3层，还有两层未完工。本来应该全面完工经有关部门验收合格之后才能使用，但是县里为了搞“安教安学工程”庆典，就先启用了，结果是一二三层在上课，四五楼却还在装修。这样会不会有安全上的隐患？阎子丹侧头思考了一下，说：“你叫县委督办提醒一下教育局和学校的领导，工程质量一定要确保，事关生命安全，马虎不得。”

第十七回 官场丹心

参加完育才中学教学楼的落成典礼之后，陈泠雨腾出空来着手写调研报告。她深深地理解了阎子丹的意图，阎子丹是想在“安教安学工程”的基础上，再搞个“安农工程”。他对大平县农村的土坯房印象太深刻了，觉得自己有责任对全县的农村危房进行大规模改造，让农民搬出来住上安全舒适的砖瓦房。

对于农村，陈泠雨同样有着浓厚的感情，她、陈凤儿、庄飞就是从五柳镇的农村出来的，现在都在县里工作，可她一直都没敢忘记贫困的家乡。所以她下定决心，必须把这调研报告写好，争取在县委常委会上通过形成决策。

为了排除“大泡梁”聊QQ的干扰，陈泠雨干脆以写调研报告为由，窝在家里不去上班，实实在在过了几天清静日子。那幢象征着权势的县委、县政府大楼矗立着，常常把她压得透不过气来，只有在自己家里窝着，她才会一身轻松，思维也轻快起来。她喜欢乌兰托娅的歌，便反反复复地听《我要去西藏》，笔下的文字像西藏高原上的小溪流，清澈流淌，淙淙不绝。对于她来说，调研报告实在太容易了，老套路加点新语言就行了。想到阎子丹对她的关切目光，她脸色不由得发红，又加了点用心。草稿很快完成，又细细校对一遍，然后用EMAIL发给阎子丹，她想早点交稿留更多时间给阎子丹修改。陈泠雨一向高傲，以前不管是哪位领导的文字材料，她都是一气呵成，然后静等对方一催再催，到最后半天她才交稿。她不耐烦别人改自己的东西，她觉得那些领导纯粹是瞎改。

写完报告，陈冷雨松了口气，心里非常舒爽。她拉开窗帘，探头一看，黄昏的风迎面吹来，西南天边那颗金灿灿的长庚星闪闪发亮。陈冷雨匆匆吃了点东西，心情非常愉快，呵了呵手出门散步去了。她喜欢黄昏时去散步，尤其享受踽踽独行，这样与世无争，清清静静地过自己的小日子，简直就是福气。

陈冷雨沿着顺水河边慢慢走着。稀疏的灯光下，顺水河在她身边转了个弯，无言流逝，这条大平的母亲河，承载了多少人间的悲欢聚散，汇合了130多万个像陈冷雨、陈凤儿、庄飞这般年轻人的青春与欢笑、爱情与泪水，悄无声息地奔向南海，就像什么事也没发生过。

忽然听到一个熟悉的声音："依依，你听我说。"陈冷雨怔怔地站住，那会是谁呢？透过朦胧的暮色，前面不远处闪出两个人影，并肩而行。右边那位穿休闲裤子，双手插在T恤衫的口袋里，这姿势太独特了，显然就是阎子丹。左边那个女的身材高挑、优雅，穿酱红色风衣，一头蓬松长发随晚风向后飘荡。原来那人是柳依依，阎子丹的妻子，听说是一个事业有成的律师。

陈冷雨可不想介入别人的生活空间，她往旁边的一条小路上拐，走进一片紫荆树后。四周忽然寂静下来，她吁了口气，心理重新轻快起来。紫荆花瓣随风飘荡，偶尔一两叶落在她的脖子上，痒痒的。也不知道过了多少时候，她慢慢走着，转过一片小树丛，却尴尬地止步了：转来转去，还是转到了阎子丹夫妇面前！

阎子丹忽然看到陈冷雨，愣了一下，扬起右手算是打个招呼。柳依依眼睛掠过陈冷雨，把头转向阎子丹："我的态度很明确，与其这样被那些人糟蹋，不如就现在跟我回去。何去何从，你看着办吧！"

阎子丹拉住柳依依的手，恳切地说："依依，这事我们慢慢再商量……"柳依依抽出手，掩着脸跑了。阎子丹尴尬地向陈冷雨一笑，向前追去，两人的身影很快消失在暮色之中。

陈冷雨很是不安，心事重重地回到家中。外面淅淅沥沥地下起雨来，这可是陈冷雨喜欢的天气。夜雨孤寂的日子里，她总爱铺开"听雨三篇"，静静发呆。初国卿的《听雨》、季羡林的《听雨》、余光中的《听听那冷雨》，被誉为当代"听雨三篇"，三篇散文确实写得清婉明丽，韵致可人。她喜欢这种窗前小雨读闲书的感觉，特别是余光中的《听听那冷雨》，湿漉漉的句子轻轻敲打在心头，那日渐远去的童年随之渗上心头，她小女人的心便也潮润起来，那条蛰伏很久的虫子似乎在心底深处再次苏醒过来。

陈冷雨透过窗子往外看，雨幕中匆匆奔过的邻居并不熟悉的脸、汽车碾过路面的潮湿的声音、丁香般漂浮的伞、玻璃窗上流淌下来的水，树像雾一样绿，远处的楼影隐在一片雨意苍茫中，像一部老电影里三十年代旧上海的镜头，平平常常又无比温情。在窗外，观行人正在与风雨相互逗弄，而窗内的她孤独而又平静，陶醉在“春雨如恩诏，夏雨如赦书”的幸福中。

夜已深，雨渐渐停了，陈泠雨蜷缩在被窝里，脑海里晃动着阎子丹夫妇追逐的身影。她笑了，原来这个年轻的县委书记和她一样，家里也有一本难念的经。

翌日，陈泠雨坐在办公室，脑子里还是晃啊晃，晃着阎子丹夫妇追逐的身影。电话响了两遍，她才接起，原来是阎子丹：“小陈，稿子写得不错，你过来一下。”

于是陈泠雨乘电梯到了9楼，阎子丹就在901房。9楼是常委、县长们的专属楼层。在这个大院里，9楼是一个权力的象征，一个神秘的禁地，更是一种高山仰止的境界，不是一般人可以随便来的。走在楼道里，地面光洁照人，两侧领导的办公用房冷冷地关闭着，陈泠雨感到一股肃穆之气，重重地压在心上，让她透不过气来。她强作镇定，保持着固有的节奏，小心翼翼地往前走，恍若走在一条深不可测的地道里。

陈泠雨走到走廊尽头的901。她轻轻地敲了敲门，阎子丹的声音有点沙哑：“请进。”她轻轻推门而入，微微一笑。在阎子丹的示意下，她就在他的大班桌对面坐下，然后绾了绾头发，很自然地把双手搭在膝盖上。阎子丹一脸疲惫，显然昨晚没有休息好。他为陈泠雨沏了杯茶，说：“小陈，报告我看了，不错。基本上不用改了，就这样吧。”

陈泠雨心里一松，很快又一紧，稿子不用改了，叫我来该不会有别的什么事吧？是昨晚的事？

果然，阎子丹说：“小陈，昨晚让你见笑了。没想到吧，一个县委书记生活中还有这么狼狈的时候吧？对不起了。”

陈泠雨说：“怎么会呢，倒是我不好意思，无意中……”

阎子丹叹口气，仰靠在椅背上：“是我不好意思，打扰你散步了……唉……家家有本难念的经。”

陈泠雨点了点头，静静地听着。

阎子丹说：“家家有本难念的经。陈秘书，你不会觉得我像个唠叨的怨妇吧？”

陈泠雨说：“怎么会呢，人又不是神仙，总会遇到一些难题。阎书记想说，我就想听。”

阎子丹笑笑，沉吟片刻说：“谢谢你。其实也没什么了不得的事。依依，就是我的妻子，她受不了常常有人写信诬告我、威胁我，这不就急着来找我，磨着我跟她一起回省城，说有两个很好的选择让我挑：要不继续在团省委工作，要不就跟她一起经营律师事务所。你说我能丢下大平不管吗？”

陈泠雨说：“我理解嫂子，她有她的道理。回省城的话，可以摆脱俗事的纠缠，清清静静地过日子，更主要的是可以夫妻团圆，这可是有钱都买不来的好事！用流行的话来说，那叫幸福指数高啊。为什么不回去呢？”

“我有我的理想。”

“理想？”陈泠雨乍一听，颇为惊讶，她很久没从领导干部口中听到这个词了。

阎子丹疲惫的双眼忽然透出炯炯神采：“觉得诧异是吧？不知道从什么时候起，谈理想在别人眼里突然变得滑稽可笑起来。可我就是有这么滑稽可笑的理想。我想做一个好官，这就是我的理想。你想想，当一个好官有什么不好？可以行使人民赋予的政治权力，充分按照自己的理想蓝图，使这个地方经济快速发展，人民安居乐业，社会和谐幸福，这就是为官一任造福一方啊。我觉得这是功德无量的事！再说经营一个130多万人的大家不比经营一个小安乐窝更有意义吗？不是更能实现自我价值吗？”

陈泠雨说：“你说得都对，可惜有理想有抱负的官员太少了点。”

阎子丹说：“在我看来，天下最容易甩手干事的就两个官，一个是古代的宰相，一个是当代的县官。越是落后的地方越是有改革的空间和余地，这就是我为什么来大平的原因。大平穷，我希望能带领大平人民把穷鬼赶跑。没有为民造福的理想，当官有什么作为？有些人捞钱跑官，说白了不就是想着一已之利，用官帽套取一点现实利益吗？当官不为已，为已不当官，否则就是可耻的！你知道布隆伯格吗？人家纽约市长，不要一分钱的薪水，照样把世界第一大城市经营得有声有色。英国首相布莱尔的老婆也是著名律师，收入比布莱尔高多了，人家当那个官又是图什么呢？当然不是钱！人家就图一个为人民服务的机会。我们是不是应该向别人多学习学习呢？”

陈泠雨开玩笑说：“书记也崇洋媚外，这个倒新鲜了！”

阎子丹有点激动：“在我眼里，没有什么华洋之分。邓公不是说了吗，不管白猫黑猫，抓住老鼠就是好猫。在我看来，无论是古今中外，只要是好的，崇也罢，媚也罢，但学无妨。你看我们这里的个别干部都在想什么干什么？那些浮在上面的违法乱纪分子就不说了，看看酒店里有多少干部在大吃大喝？真是可笑啊，现在不会搞吃喝玩乐那一套，竟然被视为能力低下！一个小小的副科级领导，竟然内定年度报销额度为20多万，这都是民脂民膏啊，他们吃的是老百姓的肉，喝的是老百姓的血！我实在不明白，他们怎么就张得开那张嘴！”

陈泠雨说：“人情社会，谁又能逃得了那张无处不在的人情网呢。”

阎子丹挥着手，情绪变得高昂：“我偏偏不信这个邪，只要大家都拿出决心来，就有累不垮的精神，就有耗不尽的精力，就有干不厌的激情，就有百折不挠的毅力，就会冲破这张人情网，建立起法治的社会。从你我做起，怎么样？”

陈泠雨想，真是个洋溢着书生气的县委书记！她静静地望着这张率性的脸，忍不住替他担心：“这么说来，你是不听嫂子的话，打算非在这里干出个样子不可？”

阎子丹断然说：“开弓没有回头箭。用朱镕基总理的话说，不管前面是地雷阵还是万丈深渊，我都将一往无前，义无返顾，鞠躬尽瘁，死而后已！”

陈泠雨说：“可是嫂子那边您怎么交代呢？”

阎子丹说：“没事！她只是不愿意我受别人的攻击羞辱。以我对她的了解，她最终会理解我的。”

陈泠雨笑笑不再说什么。一个男人，特别是一个县委书记，对她毫无芥蒂，敞开胸怀倾诉，那是对一位普通下属的信任。她莫名欣喜，感觉这个年轻的书记也未必如别人所说的那么严厉。

阎子丹突然说：“小陈，现在外面不少人说我是‘阎王丹’，做人做事太过严厉，是在搞‘人治’。其实我有时候也在反省自己，是不是有的地方做得不够妥当。我想听听你的看法。”

陈泠雨说：“阎书记，什么‘人治’不‘人治’的，我就认准一条：为民办事，为民谋利，那就是好官好政策。其他条条框框的东西，老百姓不懂也不会理你！”

阎子丹说：“你说得很对。中国本来就是一个人情社会，在一些地方，某些人特别是某些官员的意志凌驾于法律之上，这就是‘人治’的本质表现。比如某些人要把自己当成‘组织上’，组织成了他遂行个人意志的工具。而‘法治’的本质是在个人意志之上永远有一个法的意志，而法的意志就是国家意志。‘人治’也不等于就是恶治，也可以是善治。这得看掌握权力的人的愿望、能力和道德品质，比如历史上许多为民谋利的好官，像包拯、海瑞、林则徐他们就是善治的代表。中国现在的法制还不完善，我看得由心里装着老百姓的当权者们发挥‘善治’的作用予以补充。你比如说我吧，难道我不知道我在行使我的权力时可能带来的一些争议吗？我其实心里有数着呢！比如说我支出干部职工一个月薪水启动‘安农工程’和‘安教安学工程’，比如对一些依法腐败干部的严厉惩治，这些都有强权色彩和不文明的一面，可是不这样行吗？在大平这个穷县，我可以按所谓的‘法治’精神做个太平时期的庸官，可是农民就得继续住老房子，老师和学生就得继续在危楼里上课，今后怎么发展呢？我知道有些人希望我走，我走了目前县里的许多事情就不会发生了，他们就可以继续太太平平做他们的庸官懒官和贪官。可是我不允许。”

陈泠雨说：“作为老百姓，我不愿意你走。扣点钱为老百姓做事，我理解我也支持。在你之前，有些领导也扣了大家不少钱，甚至要多得多。可是钱呢？钱不知去向，什么事也没办成，而你不一样，你是在为老百姓造福，为大平的子孙后代造福！”

阎子丹对陈泠雨说了声：“谢谢你，小陈！”便不再说话了，要是妻子能像陈泠雨一样理解他该有多好！他陷入深沉的回忆当中。当初妻子也是支持他来大平这个穷地方工作的，结果清高的妻子还是接受不了外面对丈夫的恶毒诬蔑，转变态度催促他清清爽爽离开大平这个是非之地。其实他和柳依依也有过年少夫妻不知愁的日子。还记得度蜜月那会儿，他们畅游河源市的客家古城龙川，小两口爬上光秃秃风飕飕的霍山顶上，阎子丹脱下外衣裹在妻子身上。柳依依仍然冷得索索发抖：“十年之后，我们再来这里重温……谁反悔谁是小狗！”阎子丹说：“到那时你都成黄脸婆了，我才不干，要带也带年轻俊俏的小蜜来。”柳依依大怒，踢美人腿，挥白骨爪，奋起雌威追杀十里地，把丈夫打得连连大叫投降救命。最后柳依依一扭腰差点跌倒，阎子丹一把将她搂在怀里，心肝宝贝一迭连声地叫。柳依依挣了一下没挣开，收起雌威安静下来。两人相拥坐下，前方白茫茫的雾海中一轮红日徐徐落下，最后一线余晖流连不舍，照得两人满身金光……随着他来到大平工作，小两口的生活不知道从什么时候开始变成一盘清水，清澄固然还是那么清澄，却少了一点点味道。

陈泠雨看阎子丹神思茫茫，知道该到离开的时候，便悄悄退了出去，在电梯口恰好碰到傅有义。傅有义亲热地举手欲拍她的肩膀，陈泠雨轻轻一闪说：“您好，傅县长。”

傅有义的手尴尬地停在半空，说：“小陈你找阎书记吧？他在901。”

陈泠雨说：“刚刚找过了，有点工作需要汇报。”

傅有义脸上浮出一抹暧昧的笑，阴阳怪气地说："是吗？"

就在那一刹那，陈泠雨忽然读懂了他笑容背后藏着的一颗污秽的心。她恶心得想吐出来，再也不愿多看傅有义一眼，快步冲进电梯间。

……

经过充分的调研，阎子丹已经拿定主意。在县委常委会上，他向常委们通报了"安教安学工程"的进展，又把陈泠雨写的《关于在实行"安农工程"的可行性调研》发给大家。这次常委会的一个重大成果就是通过了在全县开展"安农工程"的决策。决策是做出来了，但是钱从哪里来？这是个难题。常委会的初步意见是：全县干部职工每人捐出一个月的薪水，由县建设新农村领导小组集中使用这笔资金。针对常委会中，雷大江等两三位常委提出的反对意见，阎子丹撂下了重话："先别问有没有钱，要先扪心自问我们该不该为老百姓做这点实事，如果应该做，那么就要下这个决心。"

会后，袁秋明和发改局局长找到阎子丹的办公室，商量安农工程立项和审批的事。阎子丹叫他们自己想办法，具体工作不需要汇报，1个月后把结果告诉他就行了。陈泠雨说："阎书记，你怎么就知道一定能通过立项和审批呢？"阎子丹说："我们这是为民请命，向良心要立项，向天地要审批，上级一定会批的。这个信心我有。"

然后具体到扣月薪作启动资金，各单位的阻力还是很大，工作一时较难推进。阎子丹决定从傅有义那里寻找突破，毕竟他兼着副县长和规划建设局局长的职务，而规划建设局又是一个大局，下面干部职工比较多，听说抵触情绪也较强。

第二天上午，傅有义应约来到阎子丹办公室，满脸堆笑说："阎书记，在忙啊？"阎子丹"嗯"了一声，并没有放下手头的《邓小平选集（全三卷）》，继续低头翻阅。傅有义隔着办公桌站着，坐又不是，站又不是，很是尴尬。又过了好一会，阎子丹搁下书，抬头说："你来了，等你好久了。"

傅有义字斟句酌地说："关于克扣干部职工工资集资搞农房改造的事……"

阎子丹脸色一沉说："什么克扣？注意用词！"

傅有义额头冒汗，硬着头皮说："对不起，我说错了，应该说是捐款。关于这个捐款嘛，大家反映比较强烈，毕竟我们普通干部的工资也就2000左右，日子过得紧巴巴的，捐一个月工资是不是太多了一点？"傅有义顿了顿说，"尤其退休老干部，手头都不宽裕，平时一个子儿恨不得掰开两半花。唉……工作难做啊！"

阎子丹侧头专注地听着，钢笔却在右手五个指头上娴熟地转来转去，速度越来越快。傅有义跟他的目光一接触，忽然感到心虚。

阎子丹似笑非笑地看着傅有义："据我所知，你老傅在规划建设系统威信可是相当高的。恐怕不是干部职工想不通，是你自己想不通吧？"停了一会儿，"规划建设局班子成员多少个？正副局长有8人吧？凑一凑满满一张八仙桌，那可是八仙过海啊，加上主任科员、副主任科员13人对吧，老百姓都叫你们是"醉八仙"、"十三太保"，有没有这事？人多还不算，还吃吃喝喝，借执法之外到处创收，我看你们活得很滋润嘛，到了捐款的时候怎么就喊穷了呢？你可不仗义啊！"

老百姓的话早就传到傅有义的耳朵里了，只不过他不但不觉得羞愧，反而觉得自己很有威信，这全大平哪个不晓得，只要他傅有义点点头，当个规划建设局副局长那就是一句话的事。有时想想，不由得暗暗得意，自已手下竟然有7位唯唯诺诺的副局长，陪客吃饭的时候满满一大桌子，敬起酒来此起彼伏，别的单位要拼酒？门都没有，绝对要甘拜下风的！而且7个副局长里边，有一个是他的侄子，一个是他的妻弟，一个是他的司机，大平县里不知道多少人眼红呢，都说：跟着傅有义，官场最得意。眼前副局长，原来是司机。

傅有义回过神来，急忙辩解："阎书记，您可冤枉我了。无论什么情况下我都是坚决支持您的，我保证，今后无论遇到什么困难，都坚决与您保持一致！"

阎子丹说："老傅啊，我也知道大家并不富裕，情非得已啊！大平是一个大县，又是一个穷县，130多万人口，90多万的农民，其中一半以上的农户还住在泥砖房或泥坯房里，你忍心啊？别忘记了，我们这个天下能打下来，农民是主力军。我们这些吃财政饭的干部职工，都是老百姓在供养着我们，平日里虽不宽裕，但总比普通农民朋友过得好吧？现在政府有困难，拿不出这么多钱支持农房改造工程，我们就不能拿点出来？我们就不能做点牺牲？我看一年挤出一个月的薪水不成问题，也不见得生活质量下降了多少。全县干部职工动员起来，为农民朋友做点实实在在的好事，这是积德行善，为民造福嘛！我们天天坐在办公室，叫嚷着为人民服务，现在拿出几个钱支持一下老百姓，有什么想不通的？有什么好心疼的！"

傅有义吞吞吐吐地说："道理是这个道理，但是……"

"没有什么但是！"阎子丹说，"我的傅县长，所谓领导领导，就是要带领部下，引导部下，你单位干部职工的思想工作你自己做，薪水是要扣的，农房改造工程建设是必须要按期完成的。一句话，想通了要执行，想不通也要执行。明白吗?”

阎子丹言犹未尽，忽然桌上办公电话响了，他看看号码：“你好，我是阎子丹……”听着听着，他的眉头皱起来，“高良你怎么就不明白，县委县政府关于干部职工为农房改造工程捐款的决议，是必须坚决贯彻执行的，任何单位、任何个人不得以任何理由任何形式逃避自身的责任和义务，作为单位领导，必须对本单位的贯彻执行情况负责……什么？贯彻执行不了？干不了，就换人来干，县委将优先考虑能干事、干成事的人。没什么困难是克服不了的，别忘了我们有上级党委政府的支持，还有130多万老百姓作靠山……”

原来是高良也因为捐扣月薪支持农房改造的事在求情，没想到被阎子丹狠狠地敲打了一顿。阎子丹打电话的时候，一旁的傅有义竖着耳朵听，越听越是冷汗直流：这阎子丹对自己的亲信都这么狠！等阎子丹一搁下电话，傅有义马上就表态，坚决支持与县委、县政府保持一致，坚决执行县委、县政府的决议，然后知趣地退了出去。

阎子丹不由得笑了，他和高良演这么一出双簧，还真把傅有义给吓住了。

傅有义刚走，县委常委、组织部部长顾阳胜敲门进来。他是前任县委书记王德意提拔上来的，属于王德意的老班底了，却对王德意若即若离，并不属于那个小圈子的人。对于阎子丹主政大平以来的施政方略，他在心中不止一次在与王德意对比，觉得两人风格大不相同。阎子丹虽然属于来自团省委的空降兵，一介书生，没有在基层打过滚，可是他决心大、手段硬，比如在社会治安大整治上，在扣干部职工薪水支持农房改造工程上，都是顶着上上下下的巨大压力，强行推进。还有在领导干部的任免上，自他上任以来，纪委书记、公安局局长、检察长统统被换，听说法院院长的撤换也势在必行，这都是摘人官帽、拆人舞台的大事，他说做就做了。作为组织部长，顾阳胜对阎子丹是暗暗佩服的，但又因为他在人事方面的大刀阔斧而陷入尴尬境地，毕竟被撤换的虽然谈不上知交，却也是老熟人。

阎子丹热情地说：“老顾，来来来，先喝口茶润润喉咙。你刚刚参加全市组织的人事会议回来，累坏了吧？老顾啊，最后老百姓集中反映的一些突出问题注意到没有？我是指人事方面的突出问题。”顾阳胜不知道阎子丹要说什么，一下也不好开口。

阎子丹说：“比如说，县规划建设局有个正副局长8人，加上正副主任科员共13人，老百姓称之为八仙过海、十三太保，你没听说过？根据我的了解，8个副局长其中有一个是傅大局长的亲侄子，一个是他的大舅子，一个是他的司机。你们组织部可真行！”

顾阳胜面红耳赤，他忽然想起在规划建设局的外甥跟他抱怨过：“领导多了更麻烦，屁大一件事也要开会讨论，文件嘛这领导要批几个字，那领导要批几个字，效率低得吓死人。去年局办公室申请购买一台打印机，不到3000块钱，足足拖了三四个月，那份申请多方辗转，万里漂泊，小小的一页A4纸上，竟然有十一、二个领导签名。”

作为县委常委、组织部部长他也羞愧，毕竟他是管干部任用的。事实上，傅有义的大舅子就是在他手里提拔上来的。有什么办法呢，组织部部长也不一定能代表组织，代表组织的另有其人。王德意，“老王爷”那才叫真正的“组织上”呢。

阎子丹不满地说：“看来你对规划建设局的情况是一清二楚的。老顾，别怪我说你，你又当组织部部长，又当帽子厂长，是又送官位又送官帽，服务到家了！”

顾阳胜说：“阎书记，这你可冤枉我了。规划建设局领导职数超编的问题是历史遗留下来的，我当组织部部长还不到两年时间，绝大多数的科级干部并不是在我手里提起来的。”

阎子丹语带嘲讽地说：“我今天已经听到两个副县级领导在我面前喊‘冤枉’了，一个是傅有义，一个是你。好了，我并不想追究你的责任，只是想问问，了解了解情况，研究研究解决问题。你不知道老百姓都怎么骂你们，有说你们组织部是管计生的，‘生’出科级干部；有说你们组织部是管烟酒的，‘喝’出股级干部；有说你们组织部是管拳击的，‘打’出村级干部。可就是没人说你们组织部是管人事的，没‘选’出过好干部。”顾阳胜尴尬万分，一抬头恰好碰到阎子丹嘲讽的目光。

阎子丹手指轻轻地敲着桌子，边思索边说：“老顾，‘醉八仙’必须解散，不能让他们天天喝小酒吹大牛。天天醉醺醺的过神仙生活，老百姓能不骂娘吗？还有十三太保必须撤销，不能让他们作威作福。要积极回应老百姓关注的热点，这样民心才会大顺；要积极解决老百姓反映的问题，这样民心才会大喜。我考虑很久了，今后全县副科级以上的领导干部要公开选拔，有能力的上，没能力的下，公开选拔草案由你老顾组织起草，尽快报县委审核。”

阎子丹站起来走到顾阳胜面前说：“毛主席老人家讲过，在路线方针政策定下来以后，挑选什么样的干部就是个关键。现在大平落后全省平均发展水平十年以后，怎么才能大步赶上去，就是靠我们的领导干部带头！如果没有一大批老百姓拥护的、有理想有能力的县直单位领导和乡镇领导，怎么跟上全省发展步伐？老百姓的生活怎么提高？农业稳县、工业强县、商业富县、旅游旺县的战略怎么实施？那些‘生’出来的领导、‘打’出来的领导、‘喝’出来的领导，能指望他们为群众办好事办实事吗？我觉得指望不上！今天既然我是大平的县委书记，我就有责任清除吏治腐败，这种腐败绝不允许在我的眼皮子底下发生。否则，我是要翻脸的，明白吗老顾!”

顾阳胜如遭雷击，凭他对阎子丹的了解，知道他是说到做到，真要翻脸的话谁也受不起，雷大江、傅有义不就在他面前碰得灰头土脸吗？顾阳胜心里忐忑不安，怎么解散规划建设局的“醉八仙”、“十三太保”，他还真是没底，毕竟人家确实是经过“组织程序”任命的。

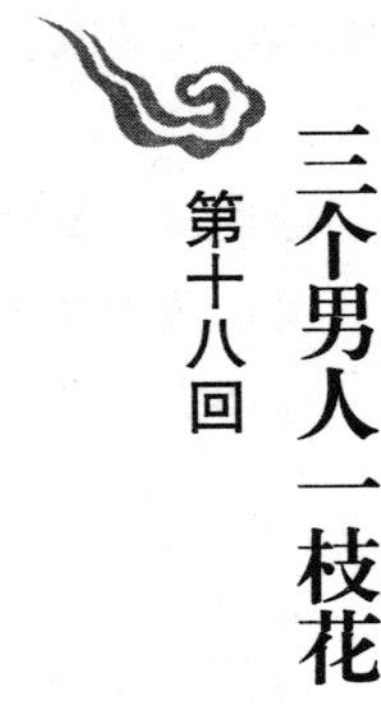

第十八回 三个男人一枝花

第二天早上6点半，阎子丹准时走出新大平宾馆的大门。这是他的老习惯了，除了身体和天气不许可，他总是在这个时间要出去慢跑一会，然后再随处走走，几乎是雷打不动。到了大平后，他多了个心眼，他利用这段时间到群众中去，听听群众的闲言碎语，他觉得闲言里有民意，碎语中有民声。

早晨的空气真好，这是在省城永远也享受不到的。他以前听说过“省城的经济是一流的，水质是二流的，空气是三流的”。现在是真正体会到了。他精神抖擞地走在顺水河边的沿江路上，走着走着，歪脖子大榕树下一群闲聊的阿姨和老头子吸引了他的注意，其中有一个老头子他还认识，是“李摇头”。

但听得“李摇头”边摇头边说：“听说阎书记叫领导干部们掏点钱帮助农民改造危房，很多领导干部都不乐意，说没钱……”

“阎书记是好心啊，可是其他领导干部就没这么好心了。听说县规划建设局的‘醉八仙’没有？人家天天喝酒天天醉，一瓶洋酒都几千呢。叫他们拿出一两千块钱，像割肉一样叫痛，什么领导。”

“李摇头”眼尖，突然看到阎子丹，不由得叫了起来。其他的全围上来，热情地打招呼，七嘴八舌，一点也不生分。一个红衣服的阿姨说：“阎书记，我是看出来了，你是个好官，只要你想为群众办事，我们支持你。要是这里的地头蛇欺负你，我们老姐妹都不答应。”

阎子丹和她们聊了一会，看看时间接近7点半便起身道再见，赶着上班去了。他心情舒畅，明白大平的干部群众在关心社会经济发展，在关注县委、县政府的作为。只要群众支持，他干起工作来心里也就有底气了。

匆匆吃过早餐，阎子丹回到办公室，他摊开笔记整理思路。8点半有个县委、县人大、县政府、县政协的联席会议，阎子丹之所以动员召开这个会议，是因为觉得既然大家对捐款帮助农房改造工程抵触情绪这么大，就有必要从县里领导层面再次统一思想，让他们回去从上往下做思想工作。尽管做的每次决策从无私心，却也不是都能得到领导干部们的理解，他不得不一边干一边不断地做思想工作。

上午会议开始前，高良打来电话说方正病情出现反复，而且情况有点严重。阎子丹说："高良，你去医院处理，好好照顾他，他已经够可怜的了，作为领导，我们对他亏欠已经太多了，更何况他还是我们打开工作的一个关键。我上午有个联席会议，会后赶过去。"

刚放下电话，梅剑锋匆匆走了进来。阎子丹微笑着示意他坐下，然后拔通县长伍达先的手机说："伍县长，我这里有点事要处理一下，处理完就去。会议就由你来主持，让陈泠雨参加做好记录。你们不用等我了，正好我不在，大家压力没那么大，可以畅所欲言嘛。"

伍达先说："阎书记，请您放心。不过您还是快点来比较好，毕竟有您在这压阵，情况会不一样。"

阎子丹放下电话说："剑锋，你说有重要情况要汇报？"

阎子丹看看表说："说吧！离会议时间还有20分钟，说要点就行。"

梅剑锋字斟句酌地说："阎书记，我们在调查县国土局局长张永发的腐败案件中有重大发现，许多问题都指向张永发和王德意。现在的证据已经足够对张永发进行'双规'。"

阎子丹说："嗯，还有什么情况？"

梅剑锋说："张永发经历很复杂，在担任镇委书记期间，曾经因为私生活问题被降职为副书记，被晾三两年之后，王德意亲自过问此事，又把他弄到卫东镇做书记去了。干了一年，因为拆迁补偿问题，群众来县里上访不断，王德意又把他弄到县国土局当了局长，全县干部一片哗然，都说他是'问题不断，提拔不止'。"

阎子丹果断地说："主攻张永发，重点抓证据，坐实一两个证据，吃准了就先对他上手段。"沉吟了一会又说，"对于案子背后牵扯到的副县级以

上的干部，要慎之又慎，要用证据说话，做到铁证如山，有什么新情况随时向我汇报！”

虽然阎子丹还没有及时赶到，但在伍达先县长的主持下，县委、县人大、县政府、县政协四套班子的联席会准时在常委会议室召开了。

伍达先刚刚宣布会议开始，雷大江就开始打岔：“老伍，按照阎书记关于会风会纪的规定，迟到的人是不是该站在外面听会啊？现在阎书记自己都迟到，你等会怎么执法，也请他站在外面听会吗？哈哈……”

大家想笑又不敢笑。伍达先尴尬地说：“雷常委，阎书记有重要事情，事先已经请假，不算违反会纪！”

阎子丹匆匆赶回常委会议室，人还在走廊里就听到雷大江的大嗓门传出来：“集资搞农房改造工程，全县干部职工都勒紧裤腰带，这样不顾广大干部职工的切身利益，目的是什么？还不就是为了讨好那些灰头土面的土包子，为了自己搞政绩工程好向上爬？他不是省里空降的政治明星吗？有本事到省里要钱去啊！折腾我们算什么本事……”

雷大江话音未落，阎子丹推门进来，顿时全体人员的目光都在阎子丹和雷大江脸上来回巡视，不知道两人会碰出什么火花。会议室空气紧张得几乎要凝固，陈冷雨低头记录，心却砰砰直跳，感觉马上要窒息了。

阎子丹若无其事地走到伍达先身边坐下，对大家说：“不好意思，刚刚有事处理，让大家久等了……请大家继续啊，刚刚不是讨论得挺热烈的嘛。”大家面面相觑，目光从伍达先身上掠过，又落在雷大江脸上。其实在雷大江心里，经过和阎子丹多次明里暗里的较量，知道他是一个可敬可怕的对手，现在每次看到他，心里都觉得莫名的慌乱和害怕。

雷大江刚刚还趾高气扬地冷嘲热讽，这会见到阎子丹却像耗子见了猫，吓得低下头不敢吱声。没准他心里还后悔不迭呢，不知道阎子丹有没有听到刚刚他说的那些风凉话。

阎子丹坐下来说：“我们的农房改造工程，是全县社会主义新农村建设的一个重要组成部分。大家知道，改革开放30年了，全国经济发展取得了巨大成就，包括我们大平县的发展也是非常不错的。如果说有什么地方值得反思或值得检讨的，我个人认为应该就是“三农”问题，尤其是作为农业大县的大平县，我们的历史欠账更多。从我县90多万农民的角度来讲，30年来，他们的收入绝对数量虽然增加了，但与城镇居民特别是行政事业单位的干部职工的相对收入差距却扩大了。我从县统计局了解到的信息是，就我们大平县而言，过去城乡收入差距是1∶2.56，而现在是1∶3.21。党中央、国务院为什么要开展社会主义新农村建设？目的就是为了解决‘三农’问题。农民生活苦啊，我前段时间去了一下黄陂镇，看望两位老人，他们曾经是海南琼崖纵队的老革命，现在无儿无女，落叶归根回到我们大平老家，住的是破败的土坯房，我看两位老人的全部家当加在一起也不值三千块钱，难道我们能让老革命落叶飘零、归根无根吗？我县90万农民之中一半以上的农户还住在泥砖房或泥坯房里，心寒呐，同志们！我相信，让农民安居乐业，这不仅是我的梦想，也应该是我们大家的梦想。其实农村发展了，占全县人口70%的农民的日子过好了，大平县的经济社会发展就有了强大的基础！所以我们要站得高一点，把眼光放远一点，有人说我是搞政绩工程，让干部职工出钱，给自己脸上贴金。老实跟大家说，家长出钱让孩子读书，孩子都有责任考出好成绩。现在老百姓纳税供养我们，我们当然也有责任拿出政绩来嘛。我就是要搞政绩，搞让农民安居乐业的政绩，搞让全县经济社会加快发展的政绩。没错，这些政绩确实让我脸上有光，你们这些在座的领导也应该感到脸上有光。人争一口气，佛争一炉香，我们所有的领导都应该有这个志气，拿出政绩来让老百姓看看！”说到这里，阎子丹慷慨激昂，目光逐一从四大班子成员的脸上扫过。

当阎子丹的目光扫过来的时候，雷大江不由得心跳加剧。显然，阎子丹的这些话有明显的针对性，刚才就他一个人在冷嘲热讽，甚至激动得开始大叫大嚷。他现在已经可以确定，自己刚才的发言全被阎子丹在门外面听进耳朵去了。听进去也不怕，他对阎子丹就是横竖看不顺眼，就是满肚子怨气。想当初，王德意做县委书记的时候，把他提到县委常委、公安局局长的位置上，对他是信任有加，而他雷大江在大平这块土地上就是行云布雨的龙王，就是打雷闪电的雷公！现在倒好，这个“阎王丹”一来，三下两下就把他公安局局长的制服给扒下，换上个外来的和尚高良，自己现在算什么？一个白板常委而已，根本没有分管的工作，只给了个“协管”政法的分工。说到底，自己是被“阎王丹”一脚从云端踢下了万丈深渊！

想到这里，雷大江腮帮子上硕大黑痣上的两根毛激烈抖动，刚刚耗子见到猫的怯懦不见了，冲动易怒的老毛病反而开始发作，他大吼一声：“我有不同看法！各位领导，对于党中央、国务院关于新农村建设的决策，我无条件坚决支持。我不明白的是，党中央、国务院也没说要克扣干部职工的工资去建设新农村啊，没听过这么建设的！”他青筋暴凸，“还有，做人要光明磊落，有话就直说，没必要偷听别人讲话，拐弯抹角地指着和尚骂光头！”

雷大江眼睛血红，活像一头好斗的公牛。他这是第二次在公开场合冲撞这位年轻的县委书记了，上次是在全县政法大会上，公然让阎子丹收回“警匪一家”的言论，这次又跟阎子丹的新农村建设的重要措施农房改造工程唱对头戏。大家都紧张地看着阎子丹，担心他恼怒之下不知道会做出什么反应。其中陈泠雨尤其担心，握着笔的手微微颤抖。

阎子丹脸上一直挂着轻松的微笑，显得非常从容大度，就像一个家长面对叛逆捣蛋的孩子：“大江同志，雷常委……”阎子丹微笑着说，“我可没有偷听你讲话，你讲话慷慨激昂，整栋楼都听得到。再说你这是在四套班子成员联席会议上讲的话，公开场合嘛，众目睽睽嘛，我作为县委书记自然是有权力听的，怎么能说是偷听呢？你讲得公开透明，我听得光明磊落，你说呢？”

“你别咬文嚼字，”雷大江粗鲁地打断阎子丹的话，“你就是不光明磊落，你利用县委书记的权力搞打击报复……”他说着说着愈发冲动，像街上光膀子的怒汉，全然不顾县委常委的身份。

阎子丹静静地盯着雷大江，没有说话，所有的人都看着不动声色的阎子丹和暴怒的雷大江，会场死一般的寂静，只听到雷大江粗重的喘息声。

阎子丹说：“继续说下去！不平则鸣嘛，畅所欲言嘛。”

雷大江眼中冒着火，放出吃人般的凶光：“当着四套班子成员的面，你自己说，你克扣全县干部职工一个月的薪水，讨好广大农民，是不是太霸道了？是不是太不可一世了？是不是太不把全县干部职工放在眼里了？知道群众怎么叫你吗？都叫你‘阎王丹’！你……”

会场上人人都被雷大江的粗鲁言语惊呆了，这人简直疯了。人大、政协的几位老同志生气了。

“太不像话了，怎么可以这样说话！”

“还有没有一点党性！”

阎子丹双手压了压，示意大家安静：“大江同志为人直爽，他说的话我都听进去了，他指出我身上存在霸道的缺点，说群众给我起了个外号‘阎王丹’，我感谢他的批评指正，我将深切反省，不断提高自己的工作水平和领导艺术。但是我认为，只要心里装着群众利益，群众是不会叫我‘阎王丹’的，只有贪官污吏才会叫我‘阎王丹’，我也乐于做贪官污吏的阎王丹，就应该给他们一张阎王脸，没必要给他们好脸色。在这里，我可以向大家保证，我所做的一切没有为自己谋私利，没有在背后整人，没有做见不得人的事，如果有，在座的各位可以向市委、省委反映我阎子丹的问题，直到将我绳之以法。”阎子丹放缓语气，一字一句地说，“当然，如果我阎子丹看准的事，只要是对最广大的大平人民有利，我就会坚决做下去，不管遇到什么阻力，不管有多少人反对，不管有什么样的恐吓和诽谤。当然，我相信在座的同志会支持我的。”

阎子丹的目光在雷大江身上停留了片刻说：“我这个人不信鬼不信邪，我信共产党，如果谁在背后做一些不光彩的事，搞一些小动作，跟组织对着干，一旦让我发觉，决不轻饶。我说到做到！”

忽然，人大、政协的几位老同志鼓起掌来，接着大家也跟着噼里啪啦鼓起掌来。雷大江眼睛先是朝率先鼓掌的老同志扫过去，凶狠的目光在大家的掌声中慢慢地暗淡了下去，接着就低下头，光剩下喘息。

阎子丹端起茶杯，有滋有味地咂吧了一口茶，然后继续开会：“在中国，解决农房改造这个问题意义非常重大。我认为，大平县是一个传统农业大县，农村人口有90多万，占全县总人口的70%以上，城乡二元结构明显。开展农房改造，有利于拉动内需，促进农村经济发展；有利于改善农村环境，深化并巩固村庄整治工程建设成果；有利于改善全县人口布局，促进农村人口向县城、中心镇集聚；有利于消除农村安全隐患，促进社会和谐；有利于盘活村庄资产，增加村集体收入；有利于提升村干部的政策、法律水平，增强村级班子的战斗力。这很好嘛，改革开放30年了，我们对‘三农’的欠账太多，到了必须要还的时候，不能再犹豫。有人总是强调这个困难那个困难，埋怨没有钱没有出路。同志们，所谓困难困难，困在屋里不想法子当然难；出路出路，走出去想法子自然有路。我的观点是，克服困难，从你我做起，寻找出路，从你我做起，从掏出你我的一个月薪水做起。钱是必须要掏的，至于整个农房改造工程的具体方案我们已经制订出来了，稍后由伍县长向大家详细说明……”

阎子丹的一连串的几个“有利于”把在场的人说得频频点头，本来一开始确实有几位对他的决策心怀不满，觉得他是强行摊派，搞“逼捐”，现在却被他的诚心感动了。是啊，他顶着各种舆论不顾，一心一意为农民谋福利，对农民固然是几个“有利于”，却没有一个是有利于自己，说明他是无私的，是光明磊落的。平心而论，阎子丹是空降领导，迟早都是要调走的，而他们这些大平本地人可是要在这块土地上厮守终老的，他们应该更加支持家乡建设才对。

雷大江是个大老粗，阎子丹刚才一番大道理把他说得哑口无言，他看着自信、从容的阎子丹，不由得自惭形秽。

联席会议的效果比阎子丹预料的要好。他开会的目的就是要统一大家的思想，加快推进农村农房改造工程。现在统一思想的目的达到了，他也不必强行引导入轨，像推土机一样推动大家去动员各条战线的干部职工了。

联席会议结束后，阎子丹回到办公室，他在等梅剑锋，关于“双规”张永发的事还要再商量一下。

这时，雷大江闪进来说：“阎书记，我，我想单独和你谈谈行吗？”

阎子丹没有看他：“大江同志，你的态度我了解了，我的态度也在会上说得很清楚。我愿意再强调一次，在大平这个穷县如果凡事按常规来思考和出牌，走别人走过的路，吃别人吃过的剩饭，怎么发展，怎么赶得上别人？做太平官那是不会有大出息的……”

雷大江说：“我不谈工作，我想谈谈我个人的思想问题。”

阎子丹说：“思想是行动的先导，我们做什么工作都要有一个正确的思想。你能认识到这个问题，我很高兴。这样吧，我现在有重要事情要处理，另行安排时间吧，怎么样？你也是副县级领导同志，对工作要负责，对自己也要负责，介绍你读本书吧，《邓小平选集（全三本）》不错，凡事多想想，平时要自制，冲动办不成事。”

雷大江还想说什么。阎子丹说：“我还要思考一下党代会的事情，有什么事情下次再说吧。”这是阎子丹来大平后的第二次党代会，将在重要人事和决策上有较大调整。雷大江知道今天大闹联席会议，他这个常委离阎子丹越来越远，离决策的圈子也越来越远。他没说什么，黯然转身走了。

……

庄飞决定找机会去见见陈凤儿。

这天，庄飞决定以检查计算机网络安全为由去了一下县电视台。他感兴趣的当然不是什么网络安全，而是旧爱陈凤儿。虽然无数次地发誓，再也不想见到这个拜金主义的她，然而越是发誓便越想见她，如同犯了毒瘾，身不由己。县电视台就在县委、县政府大院一百米的地方，陈凤儿既然是台长，老实不客气地摆出主人公的架势，凡事她说了算。庄飞在电视里常常看到她陪着这个领导那个领导视察，她的一笑一颦都拿捏得十分到位，举手投足风韵十足，真是当官的料！虽然庄飞窥见过她和傅有义在“官床”上的精彩演出，对她“对爱人交心、对情人交身”的仕途哲学嗤之以鼻，却也不得不惊讶于她手段的成效如此显著。

庄飞听了电视台信息技术员的口头汇报，又装模作样地指导一番，然后直奔台长办公室。他刚刚在门口现身，陈凤儿就笑眯眯地从椅子上站了起来，伸出手迎向前去："哎呀，稀客，稀客啊，今天刮的什么风啊？"

庄飞捏住那只暖洋洋、软绵绵的手说："什么稀客嘛，难得陈台长还记得我，我是拜神找不着庙门而已！"

陈凤儿笑吟吟地说："看你说的，你要找我还不是一个电话的事？我们啊，姻缘不成情缘在，情缘不在人缘在，再见也是朋友，不是吗？"

庄飞说："是是是，这世道美女说了算，你说什么就是什么咯。是这样，我这次来的目的就是在'党代会'召开前，检查检查你们单位计算机网络方面的保密工作，要知道你们可是宣传系统的，掌握着党委政府的宣传机器，万一保密工作出事，那就是大事，你我都担不起这个责任。"

陈凤儿说："那好啊，欢迎你来检查指导工作！要不这样，我先陪你到各办公室走走，看看有什么地方需要改进？"

庄飞点点头，随她出了办公室。两人一个部门一个部门的走，先去办公室、财务室，重点是总编室、新闻部、制作部、技术部，最后去广告文艺部转了一下。庄飞假模假样地跟技术部的小刘说，技术部很重要，是保密工作的把关人，广播电视技术保障工作、无线信号发射等都是信息保密工作的关键环节，还有广播电视节目的编辑制作、播出等环节也要严格把关，不要把不该播的播出去了，务必要慎之又慎，做到万无一失。

在检查的过程中，庄飞嘴上说的一本正经，心思却在陈凤儿身上打转。时值乍暖还寒的初春时节，陈凤儿却穿了件薄薄的水蓝色连衣裙，她的身体曲线鲜明起伏，山山水水，沟壑纵横，一目了然。庄飞脑海中忽然冒出一句诗来："山高路远坑深，大军纵横驰奔。"只是不知道这个"大军"指的是谁？谁又能有这福气呢，傅有义吗？对于陈凤儿，庄飞是又恨又爱的。他没法抗拒这个女人，在她吹弹可破的俏脸上，在她优雅迈动的双腿里，总弥漫着特别的韵味，令他神魂颠倒。对于男人来说，那是诱惑，对于女人来说，那就是资源。现在这个女人正在充分开发利用这稀缺的资源，以换取她想要的东西。庄飞鄙视她，鄙视她沉鱼落雁背后的丑陋，却又不可救药地为她意乱神迷。他不止一次在深夜里追问自己：究竟是谁劫掠了我的青春我的爱情，是那个天真烂漫的少女陈凤儿，还是眼前这个长袖善舞的少妇火凤凰？

到了三楼走廊里，庄飞定定神找了个话题："陈台长，县电视台里有多少个监控点，你不太清楚吧？"

陈凤儿惊讶地问："什么，我们这里有监控点吗？"

庄飞得意地说："当然有，我建议你最好把这些监控点都记清楚。因为这些监控点和我们信息新闻科的电子监管室是联通的。陈台长，你可千万别在我的监控摄像头下行贿受贿哟，哈哈……"

陈凤儿笑眯眯地说："你要是舍得行贿给我，被抓了我也认。至于行贿给别人，我是想可我没这本钱。"

庄飞酸溜溜地说："凤儿……哦……陈台长，你的魅力就是最大的本钱，真要贿赂谁的话，十个柳下惠都招架不了！"

陈凤儿警觉地说："你说笑了，我哪有什么魅力。"

庄飞鬼使神差，越说越放肆："有些美女自认为聪明，以为做得神不知鬼不觉，哪里知道举头三尺有神明，人家不但有顺风耳，还有千里眼呢！这摄像头藏在哪里，只有天知道。再说了，聪明人做的糊涂事还少吗？人啊，有时就是欲望太盛，利令智昏，一不小心，优雅人做出龌龊事来。嘿嘿，什么送这送那啦，办公桌底下摸手摸脚啦，甚至找个隐秘地方赤膊上阵啦，我可是都欣赏过呢！"

陈凤儿听得心惊肉跳，脸上却不动声色："这么说来，庄科长真是眼福不浅喽？"

"是啊是啊，常常可以在县委、县政府看到陈台长的曼妙身姿呢"

"你就爱说笑，还是以前那个样子。"

"可惜啊，你眼睛里只有那些当官的，我哪里入得了你的眼呢。陈台长，你现在是家有一个警察老公，还有一个无处不在的前男友，我们的共同之处就是有一双千里眼，你可要当心哟。"

陈凤儿轻蔑地瞟了他一眼："当心什么？我光明磊落！倒是庄科长别活在过去的回忆里，要心胸开阔一点，多个朋友多条路，少个敌人少堵墙。"

庄飞知道惹恼了她，赶紧插科打诨掩饰过去："是是是，陈台长的话句句是真理，一句顶一万句，我保证深刻领会，坚决执行，不走过场，不打折扣！"

陈凤儿莞尔一笑，恢复了风姿优雅的样子。这个女人真是修炼到家，顾盼之间喜怒哀乐转换自如。两人在县电视台转了一圈，转眼就到午饭时间了。陈凤儿笑眯眯地留庄飞吃饭。庄飞哪里抵抗得了她的魅惑，心里一百个愿意，嘴上却说："让你破费多不好。"

陈凤儿说："破什么费啊，又不是掏我的腰包，掏社会主义的呗。什么叫'天下为公'？就是吃阿公，穿阿公，用阿公。知道了吧？"

庄飞直点头，坐上陈凤儿的车到了城东大酒店。真是无巧不成书，他们竟然在酒店大门口碰到了傅有义。傅有义刚刚向一辆轿车上的客人挥手告别，一回头见到庄飞和陈凤儿，眼睛笑得眯成了一条缝，抢上一步，捏着陈凤儿白白嫩嫩的小手："小陈，陈台长，好久不见了。怎么样，在新的工作岗位上一切都顺利吧？组织上可是看重你的哟，好好干！"

陈凤儿笑靥如花地说："请领导放心，一切都顺利，今后我一定竭尽所能，不辜负组织上的信任！这不，我正请庄科长检查安全保密工作，确保'党代会'工作顺利召开！"

这时候，傅有义像忽然发现庄飞在场似的，热情地拉着他的手："有庄科长这种技术高手保驾护航，我就放心了。庄科长你多下来指导指导，多帮帮我们的小陈台长哦！"

庄飞客客气气地说："傅县长，陈台长把电视台打理得井井有条，其实我只是去学习而已，哪敢做什么指导啊。"

"看你说的。"陈凤儿感激地看了庄飞一眼，转向傅有义说，"傅县长，今天是我上任后第一次见到您，能不能赏光，让我请您吃个工作餐？"说完瞟了庄飞一眼，眼神里有安抚也有解释的意味。顶头上司来了，当仁不让就是主宾，庄飞按规矩忝陪末座。庄飞这回可真是拜山庙遇到鬼，暗暗叫倒霉。

傅有义笑道："那我就相请不如偶遇，喝喝你的高升酒？"三人来到一个叫"一枝花"的高级包厢里，傅有义老实不客气地往主宾位上一坐，椅子顿时痛苦地发出"吱吱"的呻吟声。庄飞忽然很邪恶地想，如果把张刚强也叫来该有多好，这样的话场面就精彩了，一个是初恋情人，一个是现任老公，一个是正打得火热的奸夫，这可真的是三个男人一枝花……庄飞正琢磨着，傅有义偏偏这时候开口了："小陈台长，这个时候怎么可以少了张刚强呢，夫妻要比翼双飞啊，别光顾着自己进步，把老公丢到脑后了哟！"

陈凤儿说："我看算了吧，他这阵子忙着办一个要案，连回家吃饭都很少呢。"

傅有义很做作地挥挥手说："革命也不能不吃饭啊，吃饱了才有精力去办案，我们的幸福生活还要警察同志保驾护航的嘛！"

陈凤儿不好推辞，到包厢外给张刚强打电话去了。没多久，张刚强匆匆赶来，他看见庄飞和傅有义在场，惊讶的神色一闪而过。跟大家寒暄一番后，他在陈凤儿身边坐下，神色颇为疲惫。这样，一个全县闻名的美女，一个前男友，一个现任丈夫，还有一个地下情人全到齐了，这真是：三个男人一枝花，面上和气底下掐。

傅有义立即问："张大队长最近很忙吧？听说方正遇刺的案子有进展了？"

张刚强心道：想从我这里打听案情，没门！嘴里却淡淡地说："谢谢领导关心！"

傅有义说："警察同志不容易啊！小陈呢受组织信任，现在肩上的担子又加重了些，小两口可要互相体谅互相支持哟。家庭是革命工作的大后方，大后方稳固了，革命工作才能做好嘛。"

陈凤儿一边点菜一边还抽空说："谢谢傅县长关心，我和刚强会处理好的。"说着扯了扯张刚强有点皱的衣脚，她用这种夫妻之间的互动细节回应了傅有义的问题，真是一个玲珑剔透的女人啊！

张刚强知道傅有义和王德意、雷大江的关系，便懒得跟他胡扯，光顾闷头抽烟。傅有义倒是一如既往，谈吐自如。庄飞不由得感叹，这姓傅的城府真是深不可测，心理素质真是异于常人，或者说这个人的无耻已经到了不着痕迹的境界。如果是他庄飞偷了带枪男人的老婆，这会早就如做贼一般，找个借口溜之大吉了。

气氛沉闷得让人难受，这时漂亮的服务小姐端来一瓶日本清酒，大家似乎都松了口气。大家都是官场中人，规矩都一清二楚，自然是首先敬傅有义，祝领导身体健康步步高升，然后是敬巾帼英雄陈凤儿，祝美人芝麻开花节节高，最后轮到张大队长和庄科长，祝两条中年汉子工作顺利事业有成。有了日本清酒的滋润，陈凤儿面如桃花，声如黄鹂，完全主导了酒席上的节奏，谈笑用兵，指挥若定，傅有义乐得合不拢嘴，硕大的酒糟鼻子红得欲滴出血来。与此同时，陈凤儿还不忘调节一下张刚强和庄飞的情绪，笑眯眯地给一两句赞美，或恰到好处地给一个赞赏的眼神，把火凤凰的魅力发挥得淋漓尽致。

庄飞隐隐觉得，张刚强和自己一样苦闷。两个情敌竟然撇开傅有义，象哥们似地频频碰杯，把陈凤儿都弄糊涂了。很快，庄飞的舌头有点僵硬，张刚强倒是脸色如常，看不出深浅。傅有义端着领导的派头，自始至终道貌岸然，侃侃而谈，一副传道授业的样子。

张刚强突然扭头吐了一口唾沫，原来他吃到了一根长长的头发。就这么一扭头的当儿，他看到傅有义贼眉鼠眼地往妻子羊脂白玉般的脖子上瞄。这头好色的大肥猪！

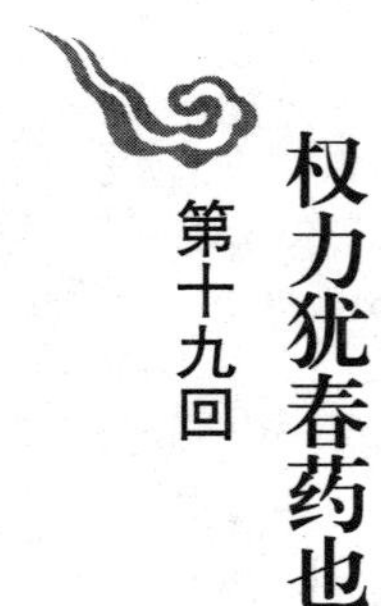

第十九回 权力犹春药也

袁鸿利上次听胡媚唆使，给“老王爷”送了10万元，他心里一直有点慌，随着时间的推移越发慌得紧。这“老王爷”那边久久没有消息，胡媚呢，从此再未提过那事。这天，他再也憋不住，把胡媚叫到办公室，轻声问起来：“胡媚，我那事儿该不会黄了吧……怎么感觉好像一点消息都没有？该不会是有什么波折吧？要不你再催催‘老王爷……”

胡媚不屑一顾地说：“你这男人，就是没见过大世面！10万而已，还真怕我私吞了不成？我办事你还有什么不放心的？”

说完，胡媚拨了个号码。袁鸿利竖起耳朵，头靠头贴着胡媚。只听得那位神秘的“老王爷”在电话里不耐烦地说，别老打他电话，以后有需要的话他会主动电话联系。至于袁鸿利那事，包在他身上，基本关节已经打通，很快会有消息。

胡媚挂掉手机，乜了袁鸿利一眼，说：“这回你可以把心放回肚子里了吧？你这个男人啊！”

袁鸿利换了一副笑脸说：“这事还得拜托你，尽快了了我的心愿才好。”

胡媚说：“哎呀呀，你这个男人就是拿不起放不下，唠唠叨叨的。现在事儿办成了，你是不是得犒劳犒劳我？”

袁鸿利犹豫地说：“好是好……你知道，我最近状态不好。”

胡媚扭着腰肢，一屁股坐到袁鸿利身边说："我看你不是状态不好而是太压抑了，说白了就是精神阳萎！放开了一定行的！"

正在这时，袁鸿利的手机响了起来。胡媚"咯咯"一笑说："不会又是陈泠雨吧？婚都离了，你还怕她？"

袁鸿利赶紧用左手捂着胡媚的嘴，接通手机，里边却传来了傅有义的声音，问他在哪里快活，为什么不叫上他老傅。

袁鸿利急忙撒了个弥天谎说："傅县长……嗯，嗯，快活什么啊，我是苦命人呐，现在还在加班呢！关于建设教育强县的事情，有些工作我还得跟进一下，希望赶紧拿出一个方案，下星期向您汇报汇报。很多事情都要等您拿主意呢，掌舵还得靠您呐！"

傅有义说："辛苦了，你一直都这么努力。"

袁鸿利急忙说："应该的，应该的。傅县长您有事吗？"

傅有义说："有，大好事！跟你吹吹风，上面有人替你说话了，你的事有谱！"

袁鸿利狂喜，语无伦次地说："谢谢，我今后一定在您的领导下……"也不知道是谢谢傅有义，还是谢谢"上面"那个"老王爷"。

这天上午，陈泠雨准时来到办公室，一看"大泡梁"不在，她暗暗高兴，多么希望这个男人天天都不在。她习惯性地打开中国评论新闻网，她每天早晚必看一次新闻，这个网是她常去的地方。在她的印象中，大陆的新闻网严谨，香港的新闻客观一些，台湾的新闻非常小家子气。刚刚看了三五条新闻，傅有义咳嗽一声，迈着方步从门外进来。

傅有义是副县长，和县委办这边并没有多少交道要打。在陈泠雨眼里，他的主要工作就是一个"陪"字，不是下面的人陪着他，就是他去陪上面的领导，永远都在陪与被陪之间不断转换角色。

陈泠雨暗暗惊讶，不知道他这次来视察为的什么，便给他倒了杯茶不卑不亢地说："傅县长是来检查工作吧？"

傅有义咧嘴一笑，竟然颇有讨好的意味说："难道非得检查工作才来？不要这么见外嘛小陈。"不过陈泠雨觉得他那是皮笑肉不笑，笑起来别有用心。她淡淡地看着他那颗硕大的酒糟大鼻子，心想一个人该喝多少酒才能把鼻子喝得这么红啊！

傅有义见陈泠雨不搭理他，又腆着脸说："小陈啊，我看你脸色不太好啊，没休息好吧？不是我说你，你也太见外了，离婚这么大的事也不跟我说一声，现在想调解也来不及了。当然，我对你们这些下属关心不够，我惭愧啊！”见陈泠雨没吭声，傅有义又说，“不过我还是要批评你的，家里出了这么大的事，怎么也得向领导汇报一下嘛！我跟袁鸿利还是说得上话的！”

陈泠雨说：“过去的事就让它过去好了，我家里的私事我自己会处理好的。谢谢领导的关心！”她把“私事”两字咬得特别重，希望傅有义不要再多管闲事。

傅有义在“大泡梁”的座位上坐下说：“小陈啊，你这个同志怎么说呢，综合素质好，群众评价高，就是脾气太拗了点，平时清高了点。这次听说有两个正科指标，要好好把握哟。虽然说我们的工作是为人民服务，不是为了做官，但位置高一点就可以更好地为人民服务嘛。嗯……小陈你有什么想法？”

陈泠雨说：“没什么好想的。”

傅有义说：“应该想！像你这种政治过硬、能力过关的年轻女同志，是我们党组织的宝贵财富。你可要好好争取，当仁不让嘛！要敢于迎接挑战，争取挑更重的担子嘛，你可不要傻，关键时刻不能讲什么谦虚、讲什么风格的！其实我已经推荐过你多次了，奈何人微言轻没帮上忙啊，实在是对不住。这样吧，这一回，无论如何不能再委屈你！我这个副县长大小是个领导，好歹有建议权，还是能说上几句话的。只要我提议了，应该没有人可以竞争得过你的。这次过来无非是向你通通气交交底，你要有思想准备哦！”

说完，傅有义站起来，背着双手迈着方步向门外走去。

陈泠雨不亢不卑地说了声再见。这种廉价的封官许愿她见多了，她没傻到会因为领导几句话就头脑发热的程度。根据她的判断，傅有义的真正用意就掺杂在封官许愿的官腔里。果然傅有义到了门口，忽然回过头来，像突然想起什么似的说：“对了，小陈啊，不光我对你印象好，阎书记对你的评价也很高啊！好几个场合下都对我说过你材料写得好，我也向他多次推荐过你呢。你淡泊名利，难得啊。咱们是共产党的干部嘛，宗旨就是为人民服务，不求当官但求工作上独当一面。你这种心态不错，风格很高啊。当然了，正常的竞争还是有好处的，可以把有能力的人才挑选到更适当的位置上嘛，所以该争取的还是要争取。”

陈泠雨若有所思。傅有义左右看看，压低声音说：“比如这次‘党代会’，新一届县委班子马上要选举了，我们的老郝常务副县长年纪也大了，今年是要退下去了，可能到政协或人大。老郝真是了不起啊，像他这种心胸开阔的领导已经很少了！我一向特别佩服阎书记雷厉风行的工作作风，对他的工作是坚决支持的，可以说和他是心气相通。我是这样想，如果我接吕常务的班，就能更好地接受阎书记的直接指导，也能更好地支持阎书记的工作嘛。小陈啊，这次抽你搞会务是组织对你的信任，可要好好表现哟。”

见陈泠雨依然不吭声，傅有义干脆挑明了说：“小陈，我知道你和阎书记比较谈得来，有机会的话你跟阎书记或别的领导同志吹吹风，让大家的意愿向我们这些只知道埋头干活的老实人身上倾斜倾斜。其实凭我跟阎书记的关系，我也可以直接跟他表态，不过如果你跟他说，效果应该更好一点，毕竟是代表了普通干部的意愿嘛。当然了，你说的时候要委婉一些，既要表达清楚又要点到为止。至于你嘛，觉得县委调研室主任这位置怎么样？领导身边，关键岗位，正适合你这种美女加才女。好了，这事包在我身上，以后日子还长着呢，我们之间就互相多帮忙帮忙共同进步嘛！”

对于官场之争，陈泠雨一直抱着这样的态度：得之坦然，失之淡然，顺其自然，争其必然。正因为这样，她对傅有义的话尤其反感，于是生气地说：“我和阎书记的关系没你说的那么好。”

“和领导关系好是好事嘛，是工作的需要嘛。”

“我不想搞什么会务，吹风之类的事我做不来，你也不要勉强我做。”

“你这个同志啊，光清高有什么用？再说那也是工作需要嘛！同志之间互相帮助怎么了，那是工作需要！再说你就不需要同志帮助，你就能做到万事不求人？我说小陈，凡事通融一点，大家好才是真的好！你好好想想吧。”傅有义胖脸一沉，皮鞋“笃笃笃”地敲打着地板走了。他回到办公室马上给陈凤儿打了个电话：“凤儿，你猜猜我在哪？”陈凤儿说：“你啊，不是在女人的身上就是在女人的身下。”傅有义哈哈大笑，说他现在做梦都只梦到凤儿一个人。陈凤儿说别蒙我，有话就说。傅有义这才把刚刚跟陈泠雨的谈话跟她说了，又拜托陈凤儿找她说说情。

话说陈泠雨目送傅有义走后，突然觉得一阵恶心。尽管俗者见俗，但傅有义的庸俗程度出乎她的意料。这样看待她和阎子丹的关系，她似乎被兜头泼了一盆脏水！陈泠雨在电脑上点了一首《春光美》，在张德兰的抒情歌声中，心情慢慢平复了下来。

晚上，陈泠雨一个人在家看书。陈凤儿拿了一箱苹果找上门来，姐妹俩又是搂又是抱，亲热得不得了。陈泠雨真是高兴，她很久没见到陈凤儿了。陈凤儿说：“小妹我来体验一下单身贵族的快乐生活！”说罢自己一屁股坐到沙发上，俏皮地望着陈泠雨。

陈泠雨何等聪明，早就从她的表情里看出了端倪，说：“体验快乐生活可以，为别人当说客的话，我可生气了。”

陈凤儿说：“到底是我姐姐，把妹妹的肠子都看穿了！哎，我说你怎么到现在还不开窍，人家傅有义好歹也是领导，能放下面子去这么跟你说话，你应该很高兴才对。即使你不领情，也没必要那么说话呀？毕竟人家也是一片好心。你这么做，得罪领导事小，关键是把自己的前途给耽误了！”

“哼，我才不犯那个傻，他无非是想把我当枪使。”

“我看你确实够傻的！被领导当枪使不好吗？不是什么人都可以被当枪使的，枪有枪的价值！人家不是答应帮你提正科吗？你要转换一下思路，他傅有义可以拿你当枪使，你陈泠雨不也一样可以拿他当枪使？往坏里说是互相利用，往好里说是互相帮助。在官场混，不现实一点能行吗？利益交换就是官场上最硬最硬的硬道理！”

“什么硬道理，我看是歪理。他傅有义想利用我，门都没有。你自己想进常委班子，却不遮不掩地让我去‘党代会’帮他吹什么风，好接郝文常务副县长的位置，那不就是搞地下组织工作吗？最令我生气的是，他竟然把我和阎书记的工作关系庸俗化，还想利用我去影响阎书记的态度！真恶心！”陈泠雨气得脸都红了。

“哎呀，我知道你和阎书记是一般的工作关系，是纯洁的、高尚的。但是，如果人家以为你和阎书记私人关系好，那也是好事嘛。想想看，你如果成了县委书记的人，谁敢不买你的账？什么正科啊主任啊都是小意思，说不定过一两年给你提个副处也不稀奇。再说你现在是正儿八经的单身贵族，你有追求感情追求婚姻的自由，谁管得着！阎书记呢，据说也正在和妻子闹矛盾。据我看，你们是郎才女貌般配得很！哪怕做不了夫妻，做个红颜知己不也很好吗？”

陈泠雨狠狠拧了一把陈凤儿，说：“越说越不像话！”

陈凤儿噘噘嘴说：“好心给你指点迷津，你还恼我！”

陈泠雨说：“少来给我洗脑！我警告你啊，别跟傅有义那种人搅和在一起，迟早有你后悔的那一天！你不知道，现在外面说你说得有多难听？”

陈凤儿说：“嘴长在别人身上，让他们说去呗！再说了，哪个背后不说人，哪个背后没人说？姐姐你那么纯洁清高又怎么样呢，还不是一样被人家议论吗？我的观点是，走自己的路，让别人说去吧，让别人嫉妒去吧。”

陈泠雨生气地说："我能有什么事让别人议论？"

陈凤儿说："你呢是美女加才女，阎子丹呢是县委书记加帅哥，这是县委、县政府大院关注的两个焦点嘛，被议论议论很正常。其实你根本不必急着澄清，在这种舆论导向下，哪怕像傅有义这种级别的领导都会眼巴巴地来求你。依我看，你倒不如好好利用这种议论，把握机会就汤下面，先把傅有义那里糊弄过去……"

"去你的，那种事我想起来就恶心。要做你做，我不做。"

"我的好姐姐呦！先口头糊弄一下姓傅的，实际上做不做在你嘛！把姓傅的糊弄好了，解决了你自己的提拔问题再说。其实即便你说了，有没有效果还不一定呢。傅有义也是官迷心窍，猪油蒙了心。他这次低声下气来求你，对你来说那是送上门来的好机会，不好好利用就是浪费！至于人家怎么说你和阎书记的关系，那就由得他们去说好了。他们说你和阎书记好，那便是好了，又能怎么样呢？换了是我，即使不是真好，我也做出和阎书记很好的样子来！那些议论你的人都是吃不到葡萄说葡萄酸，他们之中还不知道有多少想人跃跃欲试呢，可惜人家阎书记看不上他们！"

陈泠雨说："快别给我洗脑了，你姐姐不是那样的人。"

"你就是不开窍，死犟死犟的。妹妹我是关心你，这才跟你掏心掏肺说这么多。我们这些弱女子在官场有多难，你比我清楚。如果你不傍个有权有势的男人，想提拔想高升？那是做梦！你以为我陈凤儿天生就脸皮厚？就真的甘心让别人把我说烂说臭了？我也想一身清高，然而官场的现实允许你清高吗？所谓识时务者为俊杰，跟着现实走准没错。再说你现在一个单身女子，你就不想有双坚实的男人肩膀靠一靠？"

"你怎么说也没用，我有我的原则。"

"都二十一世纪了，你还想当贞节烈女不成？"

"我不想当什么贞节烈女，我只有一个卑微的愿望，就是做一个自尊自爱的女人！"

"哪个女人不想自尊自爱，我也想！你现在要钱没钱，要权没权，要势没势，要关系没关系，典型的'四无'女人，谈何自尊自爱？"

陈凤儿的话像根硕大的鱼刺，鲠在陈泠雨的喉咙，让她无力反驳。

陈凤儿搂着陈泠雨的肩膀说："姐，你也不用为难，其实什么都不用做，只要顺其自然就行了，男人找上门就意味着机会找上门，找上门的男人官儿越

大，就意味着送上门的机会越大。这样吧，傅有义那边你明天给他回个电话或者信息什么的，就说谢谢他的关心，他这种混惯官场的人一定会心领神会的。你若连这个脸儿都拉不下来，那也没关系，我代表你出面说几句。”

陈泠雨坚决摇了摇头说：“不!”

陈凤儿顿时像泄了气的皮球，哀怨地瞪着陈泠雨说：“唉……白费了我一晚上的唇舌!”

第二十回 诡异党代会

党代会如期召开。

陈泠雨果真被抽调去搞会务了，分配在秘书资料组做副组长，主要工作是给与会的代表们分发会议材料，在分组讨论的时候做会议记录。会议开幕的当天，她惊讶地看见陈凤儿的身影，只见她胸前挂着党代表证，笑盈盈地进进出出，一副志得意满的样子。陈泠雨急忙跑上前去，把她拉到一边小声问："哎呀，凤儿你怎么突然变成党代表了?"

陈凤儿说："很奇怪吧，我这叫做摇身一变!"

陈泠雨说："你是怎么选出来的呀?"

陈凤儿说："他们又是怎么选出来的? 人家能当我为什么不能当!"

陈泠雨被噎住了，她确实没话可说了。事实上她还真没听说过有哪位代表是直接选出来的。傅有义既然能将陈凤儿提拔到县电视台台长的位置，又让她主持电视台的全面工作，那么让她当个党代表还不是一句话的事。陈泠雨又问："是傅有义让你当的代表吧，这是不是有他自己的小九九?"

陈凤儿说："当然，谁心里没个小九九?"

陈泠雨警告她说："凤儿，你可要小心谨慎。党代会选出的是县委新班子，确定全县的重大发展战略，关乎全县人民的切身利益，你千万别让人当枪使了。记住要眼观六路，把自己的思想统一到县委的决策上，什么话不能说，什么事不能做，务必要做到心里有数!”

陈凤儿嗤之以鼻地说：“我的好姐姐，你就把心放到肚子里去吧，混官场我比你有经验!”

陈泠雨当然知道，陈凤儿的长袖善舞是她不可企及的。但她还是不放心，从会前傅有义的种种表演来看，她敏锐地感觉到很可能要出点什么事。

果然不出陈泠雨所料，在县委常委选举的前一天晚上发生了一件诡谲的事。当晚，同在秘书组的董娴娴迎面走来。她长得很漂亮，两只眼睛像黑宝石一样亮晶晶的，闪耀着聪敏、慧巧、活泼，秀长的睫毛扑凌凌的，乌黑的长发散发着沁人的清香。

陈泠雨看她手里拿着一大叠档案袋，便打趣说：“里边装的什么黑材料啊?”

董娴娴说：“吓死人了，这玩笑可开不得。这些全是会务组的材料。”原来材料是一位自称党代会会务协调组的人交给她的，让她在晚上8点的时候到代表们住的酒店宾馆去，请服务员分发到各代表房间，房间没人也没关系，直接从门缝下面塞进去就行。

董娴娴是从县团委抽来帮助搞会务的，她是今年初刚刚考进来的公务员，白纸一张，对机关里边的明争暗斗毫无认识，更谈不上什么政治敏感。她懵然不知自己差点被人当枪使，正要去各代表们的住处发送材料。好在陈泠雨机警，发现情况不对，及时拦了下来。陈泠雨抽出一份材料检查，发现原来是副县长袁秋明的推荐书，既没有会议材料编号，也没有落款公章，更没有推荐人签名，推荐书全是夸张溢美之词，要害在于最后一句，说袁秋明是目前在全县干部职工中拥有很高威信、最合适的常委人选。

陈泠雨吓出一身冷汗，这材料十有八九是有心人伪造的，而且伪造者手段十分卑鄙。这样的材料一旦发出，袁秋明搞非组织地下活动的罪名就坐实了，必将成众矢之的。而董娴娴甚至整个秘书组都将涉嫌其中，逃脱不了干系。袁秋明副县长正是常委候选人之一，很可能就是随后提名常务副县长的人选，自然而然就成了傅有义心目中的头号劲敌。陈泠雨呆了一会，似乎猜出了背后的黑手是谁，这种栽赃的卑鄙手段，也只有他们才能使得出来。

陈泠雨暗暗庆幸好在及时发现，否则后果真是不堪设想。她赶紧关了门，把其中的利害关系一一分析给董娴娴听，董娴娴吓得花容失色，哆哆嗦嗦地说：“泠……泠雨姐……怎么办呢，怎么办呢?”

陈泠雨问董娴娴是否认识送材料的那个人，董娴娴说不认识，而且以前从未见过，从外表来看像个干部模样，趾高气扬的，再见到肯定认得出来。陈泠雨心里知道，这人肯定是有心人请来的，所以肯定早跑得没影了，哪里还能让你再见到！董娴娴问："要不，咱们向会务组领导报告去？"

陈泠雨沉吟再三，还是摇摇头说："先不要报告，一旦报告会务组，那肯定是要启动调查程序的，结果多半还是查不出来。那时候我们搞会务的统统会成为怀疑对象，特别是你和我一百张嘴都说不清楚，到时影响有多恶劣？再说这样也会干扰整个党代会的顺利召开，干扰县委的组织人事布局。"

董娴娴快要哭出来了，害怕地说："这可怎么办啊？"

陈泠雨断然说："当作什么事也没发生！你做得到吗？"

董娴娴直点头说："做得到，做得到，我听泠雨姐的！"

陈泠雨说："好，我们就让这事烂在你我的肚子里，现在马上把这个炸弹拆掉！"说罢她拿过垃圾筒，将档案袋里的推荐书撕得粉碎，董娴娴也在一旁帮着撕，两人紧张得全身是汗，气喘吁吁。两人喘了一会，然后将垃圾筒里的纸屑统统倒进马桶，冲进了下水道。两人相互看了一看，不约而同地吁了口气。

常委选举如期揭晓，傅有义落选，袁秋明当选，这个结果陈泠雨早就预见到了。让陈泠雨感到更高兴的是，阎子丹的得票最高。阎子丹前阵子进行了轰轰烈烈的治安大整顿得罪了不少领导干部，又因为集资进行农房改造的事情得罪了很多普通的干部职工，陈泠雨本来以为会有许多人不投他的票呢，看来公道自在人心，只要心底无私，装着大多数的老百姓，绝大多数的党代表还是公正的！宣布票数的时候，主席台上的候选人都正襟危坐，阎子丹依然像没事一样淡淡地微笑。看得出来他信心更足了，今后开展工作也许就更有底气了，毕竟大多数的党代表是支持他的。散会后陈泠雨本来想发条短信给阎子丹，祝贺祝贺他。又一想还是作罢，她不想给人留下巴结领导的印象。再说，现在祝贺的短信恐怕满天飞了，还是不要凑这个热闹了吧。

傅有义在党代会的如意算盘没有打响，表面上似乎老实了不少，每天闷在办公室里悄无声息，下班就跟在奇丑悍婆后面逛街，仍然腆着肚子当他的宠物猪。不过他见了梅剑锋、水清明、袁秋明等人，似乎多了点与人为善的意思，满脸笑容，点头哈腰，偶尔还主动搞点小动作，例如拍拍肩膀、上根香烟之类。陈泠雨周六加班，在电梯口遇见了他，他说这次无论如何得推荐她做调研室主任，"我们之间虽有些误会，但是我对你的能力和作风还是很欣赏的。"陈泠雨微微一笑说声"谢谢"，既然人家说便宜话儿她便听着。

一个星期后的晚上，董娴娴忽然请陈泠雨去老树咖啡馆喝咖啡。党代会期间的几天里，两人已经成了好朋友。特别经过伪推荐书的那次事件发生之后，董娴娴对陈泠雨很是敬佩，更感激她在关键时刻帮助了她，结结实实给她这个机关菜鸟上了一课。

在一个靠窗的卡座里，陈泠雨要了一杯爪哇咖啡，董娴娴则要了一杯蓝山咖啡，两人便放松心情，慢慢地聊起来。邓丽君《美酒加咖啡》的歌声响起，陈泠雨很享受这种心灵按摩式的旋律，两个女人不由得沉浸在邓丽君营造的柔情里。不知过了多久，董娴娴忽然打破了沉静说："泠雨姐，我还没有正式向你说声谢谢呢。如果不是你及时拦住，我早就成了人家政治斗争的炮灰了，我现在想想还直冒冷汗呢！"

陈泠雨怜爱地看着眼前这个懵懂少女，笑笑说："以后凡事脑子里要多根弦，多想几个为什么，这样就不会着了人家的道了。"

董娴娴说："好，我知道了！不过这官场上的人也太阴险了，我算是长见识了。当初我考上公务员，甭提有多开心，以为从此可以无忧无虑，安安稳稳地过自己想过的日子。经这事之后，我现在可迷惘了，难道以后就要跟别人一样尔虞我诈过一辈子，我可不想这样，太没劲了。泠雨姐，你说我该怎么办呢，我现在对这种生活又害怕又迷惘。"

陈泠雨轻轻摇头说："我跟你一样，也许我比你更迷惘。"

董娴娴惊讶地看着她说："不会吧？泠雨姐你也迷惘吗？都说你很有主见，是个懂得人生哲学的人呢！"

陈泠雨问："谁这么抬举我？"

董娴娴说："你不知道，我们单位的人都这样说你！你和陈凤儿是机关里的两朵花，不过我们大家都喜欢你，不喜欢陈凤儿。你的能力和为人是有口皆碑的，我们都为你长期得不到重用而鸣不平，不过我们也只能生生气。唉……清高是种美德，怎么到了机关就变成了缺点，像你这么好的人都不招人待见，真是想不通！"

陈泠雨笑着说："在我看来，多活一天就多一天的福气，就应该珍惜。当你哭泣没有鞋子穿的时候，你会发现有人却没有脚。所以，我活得很平静，仕途上的事我不强求，一切顺其自然多好啊。"

董娴娴点点头，右手托着腮帮不言语了。陈泠雨忽然想起当初自己刚刚进机关的时候，也是这么大的年纪，那时无忧无虑，根本不像董娴娴这么迷惘。这社会变化快，逼得人不得不愁眉苦脸地跟着转个不停。

董娴娴愣愣地发呆了许久，用眼角瞟了瞟陈泠雨，欲言又止。

陈泠雨说：“小娴，有话想对我说吧？”

董娴娴噘噘嘴说：“泠雨姐，有人说一个女孩子如果想在机关工作混得好，一定要找一个或几个有权有势的领导罩着，你说是不是就这一条路啊？我听说顺州某市直单位有一个女孩子，被大家暗地称为‘应召女郎’，主要任务就是陪领导吃饭、唱歌、跳舞、游泳等，自然地那个女孩子就由副科长破格提拔为副处级领导，甚至她的老公也因此由一个普通老师被提拔为某重点学校的校长。你说为什么会这样？难道全部领导都这么好色吗？难道女干部就只有卖身求荣一条路吗？”

陈泠雨摇头说：“这种事我也听过。不过我还是相信，不傍领导的女干部一样可以打开自己的一片天。”

董娴娴说：“很多事实都证明，只要敢傍领导又懂得‘奉献’，基本上都能得到提拔。”

陈泠雨对董娴娴的话无从反驳，毕竟她说的确实是事实。不过关于机关里女孩子傍领导的事，大家其实都是心照不宣的。一般来说，只要不在床上被抓住现行，大家也就睁只眼闭只眼，最多就是私下里嚼嚼舌头。陈泠雨想想说：“事实上，那些傍领导的女孩子，也未必就像表面上那么开心。即使她们获得提拔，却赔上了尊严、名誉，甚至给丈夫和儿女带来一生的羞辱，我认为那是得不偿失。”

董娴娴说：“所以有人说‘裤带松一松，官场路路通’。在有些人看来，如果舍得那张脸皮，尝到甜头，有捷径可走，别人的看法有什么？人家奋斗多少年什么也得不到，她却全得到了。你说这是得不偿失呢，还是物有所值？即便人家事后怎么骂她，骂得有多难听，只要她腆着脸皮，官还是照当，而且当得趾高气扬，说不定还能指挥你这种又有才又清高的人呢。这种干部你怎么评价呢？你也许看不起她，可人家也未必看得起你呀！”

陈泠雨听得都脸红了，这现在的女孩子心就是野，脸不红心不跳的张嘴就溜出“裤带松一松，官场路路通”之类的话。她正色告诫董娴娴说：“小娴，你可不许有这种想法！”

“知道了，我这不正迷惘着嘛，所以才向泠雨姐姐请教啊。”

“怎么，难道你真的想学人家，去傍什么领导啊？”

“我还没认真地考虑过。不过如果真的华山一条路的话，那就意味着不走这条路，就上不了山，也许会掉下深渊。你说我该怎么办呢？”

陈泠雨生气地戳了戳她的额头说：“你这丫头真要这么做了，你除了得到一个随时可能丧失的职位之外，还将背上一个永远也甩不掉的臭名声。对于女人来说，名声就是精神纲领。没有名声，什么都会丧失！"

董娴娴说："我这不是请教你嘛。有时候你不招惹人，别人却来招惹你。"

陈泠雨警觉地问："小娴，你遇到什么心事了吧？"

董娴娴脸腾地一下就红了，她沉默了一会儿，断断续续地吐露了她的心事。原来在党代会之前，她陪同顺州市某位50多岁的副厅级领导下乡搞调研。那位领导对她特别亲热，别人灌她酒，那位领导都替她顶了。晚上，那位领导主动跟她要了手机号码，不断给她发信息，明里暗里提出来要跟她做"红颜知已"，并且许诺在两年内把她提到副科级干部的位置上，三年内提到正科位置，到时去顺州市也好，还是在县直单位也好，一切都包在他身上。董娴娴当然知道"红颜知已"意味着什么，心里不由得慌了，当那位领导第二天借机伸手捏她的腰肢时，她闪身躲了过去。不过她也没有断然拒绝那位领导，她害怕如果断然拒绝的话，那位领导会找机会给她穿小鞋，甚至让她一辈子待在普通干部的位置上。她反复思量了许久，也不知道怎么办好，便用了个缓兵之计，鼓起勇气跟那位领导说，容她好好想想再做决定。那位领导倒也大量，并没有紧紧相逼，而是爽快地说："好啊，我一向是很尊重女孩子的，给你两个月的时间考虑，考虑好了告诉我，我希望你能给我好消息！"转眼就一个多月过去了，眼看两个月的期限越来越近，她正为怎么答复那位市领导犯愁呢。

陈泠雨越听越生气，怎么会有这么卑鄙的领导，50多的老头子竟然以权压人威逼一个20出头的女孩子！她心里忽然一动，怒道："姓王的吧？十有八九就是他，真卑鄙！"

董娴娴点点头。

陈泠雨说："果然是他，都调到市里去了，还不忘回来祸害大平！"

董娴娴说："泠雨姐，你可一定要给我保密，这事要是被我男朋友知道了，不定要闹出什么事儿来呢。"

陈泠雨说："放心吧，不过小娴你自已也要保密，我们女孩子要学会保护自已。你打算怎么答复王德意呢？"

"一拖二躲呗，能有什么办法呢，拖一天是一天，躲一天算一天。算了，别让他破坏氛围，今天就好好喝咖啡，好好和泠雨姐聊聊。"董娴娴双手在面前挥了挥，好像要把眼前的苍蝇赶走似的。

两人又各自添了一杯咖啡，慢慢悠悠地喝，慢慢悠悠地聊，直到深夜零点两人才依依不舍地离开咖啡馆。把董小娴送上出租车后，陈泠雨长长地叹了口气，她不能不替这女孩子担心。她会不会也经不住王德意的诱惑和压力，不得不走上傍领导的路？她会是第二个陈凤儿？

……

党代会后，阎子丹又操心起纪委方面的工作。

这天，纪委书记梅剑锋依约前来，并带来书面汇报材料。阎子丹拿着材料反复研究，觉得张永发的腐败案主要集中在四个问题：一是涉嫌买官卖官，向王德意行贿50万元。这个问题容易成为孤证，只要双方有一方死咬不认，又没有旁证，恐怕就没法认定。更何况涉及到王德意这种副厅级以上的官员，没有十足把握的话，宁可暂时放弃，继续巩固证据；二是违规替南华省富丽华房地产集团公司操作开发商用工业用地变商业用地，替开发商“曲线拿地”后，收受感谢费用800万元；三是其儿子“张大嘴”名下的别墅造价300多万，竟然是富丽房地产集团公司老板“送”的；四是受人指使，和雷大江、傅有义、吕正伟他们一起陷害打击方正。第一、二、三个问题已经查实，证据确凿，可以采取措施，先把张永发“双规”起来。第四个问题因为牵涉太广太深，正在进一步调查。

阎子丹把材料交回给梅剑锋说：“我看时机已经成熟，你们应该尽快‘双规’张永发，固定并充实证据，从他身上打开一个突破口。什么时候行动？”

梅剑锋说：“就今天下午。国土系统将在下午2点半召开一个政风行风评议工作动员大会，大会主持人正是张永发。我们的计划是，3点钟去会场把他直接带走。”阎子丹点点头说了声“好！”

国土局大楼矗立在顺水河畔，这幢楼在全县各部门中算是首屈一指的雄伟和气派。

下午2点15分，一辆灰色丰田越野车驶进县国土局的大门，从车上下来三位男子，年纪稍大的是纪委常委曹克勤，另两位是纪委案件审理室的年轻干部。

国土局的保安问：“请问你们找谁？”

曹克勤生硬地说：“找张永发！”

“张局长正在开会。”

“我知道。”

“你们哪个部门的？”

曹克勤掏出证件晃了晃说：“纪委的。”

保安脸色大变，陪笑说：“那我去通知他。”

曹克勤说：“不必！”说罢大踏步上了14楼，直奔会议室。

在会议室门前，三人互相看了一眼，点点头。曹克勤推开大门，三人大步走进去。主席台上的张永发正在慷慨激昂，大谈政风行风的重要性，讲到激动处手舞足蹈，薄薄衬衣下的一身肥肉颤颤抖抖。曹克勤想，为什么有些人一当了官就变得道貌岸然？此时张永发似乎还没有留意到会议室后门进来的三个男子，台下120多名干部职工有的做笔记，有的交头接耳，竟然也没人注意到他们进了会场。曹克勤大步流星走在前面，三人从中间的过道“噔噔噔”直接就走了过去。会场的人这时才突然惊觉有三个陌生的男子旁若无人地从身边走过，立即引起一阵骚动。张永发正讲到兴奋处，发现会场忽然多了三个不速之客，不由得恼火起来，他像领袖一样挥了挥肥手，提高声音说：“谁这么放肆？看不到我们在开会吗？出去，出去！”

台下120多双眼睛齐刷刷地投向曹克勤，终于有个人小声叫了出来：“那不是纪委的曹克勤吗，他怎么来了？”几乎是同时，张永发也认出了曹克勤，这可是老熟人了。事儿得追述到张永发当镇委书记的时候，因为有人告发他贪污5万元计划生育款项，曹克勤被派来参与调查。当时张永发非常嚣张，不但不配合组织谈话还口出恶言，曹克勤忍不住提醒他说：“张书记，我这是代表组织跟你谈话，请你端正态度。”张永发盛气凌人地说：“你能代表组织吗，你知道组织姓什么，组织姓王不姓曹！你算什么东西？”说罢拂袖而去。因为有了那么一次不愉快的经历，所以彼此之间都对对方印象特别深刻。

此时曹克勤已经走到张永发跟前，张永发没有了以前的嚣张劲，他似乎意识到末日的来临。这时，纪委另两个年轻人已经走上主席台，一左一右站在张永发后面。张永发强作镇定地站起来，满脸堆笑作势要握手：“曹常委，你们这是……”

曹克勤严肃地盯着他，对他伸出来的双手根本理也不理。张永发双手尴尬地伸着又放下，强颜笑道：“哎呀，欢迎我们的曹常委前来指导工作，来来来，咱们到办公室去边喝茶边聊！”

曹克勤冷冷地说：“别演戏了！张永发，跟我们走一趟吧！”

张永发顿时面如死灰：“你，你们……这……这是什么意思？”

“这还用解释吗？走吧！”

这一次张永发彻底蔫了，嘴唇发抖：“好，我走！”

曹克勤转身对主席台上的四位副局长说：“你们继续开会。”

会场一下子炸开了，有人低声说：“双规！”

县纪委对张永发实行“双规”之后，马上对他的办公室和住所依法搜证，搜查的结果还是把见多识广的纪委、检察人员吓了一跳，共查抄出现金人民币32万元，港币71万，另有存折10多本共有存款358万元，各种贵重烟酒堆满了一个储藏间。

张永发这人不简单。从机关干部到普通老百姓都把他当笑料，知道他是一个大草包，从政以来根本没做过几件像样的事，更谈不上什么政绩。就是这样一个整天混日子的干部，因为攀着王德意这层关系，竟然步步高升，直至做到位高权重的国土局局长。那天曹克勤突然出现在会场的时候，他的脑袋一片空白，像行尸走肉一样跟着上了纪委的车，等清醒过来的时候自己已经在一个不知名的酒店里，两个年轻的小伙子寸步不离地看管着他。张永发意识到自己已经失去了自由，现在再也不是王德意时代，翻云覆雨的日子一去不复返了。当天夜里，纪委的同志也没费多大工夫，张永发的思想防线就崩溃了，问什么答什么，竹筒倒豆似地交代了所有问题。

梅剑锋连夜就把张永发案子有关的情况向阎子丹进行了汇报，特别对牵涉其中的一些头面人物的问题进行了详细的分析。阎子丹指示：一、对于已经浮出水面的县管干部，加大力度全面侦查；二、对于牵涉到的头面人物，因为是市管和省管干部，务必慎之又慎。要继续从外围巩固证据，尽快拿到铁证，并写出书面材料经阎子丹本人审阅后再报上级纪委。

阎子丹已经充分认识到，大平县的官场太复杂了，人事矛盾太多，很多领导干部都自觉不自觉地卷人各种矛盾之中，明争暗斗，根本无心搞经济抓发展。有一段时间，全大平的干部职工都认为他肯定玩不转，街谈巷语谈的都是他什么时候会灰溜溜地卷铺盖走人，当然有的人舍不得他走，有的人巴不得把他赶走。开弓没有回头箭，他是个不达目的誓不罢休的人，他在就职仪式上对大平人民承诺干净做事、勤勉做事、公平公道做事，这个承诺一定要兑现。他不但要自己兑现，还要为全县人民创造一个干净、勤勉、可以公平公道做事的环境。他越来越坚定了自己的一个信念：治县先治贪，治贪先治人、治人先治官。在他大刀阔斧治官的时候，有人感觉到痛了，不断在外面制造各种舆论，说他在大平大搞政治斗争，横眉冷对老干部，俯首讨好老百姓，如果继续这样乱搞下去，肯定没有好下场。这些舆论反而让阎子丹下定决心，一定要按照自己既定的计划开展工作，暗暗地加快整治大平的速度。他精力充沛，依靠梅剑锋、高良等一大批正直的干部，群策群力，加班加点，领导着这个130多万人口的穷县，向贪官污吏宣战，向贫穷落后的面貌宣战。

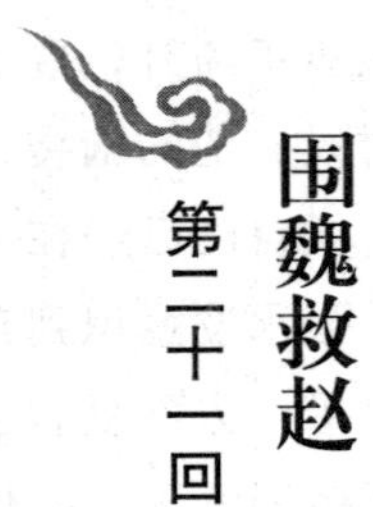

第二十一回 围魏救赵

张永发被“双规”的消息很快成了爆炸性新闻，雷大江急忙把这消息第一时间透露给了远在市区的王德意。王德意一时慌了神，整个人瘫在沙发上好半天才回过神来。张永发知道的太多了，万一顶不住压力，像疯狗一样把什么都咬出来……想到这里，王德意不寒而栗，悔不当初。他不得不怀疑，自己那套“重用奴才，掌权万代”的观念是不是过时了。事实上，他非常清楚张永发是什么货色，当初他做县委书记的时候，早就听到下面有不少反映，也听过纪委、检察部门的汇报，也因此把他晾了一段时间。后来张永发通过雷大江、傅有义不断递话，并多次登门向他解释，要求解决职务问题，并递上50万元的红包。王德意半推半就把钱收下了，这就意味着张永发进入了“自己人”的小圈子。之后，张永发做了县国土局局长，成了王德意的第5大金刚。

王德意越想越觉得不妙，他坐立不安，急忙一个电话把雷大江从大平召到顺州市区总相宜宾馆的包房里。这地方好，僻静，安全，不容易引起注意。

两人一见面，雷大江忘了自已作为县委常委的尊贵身份，倒像个在学校受尽了委屈的孩子，唠唠叨叨地诉说着对阎子丹的不满。

王德意这次却失去了耐心，不再像以前一样听这个“孩子”诉苦，反而黑着个脸把他臭骂了一通：“雷大江啊雷大江，你是不是脑子进水了？我说你大小也是个县委常委，怎么一点政治头脑也没有！难道你一点也不了解我们的国情吗？我们是党领导一切！人家阎子丹是县委书记，县委一把手，一把手就意味着说一不二，意味着拥有至高无上的权力，你凭什么跟人家争斗啊？凭什么！你以为你是县委常委就了不起了？你以为你的乌纱帽是铁打的？我告诉你雷大江，你那乌妙帽是纸糊的！你也不想想，你在会议上跟阎子丹公开叫板，能有什么好果子吃？就算你不顾全大局，你也得顾顾你自己的前途吧？你再想想，你公安局局长的帽子是谁给摘的，还不就是阎子丹给你摘的吗？你受的教训还不够深刻吗？还不够惨重吗？好了，现在张永发又被‘双规’了，下一个轮到谁，我看很可能就是你了！人家阎子丹已经吹响了冲锋号了，你看怎么办吧？”

王德意冲着雷大江大骂。雷大江如梦初醒，感到老爷子骂的每一句话里饱含着老子对儿子般的疼和爱，他现在是真后悔了，也后怕了。

这时王德意的手机响了，他看了看号码说：“有义吗……好吧，大江也在这里，你过来，快点！”

没过一会儿，傅有义就到了。他满头大汗着急地说：“老爷子，昨天下午县委组织部部长顾阳胜找过我，问我是当副县长呢，还是当规划建设局局长？如果当副县长就不兼规划局局长，如果当规划局局长就不要当副县长，但可以保留副处级别。我昨晚一宿没睡，就琢磨这个事，不知道他阎子丹到底玩的是哪一出。”

王德意显然还没听明白：“什么意思？”

傅有义说：“顾阳胜说是县委常委们的意见，一般领导干部不得兼任实职。我猜是阎子丹的意思。”

雷大江冲动地跳起来骂道：“放屁！什么县委常委会的意见，我这个县委常委就不知道，根本没有开会讨论嘛！”

王德意皱皱眉训道：“大江，我刚刚批评过你，你就是不长记性，怎么这么不成熟……说县委常委会的意见就得让你也知道？就一定得讨论？人家一把手的意见就代表了常委会的意见，就算开个常委会，你敢不同意吗？你这个人就是犯了不可救药的政治幼稚病，你想想你当公安局局长时所有的意见都经过局党组讨论吗？不可能的事，也没必要！”

“有义！”王德意转过头对傅有义说，“你别怪我多嘴，你见茅坑就想占，做了副县长还兼什么规划局局长，狗舔八泡屎，泡泡舔不净嘛！还有，你是不是太放肆了点，一个县规划建设局正副局长8个，连那个小混混的妻弟也当什么副局长，让人看笑话嘛。更要命的是，你们还天天在各大小酒店闹酒，整天吃吃喝喝，醉醺醺的，怪不得老百姓叫你们‘醉八仙’，太招人恨了嘛！我早料到了，你这些荒唐事迟早会传到阎子丹耳朵里去，他会放过你？你看着吧，这次阎子丹肯定打定主意要收拾你的。什么‘醉八仙’，嗯……还有那个什么‘十三太保’，都是小点心，我看你才是阎子丹的主菜！”

傅有义几乎要哭出来了：“老爷子您无论如何得帮帮我啊，我可是你的人呐！”

王德意说：“有义，你也别担心，我看你干脆就当你的副县长好了，虽然规划局局长可以在自己的自留地里做主，但副县长好歹也是政府班子成员，继续进步的空间也大嘛。你上次竞争常务副县长，不成功也没关系嘛，来日方长，今后有的是机会。”

雷大江说：“我看‘阎王丹’是在玩杀鸡儆猴的把戏！”

王德意狠狠地瞪了他一眼。雷大江发觉措词错误，急忙改口说：“我是说‘阎王丹’是项庄舞剑，意在沛公。他拿着刀向老傅、老张砍去，眼睛却在盯着你啊老爷子！”

傅有义说：“老爷子，现在他不是扣干部职工的工资，去搞什么农房改造工程嘛？我听说很多老师都在骂娘呢。要不咱们干脆给他烧一把火，来个‘围魏救赵’如何？”

王德意说：“怎么个烧法，你说说看。”

傅有义眼睛一转计上心来，附在王德意耳朵上如此这般地说了一番。

王德意站起身，习惯地踱起标志性的企鹅步，良久才说：“有义的这个主意好。一定要让全县的中小学老师闹起来，闹得越大越好，最好罢教罢课，连带让所有的家长也跟着闹起来，要是他们围攻县委、县政府，姓阎的就有好戏看喽！”

雷大江眼睛兴奋地说：“对，咱们用群众的力量把‘阎王丹’赶出大平去！”

“不！”王德意说，“咱们不能把他逼得太死，如果把他逼得太死，会适得其反的……知道林冲是怎么上梁山的吗？逼的！所以啊，像阎子丹这种官员，年轻气盛，血气方刚，不能逼只能困，把他困得甩不开手脚，动弹不得！咱们要以静制动，等他在大平的名声臭了，我向市委市政府提议，给他一个台阶，让他离开大平就行了。”

傅有义、雷大江频频点头，对这位老领导由衷地佩服。过了一会儿，傅有义有点担心地说：“老爷子，我就怕即便你给姓阎的一个台阶，人家未必会领你的情啊。他这个人六亲不认，没心没肺，谁也不知道他下一步会做出什么事来！现在大平县是人心惶惶，人人自危呐！”

王德意想了想说：“大江，阎子丹之所以现在咬住你们不放，你应该负很大责任。不是我放马后炮，人家县委书记新官上任，你偏偏和他唱反调。鸡蛋能碰过石头吗？要知道，他阎子丹初来乍到，对全县的领导干部都是没有什么好恶之分，完全是一张白纸，你凡事顺着他一点，人家怎么会不喜欢你呢？你倒好，跟人家对着干，人家让‘严打’，你偏偏‘假打’，你保护张永发的儿子干什么，那些小混混一文不值！现在好了，人家把你恨上了，把你的公安局局长的乌纱帽也摘了！可是你还不接受教训，又在四大班子的联席会议上和人家叫板，反反复复地挑衅人家。我告诉你，鸡蛋碰石头碰一次也是碎，碰一千次一万次也是碎，你碰不过人家！我看啊你的常委是不是还当得下去都成问题。你真是太放肆了，老实说换了是我……”他狠狠地说，“换了是我，我也容不得你如此放肆！”

雷大江低着头，任由王德意像老子训儿子一样教训他。他知道，这公安局局长、县委常委全是拜王德意所赐，而且来得昂贵，这官帽一摘，就像摘了他的心肝一样。

当王德意、雷大江、傅有义他们慌作一团的时候，阎子丹他们却在埋头大干。

在阎子丹的大力推动下，大平县的“安农工程”轰轰烈烈地拉开了帷幕。改造的范围较广，其中205国道过境大平县境内两侧300米范围内所涉及的富春镇西华路街道辖区内的突出位置村民住宅303户；大平至省城公路沿线两侧100米范围内所涉及的五柳镇辖区内的突出位置村民住宅167户；铁岭镇老河口——东莞产业转移工业区外围50米半径内的村民住宅212户；顺水河注经的黄陂镇、卫东镇辖区在河堤两侧100米半径范围内的突出位置农房300户；全县经鉴定登记在册的因去年“6.15”水灾而倒塌或半倒的村民住宅256户。改造方式分三种情况：一是可改造使用的农房，对其外墙、屋面、门窗等重点建筑符号，采取粉刷、贴饰面砖、起坡等形式加以改造，使农房外观体现大平民居特色。同时，对有结构隐患的农房进行加固，保证使用安全。二是经评估确需拆除的危旧房，或地质隐患严重确需搬迁避让的农房，在征得农户同意的基础上，引导到规划的集居点选用《顺州市新农村民居通用图集》建房，对原宅基地复垦。三是对违法建筑物进行无条件拆除。

就在“安农工程”干得热火朝天的时候，却闹出不大不小的风波。显然，阎子丹还是低估了某些人捣乱的能力。不光是雷大江公开唱反调，傅有义等领导暗地里也动作频频。虽然阎子丹已经召开四套领导班子的联席会议，表面上统一了思想，可禁不住人家搞地下活动。

又是一个周末的晚上，傅有义主动参加教育局的业余经济生活——打麻将。还是在老据点万绿酒店开了一间房，袁鸿利、胡媚还有县里几个主要中学的校长们围绕着傅有义，众星捧月一般。砌牌过程中，傅有义把话题扯到集资搞农户改造的事上，他夸张地挥舞着拳头说："兄弟们，告诉大家一个不好的消息，我已经说服阎书记，不把教师纳入到这次扣薪搞农房改造的行列中，谁知道他又反悔了……袁胖子给我一支烟！"袁鸿利笑嘻嘻地递上一支九五至尊，莫鸣点头哈腰地给他点上。傅有义美美地吸了一口，接着说："没办法，我这个副县长犟不过人家阎书记，我对不起大家啊。"傅有义故意把"阎书记"三个字咬得特别重，心想，我这回要你阎子丹的好看。你看我们不顺眼，我也有办法让这些臭老九们看你不顺眼，让他们去闹你个天翻地覆。几个校长全是他傅有义用酒和钱喂出来的，得令之后必然努力运作，各学校的老师都是书呆子，太好忽悠了，辛辛苦苦教书育人，工资没提不说，还要扣人家一个月薪水，他们书呆子气一冒非跟你闹不可，到时你阎子丹还不臭得没人理了！

这事被傅有义算中了。

这天阎子丹吃完早饭正准备上班，陈泠雨打来电话说："阎书记，机关大院大门口贴了一张漫画……"

阎子丹说："先别撕它，我一会就到。"

阎子丹赶到一看，是一整张A3纸画的漫画，一群愤怒的老师追着一个狼狈逃窜的男人，大喊"把我的薪水还给我"！那男人一身休闲装，一看就让人想起是年轻的县委书记阎子丹。漫画旁边写着一首打油诗：

春眠不觉晓，
阎王要钱了。
说是改农房，
二千还嫌少。

围观的基本是机关大院里的干部，有的指指点点，有的讽刺挖苦，只有陈泠雨和董娴娴轻声地说："不像话！"看到阎子丹来了，围观的干部作鸟兽散。陈泠雨和董娴娴正要把漫画撕下来，阎子丹挥了挥手说："留着！"

阎子丹还在办公室批阅文件，分管教育的傅有义满头大汗进来说：“不……不好了，阎书记，县教育局已经被上访的老师堵着，连车都不让进……”

“怎么回事？”

“还不是因为集资搞‘安教安学工程’和‘安农工程’的事！”

“怎么会呢？老师应该是最通情达理的一群。”阎子丹想了想又说，“我说傅县长，你就没有跟教育局的领导和各个学校的校领导通通气？不是请你组织人员上门到户去给校长和老师们做思想工作吗？”

“做了，难呐！”傅有义苦着脸说，“阎书记，现在教育局大门外还有各个办公室里都挤满了上访的老师，袁鸿利局长都躲起来了，连面都不敢露，影响实在太恶劣了。这些老师也太不像话，不思为人师表，竟然罢课搞什么上访！”

阎子丹说：“事到临头，急也没用。我们一起过去，一起解决！”

在车上，阎子丹打了个电话，指示袁秋明常务副县长带着信访局的同志赶往教育局。一下车，老师们全都围了上来，粗略估计有60多人。这些老师来自两个最偏远的乡镇——五柳镇和黄陂镇，说是本来工资待遇就差，再扣一个月薪水的话，根本就没法过日子。阎子丹、袁秋明花了不少口舌，好不容易把这些上访教师的情绪给平复下去，还叫傅有义派了四辆大巴把他们送回去。

第二天，《南华快报》对大平县教师上访一事做了详细的报道，还配发了照片。这真是火上浇油，事件迅速在社会各界发酵。看来此事为有心人策划，并安排了该报记者混在中间偷拍。

《南华快报》在全国范围内都有一定的影响，为某些省市领导每天必看的报刊之一。省里某位领导人看到《南华快报》打电话到顺州市关切此事，顺州市迅速组织了专门调查组，全权负责这次调查工作，组长就是原大平县县委书记、现任副市长王德意。

专门调查组的8位成员开完动员会，已经是下午4点半了，大家以为先休息一晚，明天再去大平，没想到王德意态度坚决地要赶着去大平。没有人知道他为什么对调查大平老师上访一事这么来劲，只是感到有点愕然。是啊，王德意这次回去可不同以往，想当初他离开大平的时候虽然说不上惶惶如丧家之犬，但确实心情复杂，甚至有几份悲凉。现在他是钦差大臣，手里握着尚方宝剑！他倒想看看阎子丹倒霉的时候是否还敢竖着尾巴当红旗。你阎子丹不是挺清高挺能耐的吗，我看你今天是怎么接待上级派下来的钦差大臣！他甚至得意地想到，阎子丹正毕恭毕敬地率领县委、县人大、县政府、县政协四套班子成员列队恭候他的到来……

王德意坐在他的沃尔沃轿车里，心里那个痛快啊，几乎要哼起歌来。沃尔沃像箭一般向大平射去，似乎没过多久，车子就进入大平县城，缓缓拐进新大平宾馆。这个宾馆是那么熟悉那么亲切，这里曾经是他发号施令的政治舞台，在这里他接待省市上级领导，在这里他向全县干部职工训过话，一切似乎历历在目。王德意熟门熟路地走进迎宾大厅，自从当了副市长，他肚子越发壮观，走起路来像极了大号的帝王企鹅。

县长伍达先，还有县委办公室李海主任早就在此恭候多时，阎子丹却不在其中，连雷大江、傅有义他们也都不见人影。王德意掠过一丝受冷落后的沮丧，不由得在心里冷笑一声：这小子太嫩了，关键时刻也不懂得搞搞危机攻关。

大家寒暄一番之后，伍达先、李海把他们领进包间。当然，自然这个包间是新大平宾馆最大最豪华的，有个豪气的名字，叫“九五至尊”。对这个包间，王德意再熟悉不过了，他自己都不知道在这里召开过多少次“1加5圆桌峰会”，决定了多少干部的政治前途和命运。

尽管包间是高级的，菜色、酒水是高规格的，但王德意却怎么也兴奋不起来。伍达先瘦高干瘪，乍看起来像个农村老汉。由于长期在王德意的强势领导下，这个县长拥有了一张忧郁的脸，背也驼了，人也蔫了。现在阎子丹做县委书记，伍达先精神多了，王德意也注意到了他的微妙变化，忍不住讽刺他：“老伍过得挺滋润的嘛，容光焕发啊。”

至于李海这个人，王德意对李海并没有什么好感，所以一直都没有考虑过提拔他。李海本来是调研室主任，阎子丹上任后把他提到县委办主任的位置上。李海能写会说，就是不“识做”，一直与王德意他们保持着“安全距离”。在王德意的眼里，大平县干部全都应该向他靠拢，向他递交“投名状”。惟独这个李海跟陈泠雨一个德性，从来没有找过他，连打招呼的方式都是标准化的不卑不亢。在离开大平之前，王德意甚至想把李海这个县委办调研室主任的乌纱帽给摘了，打发他到党史办或档案局那样的“冷宫”，也好教他明白一些做官的道理！可惜啊下手晚了，现在倒成了阎子丹手下的得力辅臣。

这个宴席没有意思，预想中的场景没有出现。阎子丹最后也没现身，当然也就不会有满面堆笑向他敬酒向他服软那种事。王德意心里一万个不痛快，当时就想召雷大江、傅有义、吕正伟来热闹热闹，想想又觉得不妥。宴席在冷清尴尬中结束了。

一行人就在新大平宾馆住下。王德意酒没喝好，他决定亲自上门去找阎子丹，他今天是尚方宝剑在握，心理优势是有的。他直奔县委大楼901办公室，在几个月前他还是这个办公室的主人。他轻轻推开虚掩的门，阎子丹果然还在里面办公。就在他推门的瞬间，彼此都看清了对方熟悉得不能再熟悉的面孔。

王德意快步走上前去，伸出手亲热地叫道："哎呀，我的阎书记，我的小兄弟！"几乎在同时，阎子丹站起身来，握住他伸出来的手笑道："哎呀，我的王市长，我的老领导，阎子丹没能亲自接驾为您设宴洗尘，实在是对不住了。你知道的，我是戴罪之身啊，不得不避嫌啊！"

王德意装作很大度的样子说："千万别这么说，阎书记我是了解你的。你是站在风口浪尖上的改革家，改革嘛总是会有不同意见的。改革何罪之有，改革有功嘛，你不但不是戴罪之身，也许还应该是有功之人呢。我也是没有办法，市里可能考虑到我比较熟悉大平的情况，这不就派我过来调查了。调查组的活乃是吃力不讨好的苦差事。子丹啊，你可要多理解啊，你改革是为大平人民服务，我调查也是为大平人民服务，千万不要对老哥哥我有什么想法啊！"

两人说话高来高去，王德意始终没有看到他想要看到的表情，没想到阎子丹此时此刻还沉得住气，在钦差大臣面前老神在在，不亢不卑。

阎子丹的确很泰然，他觉得王德意趾高气扬的钦差大臣做派非常可笑。晚上他回到新大平宾馆的住处808号房间，他没有去找王德意，尽管王德意和市专门调查组的其他成员就住在自己的上面——9楼。

阎子丹决定，让调查组自由调查，自己从明天起，该干什么干什么。他很坦然，没多久就酣然入睡。

第二十二回 秀才造反

第二天，阎子丹依然像往常一样到各个“安农工程”工地检查工作，王德意还是由伍达先他们陪着，一来避嫌，二来避腥。

阎子丹按计划到铁岭镇去坐镇指挥。在铁岭镇老河口——东莞产业转移工业区外围50米半径内，有村民住宅212户是全县农房改造工程的重中之重。阎子丹看着工地一片尘土飞扬，机器轰鸣，心情反而舒畅。

这时，陈泠雨匆匆忙忙赶来，上气不接下气地说：“阎书记，顺州市电视台的记者来了，说是要采访你……”

阎子丹提高嗓门问：“大声点，什么情况?”陈泠雨俯下身子，凑到阎子丹耳边大声说：“我是说，电视台的陈凤儿找上门来了！她现在不但是大平县电视台的台长，同时还是顺州市电视台《热点追踪》栏目的外聘主持和记者。这次她指名道姓找您采访，说是了解县里捐款集资搞农房改造的事。”

阎子丹淡淡地说：“慌什么，有什么好慌的！他们不就是想抓新闻爆点吗?没什么可怕的。我是为老百姓解决当前困难，这是安民、富民的大好事，为民办事、为民谋利绝对不会违法，这一点我坚信！”阎子丹反过来安慰陈泠雨，“你别担心。群众有意见，那是一时想不通，他们迟早会有想通的那一天。”

陈泠雨急了：“但是，阎书记你可能不知道，《热点追踪》栏目是全省的王牌栏目，每天有多少人关注，又有多少各级领导在看?况且这次来的记者不是别人，是陈凤儿！她是我的好姐妹，我了解她，她肯定是受上面某位领导指派，明显就是冲着你来的，指名道姓要采访你！现在专门调查组还在新大平宾馆，如果加上《热点追踪》这么一搅和，你说……这可怎么办？”

“小陈，没什么可担心的。”阎子丹笑笑说，“记者有权利采访，我不但尊重他们的权利，也欢迎他们把事实真相曝光在全社会。我相信群众会理解我的，组织上会谅解我的，为民办事、为民谋福利怎么会错呢？难道还能罢了我的官，还能处分我不成？”他专注地盯着陈泠雨的眼睛说，“我问你，你也认为我做错了吗？我从全县干部职工的腰包里掏了一个月的薪水，加起来有1亿多一点，农房改造启动资金算是到位了，但我有一分钱揣进我的腰包里了吗？有一分钱吃进我的肚子里了吗？我没有嘛！”

“阎书记，公道自在人心。你的所作所为，130多万大平人民都看在眼里。就是那些在背后对你搞小动作的人，他们也不敢说你是贪官。”

“小陈，你记得吗？”阎子丹不由得眼睛湿润了，满怀深情地说，“朱镕基总理在某次记者招待会上坦白心迹，他说希望在卸任以后，全国人民能认可他是一个清官而不是贪官，那他就很心满意足了。如果人民慷慨一点，能认可他办了一点实事，那就谢天谢地了……我阎子丹见贤思齐，心里坦然的很！”

陈泠雨为之动容，一时又不知道说什么话来安慰他。阎子丹反过来安慰她：“放心吧，政声人去后，历史会做出结论的。小陈，一个决策的是非对错，一个决策者的品德高下，得由历史来检验，由大多数的人民来检验。我在大平的所作所为，无愧于130多万大平人民，所以我不害怕媒体来检视我，哪怕像《热点追踪》这种以刻薄著称的栏目，我也欢迎他们以最高的标准来追踪检视我。在媒体的放大镜下，可以剔出砂砾，也可以挑出黄金和宝石。我是心底无私天地宽，君子坦荡荡。这样吧，我这几天都在工地，无暇接受采访，不过你可以转告陈凤儿，在大平他们《热点追踪》栏目组可以去采访他们感兴趣的任何人和任何地方！”

陈泠雨为阎子丹的坦荡而感动，却更为他担心了。她甚至可以想象得到，在随后的几天里，人们在晚饭后打开南华省卫星电视《热点追踪》栏目，那里正在播放大平县克扣干部职工工资搞农房改造工程的事，镜头里是一张张变形夸张的脸孔，他们愤怒地指责大平县委书记太“霸道”，是酷吏，是“阎王丹”！她本想以好姐妹的身份，和宣传部的同志一起陪同陈凤儿去采访，这样也好掌握他们报道的方向、焦点，更重要的是可以及时纠正他们带有偏见的报道。不过阎子丹没有同意她这么做，说是要让记者们按自己的意愿去展开采访活动。

《热点追踪》关于大平的追踪报道终于播出了。果然不出陈泠雨所料，全县大街小巷、机关、学校、各街道、各村镇都传开了，人们晚饭后都打开电视机，眼巴巴地等着看《热点追踪》。

阎子丹有看电视新闻的习惯，从央视的《新闻联播》到大平县的新闻联播，当然顺州市电视台的《热点追踪》几乎也是必看的，从中学习体会中央的政策方针，掌握本省、市、县的各种时政动态。自从《热点追踪》栏目组来大平采访以后，他更是不得不关注这个栏目了。他特别交代陈泠雨，一定要把《热点追踪》有关大平的报道录制下来，以备后用。

两天后的晚上8点05，阎子丹在宿舍忽然接到陈泠雨的电话，他很少在晚上接过她的电话，看来是急事。阎子丹犹豫了一下接通电话说："是我……好，我马上看！"

阎子丹急忙打开电视，调到《热点追踪》栏目。电视画面出现了熟悉的机器轰鸣声，仔细一看，正是五柳镇辖区内的农房改造施工现场，那里有167户村民住宅纳入改造工程，阎子丹上午刚刚去这个施工现场指导工作。阎子丹打起精神，这时陈凤儿拿着话筒出现在画面上，接着是一个又一个接受采访教师的特写镜头。一位老教师在镜头前说："中央明令禁止，不得以任何名义擅强行摊派，可是大平县委个别领导偏偏阳奉阴违，不顾广大干部职工的利益，强行扣发工资，苛政猛于虎！他们也不想一想，这种行为是违反《中华人民共和国劳动合同法》的，是违法行为！"更绝的是，陈凤儿那张俏生生的脸正对着镜头说："观众朋友们，我们在大平县采访的过程中，除了一部分教师敢于出现在镜头前揭露这种不良行为之外，竟然没有一个机关干部敢于接受我们的采访，甚至我们说镜头和声音可以做技术处理，他们还是不敢接受。他们这是在害怕什么呢？他们受到了什么样的压力呢？耐人寻味……"

这时，梅剑锋、高良、袁秋明等人纷纷打电话过来，指责《热点追踪》的报道断章取义，攻其一点不及其余，陈凤儿完全成了某某权力人士手中的枪，其所作所为彻底违背了一个新闻从业人员应该遵守的职业道德操守。陈泠雨因为和陈凤儿有着同学加姐妹的情分，心里对阎子丹多了一份愧疚。她这时也打来电话安慰说："他们根本就是不当家不知柴米贵，整天坐在冷气机房里，搞他们官僚主义的那一套。基层工作有多难，他们知道吗？他们一台摄像机几十万元人民币，抵得上我们十几年的工资了！阎书记，我相信大多数老百姓是支持你的，大平县难得有你这样的一个好官，一个不顾一切，冲破重重阻力，千方百计带领老百姓摆脱贫穷落后面貌的好官。你完全可以不待在我们这个穷地方，你完全可以回到省城的安乐窝，过安安稳稳、和和美美的小日子，可你不顾辛苦来到我们这里……如果那些人把你赶走了，我们不答应……”

“放心吧小陈，无论如何陈凤儿还算嘴下留情，没有说我搞腐败，我已经很满意了。”阎子丹在电话里还有心情调侃，似乎很轻松的样子。沉默了一会，阎子丹推心置腹地对陈泠雨说：“小陈，我说过穷地方只能用穷办法，我们的办法依法无据依情可悯，实在是没有办法之下的办法。大家有意见，完全可以理解嘛。但是要发展，要搞建设，没资金成吗？等上级给钱？要等多少年呢？等10年，意味着我们停滞10年，等20年，意味着我们停滞20年，我们等不起啊。别人都在跑了，我们还在起跑线上等？有些人可能不急，但我替130多万大平老百姓着急！总之，我是无愧于我的良心的。好吧，如果上面因此怪罪下来，大不了摘了我的乌纱帽。小陈，如果我一顶县委书记的乌纱帽落地，却因此能换来大平经济起跑的话，我觉得，值！”

陈泠雨被深深地感动了，她鼻子发酸，眼眶里盈满了泪水说：“阎书记，其实……我们党历来是实事求是的，实践最终会证明你心里装着老百姓，你的决策是符合实际的。集资搞农房改造和苛捐杂税完成不同，和增加群众负担、搞政绩工程根本不是同一回事！我是你的专职秘书，如果组织上处理你，我跟你同进退。大不了下海，大不了下岗！”

阎子丹突然间觉得两人的心灵是如此相通，甚至于能够通过电话线听到对方的心跳。在他的印象中，除了上次和妻子柳依依闹别扭，第二天在办公室和陈泠雨比较深入地聊过一次之外，好像再没这么深入坦诚地说过话。陈泠雨为人非常沉静，平时话不多，水波不兴的样子。陈泠雨经常陪同他下乡调研、参加会议，基本上不主动开口说话，但关键时刻对他的支持却总是那么无私那么贴心。

这时候，梅剑锋、高良、水清明、袁秋明等人匆匆赶来，他们担心阎子丹情绪受到打击，便约好一起过来。大家心情都很沉重，寒暄一阵便闷头抽起烟来。阎子丹本来不抽烟，这时也要了一支，猛一吸却被呛得直咳嗽。

没一会，省里、市里都有领导打电话过来：“小阎呐！怎么搞的嘛？到大平才几天，就搞出这么大的动静来，还上了《热点追踪》！你年轻，有冲劲，积极性高，这些都是优点。不过做事要思圆行方，要注意和地方的同志搞好关系……”阎子丹一时没法向这些老领导解释，一律打哈哈：“老领导，谢谢您的关心，我一定听您的话，认真反省……”

梅剑锋掐掉烟头，提高嗓门说：“阎书记……我想好了，关于农房改造工程的决策是经过县委常委会讨论的，也是经过四套领导班子联席会议研究的，如果有责任的话，作为参与了整个决策过程的县委常委，我也有责任，我和你共进退！”高良、水清明、袁秋明也表达了共同承担责任的决心。

阎子丹大笑说：“你们傻不傻啊。我就这么弱不禁风？陈凤儿小嘴一唱就把我给唱臭唱倒下了？不见得嘛。再说了，即使我被摘掉了乌纱帽，你们没必要跟我一起承担责任，我是一把手，负全责……改革艰难啊！所以，你们这些改革的火种还是要留着，不是为我留着，是为130多万大平的老百姓！至于电视曝光的事嘛，我始终坚信我们的决策是正确的，群众迟早会理解我们的，让实践和事实来检验吧！”

阎子丹嘱咐袁秋明，不要受《热点追踪》曝光事件的干扰，从明天开始大家该干什么干什么，一切按既定的工作日程行事。袁秋明走后，阎子丹又特别跟梅剑锋和高良一起研究了张永发的贪腐案、方正冤案的下一步行动方案。

然而树欲静而风不止。

这几天，县城最大广场——文化广场竟然有人架起录像，把录制好的《热点追踪》反复播放，引来大批群众围观。

雷大江、傅有义聚在一起，像过节一样兴奋，他们边喝酒边看事先录好的《热点追踪》节目。王德意在顺州市区也早就收到风声，也事先录了下来看。他还跟雷大江透露了一个喜讯：市里的几位领导对大平县遭《热点追踪》曝光的事大为恼火，这几天将会研究讨论善后事宜。

且说王德意撇下专门调查组，自已跑回了市里汇报大平县所谓克扣干部职工工资的调查情况，市委书记项伯瑞听了汇报，告诫他快点赶回大平县，要尽量多掌握情况，不要轻易匆忙地下结论，免得伤害大平县各大班子领导的积极性。王德意何等精明，他一下子泄了气，项伯瑞书记对阎子丹的态度是明摆着的，就是护犊子！

这时候，傅有义的“围魏救赵”计策及时发挥了作用。

在王德意眼里，傅有义就是比雷大江这个蛮汉要强。傅有义指使“大泡梁”等人在县委、县政府机关大院大门张贴讽刺漫画，营造反对阎子丹的氛围；接着煽动教师到教育局上访，同时匿名向《热点追踪》栏目报料，作为分管文教卫体的副市长他才能名正言顺地指派陈凤儿到大平，追踪报道所谓强行克扣干部职工工资搞农房改造工程的特大社会新闻，直接把矛头指向了阎子丹，造成县委、县政府极大的被动。王德意兴奋得跳起来，给傅有义发了条短信：干得漂亮！他兴冲冲地赶回了大平县城，他得召集新一轮的圆桌峰会，虽然“1加5

圆桌峰会”已经变成了“1加4圆桌峰会”。他得赶紧向剩下“4大金刚”通报通报好消息，给几个受了不少惊吓的下属们打打气。他甚至已经描绘出这样的画面：大平全县上下肯定炸开了锅，而阎子丹、梅剑锋他们一定焦头烂额，像热锅上的蚂蚁，惶惶不可终日。

说来奇怪，虽然说他是以钦差大臣的身份回到大平的，本来想居高临下找阎子丹好好谈一谈，趁机压压他的气焰，同时好欣赏欣赏“阎王丹”焦头烂额的窘样。事实上，那天晚上他找到阎子丹办公室，谈话中作为钦差大臣的心理优势渐渐流失。他觉得这位年轻对手身上有一股咄咄逼人的气势，让他不得不心生畏怯。现在傅有义把大平的水搅浑了，王德意觉得这形势又向有利于他的方向发展。他得意洋洋地想，这回阎子丹该知道大平的主人姓王还是姓阎了吧？

……

鉴于傅有义越来越不像话，阎子丹决定找组织部部长顾阳胜谈谈有关规划建设局的情况。

上午9点，顾阳胜应约来到阎子丹办公室，他知道阎子丹是向他了解规划建设局领导班子调整方案看情况。可是他也有他的难处，正想向阎子丹要主意呢。

阎子丹说：“有什么好顾虑的，整个班子全部免职，由县委指定一名副县长代管全面工作，等问题彻底查清之后再考虑班子人事安排的事宜。”

顾阳胜问：“这可是从来没有过的事，还有傅有义怎么安排？”

阎子丹大声说：“没有过的事就不能做了？只要依法，符合组织程序，有利于工作，为什么不可以！至于傅有义，他不是副县长吗？还兼着规划建设局局长，这不是典型的赢者通吃吗？这么好的位置，一个人全占了，要是谈恋爱，这叫脚踏两只船，能行吗？你看全国各地各级政府，有哪个副县长兼着规划建设局局长的？我还没追究你以前为什么这样安排的责任呢！”

顾阳胜尴尬地说：“我这个组织部部长其实也不好当啊……要不我们先听听傅有义的意见？”

“你不是已经征求过他的意见了吗？”

“可是他含糊其辞，根本就不知道他心里怎么想的！”

阎子丹不高兴了：“他心里怎么想的不重要！如果他想当你这个组织部长，你让给他？又假如他要当县长，要当书记，怎么办？我跟伍县长退下去，把位置留给他？不能让老实人吃亏，组织部部长眼里首先要看到那些埋头苦干的老实人！”

顾阳胜自觉失言，被阎子丹一顿抢白后，就不敢再说什么了。阎子丹这种强硬作风可说是刺刀见血，他有些接受不了，但又没有任何理由可以辩驳。

阎子丹说：“我决定了，半个小时后马上召开常委会，就一个议题：研究解决规划建设局领导班子的调整方案。必须拿出结论，中午加班，下午一上班马上宣布。我讨厌办事拖拖拉拉，没有问题一拖就有了问题，小问题再拖就拖成了大问题。我喜欢开大门，走大路，操正步，强行军式地前进。大平发展落后全市10年以上，落后全省发展水平15年以上，不快行吗？老顾我可提醒你，你必须适应我的工作方式和工作节奏。如果适应不了，给我写个书面报告也行，给我口头报告也行，我将另请高明。”

顾阳胜一听，面子上有些挂不住。怪不得最近一段时间机关干部中总是议论，说这个领导当不了多长，那个领导也当不了多长，搞得人人自危。他知道阎子丹说得到做得到，乔树够老资格，雷大江够飞扬跋扈，结果如何？最后还不是落得个下台一鞠躬的下场！顾阳胜心事重重地离开了阎子丹的办公室。

规划建设局领导班子调整方案宣布了，班子成员一正三副，局长由原县纪委的一位高姓常委补上，副局长除保留三个以外，其他的都调整为副主任科员，连同原来的“十三太保”一起，都派驻到各乡镇搞扶贫工作。

方案一宣布，“醉八仙”懵了，“十三太保”懵了，整个县规划建设局像炸开了的锅，随后这个消息又迅速在县直机关和各乡镇传开。消息一传十，十传百，越传越玄，越传越神，等传到老百姓的耳朵里，已经有点传奇色彩了。这个灭了“醉八仙”威风、大长老百姓志气的侠士不是别人，正是前段时间被骂成“抓壮丁，扫大街，当咱干部是契弟”的年轻书记阎子丹。一时间许多人还转不过弯来，没想到这个白面书生一样的领导能有这样的魄力，当初有些人还担心这个年轻书记，怕他斗不过雷大江那窝地头蛇，被赶走呢。老百姓这回是真感动了，这阎子丹一来就扫大街，整顿治安，接着搞农房改造工程，现在又大杀某些官员的威风。虽然他集资搞农房改造，工作方式生硬了点，也霸道了点，但他没有一分钱放进自己的腰包，这也是事实！群众对阎子丹突然空前支持，街头巷尾到处都是赞扬他的言论。

正在以钦差大臣身份调查教师上访事件的王德意始料不及，他急忙一个人赶回市里汇报，甚至来不及跟调查组的其他成员打一声招呼。

王德意回市里，向领导添油加醋地汇报了大平的“严重形势”，之后又马不停蹄地赶回大平。他拐进了甘南大道侧街的一个小庭院里，王德意给它取了个权力色彩很浓的名字——“钓鱼台”。他决定在这里召集一个特殊的6缺1的“1加5圆桌峰会”。

“钓鱼台”正面就是顺水河的河湾，旖旎而宁谧，又不招人注意。这个小庭院的主人正是那个胡媚，这里是她和王德意的秘密香闺，像袁鸿利这种圈外人是没资格来的。

没等王德意和胡媚说上几句亲热话，雷大江就像猎狗一样找上门来，看到王德意就大叫起来：“哎呀，我的‘老王爷’，你可回来啦！”胡媚识趣地退入后院，再也没有出来。

王德意训道：“什么作风嘛！我说大江呀，不是我批评你，你得多向有义学习学习，成熟一点，猴急猴急的像什么样子？”

雷大江嘴唇似乎有点发抖：“我能不急嘛我，阎王丹又抓人了！昨……昨天夜里呀……又抓了两个，啊不，三个……”

“谁？到底是几个？”

“就是规划建设局的三位副局长啊，老傅的侄子、妻弟、司机先是被撸掉副局长职位下去扶贫，现在忽然又被‘双规’了，我看老傅没几天蹦哒了！”雷大江焦急地说，“还有，一个镇委书记和一个镇长也被‘双规’了！这回阎子丹可出风头了，听说还惊动了省市纪委和检察院的高层呢……我看，大平是要变天了！”

“天塌不下来！”王德意故作轻松，扔了一支烟给雷大江，“他阎子丹也不可能一手遮天嘛，中国现在是法治社会，不是人治社会！现在搞一朝天子一朝臣那一套，帝王思想嘛！要相信组织，组织是不会允许他这样乱来的……”

雷大江着急上火地说：“哎呀，我的‘老王爷’，都什么时候了你还在这里讲什么人治、法治的大道理。人家阎王丹都把刀架到我们脖子上了！”

王德意自言自语：“奇怪，他现在还有心思搞什么‘双规’？《热点追踪》曝光的事还不够他喝一壶？老百姓没把他骂死？”

雷大江摇摇头说：“他就是一个疯子。自已什么都不顾，就是追着我们打！”犹豫了一会儿，“我也奇怪，现在好像老百姓又开始给他唱赞歌了，真是莫名其妙！”

“给他唱赞歌？他何德何能，有什么好唱的！”

“当然唱了。老百姓都他妈的仇官，他们看到张永发被抓，规划建设局的‘醉八仙’和‘十三太保’解散，高兴呗……”雷大江狠狠地掐掉烟头，“他妈的都是傅有义闹的，他太嚣张了，搞什么‘醉八仙’、‘十三太保’，老百姓都恨死他们了！”

王德意说：“别提傅有义，说说方正的事。”

雷大江说："阎王丹这个小子太狡猾了，不知道他和高良把方正弄到哪去了，我全县都找遍了还是没找着，唯一可以确定的是，方正已经不在泰康医院了。"

王德意翘起二郎腿，身子靠在大沙发上，松弛的两个腮帮子耷拉得更厉害。他用手反复梳理着自己稀疏的头发，紧张地思考着。

雷大江焦急地问："怎么办呢，怎么办呢？"

王德意忽然睁开眼说："老吕那边有什么消息？他好久没给我打电话了。你马上打电话，叫老吕过来！"

雷大江给吕正伟打了个电话，然后站起来说："老爷子，要不……我先走了？"

王德意说："好。大江你这段时间要非常小心，千万别惹出事来，被阎子丹抓住什么把柄，那可不是闹着玩的。还有，赶紧把方正的下落打听清楚，必须让他闭嘴，否则你和我都会死无葬身之地。"

雷大江前脚刚离开，吕正伟后脚就到了"钓鱼台"。

王德意向前探了探身子问："《热点追踪》的节目看了吗？"

吕正伟说："看了，曝光又能怎么样呢，还能把阎王丹的乌纱帽给摘了？我看摘不了！人家屁股干干净净的，经济上也没有什么问题，就算工作上有点失误，那也是小事一桩。这年头……"

王德意打断他的话："这年头怎么了？对自己要有信心，只要我们团结，谁也斗不过我们！"

吕正伟愤愤地说："团结？张永发讲团结了吗？'双规'的第一个晚上，这个软骨头就竹筒倒豆，统统说了！说不定已经把我们都卖了个精光呢！"

养士如饲鹰，饱则飏去，饥则噬主。王德意现在已经强烈感受到被噬的恐惧，他咬牙切齿地说："这个狗东西！如果反咬我们一口把鸬鹚村那事儿捅出去，我们的麻烦就大了。当初我就不应该耳朵根子软听了大江和有义的鬼话……早把他给免了多好，叫他回老家捡大粪去！"他的确是后悔自己的用人观念了：官场强者和床上的强者一样，倒下一次又再勃起就是人才，倒下不举者就是脓包。而当时他认为，张永发就是倒而又举的人才。真是看走眼了，没想到他是深藏不露的浓包。

吕正伟说："我们恐怕真要让这个狗东西给害死！凭我的直觉，这个狗东西已经成了阎王丹手上的枪，人家是要用他来瞄准更高一层的人物了，我猜他们已经在开始找证据了，只是不知道他们已经找到了多少。唉……这可怎么办好呢?”

王德意不得不强压住紧张的情绪安抚部下，他故作轻松地说：“小意思嘛，让他们折腾去好了。正伟啊，你是企业家，但你要对我们的党和政府有信心嘛，起码要对我王德意有信心嘛。你看看我，为大平奋斗了半辈子，老革命了，头发都白了……我相信，组织上对我们这些老干部还是宽容爱护的，培养一个干部不容易啊，大江、有义，都是县处级以上的领导干部了，哪怕在工作中有这样那样的缺点，组织上也不会轻易就……”

王德意没有继续说下去，吕正伟却已经听出了这话后面的关键词语。他知道，这个大家长开始乱了阵脚，担心原来的班底成员一旦出事他也摘不干净，所以他只能忙着给濒临精神崩溃的班底们鼓劲加油。但是阎子丹现在发动一轮又一轮的攻势，张永发已经沦陷了，接下来是谁？大家现在是人心惶惶，人人自危啊。

吕正伟正在想着心事，也不言语。王德意继续给他壮胆说：“有什么可担心的，我已经跟省里的领导打过招呼，省国安厅的邱处长……”这个邱处长可是他的杀手锏，在这需要稳定军心或者确立权威的关键时刻，他必须把这尊神请出来，以示他“省里有人，中央有人”。

第二十三回 改制风波

陈泠雨知道，王德意这会儿正在大平县城以钦差大臣的身份调查教师上访的事情。这个老头子正因各种调查而焦头烂额，却还如惦腥的猫一样的时候，觊觎董娴娴的美貌，陈泠雨不由得担心起来。

陈泠雨心疼董娴娴，对她有种说不出的亲近感。这个女孩天真活泼，活脱脱就是当年初进机关的自己。只不过现在80后的女孩子对机关有一种与生俱来的适应能力，估摸很快就会如鱼得水。想到如鱼得水，陈泠雨忽然打了个激灵：这官场中的如鱼得水意味着什么呢？一个美丽的女孩子在机关这潭浑水里混，得混成什么样子才能混到如鱼得水那个层次？

陈泠雨匆忙上网处理完电子公文，想想还是拨通了董娴娴的手机。董娴娴银铃一样的声音钻进她的耳朵：“泠雨姐，我还以为你忘记我了呢！”

陈泠雨笑道：“我的好妹妹，是你把我忘到九霄云外了吧？这么久一个电话也没有！”

董娴娴说：“哟，是小妹我不好。最近累死人，快要召开全市团委会议了，我又被抽去搞会务了。我啊就是搞会务的命。这不，一大摊会务工作又搁我身上了……哎呀，泠雨姐，你快来救救小妹吧！”

陈泠雨说：“我可没辙，能者多劳嘛，你就认命吧。”

董娴娴说：“泠雨姐，你找我有事吧？”

陈泠雨说："其实也没什么事，就是许久不见你，怪想的。"

董娴娴说："我也很想泠雨姐。不过凭小妹的感觉，姐找我一定有事。"

陈泠雨想想说："你这小姑娘真是精灵。我只是替你着急，不知道你上次说的那事思考得怎么样，那个领导可不好糊弄哟。"

董娴娴说："原来是这事啊……能拖就拖呗，过一天算一天。"

陈泠雨说："也真愁人。无论如何你得小心抉择，这可是影响女孩子一生的荣辱。哪知道你没事人一样，害我替你瞎闹心。"

董娴娴叹口气说："唉……其实我真不知道该怎么办，又不好意思老拿这事烦你，所以……"

陈泠雨严肃地说："小娴，什么事都可以糊涂过，这件事儿你务必想清楚，这是一辈子的事。千万别把自己的人生搞得一团糟，更别做一失足成千古恨的傻事!"

董娴娴沉吟许久说："谢谢泠雨姐。其实我知道你疼我，怕我行差踏错，但是我现在也很迷茫，不知道怎么走才对……我只知道，我害怕做第二个陈凤儿，可是又没本事做到跟你泠雨姐一样。"

提到陈凤儿，陈泠雨一时语塞，斟酌半天才说："小娴……怎么说呢，像泠雨姐姐这样终老机关，碌碌无为，确实没什么意思，毕竟你还如此年轻。你不选择走凤儿的路，这让我很欣慰。"

董娴娴说："泠雨姐，我对你很崇敬，也想成为你那样的人，但是我知道自己做不到。我要改变自己的处境，选择一种过得轻松有意思的活法。我觉得开心最重要，活得有质量最重要。"

陈泠雨顿了顿说："谢谢你对我这么坦诚。"

董娴娴小心地说："我这么说，泠雨姐您不会生气吧？不过你放心，我讨厌小三，什么忘年交，什么这个长那个长，都是浮云，去他的副厅级领导！一想到他的秃顶和标志性的企鹅步，我都要作呕了！不过对付他一靠拖，二靠躲，实在没办法，就给他一点点甜头好了。"

陈泠雨生气了说："什么甜头，小姑娘千万不要玩火！你玩得过那些官油子、官混子吗?"

董娴娴说："放心吧泠雨姐，我也不是吃素的，别小看80后女生哟!"

陈泠雨说："你这样说我就放心了。下班后一起吃饭吧?"

董娴娴顿了一下说："我忙得头都大了，等会儿还不知道几点下班呢，下次吧。"

"我等你，越忙越要吃得好点。"

"泠雨姐……说真的，有人叫我不要和你走得太近……你不会生气吧？"

陈泠雨一愣说："还有这事？怕我把你带坏了？"

"不是，人家都很崇敬你的为人，只是说，如果我和领导不待见的人走得太近，领导就要不待见我，还说会影响今后进步什么的。"

陈泠雨沉默了一下说："这就是潜规则吧，所以你这么久不敢来找泠雨姐了？连饭也不敢跟泠雨姐吃了？"

"才不是呢，我会怕这些乱七八糟的规则么？中午确实走不开，晚上我请你。死约会，不见不散！"

陈泠雨笑了笑说："好，不要太累。"然后挂了电话。

陈泠雨突然感觉很累，她的心空落落的，仿佛被人掏空了似的。她就这样呆坐在椅子上，浑身乏力。电脑的廉政屏保是机关强制安装的，几幅带着警示语的图片不断交替变换：

莲因洁而尊，官因廉而正。
守廉则心静，守志则眼明。
权是双刃剑，荣辱一挥间。
人无骨气五尺肉，心不染尘千秋魂。

这些字忽然变成王德意、雷大江、傅有义等人的狰狞面孔，不断变幻撞击她的眼球。陈泠雨闭上眼睛，脑海里一片迷茫。

……

就在60多名教师群访事件发生的1个多月后，又发生了一件更大的群访事件。

当天上午8点多，也就是刚刚上班的当口，县机关大院忽然聚集了一百多人。这些人打着一面旗子，上面写着"生是社会主义的人，死是社会主义的鬼"！他们喊着口号，指名道姓要进机关大院找县委书记阎子丹。保卫不让进，但是左支右绌，哪里挡得住这么多人。当袁秋明常务副县长带着信访局的同志匆匆赶来的时候，这些人已经冲进机关大院，有人进入各个办公室，把大家的正常工作秩序全打乱了。

经过了解，原来这些都是大平县建龙水泥厂的工人。建龙水泥厂改制后改名为南华省富丽华集团建龙水泥有限责任公司，性质为国有参股：南华省富丽华房地产集团购得的全部净资产出资，持99%股权；县政府保留1%股权，不参与分红及管理，只对职工安置具有一票否决权。工人们从国有企业职工变为私有企业职工，大伙一下子接受不了这种身份的转变，要求县政府收回改制决定，恢复他们的国有企业职工身份，给他们一份稳定的收入。

阎子丹当时正在铁岭镇老河口——东莞产业转移工业区外围的农房改造工地，接到袁秋明的电话后，立即让陈泠雨通知所有的县委常委、正副县长赶回机关大院，先回常委办公室开会。陈泠雨说现场的工人情绪很激动，不如先不要回机关大院开会，暂时借用信访局会议室比较妥当。阎子丹说：“没什么好担心的，中国的群众是世界上最通情达理的。只有走进群众，才能理解群众，因此才能争取群众的理解，从而向群众讲清政策，解决矛盾。如果害怕群众，遇到矛盾躲着群众，群众不会理你，矛盾只会积累，而不会解决。”

在常委会议室，除了傅有义，县委、县政府的两套班子成员都到齐了，就连雷大江也一脸严肃地坐在那里。袁秋明悄悄过来，给阎子丹递过一封信。阎子丹打开一看，不由得火冒三丈，啪地拍了一下桌子大声说：“好嘛，开始搞小动作，撒大字报了！”

雷大江、傅有义心虚地避开阎子丹严厉的眼神。但是耳边仍然响起阎子丹愤怒的声音：“建龙水泥厂的改制是国家产业政策调整的需要，也是企业本身生存发展的需要。如果我没有记错的话，今年4月 6 日，在县委、县政府两套班子的联席会议上，我曾经跟所有参会领导说‘建龙水泥厂的体制一定要彻底改，改彻底。不改，将是死路一条。我们要敢于承担风险，要对历史负责’。当时，会议上达成了改制的一致意见，全部人员是举了手表了态的，在会议纪要上都是有签名的，白纸黑字，明明白白。有想法，为什么当时不在会议上提出来？即便是会后有想法，也可以找我这个县委书记，或者找老伍，伍达先同志反映嘛，为什么背地里用这种方法，煽动群众来闹事？这是违反组织原则的，违反组织纪律的，是人品问题，作风问题！”

说罢把那封信递给伍达先：“老伍，你给看看！”伍达先急忙展开，一看之下，也啪地拍了一下桌子说：“真是岂有此理！这还是共产党员吗？还像一个共产党员吗，一点党性原则都没有！竟然跟工人们说什么‘黑爪子（工人的手）挣钱，白爪子花’。在背后煽风点火，这是解决工作分歧的办法吗，这是煽动群众对抗县委县政府的决策！”

阎子丹气愤地说：“打他电话，叫他马上过来！”

伍达先接通电话说："喂，老傅吗？我是伍达先……会议通知接到了吗？接到了……那请你马上过来开会，就差你了，什么……你在顺州市区？"

阎子丹抢过伍达先的手机大声说："喂，尊敬的傅大县长，你到底在哪里？10多分钟前还有人看到你在城东大酒店喝早茶，这么快就飞到顺州市区去了？你给我听着：我现在以市委党委、大平县县委书记的身份命令你，你就是飞，也给我飞回来！如果抗拒命令，由此产生的一切后果由你个人负责！"说完用力按断通话键。伍达先愤愤地说："说谎话！耍滑头！搞忽悠！哪里还有共产党员的半点组织纪律性。"

就是七八分钟的样子，傅有义笑嘻嘻地走进会议室，硕大的屁股往座位上一塞说："阎书记，我也是半个小时前才接到小陈秘书的通知，这开会也该早点打招呼嘛！实在是太仓促了……"

陈泠雨看人到齐，便要开始做会议记录，阎子丹向她使了个眼色，示意不用记录。阎子丹转头盯着傅有义，提高嗓门大声说："早点打招呼？这么说，现在大院里建龙水泥厂的一百多号工人，事先都给你打过招呼了？我告诉你，我也是半小时前接到通知，伍县长他们也是！"

傅有义尴尬至极，一只胖手习惯性地摸摸硕大的酒糟鼻子："我一个普通的副县长，既不分管企业改制，又不分管信访，无职无权嘛！"

阎子丹讥讽道："我看你这个副县长一点也不普通嘛！怎么的？嫌副县长官小啊，那你觉得伍县长的官大呢，还是我这个县委书记的官大？挑一个吧！"

傅有义的酒糟大鼻子因为激动充血，更加地通红。在阎子丹咄咄逼人的目光下，他胆怯畏缩，低着头根本不敢对视。

看到傅有义这个样子，阎子丹更加气愤："一百多号的工人就在楼下，你看着办吧！"

傅有义抬起头胆怯地看了阎子丹一眼，又急忙低下头小声嘟囔："我能怎么办，也不是我分管的呀！"

阎子丹说："你没有分管，可是你放了一把火，把工人们的情绪给点着了，现在人家找上门来了！伍县长，林业警察部门是不是有个口号，叫做'谁放火，法办谁！'"

傅有义求救地看看雷大江，雷大江接触到他的目光，急忙避开低下头去。阎子丹正在气头上，把"法办"这么严厉的字眼都说出来了，他们深怕惹火烧身，哪里还敢替傅有义打圆场。

关键时刻，伍达先来救场："阎书记，消消气，消消气，说到'法办'那是言重了……老傅，我说你怎么搞的，群众有情绪有要求，那很正常嘛。可是作为领导干部，我们的责任就是多做思想解释工作，群众想不通，那就做到通，群众不理解，那就帮助他们理解，要维护县委、县政府的威信，坚决贯彻县委、县政府的决策才对。你倒好，会上举手同意，会后却背地里去煽动群众，甚至私下里组织不明真相的群众围攻县委、县政府，还把群众的情绪引向阎书记，太不厚道了！”

阎子丹说：“好了，这些问题都放下来。现在马上要做的是，说服楼下的一百多名工人，做通他们的思想工作，把他们劝回去，以免事态进一步扩大，造成更加恶劣的社会影响。”阎子丹盯着傅有义，强压住愤怒说，“傅有义同志，现在是你对自己行为负责任的时候了，你马上到楼下去，向建龙水泥厂的工人说明实情，道个歉，表个态，争取工人们的谅解！”

傅有义吞吞吐吐地说：“我……我……阎书记，你叫我去说什么好，又是道歉又是表态的，我的脸往哪里搁，以后又怎么开展工作？”

阎子丹说：“你不是挺能说的嘛！你不是说建龙水泥厂的改制是错误的吗？是官商勾结侵吞国有财产，侵吞工人们的血汗吗？你不是让工人有问题找县委、县政府静坐示威吗？不是说要解决吃饭问题，就找县委的阎子丹书记吗？你还说‘黑爪子挣钱，白爪子花钱’！……怎么，现在竟然不会说了？”

傅有义脸色变了，色厉内荏地强辩道：“我……我什么也没说，什么静坐示威，什么黑爪子白爪子，我从来没有说过！这些统统是强加给我的东西，我拒绝接受！”

阎子丹说：“有没有说过，我们会一一调查清楚。如果我说错了，我亲自向你检讨，但是你现在必须服从组织决定，马上到楼下，直接向一百多名工人做好解释工作，至于怎么解释，你自己看着办！”

傅有义憋了半天说不出话来，酒糟鼻子因充血显得更红了。他叹口气说：“好吧，既然组织决定，那么我只有服从……”

这时已经快到上午11点钟。在阎子丹的带领下，县委、县政府两套班子成员齐刷刷地来到楼下，一百多名工人们呼啦一下都围了上来，吵吵嚷嚷，乱成一锅粥。

阎子丹站在台阶上，亮开嗓门喊道：“工人兄弟们，请大家安静安静……”这时陈泠雨递上一只喇叭，阎子丹接过，“工人朋友们，大家辛苦了！我知道大家都是通情达理的，如果不是万般无奈，你们也不会来找县委、县政府……这样好不好，我们县委、县政府的所有领导都在这里，你们有什么委屈，有什么要求直接说，一个一个地说……”

工人们渐渐安静下来，一个接一个倒苦水，无非是从国企的职工变成私企的职工，身份变了，担心工作没保障，担心待遇会降低，担心政府从此不管他们了。阎子丹看看大家都说得差不多了，操起喇叭：“工人朋友们，你们的委屈，你们的要求，你们的担心，我们县委、县政府的全部领导都听到了……现在请县政府副县长傅有义同志跟大家讲话！”

傅有义张口结舌，手足无措。此时此刻傅有义后悔了，他悔不该自作聪明，指使小舅子莫鸣写信散发到各工人手中，煽动他们对改制问题的不满情绪，恫吓他们改制之后要变成私营企业的打工仔，说什么政府再也不管他们了，改制后马上就要减员增效了，他们将统统下岗，马上就要没饭吃了，还阴险地把矛头引向阎子丹，说这次改制是个别县委主要领导为了捞取个人政绩，为了向上爬，官商勾结，黑箱操作，不顾工人们的死活……傅有义好不容易止住胡思乱想，在这种公开场合，他必须得维护自己作为副县长的尊严和面子，于是他硬着头皮从阎子丹手里接过喇叭，豪气冲天地说：“工人朋友们，请大家安静听我说，对于大家的遭遇，我深表同情，企业改制是势在必行的，没有办法的。大家面临的困难很多，我在这里向大家表个态，县委、县政府那也是没办法……”人群再次骚动起来，有人开始骂了。

说着说着，傅有义忽然变得很激动：“工人朋友们，我的好兄弟们，你们没饭吃了，我傅有义心里有愧啊！……”

阎子丹不由得气不打一处来，心道：你这是救火还是火上浇油！他不能再让傅有义这么煽动下去，于是夺过喇叭大声说：“工人朋友们，大家维护自己的正当权益，这很好！说明你们有保护自身合法权益的意识，你们来找县委、县政府，这也很好！说明你们对我们县委、县政府是信任的，如果不信任我们，你们是不会来找我们的！在这里，我代表县委、县政府谢谢大家的信任！大家比我清楚，我们县的建龙水泥厂从2002年开始，就已经每年亏损八千多万元，一直被资金、技术、环保、人员安置四大问题压得喘不过气来，企业是艰难度日，早已资不抵债。今年党中央、国务院提倡加快“两个转移”，加大节能减排力度，发展循环经济，一些不符合技术标准，不适应市场激烈竞争形势的小水泥厂、小漂染厂、小五金厂，都是国家政策明令要关闭要淘汰的。所以，改制势在必行！”

人群一阵骚动，阎子丹说：“尽管如此，我们在改制的过程中，还是把大家的安置放在首位，把解决大家的吃饭问题放在首位！经过县委、县政府的艰苦努力，现在富丽华集团已经同意接纳建龙水泥厂现有的全部187名职工，除了退休人员和自愿停薪留职人员，你们全部都没有下岗的问题，更没有吃不上饭的问题，这些都已经写进了企业改制合同之中，经过南华省著名律师事务所的法律公证，白纸黑字写在那里的。工人朋友们，你们也许担心，建龙水泥厂经过改制之后，会越改越差，越改越没效益。那么，我向大家保证，建龙水泥厂经过改制之后，将变得更大更强。据我所知，改制后富丽华水泥厂的第一件事，就是请天津、南京水泥设计院的专家对其生产线及设备、工艺进行全面会诊，重新确定发展战略——以技术改造转变效益增长方式和发展方向。随后，水泥厂还拿出15.7亿元的投资计划，决定对企业进行彻底改造，实现节能环保、提产降耗。现在，投资1.2亿元的第一个100万吨水泥粉磨系统很快将要建成投产，这是目前国内第一台采用联合粉磨系统的水泥磨，特点是台时能力高、电耗低，比老水泥磨每吨水泥单耗低10度，一天可节电36000度；投资5亿元的首条日产4000吨熟料生产线也已开工。工人朋友们，你们是这方面的专家，又有这么好的企业，靠自己的双手靠自己的技术还怕没有饭吃？我深信，只要大家着眼于未来，尽快调整心态，发挥你们的聪明才智，你们的日子只会过得比以前更好！

现场渐渐变得鸦雀无声。阎子丹自信而坚毅的眼神灼灼发光，这时陈泠雨给他递上一杯水，阎子丹接过大口地喝着，清清嗓子接着说：“说到改革，改革的目的是什么？根本目的还不是为了让老百姓过上更好的日子吗？现在是21世纪了，工人朋友们！现在的竞争是全球化的，有人说我们改革是为了打破大锅饭，其实我跟大家说，我们打破了计划经济的大锅饭，现在得在一个更大的大锅饭里抢饭吃。全球化是什么？全球化就是全人类只有一个大饭碗，那就是全球市场同一化的大饭碗，有能力的人在碗里抢到肉，抢到山珍海味，吃不穷喝不穷。我们怕什么，我们的能力就比别人差吗？我们不差！如果说差，就是差在以前关起门来埋头苦干，视野变窄了，胆子变小了。工人朋友们，难道国有的小水泥厂就这么值得留恋吗？难道一个月七八百块钱的最低工资收入就这么值得你们留恋吗？我们大平的工人是有志气的，我们不应该满足这七八百块钱的收入。有没有听过老百姓的顺口溜，我听过，我还可以背给大家听：最爽就是厂领导，吃喝玩乐到处跑，吃完喝完把钱捞；最惨就是咱工人，加班加点把命拼，累死累活真可怜。我的工人朋友们，我知道你们活得不轻松，你们就甘心被这样的企业领导欺负，就甘心永远做这种企业领导的下属？国企未必好，私营未必不好！大家想想，现在中国经济效益最好的企业有几家是国企？华为是吗？中兴是吗？腾讯是吗？都不是，他们全是私营企业。所以，计划经营的路子走不下去了，我们得换条路走，目的是为了走得更好更快更有力。朋友们，请相信我，相信改革，相信我们的党，相信我们明天的日子会越过越好！"

阎子丹一仰脖子，把杯中的水喝了个底朝天。

他猛吸了口气大声说："工人朋友们，铁岭镇老河口——东莞产业转移工业区，知道吗？就是我们县最大的工业区，马上就要开始秋季招工，其中全省最大的环球水泥厂将优先招收建龙水泥厂的下岗工人，这是我们县委、县政府的既定政策。所以，只要你们有技术，饭碗会有的！同志们，咱们县的经济正在转型，各行各业正处在大发展的关键时刻，我透露个数据给大家：截止到目前，大平县经济总量是去年同期的151%，财政收入是去年同期的162%！我还要告诉大家，我们县委、县政府正在大力发展城镇化，发展小商品经济，发展旅游服务业，欢迎你们投身到大平经济发展的洪流中来！我们很快将制订下岗工人再就业的优惠政策，鼓励大家发财致富，对你们的未来，我满怀希望，充满信心！"

人群中突然响起掌声，几个看起来像领头者的人说："'李摇头'大爷跟我们说过，阎书记是个信得过的好领导。我们相信阎书记，相信县委、县政府……"工人们开始陆续离去，阎子丹走入人群，握住一双双伸过来的手，向离去的工人挥手致意。

谁也没有注意到，陈泠雨的眼眶里已经噙满泪水。

处理完建龙水泥厂工人上访的事之后，已经快中午12点了。阎子丹忘记了疲惫和饥饿，回到办公室，靠在沙发上长长地出了口气。这时，梅剑锋和水清明结伴赶了过来，梅剑锋说："阎书记，听说建龙水泥厂的工人刚刚来机关大院集体上访了？省纪委的领导都惊动了，还打电话给我过问此事呢。"

阎子丹说："刚把工人们劝走，都是傅有义煽动的……我说剑锋、清明，你们可千万要抓紧，不要被有心人士打乱了我们的既定节奏，现在人家是一波又一波地发起攻击啊。"

水清明说："阎书记，我们会注意这个问题的。您看现在都下班了，要不咱们三个一起去检察院的食堂体验一下生活？我和剑锋也正好有事向你汇报，边吃边聊，怎么样？"梅剑锋在一旁附和。

阎子丹说："好啊，还真是饿了。你姓水，可不要清汤寡水忽悠我和剑锋啊？"

水清明说："两菜一汤，国宴标准。"

阎子丹把手一挥："好，咱们吃国宴去！"

出了县委大楼，三人直奔检察院。检察院的食堂在三楼，宽敞，明亮，整洁卫生。菜色果然是两菜一汤：白切鸡、茶树菇酱、冬瓜粉丝汤。梅剑锋说："清明啊，你还真就被阎书记看穿了，真的是清汤寡水，不愧是姓水的！"水清明哈哈一笑，说见笑见笑。阎子丹打趣说："清明是坚决执行温总理的指示，剑锋你可能不知道，温总理的饮食秘诀就是十二个字：清清淡淡，汤汤水水，热热乎乎。很有养生参考价值啊，我看不止养身子，还养性情。"

梅剑锋接口说："是啊，阎书记说得没错，我看清汤寡水确实是养性情，特别是养廉！我看过一份资料，说中国公款吃喝开支1989年为370亿元，到2005年公款吃喝竟然达到6000亿，等于当年国防开支的三倍！真是吓死人。"

水清明说："朱镕基总理说公款吃喝只长脂肪不长肉，我们检察院是不做这种傻事的哟。"

梅剑锋说："我看确实是够傻的，有个顺口溜说得好：远听酒店内高歌，近观公仆大吃喝。山珍海味桌上转，猜拳行令手抛梭。项间领带擦鼻涕，剩下三杯还属我。满眼血丝身晃荡，强搂小姐寻厕所。堪叹人民血汗款，哗哗流进喂狗钵。你听听，老百姓不骂娘才怪！"

阎子丹严肃地说："这虽然只是一个顺口溜，但话粗理不粗，给某些大吃大喝的老爷们画了一幅生动的肖像。"阎子丹深思片刻又说，"郡县治则天下安。作为县委书记，我将在我的权力范围内对这种现象予以坚决抵制和纠正！"

梅剑锋接下来汇报了张永发以及一个镇委书记、一个镇长被"双规"后的案情发展。原来这几个家伙牵扯出来的案情越来越复杂，其中那个老百姓称之为"酒保"的镇委书记交代，他的前任为了调整到一个经济条件较好的镇，向当时的县委书记王德意送了10万元，而他自己也从副镇长破格被提拔为镇委书记，更是向王德意送了15万元。因为他的破格提拔，现在的镇长对他还是心有不服，两人关系一直很僵，导致该镇的各项工作一直没办法开展。

阎子丹放下筷子，喝了口水说："剑锋呐，办案过程中，一定要做到既依据法律又讲究策略，不能留下什么漏洞让某些人有机会反击啊。对于已经被'双规'的这几个人，要做通他们的思想政治工作，击溃他们的思想防线，不能让他们有任何幻想，当然还要让他们放下思想包袱。"他回过头对水清明说，"关于涉及到的职务更高、地位更高的人，我们就得更加慎重了，你要和水清明充分沟通，密切配合，协调办案。随时向我报告案情进展，我做你们的坚强后盾。”

梅剑锋、水清明互相对视了一眼，双双点了点头。梅剑锋说：“当然，如果掌握铁证，我们也不会手软。对于个别重要岗位上的人，按政策必须得经过县委常委会同意才能‘双规’和立案。”

阎子丹说：“现在常委会内部比较复杂，这种问题暂时还不适宜在会上研究讨论，一旦提到会议上来，很快就走漏风声了。”他沉吟了半晌说，“恐怕我得想点非常规办法，和伍县长还有部分常委私下通个气，取得大部分常委的同意后再去实施。当然，这样一来，又会有人说我独断专行了。哈哈，这个黑锅嘛我不怕背。就这么办！”

水清明说：“阎书记，我理解你。像我是学法律的，也做检察工作，我们的工作没你的那么复杂，就一条准绳——法律。你作为县委书记面对的情况就复杂得多，当然得用一些非常规的办法。”

阎子丹说：“作为县委书记，我时刻保持清醒的头脑。据我分析，中国的县委书记大概可以分为四类人：第一种人，当了县委书记后，权力欲膨胀，觉得自己是一把手了，什么事都是自己说了算，追求绝对的权威。第二种取向是追求物质利益。这些人思想素质不高，有了权力后，就想捞取好处，有着明确的功利目的。第三种取向是利用县委书记这个平台，搞短期政绩工程。不管项目对今后有没有负面影响，目的就是尽快做出所谓的成绩以此作为高升的资本。第四种是希望在这个平台和岗位上，发挥自己的价值，实现服务人民、报效国家的理想。我要做的就是第四类县委书记，我珍惜这个岗位，县委书记这个岗位是最能施展抱负的，可以在这个岗位上干事创业、造福一方。在县委书记任上，我就两个愿望，第一个愿望是希望能够把大平经济发展得快一点，为今后发展打下基础；第二个愿望是希望领导班子运转得顺一点，哪怕我走了以后，也能为老百姓留下一个干实事的班底。”

水清明提议到检察院旁边的顺水河畔钓钓鱼，放松一下神经。

梅剑锋说：“这钓鱼跟做官的道理是一样的。贪心的人总这样，无鱼找鱼钓,无官找官做。钓着小鱼，想钓大鱼；做了小官，想做大官；钓着大鱼，想钓更大的鱼；做了大官，想做更大的官！孰不知：人生不过百年，弹指一挥间。钓鱼也罢，做官也罢，钓鱼者何不做到心中无鱼天地宽？为官者何不做到心中无官天地宽？……”

水清明说：“这钓鱼的过程嘛，其实就是人与鱼斗智斗勇的过程，人变着法子引诱鱼儿上钩，鱼儿变着法子偷食而又尽量不上钩，人以食饵相诱，鱼儿以性命对赌。有时吧，行贿者是垂钓，受贿者是鱼；有时呢，我们纪委和公检法垂钓，腐败者是鱼。谁贪心，谁咬钩，谁就完蛋。”

阎子丹啧啧称奇说：“只有你们搞法律的渔翁，才能有这样的高论。”想了一想又说，“毛主席说，天高任鸟飞，海阔凭鱼跃。只要不贪那一口鱼饵就行，做官最怕一个贪字。”

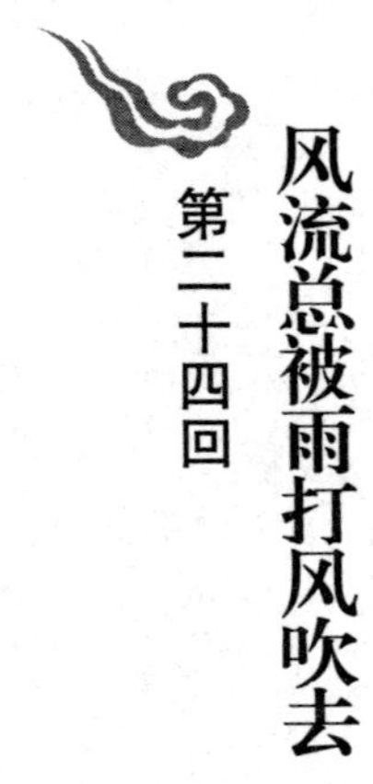

第二十四回 风流总被雨打风吹去

处置完建龙水泥厂的改制风波，阎子丹刚刚过了几天清静日子，麻烦又接踵而至。

这天上午，阎子丹按计划去参加铁岭镇老河口——东莞产业转移工业区10大项目落户仪式暨招商引资动员大会。这次落户的10大项目中有3个项目将在今年形成产出，月交利税将达两千万，可以说在阎子丹到大平之后一年多的时间里，产业转移工业区的规模效应已经初步形成，全县经济形势的发展远好于预期。在随后的动员讲话中，阎子丹给全县副科级以上的领导干部落实了招商引资任务，鼓励他们各显神通，筑巢引凤。陈泠雨的文笔确实好，写的动员讲话很有煽动性，台下的副科级以上的领导干部都听得热血沸腾。

会后有一个参观行程，在常务副县长袁秋明的陪同下，阎子丹来到位于县城顺水河北岸的新建商业区的步行街上，两旁的房子都是规划整齐的三层楼房，外墙镶嵌着清一色的米黄墙砖，地板是米色地砖，新开张的商店鳞次栉比，人来人往，吆喝买卖的高音喇叭添了许多人气。

阎子丹心情舒畅，一边走一边侃侃而谈："老同学啊，干得不错。这条步行商业街比计划提前了一个多月开张，我相信只要商人进驻步行街，许多商品都会跟着进入我们大平县城。人多了，就要消费，什么吃饭住宿，买这买那，这消费市场就会畅旺起来。"

阎子丹越说越兴奋："商业街第二期工程什么时候竣工啊？我是急了，如果顺水河对面南岸的二期工程建设完成，我们就要把二期工程建设成为一条1000米长的步行街，引进南华省各地市的特色小吃，建成集旅游、休闲、娱乐和特色餐饮于一体的大平县城新亮点。"

袁秋明说："是啊，是啊，你是不知道，当时我为引进发展商投资建设这条步行街的时候，不知道多少人骂我和发展商是官商勾结呢，还有两三家钉子户，死活不肯搬走，给多少钱也不肯走。这不，建设起来以后，现在这步行街的店面多值钱？以前的老住户都以地皮入股，光步行街的每月分红都够让他们活得很滋润了，家家户户都高兴得不得了。"两人正说着，一位大爷乐呵呵地冲阎子丹和袁秋明打招呼。阎子丹一看，原来正是"李摇头"。袁秋明说，"李摇头"原来是最顽固的一个钉子户，现在却成了最支持他们搞步行街建设的一位街坊。

阎子丹说："老同学，你现在是常务副县长，分管工业、财政、税务、工商、信访和招商，特别是信访和招商，一个关系到社会稳定，一个关系到社会经济发展，这是两副重担一肩挑啊。你要好好用点心！"

正聊着，陈泠雨匆匆赶来，上气不接下气地说："阎……书……记……不……不好了……出大事了……铁岭镇育才中学的新教学楼倒塌了！三个孩子被压在了下面！"

阎子丹脸色一变，忽地站起，焦急地问："什么？倒塌？三个孩子？现在情况怎么样了？伍县长知道了吗？"

袁秋明也慌了，阎子丹转身对他说："老同学，救人如救火，我们现在就赶到现场去，三条人命啊！人命关天，这可是天大的事！"

在赶往铁岭镇的车上，阎子丹心急火燎，刚才在商业步行街上的好心情被风吹到九霄云外去了。本来"安农工程"、"安教安学工程"就争议不断，也是社会各界关注的热点。在四套班子的联席会议上，他是费了不少唇舌，舌战雷大江这个刺头，好不容易才把那些躲在雷大江、傅有义背后的反对分子镇住，这段时间"安教安学工程"正干得轰轰烈烈，没想到这节骨眼上却出了这么大乱子，如果不出人命还好，万一压在下面的三个孩子有什么三长两短，可就真的把天捅了个大洞了，说不定自己这顶乌纱帽都得丢掉。他是珍惜头上这顶乌纱帽的，他正抡开胳膊大展拳脚，要把振兴大平的蓝图付之实践。当然，更让他心疼的是那三个孩子，三个孩子背后可能就意味着三个家庭啊！陈泠雨、袁秋明心里也沉甸甸的，车里的四个人都不说话，都能听到彼此压抑的呼吸声。

汽车飞也似地赶到铁岭镇的出事现场。只见现场挤满了人，哭声喊声乱成一锅粥。随着车子吱地一声停下，阎子丹跳下车来，陈泠雨和袁秋明紧跟着匆匆下了车。围观的人群自动让出一条路，阎子丹和陈泠雨、袁秋明走了过去，只见几个女人披头散发坐在地上大声哭嚎。镇党委书记巫启山、镇长韦汝贤正在指挥一群男人手忙脚乱地扒拉砖头，有的人手都磨出血来了。见到阎子丹，巫启山哭丧着脸张了张嘴说："阎书记……"然后就哽咽着说不出话来。

阎子丹摆摆手，没让巫启山说下去。他马上加入到救人的行列中去。经过一番努力，人们七手八脚把三个血肉模糊的孩子挖了出来。经过简单地急救之后，医护人员把三个孩子抬上急救车，呼啸而去。那几个女的一路追一路哭，场面令人心酸。

正在不可开交的时候，现场不知何时突然冒出一位丰满白皙的美女。陈泠雨定睛一看，正是自己的好姐妹——大平电视台台长兼顺州市电视台《热点追踪》的栏目主持人陈凤儿！陈泠雨这一惊非同小可，袁秋明也反应过来，急忙横过身，想挡住她手里的镜头。陈凤儿身子一闪，镜头对准正在呼天抢地的几个女人和三个血糊糊的孩子，咔嚓咔嚓拍个不停。

阎子丹对这一切视而不见，轻声地安慰着几个悲嚎的女人，又忙指挥群众让开一条道，把早等待在外面的医护人员让了进来。陈凤儿又对着七手八脚做抢救工作的医护人员一阵狂拍，忙活一阵又走到阎子丹面前采访："您好阎书记，我是《热点追踪》栏目的主持陈凤儿，不好意思，我们又见面了。能请您谈谈这起安全事故的来龙去脉吗？中央三令五申要重视教育，大平怎么还是出现了这种小学楼倒塌，致学生伤亡的事情呢？"

阎子丹平静地说："陈台长听我说两句。首先事故正在调查，我们将依法对责任人进行追究。目前我只能给你讲这么多；其次，现在最主要的是救人。谢谢你。"

陈凤儿说："阎书记，您别生气，说两句吧，就说两句！"

一旁的袁秋明火了，把陈凤儿拽到一边大声喝道："你走开！没看到医护人员在救命吗？就你的工作重要，就你的工作神圣？难道你没听到患者还在痛苦地呻吟吗？你有采访的自由，采访有救命重要吗？"

阎子丹现场分工，镇党委书记巫启山继续留在现场善后，指挥疏散人群；镇长韦汝贤和其他几位镇领导分头负责做好伤者家属的工作。他想了想，对袁秋明说："老同学，你就辛苦一下。这几天留在这和巫书记他们一起处理善后，随时和我保持联系，随时向我汇报情况。"

做好这一切，阎子丹自己带着陈泠雨匆匆赶去铁岭镇人民医院。在医院办公室，主治医生向他们汇报了情况：三个伤者中，一人抢救无效已经死在去医院的路上，另两个重伤经抢救已脱离危险。

一死两重伤！对于一个小小的县来说，这真是天大的事。阎子丹心情非常沉重。本来"安教安学工程"是造福广大群众的民生大事，大家也正干得起劲，没想到出了这档子事。无论如何，他得负起这个责任。

阎子丹一脸寒霜，陈泠雨不由得替他担心。这段时间真是不顺利，祸事一桩接一桩，先是因为扣干部职工工资搞得纷纷扰扰，接着是建龙水泥厂职工集体上访，现在又是一死两重伤的安全事故。更烦人的是，不论哪一次祸事发生，陈凤儿都如蝇逐臭般追踪报道，那根往日能滴出蜜来的舌头，现在却像一把利剑，专往阎子丹心头戳去。

主治医生安慰说："阎书记，你也别太担心了，其实这事也不怪你呀！"

陈泠雨说："对啊，医生说得对。这是意外，谁能想到呢……要不你回去休息一下，看你累成什么样子了！"

阎子丹张张嘴，苦笑说："人命关天呐！不管怎么说我心里有愧啊，群众不怪我，我也不能心安啊！小陈……袁副县长这几天都在现场善后……这样，你辛苦一下，中午加加班，尽快写个情况汇报，下午一上班报伍县长和我审阅。"说罢他自己先口头向市政府分管安全生产工作和教育工作的李副市长做了简单汇报。

当天晚上10点半，县委、县政府两套班子召开紧急会议，一是听取袁秋明和公安机关关于事故情况的汇报；二是研究陈泠雨起草的事故情况汇报。

在会上，袁秋明把公安机关和生产安全监管机关的联合调查情况进行了汇报。

从汇报来看，事故原因初步被确定：显然是施工、监理等单位的抓安全工作不到位导致事故发生。袁秋明说，这起严重的建设安全事故是不该发生的，工程建设单位南华省富丽华房地产集团公司在施工的时候抓安全工作不到位，单纯追求经济效益，漠视建设法规。施工单位未发现存在的安全隐患，监理单位未尽职，才造成了这次事故。

县安全生产监督管理局的王工程师分析了这次事故的原因。他说，第一，育才中学教学楼共5层，已经完成3层，还有两层未完工。本来应该全面完工经有关部门验收合格之后才能使用，但是县里为了搞“安教安学工程”庆典，就先启用了，结果是一二三层在上课，四五楼却还在装修；第二，育才教学楼工程总建筑面积5370平方米，正在建设中的5楼施工模板木楞方强度不够，承载能力严重不足，经调查组专家初步核算，这些木楞方的承载能力仅达到设计值的44%。除此之外，还有一个致命的技术原因存在，支撑立杆接头的夹板部位多处都在同一个高度（不应在同一个高度），由此产生立杆承载能力下降，失稳。最终导致楼板坍塌。此次事故的其他原因，调查组正在进一步调查中。

阎子丹痛心疾首地说：“这就是朱总理说的豆腐渣工程，王八蛋工程！有些人只想着挣钱，有些人只想着当官，他们眼里从来就没把孩子们的生命当一回事。这起事故的前因后果一定要查清楚，给家长们一个交代，给全县干部群众一个交代！至于责任，坚决从严从重追究！请县委办的同志成立事故调查小组，由县检察院牵头！”

会后，阎子丹回到办公室亲自修改事故情况汇报。就在这时，袁秋明和陈泠雨匆匆走进来说：“阎书记，看《热点追踪》。”说罢打开电视，画面上很快出现了陈凤儿那张俏生生的脸，她慷慨激昂地说：“各位观众……总是有那么一些官员，为了自己搞政绩工程、面子工程，不顾老百姓的死活。这不，最新消息，今天上午在大平县铁岭镇的一幢新建的小学教学楼倒塌，致使正在上课的孩子们一死两重伤。我们来追踪一下，看看来‘安教安学工程’是怎么变成‘夺命工程’的……”

陈泠雨气愤地说：“这个陈凤儿真不像话，信口雌黄，上纲上线！”

袁秋明说：“这是意外，我相信组织上会调查清楚的。阎书记，如果要负什么责任的话，那也是傅有义负责，毕竟他是分管教育的副县长！再说是谁主持‘安教安学工程’建设工作的？是谁把学生赶进未完工的课室里上课的？搞庆典的时候又是谁在那里上窜下跳的？我看成立调查组最好，可以把问题查清楚，该谁的责任谁负，省得有心人把黑锅往阎书记身上扣！”

看着电视上俏生生的陈凤儿，阎子丹心情愈发沉重起来。他甚至意识到，因为这次安全事故，多少人正在朝他投掷舆论炸弹，恨不得把他炸得粉身碎骨，他阎子丹是绝不会把责任推到下属身上的，那不是他的作风。现在，他不得不对未来做出种种设想，警告、处分、诫勉、丢乌纱帽……

陈泠雨看阎子丹发呆，便起身给他倒了杯水。阎丹子感激地看了她一眼，正想说声谢谢，这时正在省委党校学习的市委书记项伯瑞给阎子丹打来了电话：

"小阎啊！听说出事了，铁岭镇'安教安学工程'出人命了？"

阎子丹愣了一下说："项书记，我这正要给你汇报呢，这不，你的电话就到了。"他紧张地在头脑里组织了一下语言，然后详细地向项伯瑞说了事故的大致经过和目前的处理情况。他顿了一顿说："项书记，事故已经发生了，影响确实很恶劣，作为主要领导我接受组织的任何处理！"

项伯瑞那边沉默了好长一会才说："先别谈处理的事。这样吧，你等会就把事故调查报告传真一份给我，多晚我都等你……小阎啊，我在这里提醒你一句，每临大事有静气，先稳住阵脚，再从容应对。'安教安学工程'是个民心工程，关系到千家万户的切身利益，市委市政府的绝大多数班子成员是支持的，我更是大力支持，关键是把好事办好，把实事抓实，你要多做解释工作，争取让大多数干部和群众支持你，这个很重要。"

阎子丹连夜写了个检讨报告，连同事故调查报告一起传真给了项伯瑞。项伯瑞提了点修改意见，阎子丹修改后再报到市委、市政府。

又过了两天，市委市政府的事故调查组赶到大平。县里由袁秋明常务副县长主持事故的善后事宜，当然也由他负责接待市里的事故调查组。阎子丹对袁秋明说："积极主动配合调查，态度要端正，检讨要诚恳。要把我们工作中克扣干部职工工资启动'安教安学工程'、'安农工程'的来龙去脉讲清楚，我们不掩饰，该负的责任我们一定负。当然，少数别有用心的人利用这次并不复杂的意外事故，大造舆论，大肆煽动群众情绪，干扰县委县政府的主要工作，这也是事实……这些统统都要讲清楚，要让市里的调查组全面掌握情况。"

经过一段时间的调查取证，市委、市政府排除一些舆论干扰，对这次事故已经有了初步结论，基本认可县里对该次安全事故的定性，并且认为大平县委、县政府在事故发生后处置得宜，能立即组织事故抢救，迅速向上级汇报，主要领导在处理期间坚守岗位。该次事故主要由施工人员违规操作引起，本次事故的主要责任在施工部门。

陈泠雨松了口气，也替阎子丹高兴。

……

当阎子丹他们正在为育才中学教学楼坍塌事故和"安农工程"信访的事忙乱的时候，王德意这边也没闲着，一直在背后捣乱。

王德意以钦差大臣的身份，受命到大平县调查克扣干部职工薪水搞农房改造工程一事。恰巧的是，又碰上育才中学教学楼坍塌事故，真是天助我也，这回非摘了阎子丹的乌纱帽不可。

他暗中运作，指点傅有义、雷大江搅浑水，又指使陈凤儿进行新闻跟踪，剑指阎子丹。社会舆论搅起来了，又有尚方宝剑，王德意还是觉得无从下手。

事情在那明摆着，阎子丹出发点无可挑剔，虽然工作方法简单鲁莽了一点，但效率挺高，农房改造工程进度走在全市前面。据说，上面还有领导说阎子丹有魄力有执行力。王德意调查来调查去，绞尽脑汁想在阎子丹身上找点事，结果也没找着，又想在调查报告中掺点私货，给阎子丹下点药，还是无从下笔。他有点懊恼，以前不该这么小看这个白面书生，以为他只是一个书呆子，结果发现他愣就是头犟驴，群众也上访了，电视也曝光了，调查组也来了，可他依然我行我素，甚至干得更欢。

自从张永发被“双规”那天起，他就开始做恶梦。偏偏昨天雷大江还打电话向他透露了一个小道消息，说省、市纪委已经组成调查组，听说已经悄悄进驻大平了。一场政治地震似乎正在来临，王德意像极了地震前的野兽，惶惶不可终日。

王德意在官场打混了几十年，有着敏锐的政治嗅觉。他忽然感到心慌，仿佛听到省、市纪委调查组的脚步声步步逼近。方正那案件似乎慢慢在收紧，而育才中学楼坍塌事故如果追查下去，傅有义将首先遭殃，而他也逃不了关系。他听说过坊间有“阎王之争”的说法，看来“阎王之争”的优势渐渐向姓阎的倾斜了，而他“老王爷”似乎越来越无力挽回。

王德意反复思量，还是向邱副省长的公子——省国安厅邱处长摸摸底，这样比较放心。他一连拨了几次号，邱处长的手机传来“对不起，您拨的号码不在服务区”！此时，他不由得对邱处长产生了怀疑，这小子该不会是个假货吧。现在想想与邱处长的交往，确实有些可疑之处。那是一年前的事，当时他还是大平县县委书记，他参加全省一个招商会的庆功晚宴，晚宴盛会空前，嘉宾冠盖云集，有政府高官，有巨富老板，还有不少文艺界的名流。王德意春风得意，便多喝了几杯，这时一位30出头、身材高挑的年轻人来到他面前，很豪气地跟他干了杯，抓着他的手说：“王书记，噢……应该叫您王副市长，下次有机会到省城来，给我个电话，我做东！”

这时候，省、市正在对王德意进行秘密考察，所以他要做副市长的事还属于秘密。王德意本来已有七分醉，听得年轻人称自己“王副市长”，不由得吓了一跳，这年轻人消息如此灵通，不简单呐！他再次仔细打量这个年轻人，觉得他举止文雅，似乎是见惯大场面的人，便问道："请问您是……"

年轻人双手递上一张印刷考究的名片说："幸会幸会，敝人姓邱，现在省国安厅。"王德意接过名片，不由得又吓了一跳，急忙把酒杯放下，与年轻人热情地双手交握："哎呀，幸会，幸会，年纪轻轻就当上省国安厅处长，真是英雄出少年啊，前途无量……幸会，幸会！"

王德意深知国安厅这个神秘的权力部门，能量无穷，深不可测。听说广东惠州市公安局局长吴华立就是栽在国安部门的手里，进了班房。这部门虽然不是打击腐败的部门，但它确实是悬在腐败分子头上的一把利剑。从此，王德意刻意巴结，把邱处长待为座上宾。开始王德意对他的来历还是不放心的，他不但自称供职于省国安厅，而且还是邱副省长的公子，他不方便直接从国安厅这个神秘部门核实，便从侧面打听，确认邱副省长的儿子从哈尔滨军事工程学院毕业，现在确实供职于国安厅，这才打消疑虑，极力巴结。这以后，在一些公开场合，王德意总是很骄傲很显摆地把邱处长介绍给别人，然后装作神秘，附耳跟人家强调："人家是省国安厅的明日之星，邱副省长的公子，我的好兄弟！"

王德意正在惶惑的时候，傅有义却火急火燎地打电话过来说："不好了！老爷子，刚才县纪委一下子带走了规划建设局原来的四个副局长，加上前几天的三个，原来的副局长全部被'双规'了！这次更厉害，检察院也跟着来，都抄了家！"傅有义几乎要哭出来了，"这可怎么办呐！"

王德意说："这下子知道慌了。你不是主意挺多的吗？上次的'围魏救赵'就干得很漂亮！"他突然想刺激一下他，"有义啊，你要小心呐，你上次煽动教师上访、电视曝光，接着又暗中点火，鼓动建龙水泥厂的工人围攻机关大院，动静闹得这么大，说不定阎子丹已经盯上你了！"

傅有义更加害怕："老爷子，您就别吓唬我了！我也是为了大家好嘛，人家现在想着把咱们一锅端了！老爷子，我听你的，你说该怎么办呐……"

王德意说："现在害怕了？早干什么去了！我早就告诫过你，让你别这么招摇，别这么嚣张，你能听进去吗？你自己也不想想，你当副县长就当副县长吧，还兼什么规划建设局局长，当规划建设局局长就好好当，却又搞出什么'醉八仙'。我看呐，现在八仙已经进去七个，加上你就齐了！还有那个什么'十三太保'，一听名字就像个黑社会，领导干部会怎么想，老百姓会怎么想……"

傅有义可怜兮兮地说："我的老领导呃，现在说这些太晚了，我这想吃后悔药，人家阎子丹也不让我吃啊。”

王德意这才调整了一下语气说：“有义，你刚才说是谁去抓的四位副局长？除了县纪委、县检察院，还有谁，上头有没有派人下来……”

傅有义说：“据我所知，好像没有上头的人。”

王德意提示他：“这时候千万别大意！你找找人，从侧面迂回一下，摸一摸情况，确认是否有上头的人下来办案，比如省、市纪委，或者省、市检察院什么的。”

省、市纪委或检察院下来办案意味着什么，意味着副县级以上的干部涉案！傅有义刹那间都快窒息了，心脏剧烈地跳动起来。怪不得王德意说什么“八仙进去七个，加上你就齐了”之类的话，肯定是他已经听到什么风声了！傅有义忽然感到分外的悲凉，似乎好日子快要走到头了。他握着手机，一时思绪茫茫，心烦气躁。

和王德意通过话之后，傅有义突然有种想哭的感觉。王德意一调走，他和雷大江这帮人马上变成了没娘的娃，更糟的是，还来了阎子丹这样一个恶毒后娘，天天想着怎么收拾他们！

这一夜，傅有义失眠了，躺下又起来，再躺下又再起来，半夜自己一个人爬起来走到客厅，一支接一支地抽烟，把80多平米的豪华大客厅熏得烟雾缭绕。他想到鸬鹚村的那块地皮，想到铁岭育才中学教学楼坍塌一死两伤，想到跟着王德意、雷大江干过的种种坏事，当然也想到了陈凤儿胸前那颗销魂的红痣……

就这样，傅有义一夜未眠，熬到早上8点多，便去洗手间洗了把脸，镜子里的自己似乎憔悴了许多。他决定步行去上班，反正机关大院离家也不远。正想着，忽然手机响了，一看是县长伍达先，不由得眼里一热，到底是自己的老班长啊，这时候还不避嫌给自己打电话。傅有义接过电话：“您好，伍县长有事吗？”

“老傅，20分钟后有个紧急会议……你在家吗？噢……噢……你等着，我派车去接你。”

“好的，”傅有义高兴地说，“那我就在家里等着。”

傅有义心情舒畅多了，他站起身来，慢慢在家里的小院迈起方步。这幢小洋楼其实当时是照着王德意的“钓鱼台”设计和建造的，独门独户，三层连排，足有600多平米，庭院里有假山，还有个小喷泉，确实美不胜收。关键是，这里是他和陈凤儿偷情的安乐窝，自从有了在办公室的那次偷欢之后，他俩为了安全起见，就把安乐窝搬到此处，当医生的老婆一出差，他们就得空偷情。可以说，小洋楼的空气里直到现在还洋溢着陈凤儿的体香。他当时一高兴，还把办公室那个横幅都拿过来挂在此处。横幅是本市著名书法家居鲁石写的，连陈凤儿都赞不绝口，有时还站在横幅前摇头晃脑念念有词：

豆蔻梢头春意浓。
薄罗衫子柳腰风。
人间乍识瑶池似，
天上浑疑月殿空。
眉黛小，
髻云松。
背人欲整又还慵。
多应没个藏娇处，
满镜桃花带雨红。

傅有义就这么等着。想到自己从一个农民子弟一步一步做到副县长，又有如此豪宅，还有一个“火凤凰”作情人，心里很是得意和满足，昨夜所受的惊吓早忘到脑后去了。

突然，门外传来“哒哒哒”的喇叭声，傅有义精神抖擞地大步迎出门去。门外停着二号车——正是伍达先的专车。伍达先县长的司机摇下车窗向他招手。他急忙坐上去，赫然发现伍达先县长坐在车内。傅有义笑道：“真不好意思，还劳驾您伍县长来接我。”伍达先朝他点点头，面无表情地冲司机说：“开车。”傅有义忽然心脏狂跳，感到伍达先似乎哪里不对劲。伍达先县长一路上也没搭理他，傅有义越发感到惴惴不安。下车后，傅有义跟着伍达先上了常委会议室，他忽然惊恐地发现会议室门口站着两名全副武装的武警战士，他已经预感到末日的来临，硬着头皮跟伍达先县长走进会议室。会议室里已经坐着四个人，一个阎子丹，另外三个人不认识。

阎子丹冷冷地盯着傅有义，一言不发。其中一个陌生人向傅有义点了点头说：“先自我介绍一下，我是省纪委第一纪检监察室的李同主任，这两位是省检察院的方明同志……”傅有义脑袋嗡地一声，顿时变得一片空白。这第一纪检监管室正是负责联系承办南华省东片12个地级以上市省管干部违纪违法案件和其他重要、复杂案件的核实、检查工作，他能不知道吗？省纪委和省检察院的同志和阎子丹交换了一下眼色，省纪委的李同主任说："你就是傅有义吧？"

"咣当"一声，傅有义手里拿着的那只印有"为人民服务"字样的不锈钢茶杯掉在了地上，在地板上翻滚鸣响。傅有义的两条腿不由自主地颤抖起来，机械地点点头："是……"他那空洞洞的脑袋里，忽然跳出两个字：双规！这大概就是让多少贪官污吏闻之色变的"双规"吧？昨夜王德意还让他打听上级纪委、检察院是否有人来大平呢，没想到自己还来不及打听，就已经被"双规"了。可怜自己大祸临头却毫无觉察。

这时，原来在外面站着的两个武警战士走进来，往傅有义两旁一站说："走！"傅有义很快被带上一辆早就停在院子里的丰田越野车，车子无声地驶出了机关大院。傅有义一世风流，到头来终于落得个锒铛入狱的下场。这正应了那句：风流总被雨打风吹去。

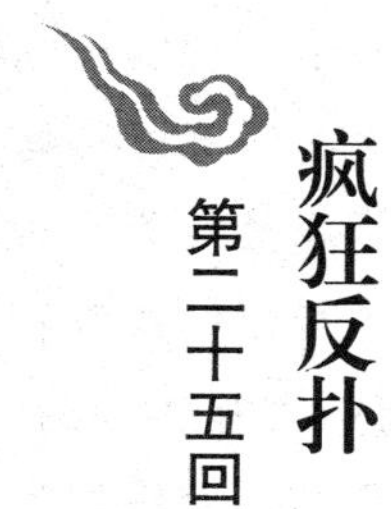

第二十五回 疯狂反扑

这几天，雷大江眼皮直跳，总觉得要出事。偏偏这时又收到了一条该死的“整顿治安”箴言短信：廉，夜梦不惊；贪，寝食难安。傅有义被抓后，他更是惶惶不可终日，几乎被末日来临的恐惧折磨得快要崩溃了。自从被阎子丹摘掉公安局局长的乌纱帽之后，他就成了一个名副其实的“白板常委”了。用他自己的话来说，现在的工作就是“开个会，贫个嘴，举个手，抬腿走”，此外就没他什么事了。

对于曾经风光无限的雷大江来说，一个县委常委哪里能满足他的权力欲。雷大江是个军转干部，还在五柳镇计划生育办公室做副主任的时候，就梦想着有一天能当个镇长、书记。他祖宗十八代也没人当过科级干部，他就想争这口气，光宗耀祖一回。多年来，他该跑的也跑了，该送的也送了，到处鞠躬作揖，几乎什么手段都用上了，然而命运一直都没有眷顾他这个农家子弟。在他几乎要绝望的时候，机会终于来了。忽然有一天，自己在镇上做播音员的表妹胡媚被侮辱了，肇事者竟然是县委驻五柳镇扶贫工作队的队长王德意。他当时气晕了头，抓起一只哑铃就要找姓王的拼命。一个男人却把他喝住：“没出息，为一个女人拼命？你傻不傻啊！”这个男子正是当时的调查组组长傅有义，当时傅有义受命带领陈泠雨和庄飞来调查这起性骚扰事件。傅有义看出王德意奇货可居：一来王德意现在已经官居县委常委、县委办主任；二来王德意能折腾，迟早会在政坛上混出人样。傅有义想在这时候帮姓王的一把，姓王的肯定会感恩戴德，对他以后的仕途肯定有帮助。于是傅有义凭着三寸不烂之舌，好说歹说把雷大江的火气浇灭，还撮合王德意和雷大江握手言和。

王德意果然知恩图报，把傅有义和雷大江视为心腹。从此两人在王德意的手下为他办了不少脏唐臭汉的烂事。三个男人结下龌龊交情后，随着王德意的飞黄腾达，雷大江和傅有义也雨露共沾，一个做了县委常委、公安局局长，一个做了副县长兼县规划建设局局长。雷大江梦想做镇长、书记，后来做到副县级领导，他常常自夸是超越梦想，而傅有义则调侃他是“超额完成梦想”。雷傅两人互相勾结，心里头却有一种在王德意面前争宠的瑜亮情结，雷大江贪权贪财，偏偏看不上傅有义的贪色，每逢开会就旁敲侧击地攻击他的虚伪，当面一套背后一套，台上扮君子，台下扒裙子。傅有义也不客气，在王德意面前时不时给雷大江下点眼药。王德意从此之后文有傅有义、武有雷大江，一文一武两根台柱子，外加乔树、张永发、吕正伟，构成了他的权力基础，人称五大金刚。对于雷傅两人的这点心结，王德意的心里跟明镜似的，却也乐得让他们在自己的掌控下争宠。胡媚呢，自那事儿之后，在五柳镇的名声算是臭了，便央求王德意一纸调令把她弄到县教育局去，如今也混了个副局长。

在春风得意的年月里，雷大江只想着更大的权力，却从未没想过会有失去权力的那一天，更没有想过竟然会来了个催命要债的新县委书记阎子丹。自从阎子丹来了之后，雷大江似乎从天堂掉到了地狱，没有过过一天舒心的日子，公安局局长的帽子被摘了，赖以飞扬跋扈的权力顷刻间化为乌有。他从乔树那里知道马红妹找了阎子丹之后，忙向心中的“老王爷”请示。两人担心马红妹坏事，就由雷大江指使“张大嘴”找“黄毛”等人绑架马红妹，接着指使“张大嘴”收买王破盘谋杀方正，却最后都栽在了阎子丹和高良的手下。他担心的是，随着“黄毛”和王破盘的落网，警方会不会顺藤摸瓜，找到“张大嘴”，然后把他们这帮人钉死在这两宗刑事案件上。想到“张大嘴”，雷大江的心脏猛地收缩，他已经好长一段时间没有“张大嘴”的音讯了，这个家伙不会已经被抓了呢？……

雷大江不敢继续往下想，他决定早点去上班，只有坐在舒服的大办公椅子上，他才能暂时忘却恼人的心事，重新体验那份人上人的感觉。他刚刚精神抖擞地走出家门，两个黑影就扑了上来，把他死死压在身下。原来是两个便衣武警！他们早已经埋伏在这里许久，就等着雷大江出门。

这时，门外一辆早已停在那里的面包车忽地打开了门，阎子丹、高良、水清明走了下来。高良示意旁边的便衣警察出示逮捕证，他目光炯炯有神地逼视着雷大江，大声喝道："雷大江，'雷公'！你被捕了。"

雷大江说："我抗议！我是大平县委常委，不是什么'雷公'，你们这是打击报复！"

阎子丹不理他，对高良、水清明说："做好调查搜证工作。"然后坐上车走了。旁边的武警战士和便衣警察不由分说，押着雷大江钻进一部早已在外面停着的越野车，跟在阎子丹的车后面走了。

雷大江的老婆白玉秀听到门外的嘈杂声，急忙赶出来察看，刚好看到雷大江被戴上手铐，押上车带走了。白玉秀几乎晕厥过去，回过神后冲高良、水清明哭喊："你们坏了良心，我家大江和你们无冤无仇……"

高良示意旁边的工作人员出示搜查证，对目瞪口呆的白玉秀说："嫂子对不住了，大江常委涉嫌绑架、谋杀、贪污受贿等罪行，我们现在奉命搜查。"

搜查完毕，水清明在里屋喊道："让她进来！"白玉秀进了堂屋，只见家里翻江倒柜，一片狼藉。一位检察人员手拿查抄清单走到她面前，说："这是查抄清单，看看有没有错，没错的话就签个字吧！"

白玉秀浑身颤抖，她一眼瞥见了她的那些首饰、现金，还有存折、银联卡、信用卡，突然扑到检察人员身上又抓又挠："这是我的私房钱啊！这是我的私房钱啊……"这真是：世人都晓神仙好，惟有金银忘不了，终朝只恨聚无多，及到多时被抄了。

王德意被抓后，阎子丹写下了一幅对联：

钱多、房多、女人多，廉耻少，有义已矣：
位高、职高、架子高，素质低，大江东去。
横批：败事多于得（德）意时

这是后话。王德意的手下"5大金刚"中，张永发、傅有义被"双规"，雷大江被正式逮捕。大平县里到处在传阎子丹向腐败宣战的小道消息，许多本来因为被扣工资而对阎子丹有成见的干部职工的态度也开始转变，甚至集体上访的老师和建龙水泥厂的职工们也开始反思，对他有了全新的认识。王德意的政治势力在大平县可谓盘根错节，那手下的"5大金刚"嚣张跋扈，从未把老百姓放在眼里。老百姓说，吕正伟借权生财，张永发无能贪钱，傅有义奸滑好色，雷大江跋扈爱权，现在他们都呼啦啦倒台了，老百姓不知道有多解恨。

当然，也有人不这么想。像袁鸿利就从权力斗争的角度去解读，把张永发、傅有义、雷大江的倒台说成是“阎王之争”，是前后两任县委书记在斗法。阎子丹认为，有那种想法的人大致分为两类，一类是糊涂型的，凡事不从法律角度去解读，却热衷于街头政治学、斗争学那一套思维逻辑；另一类是别有用心型的，通过制造舆论，混淆视听，转移社会注意力，对纪检、检察院和公安机关施加社会压力，妄图把张、傅、雷塑造成“阎王之争”的悲剧英雄，从而模糊他们腐败、谋杀等罪行的性质。

阎子丹决定亲自听听雷大江在审查过程中说些什么。

在大平县看守所的一间审讯室里，灯光明亮，四处雪白，空空荡荡。雷大江戴着手铐被押了进来，脸色苍白，头发蓬乱，两眼通红，腮帮子上那颗硕大黑痣上的两根毛耷拉着了无生气，几天之间似乎老了10岁，往日飞扬跋扈的样子荡然无存。

雷大江有气无力地坐在审讯台对面的椅子上，他抬起头来看清审讯他的人。审讯他的是老熟人，一个是县刑警大队队长张刚强，张刚强旁边坐着的另一个是熊朝东。曾几何时，雷大江也曾经坐在张刚强的位置上，用一种猫对老鼠的姿态，俯视对面的嫌犯，没想到今天却掉了个个儿，而审讯自己的竟然是以前的手下。真是世事难料！

此时的阎子丹、高良、梅剑锋、水清明，还有省纪委第一纪检监察室的李同主任以及省检察院的一位同志坐在审讯中心，他们正通过摄像头，密切地注视着对雷大江审讯的全过程。

不等张刚强开口，雷大江反客为主地嘲讽道：“问吧，张刚强，反正你们那一套审讯技巧我太清楚了……”

张刚强说：“雷大江，请你认清形势，你涉嫌绑架、杀人、贪污受贿，你以为你还是原来的县委常委、公安局局长、政法委书记?”

雷大江腮帮子上那颗硕大黑痣上的两根毛激烈抖动，即便成了阶下囚也没收敛住他那冲动易怒的臭脾气：“什么绑架，什么杀人，什么贪污受贿，纯属诬蔑栽赃，是‘阎王丹’强加给我的莫须有罪名！我有什么问题，他‘阎王丹’县委书记的位置还没有坐热，满脑子权力斗争，无非就是想搞一朝天子一朝臣的把戏！张刚强，难道你没有听过大平老百姓说的‘阎王之争’吗？他和王德意斗得天翻地覆，却拿我们当垫背的，你让我们怎么办？再说王德意作为前任县委书记，谁敢保证工作多年没有一点点的失误，谁身上又没有那么几个缺点？他‘阎王丹’倒好，把王德意当仇人一样对待，还迁怒到我们身上！没错，我是王德意提上来的县委常委，公安局局长，那是我的罪过吗？我就必须得成为他们‘阎王之争’的牺牲品吗，啊？”

张刚强说：“少在这里狡辩！雷大江，你的问题是法律问题，不是政治问题。你也太天真了吧！你也不想想，如果真如你所说，仅仅因为‘阎王之争’的话，纪委、检察院、公安机关会没事找事，鸡蛋里面挑骨头，无凭无据就把你逮捕了？正如你自己所说的，你是县委常委，我们手上如果没有铁证，会请你到这个地方来吗？会用得着省纪委、省检察院的同志来吗？”

雷大江把头别过一边，摆出一副死猪不怕开水烫的模样。熊朝东大怒，啪的一声站起来大声吼道：“雷大江，少给老子装犊子，放下幻想，老实交代！把你身上所有的问题老老实实讲出来！”

雷大江说：“你吼也没用，我想过了，最多就是一死，那又怎么样呢？你们和‘阎王丹’不也迟早会死嘛！”

张刚强说：“谁都会死，自然规律，但你会死得很可耻！”

雷大江说：“我一点也不可耻，可耻的是‘阎王丹’，他搞打击报复。”

熊朝东再也忍不住了：“别胡搅蛮缠。你为什么而死，你自己心里最清楚。”

雷大江说：“我当然清楚，我为了我的信仰，为了我的追求！死有什么大不了的？”

张刚强缓缓地说：“人们当然有自己的信仰和追求，我也相信，你曾经有过高尚的信仰，相信你有过崇高的追求。作为你的老下属，我知道你在公安局局长的任上做出过不少贡献，一举打掉‘天龙帮’黑社会组织，把帮主张军踩在脚下，当时老百姓也叫你大平神探。但是这几年你都干了些什么，你自己比谁都清楚，哪里还有什么信仰追求，如果有，那也是对权力的追求，对权力的信仰。看看你在方正、马红妹这些案子中的所作所作，你还有没有共产党员的良知？”

雷大江说：“别把这些案子扯我身上，我一无所知！”

张刚强说：“那你说说，你家里的信用卡、银联卡、存折，还有金银首饰是怎么来的？就你那点工资，你十辈子也挣不到那个钱！”

雷大江说：“我不知道，问我老婆去。那里没有一张卡，没有一本存折的户主是我。不信你们去查好了！"

熊朝东正想发火，张刚强使了个眼色转换话题："好，我们暂且不说这些。我现在问你，你是怎么当上县委常委、公安局局长的？"

雷大江说："无聊。你张刚强怎么不去问问阎子丹是怎么当上县委书记的？他才38岁，人家奋斗到50多岁也未必当得了，他轻轻松松就当上了，这不奇怪吗？不是更应该去问问吗？还有，你应该问问梅剑锋、高良、水清明、袁秋明是怎么坐上现在的位置的，阎子丹才来几天，就把所有的重要岗位换上自己的人马，不是更应该问吗！他'阎王丹'是搞他的阎氏王朝，搞独断专行，搞打击报复！ 至于我，我怎么了，我是一刀一枪拼出来的！我知道你们想说我是王市长提拔的，是又怎么样？一个人的成长与进步，没有伯乐行吗？没有贵人相助行吗？想让我乱咬人？门都没有！"

张刚强又换了一个话题："雷大江，方正你肯定认识吧？"

雷大江说："认识，不就是信访局那个受贿的吗？"

张刚强说："哼，只是认识而已吗？方正被关在看守所那么长的时间，案子不但在全县而且在全市都造成了很大的影响！方正妈妈马红妹被绑架的时候，你是当时的公安局局长，我记得阎书记还当面要求你尽快破案。"

雷大江说："是，但我一个堂堂的县委常委、公安局局长，非得要认识一个普通的受贿嫌疑犯吗？"

张刚强说："是啊！太奇怪了，为什么一个再普通不过的信访局干部，在没有什么过硬证据的情况下，却硬是经过公安局侦察、检察院起诉、法院审判的重重关卡，最终被以受贿罪判刑呢？为什么他妈妈屡屡被跟踪？她找阎书记上诉却被绑架了？你作为县委常委、公安局局长、政法委书记，能不能解释一下？"

雷大江沉默了许久说："我无法解释，这与我毫无关系！"

张刚强说："雷大江，别装了！'张大嘴'你总该认识吧？别说你不认识！他就是按照你的指令，雇请'黄毛'和王破盘，做下了绑架马红妹和谋杀方正的惊人大案。你，就是'张大嘴'口中的'雷公'！"

雷大江跳起来大叫："你们有证据就起诉我，别他妈的给我栽赃……"

张刚强说："狡辩是没有用的，告诉你吧，'张大嘴'三天前已经在云南边境落网了。还想抵赖吗，要不要叫'张大嘴'和你对质？"

熊朝东拿出一张报纸递到雷大江面前，正是三天前的顺州日报。但见头版头条题目就是《悍匪落网，大平天光》，"张大嘴"被抓的图片赫然在目，他样子看起来很是狼狈，头发凌乱，目光散乱，双手高举，像极了弃暗投明的国军将领。

雷大江再也无力狡辩，只是怒视张刚强却不说话。

审讯中心的阎子丹和梅剑锋等人也在研究，从张刚强和雷大江的交锋来看，这个雷大江毕竟是做过多年的公安局局长，反侦查能力很强，加上性格桀骜不驯，看来得继续加强对“张大嘴”的审讯，巩固证据。至于贪污受贿问题，尽管他色厉内荏予以否认，但证据已经掌握较充分，只要继续巩固，就不怕他不认！

省纪委李同处长审讯经验丰富，他对阎子丹说：“这家伙真是顽固之极，见了棺材都不落泪。我看不如先冷落他几天，缓冲一下再审也许效果更好！”

梅剑锋、高良表示赞同。阎子丹轻轻按了按桌子上的指示灯，张刚强随后就进来了。李同说：“今天就到这里吧！把雷大江带下去吧，要严加看守，注意保密。”

雷大江被带走后，李同对阎子丹说：“‘张大嘴’落网了，也不怕雷大江死扛下去，方正案子背后的大人物很快就要浮出水面了。”

阎子丹点点头，转过身说：“我说高良，你得尽快了解一下方正的病情，如果情况许可的话，尽快安排李主任和我跟方正谈一谈。”

当天晚上，阎子丹非常感慨，胜利的前景终于历历在望了。明天还有许多工作等着他去处理，阎子丹正打算洗漱睡觉，忽然接到一个神秘的电话：“阎子丹，你给我听着！大平的领导干部不欢迎你，别在这里欺负人，如果你不收手的话，别怪我们不客气！”

阎子丹说：“都有哪些领导干部不欢迎我啊？请你一一说出来，我看看我到底有多讨人厌！”

“说出来？你想报复还是怎么的？老子没那么傻！”

阎子丹坦然地说：“没什么可报复的，我对这一套不感兴趣。倒是你，电话号码都要藏匿，有话为什么不光明磊落地说！”

对方冷冷地说：“好吧，既然你不给我们留活路，那就别怪我们把事情做绝喽！”没等阎子丹说话，对方“啪”地一声挂断电话。

阎子丹预感到方正案子背后的人已经要狗急跳墙了，看来形势越来越严峻，不得不小心应对。

果然出事了。

这天，陈泠雨匆匆走进办公室，告诉了阎子丹一个不好的消息：有个男人通过匿名电话让她传话给阎子丹，要让他的爱人柳依依死于车轮之下。阎子丹又惊又怒又急，急忙打电话给柳依依，柳依依的手机却是关机。柳依依平时工作很忙，一般情况下根本不可能关机，难道真的出什么事了！阎子丹叫上司机小杜，开上车箭一样往家里赶。一路上，他心神不宁，一会想是不是妻子真的出事了，一会又埋怨自己不该大意，前段时间接到匿名电话竟然没有引起重视，万一妻子有个三长两短，自己罪过就大了。想想妻子真是不容易，自己到大平上任之后的日子，她的生活一下子变得空荡荡的，白天忙着律师事务所的工作，又要接送女儿妞妞上下学，晚上倒是清闲了，却又那么孤独寂寞。多少个夜里她都在感叹：人生一世，难道有比和和美美过日子更重要的事吗？也正是这样，她才有了去大平找丈夫，要求他调回省城那一事。

阎子丹不断催促小杜："快点，快点，再快一点！"平时两个半小时的路，今天两个小时就走完了。阎子丹匆匆赶回家，开门的可不正是妻子柳依依吗！眼前的妻子好好地站在他面前，可能因为丈夫小别又回家，柳依依笑盈盈的，样子蛮开心的。阎子丹感到纳闷起来。小杜看到阎子丹夫妻难得团聚，知道他们有很多知心话要说，便道了声再见就走了。他这次没有按惯例在阎子丹家里住下，而是到大平驻省城办事处住宿去了。

小杜走后，阎子丹忍不住埋怨妻子："你怎么关机了？"柳依依一头扎到他怀里，鼻子一酸，抽泣起来说："什么关机，手机都摔坏了……我差点见不着你了。"阎子丹愧疚地说："依依，委屈你了。我接到电话说有人要对你不利，到底是怎么回事？你看，我急急赶回来，一路上都急得要死了。"

柳依依好一会才止住抽泣，站起来说："子丹，你真的差点看不到我了……中午我去机关小学接女儿，如果不是……唉……不知道你招谁惹谁了，竟然有人这么恨你，要报复到我们母女身上！"

阎子丹搂着妻子问："到底出什么事了？"柳依依拉着阎子丹坐到沙发上，靠在他肩膀说："今天中午11点半，我准时下班开车去接女儿，还没等我把女儿抱上车，一辆摩托车突然直直地朝我们母女冲过来，好在一个年轻的男家长推了我们一把。否则我们恐怕……那辆摩托冲过去，竟然掉过头又冲了回来，到我们母女面前却又忽然停住，那戴着头盔的男人恶狠狠地说：'如果阎子丹再不识相，就叫他来给你们母女收尸！'说完，一加油门跑得没了踪影。

阎子丹听得心惊肉跳。柳依依继续说："后来那个男家长帮我们报了警，可是警察也没办法，那辆车早就跑了，而且他们显然是有备而来的，摩托车是没有牌子的，那歹徒还戴着一个茶色遮光的头盔。我擦破点皮，妞妞受了点惊吓倒也没伤着。现在妞妞被我送到她姥爷姥姥家里去了，先让两位老人照看着，这样比较安全。”阎子丹急忙卷起柳依依的衣袖，妻子那白白嫩嫩的小臂上一大片青紫，被擦破的皮还留下一条血痕。

阎子丹问：“看来那个打匿名电话给我和陈泠雨的人也许就是凶手，即使不是凶手本人，至少他们也是一伙的。”

柳依依担心地说：“子丹，不用说肯定是你在大平惹下祸了。这些人也太狂了，枉法腐败还不算，还要谋财害命。这次他们是醉翁之意不在酒，应该是警告你，冲着你去的。”

阎子丹点点头。柳依依说：“我太了解你了，你这个人就是不会转弯。当初省、市组织部门把你放到大平当县委书记，我就知道你肯定会惹祸的。大平是什么地方？我有一个大平籍的同事，他说大平那是老虎地，贪官如虎似狼，这次还想把我们一家三口给吃了呢，我是真的见识了。你这一去，又是整治安，又是搞反腐，挡了他们的道，他们能放过你吗？我上次叫你回来就是怕你吃亏，担心你把命搭进去了。唉……到底还是碰上了。既然他们这么可恨，这么无法无天，我这个律师也容不得他们。今天我开始理解你了，你就好好在那里干，妞妞我会照看好的。”

阎子丹把接到匿名电话的经过详细地跟妻子说了。柳依依忧心地说：“哎哟，我的妈呀！子丹你以后要越发小心，知道吗？别让我担心了。”

阎子丹说：“他们越是疯狂，说明他们越是慌张。不用担心，他们的日子不会太长了。”

紧张了一天，阎子丹打算早点休息。正准备去洗澡，搁在桌上的手机响了。阎子丹示意柳依依接电话，柳依依接通：“你好……你是袁秋明啊，子丹正准备洗澡……”柳依依走过去把手机递给他：“是袁秋明，你的老同学找你。”

阎子丹接过手机：“秋明啊……哦，哦，好的，我准时去。”

柳依依问：“袁秋明找你干嘛，又有工作任务了？需要赶回大平吗？”

阎子丹说：“不是。秋明也在省城呢，他请我去陪一个重要客人。”柳依依觉得不可思议，自己老公最不愿意干的事就是陪人吃饭。阎子丹看她纳闷的样子笑了：“秋明现在是常务副县长，管招商呢。他既然找到我，作为县里的一把手，我能不陪陪我们的大客商吗，穷地方搞经济更要多引资多招商。这方面，秋明可真是不少帮我啊。”阎子丹看着妻子幽怨的眼神又说：“依依，我和秋明约好明天陪客人吃个晚饭。今天我谁都不陪，就陪你我的宝贝妻子。”

阎子丹洗完澡，见柳依依躺在床上无聊地看书。他越发愧疚，自上次妻子来大平之后一别已经3个月，那就是一百多个日日夜夜呐。难得相聚一晚却又被同事的电话打扰，难怪妻子心里有点埋怨。阎子丹好说歹说，把柳依依哄得开心起来。两口子小别胜新婚，很快温存起来。

第二天正是星期六。阎子丹吃过早餐后就奔居家附近的南华书城去了，逛书城是他学生时代就养成的习惯。柳依依目送丈夫出了门，觉得一家人和和美美的日子又回来了。阎子丹走后，柳依依一边收拾房间，一边哼着南华民歌《十二月里望郎来》：

正月初一去望郎，我与郎哥谈家常，
家常谈的七个字，百年夫妻好鸳鸯。
二月初一去望郎，我郎埋头写文章，
十篇文章九篇好，郎哥累得脸发黄
……

这是柳依依的家乡民歌，她小时候就会唱了。在高中一次联欢会上，她就是表演这首歌，阎子丹当时是联欢会组织者，认识了这位爱唱民歌的小学妹，后来日久生情，喜结良缘。因为有了这一重关系，柳依依更加深爱这首歌，心情好的时候就哼哼几句。

柳依依收拾完房间就去了市场，她要买几样丈夫喜欢的菜，这次无论如何要买点泥鳅，丈夫最喜欢吃泥鳅炒辣椒了。外面的饭店宾馆几乎没人做过泥鳅炒辣椒这道菜，她曾经问阎子丹为什么喜欢这个奇怪的菜式，阎子丹说，小时候家里穷，一年到头也没吃过什么肉，妈妈从地里回来有时带回一些泥鳅，便就着辣椒炒给孩子们吃，对于阎子丹来说那已经是天上龙肉了。

阎子丹在书城逛了一个上午，11点多的时候买了两本书：《政道：仇和十年》、《吕日周在朔州》。他喜欢仇和、吕日周，这两个人都是他喜爱的当代地方官员。他惬意地逛回家，一进家门，就听到妻子又哼《十二月里望郎来》，正在厨房开心地忙活着。柳依依听到开门的声音，头也不回地叫道：“子丹吗？一会爸妈带妞妞过来，我们一家吃个团圆饭。”阎子丹应了一声“好咧”，便要进厨房帮忙。柳依依嫌他碍手，便说：“哪敢让你这个县官大人打下手啊，你等着妈妈和妞妞回来就行。”

阎子丹没有说话，悄悄走进厨房，从后面搂住妻子，他明显感觉到妻子身子一颤。柳依依并没有转身，只是停下手中的锅铲，身子轻轻往后靠着丈夫："怎么了，什么时候县官大人也多愁善感起来了？"

阎子丹知道妻子这么开心，都是因为他回家后一家人又可以短暂团聚，他现在才深深地明白妻子对他的感情有多么深。他说："你手受伤了就该好好休息，还忙活什么！"

"我愿意！"柳依依笑盈盈地望着他说，"你知道你多长时间没在家吃饭了吗，111天！所以今天我特意做了你最爱吃的泥鳅炒辣椒，这泥鳅可是我找了好几个地方才找到的啊。"

阎子丹惊喜地说："还有泥鳅啊？谢谢老婆大人。"

柳依依甜甜地看着阎子丹说："你这才知道我心疼你啊？想吃的话，以后就常回家知道吗？"

阎子丹摸着妻子那受了伤的小臂说："依依，我真对不起这个家，我欠你和妞妞的太多了。我想好了，等我退居二线以后，就给你当牛做马，一天到晚围着你和女儿转，做全职的经济适用男！"

妻子开心地叫了起来："好啊好啊，那我就要好好享福了！"

"依依，其实你真的挺好的。"阎子丹搂着妻子的腰，内心升起了几分歉意，"可惜我这个县委书记，官儿不大担子不轻。让你受委屈了。"

柳依依说："我受委屈没什么，我最放心不下的就是你和妞妞。你肠子直，脾气又不好，肯定没少得罪人。我就怕有人暗中报复，前几天他们报复我和妞妞不成，说不定今后会直接冲着你去的……"

阎子丹宽慰妻子说："没事，邪不压正，他们是蹦哒不了几天的。"

柳依依提议说跳个舞，好久没有这么轻松过了。柳依依舞一向跳得不错，记得有一次团省委联欢的时候，柳依依和阎子丹就得了个最具观赏奖，其实这个奖90%的功劳得归柳依依。阎子丹在这方面就笨拙多了，只会走简单的三步四步，柳依依偶尔笑话他的舞姿像痔疮发作。

音乐响起，灯光下的柳依依美丽如昔，舞姿曼妙，裙裾飞扬，两眼像蓝宝石一样熠熠生辉。自从阎子丹到大平上任后，他们还是第一次度过这么浪漫轻松的时刻。

一曲舞罢，妞妞和她姥爷姥姥大手拉小手就回来了，一家五口子和和美美地吃了顿团圆饭。饭后，翁婿兴致勃勃地下起围棋。老太太心疼女婿，十分猖狂地一把将棋局胡撸了，像赶鸭子一样催着小两口带妞妞出去散步。老头子颇为悲愤，埋怨连连，说老太太长期就会欺负他，破坏他的好事。他好不容易围住了女婿的一大片棋子，正得意地准备大开杀戒呢。老太太虚张声势地举着鸡毛掸子作势欲打，说我女婿哪有闲工夫陪你这糟老头子玩，人家小两口多久才聚一次，你好意思霸占着女婿不放？于是，小两口拉着女儿笑着走下楼。阎子

点将

丹和妻子手牵着手，在和煦的春光里慢悠悠地在小区里逛，妞妞像只快活的小狗在旁边一蹦一跳。阎子丹朝妞妞的小脑袋轻轻一拍，妞妞回头噘嘴："爸爸不乖，欺负妈妈又欺负妞妞。"柳依依掩嘴笑了："妈妈的乖女儿，知道心疼妈妈了。"然后得意地指着阎子丹，"妞妞向我不向你，谁让你不常常回来陪她，活该……"

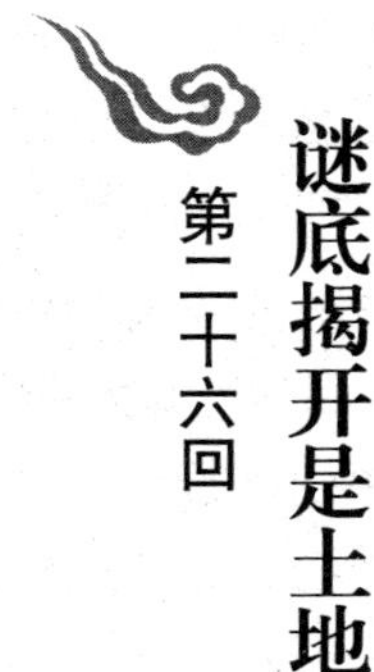

第二十六回 谜底揭开是土地

与此同时，省市联合专案组正在加紧审查雷大江和傅有义。这天，阎子丹接到省纪委第一纪检监察室李同主任的电话，说是有重要情况和他谈。阎子丹匆匆来到省市联合专案组驻地——国防宾馆，这是县武装部的招待所，只有5层的一幢小宾馆。专案组为了保密办案的需要，把整个宾馆都包了下来，宾馆里的服务员和管理人员统统都换上了武警战士。专案组成员住在这里，雷大江、傅有义和所有被“双规”的人员全部集中住在这里，接受专案组审查。

李同在一楼的临时办公室等候阎子丹。李同抢前一步，紧紧握住阎子丹的手说：“阎书记，真是抱歉啊。县里发生了这样的事故，我一点也帮不上忙，现在还要给你添乱，你看……”阎子丹淡然一笑：“看你说的，怎么能说是添乱呢，反腐败也是帮我的大忙。至于铁岭镇的这次事故，老实说这里有我的责任。李处长，大平这块地方人口多，经济落后，我们这些做领导的都很焦急，都想用最短的时间走更长的路，干部职工的思想观念一下子转不过弯，老百姓长期养成的思维习惯也不可能一夕之间就改变过来，这也正是我们现在最心焦的地方。扶贫先扶志，要解决口袋问题，必先解决脑袋问题，说的就是这个道理啊。”

“阎书记，你也别自责。据我所知，安全生产事故伴随着经济社会的发展而生，不但在农村，就是在我们省城也常常发生，前段时间还有旅游车从省城大街上走过，被建设中的高楼塔吊砸烂，九死十一伤。但安全生产事故和拆迁致死案件有本质上的区别。我相信上级会有一个正确的结论的。”李同停了停又说，“当然，阎书记到大平后大刀阔斧抓改革，促发展，步子又快又猛，不可避免地触及了某些既得利益者的痛处，他们趁机搞搞小动作也是意料中的事。所以说，改革从来就没有一帆风顺的！”

阎子丹坦然地说：“李处长，谢谢你的理解啊。总设计师说，改革就是一场深刻的革命。每一次改革都是社会利益的一次大调整、再分配，那些既得利益者，不舍得手里的权、袋里的钱、碗里的肉，自然而然就会反抗，这便是改革的阻力。阻力迟早会出现，什么时候出现我们就什么时候排除，如果不断出现我们就不断排除，没有什么大不了的。改革哪有一帆风顺的，我对大平的发展前景充满信心。如果怕这怕那，怕得罪人，怕丢乌纱帽，结果到大平来做太平官混日子，那才叫对老百姓不负责任呢。”李处长抚掌大笑说：“说得太好了。省委、市委果然慧眼识人，把阎书记这样的改革家放到了关键位置上。”至于铁岭镇的生产安全事故，李处长安慰说，“既然市里已经有了一个明确的结论，责任在施工部门，不在县委、县政府，阎书记你就把心放到肚子里去吧，更没必要苛责自己了。”

说着说着，李处长又绕回雷大江、傅有义等人的案子上了。阎子丹说：“对不起啊，这几天我都在处理铁岭那档子事，请你说说现在案子的情况。”李处长说：“阎书记，雷、傅等人的案子远比你我想象的要复杂得多。就目前掌握的情况来看，涉及到的副科级以上的领导干部不少，甚至连县四套班子的一些成员都牵扯进去了。我的意见是，县管干部由县纪委、县检察院、县法院去办，市管和省管干部嘛……我想和上面有关部门先通通气。”他说，“现在我们的案子已经办到关键处，正考虑对吕正伟采取措施。富丽华房地产集团公司是全省知名企业，吕正伟在全省各界中有一定影响力。要‘请’这尊神进来，我们不得不慎之又慎。这不，今天请你来就是想听听你的意见，和你商量一下。”

阎子丹沉吟起来，过了好一会说：“富丽华公司确实是我县的头号纳税大户，举足轻重。这吕正伟是怎么回事，他是怎么搅进那个圈子的？他和雷大江、傅有义、张永发是什么关系……李处长，你能不能给我交个底？”

李处长说：“本来就应该向你汇报的。”接着便慢慢道出案情。饶是阎子丹见多识广，也听得触目惊心。

原来，王德意、雷大江、傅有义、吕正伟、张永发等人的犯案，一切都起源于一宗土地腐败案。

随着近年来房地产市场的兴旺，深圳、广州等地的开发商大量进入大平县跑马圈地，地价一涨再涨，土地交易成为“腐败高发区”。正是在这股大潮中，南华省富丽华房地产公司进入了大平县。该公司的老总吕正伟是个精明的商人，他绕开征地程序，非法低价“私占”集体土地，又通过收买政府官员高价倒卖给政府，变身“国有土地”，官商结成“利益输送”联盟，终于导致顺州历史上最大的一宗土地腐败案件发生。案中又牵出包括王德意、雷大江、傅有义以及国土资源、规划建设、公安等部门干部在内的20多名干部，实在是触目惊心，发人深省。

事发于2008年1月，大平县信访局方正收到黄陂镇鸬鹚村群众来信举报，反映该村干部与大平县南华省富丽华房地产集团公司总经理吕正伟等人勾结，以每亩6000元左右的价格“征地”1000余亩，又以每亩7万多元转手卖给县国土局，从中侵吞巨额征地款，众多干部受贿。

方正收到举报后，按程序上报领导，岂料领导把举报压了下来。鸬鹚村又推举三名群众到县纪委举报，县纪委接待他们的两人中，其中一人正是张永发的儿子“张大嘴”。方正是鸬鹚村信访案的包案联络员，按照信访包案制度，他应约前去县纪委一起说明情况，并做群众的思想工作。在县纪委，方正实事求是地把自己调查得来的情况做了汇报。他也没有拐弯抹角，直接就把王德意、雷大江、傅有义等领导涉案的情况也做了详细说明。

“张大嘴”当时就讽刺说：“方正，你是代表群众说话还是代表党说话？别把自己混同于一般的刁民。”方正据理力争，后来更明确地站到举报的群众一边，带着群众代表到更上一级的部门反映情况。之后，便围绕方正发生了一系列的冤案和刑事案件。

阎子丹皱起眉头说：“这帮家伙胆子也太大了。具体他们是怎么介入这个土地腐败案件的呢？”

李处长说：“从我们专案组的调查结果来看，可以说这个案子是‘领导主导，开发商和部门分工协作，涉案人员参与分肥’。也亏他们想得出来，可惜聪明用错了地方。”

开发商和干部是怎样“分工协作”的呢？李处长又说出了下面一番话。原来吕正伟买通村干部，通过非法转让的方式，从鸬鹚村拿到一块集体土地。2008年初，吕正伟从张永发那里得知大平县计划征用约1100亩土地作为“储备用地”的信息后，便找王德意密谋起来。两人约定，由南华省富丽华房地产有限公司出资，贿赂村干部，从鸬鹚村拿地，以每亩6000元的低价买进。所需的

700万元分别由傅有义挪用小学教学楼改造专款300万，雷大江挪用公安“双基”建设专款200万元，再加上吕正伟的200万元凑成。买下那块地之后，由王德意授意，张永发幕后运作，把这1100多亩土地列为县政府的“储备用地”。几个月之后，县政府果然以每亩7万多元的价格“收储”了鸬鹚村那块集体用地，一转手空手套白狼赚了7300万。除了打发手下几个干部，其余的都被王德意、雷大江、傅有义、张永发、吕正伟他们拿去了。

关于证据问题，李处长表示已经足够了。从张永发的问话笔录里可以证实，王德意曾示意他，优先考虑鸬鹚村那块土地，把该地块列为政府“储备用地”。张永发带队查看了相关地块，随后以县国土局的名义向县政府打了征地报告。由于方正不识趣地到处替村民出头，“张大嘴”早就把他的动向跟王德意他们透露了。又是王德意授意，由当时的县委常委、政法委书记、公安局局长雷大江，还有原来的纪委书记乔树出面，运作公检法司等部门把他弄进拘留所去，然后再判刑了事。

阎子丹倒吸了口气，没想到吕正伟能量这么大，竟然“攻关”拉下这么多领导。想想自己第一天上任，傅有义就带他过来“按惯例给零花钱”。他们当初的算盘打得很如意，也想把新来的县委书记发展成“利益同盟”的一员！

李同处长说：“对于王德意的所作所为，群众的反映尤其强烈。前几天，几位老干部手里拿着举报材料，已经到这里找过我几次了。看来我们如果不加快办案进度，他们非告到北京去不可。当然，我们的原则是证据到哪里，案子就办到哪里。”李同停了停又说，“当然，县委书记的意见很重要，我们听完您的意见后再决定下一步的行动。”

阎子丹说：“依法办事，我坚决支持，你不用有什么顾虑！吕正伟该怎么办就怎么办，如果上面有什么压力，你交给我处理就行。”

李同又说：“阎书记，傅有义、雷大江这批人除了经济问题，更主要的是破坏了党的组织人事原则。在王德意的主导下，他们大肆买官卖官，大平官场现在这个局面，他们应该负很大责任。唉……这些人呐，天天讲廉政，道貌岸然，其实贪婪得很，怪不得这么招人恨！”

阎子丹气愤地说：“窃居高位，买官卖官，跟做黑道生意有什么区别！老百姓看在眼里，能不骂娘吗？前车之鉴啊，必须改变这种小圈圈里选官的局面。我想好了，我们准备谋划一次伯乐赛马，挑出几匹千里马来。阳光是最好的防腐剂，‘赛马’时让群众、媒体参与监督，直到最后人选出炉，整个选拔过程都必须在阳光下进行！”

李同突然笑了说：“阎书记，我们在办案的过程中，不但查出了贪官，也查出了一个清官。哈哈，就是你。虽然有人说你是霸道独裁的‘阎王丹’，训人不讲情面，克扣干部职工工资搞农房改造，还在铁岭镇搞出个安全生产事故，但是没人说你是贪官，都说你是清官，是一心做事的好官。”

阎子丹一脸严肃地说：“我的志愿就是做‘清官’，做‘干官’，决不做‘贪官’和‘混官’。说句心里话，我们国家不但经济在转型，行政体制也在转型，在许多制度还不健全的条件下，在大平这种后发展地区，如果我不硬着头皮干点‘出格’的事，什么都按常规来，结果就是什么事也干不成。修路？哪来的钱！农房改造？哪来的钱！等靠要，那要等到猴年马月，老百姓等得起吗？还有干部队伍的问题，干部队伍是带领130多万老百姓奔小康致富的依靠，我能让他们烂下去吗？有些领导说反腐败会影响经济发展大局，那是瞎说。你们现在来办案子，那就是在帮我们，在帮130多万大平的老百姓！”

李处长拍着手说：“阎书记你说得太好了，我们办案你们办事，让我们共同为大平的经济发展尽一份心力吧。”

阎子丹若有所思地说：“李处长，我有时在想，你们反腐败工作是一种建设性的破坏，打破一种发霉腐烂的吏治局面。我呢，何尝不是在进行建设性的破坏呢，我要打破的是一种慢悠悠的思维习惯，一种温水煮青蛙式的惰性发展模式。现在有那么一些官员心里不想着为老百姓谋福利，却一心只想着自己的小安乐窝，工作起来四平八稳，没有创新，不动脑筋，不思进取，想自己的时候多，想老百姓的时候少，甚至心里根本就没有老百姓，说到底他们是当老百姓的官，图自己的利。”

这时桌上的电话响了，李同拿起电话：“喂……我是李同……好的，马上准备好汇报材料。”

阎子丹站起来说：“李处长，看来你的案子又有进展了。要不，我们改天再谈吧！”

李处长说：“好的，有情况我随时向您汇报。”

关于案子问题，阎子丹免不了又是对李同一番叮嘱：对于吕正伟尽快用措施，免得他外逃。对于王德意的案情，一要保密，二要谨慎，三要证据，四要走程序。

吕正伟被省市联合专案组带走的时候，正在一个工地上视察工程进度。当时他吓得全身筛糠一样抖起来，耷拉着脑袋，乖乖地跟在纪委同志后面，留下工地一众工人目瞪口呆。

在省市联合专案组驻地——国防宾馆某屋，吕正伟靠在沙发上，头发凌乱，闭着眼睛，看得出眼眶有些浮肿。这时门开了，省纪委李同处长和省检察院的方明同志走了进来。李同处长说："吕总，我们谈谈?".

吕正伟犹犹豫豫地站起来，带着哭腔说："这，这到底是为什么？我……我……是个守法的生意人啊……"李同处长往沙发上一坐，抬手示意吕正伟坐下，然后说："我们的政策你是清楚的，我们为什么带你来这里，你比我清楚。我知道你是从一个打工仔一步一步奋斗到今天的，不容易。我的意见是，你就利用这个机会，好好思考一下自己的问题，实事求是，有问题说问题，把事儿说清楚讲明白。"

吕正伟低着头，往事像电影一样在脑海里浮现。他越来越相信，这做生意，一是钱开路，二是权作桥。当他的企业进入大平后，他想到的第一件事就是千方百计和县委书记王德意搭上关系，然后用金钱编织关系网，最后把这张网撒到全县，捞上不少鱼。鸬鹚村那地块，他一转手净赚几千万。当然，他并不感激王德意，在他眼里他们纯属是买卖关系。当王德意高升后，他琢磨着想和新任县委书记阎子丹建立这种"买卖关系"。阎子丹到任的第一个晚上，他通过傅有义试探地给他送上"零花钱"，结果被严辞拒绝，闹了个大红脸。从此，他见到阎子丹就像老鼠见了猫似的，总觉得心虚得慌。随着张永发被"双规"，规划建设局"醉八仙"、"十三太保"的土崩瓦解，还有雷大江和傅有义的倒台，吕正伟越发变得惶恐，仿佛间觉得自己已经成了阎子丹砧板上的肉。想到这里，不由得落下泪来。

李同处长安慰道："你也别难过了，勇敢面对，坦白交代，这是唯一的出路。"

吕正伟止住眼泪说："我听你的……"

……

这时最难熬的要数王德意了，"1加5圆桌峰会"的空前盛况已经一去不复返了。张永发被抓的时候，他还故作镇定，现在连傅有义、雷大江、吕正伟都陆续"进去"了，他感到一张无形的大网黑压压地向他罩来，他被末日来临的恐惧折磨得像热锅上的蚂蚁，惶惶不可终日。他原来是多么自信的一个人，在官场上的争斗从未吃过败仗，可是自从阎子丹来了之后，他总是感觉自己棋差一着，步步退却。现在是退无可退了，再退就是万丈深渊。他真想不顾一切地闯进阎子丹的办公室，责问他到底想要干什么，是想要把他逼上绝路吗？然而他确实又没这胆量，说不定张永发、傅有义、雷大江早就把他给招出去了，而阎子丹、梅剑锋还有省市联合专案组正在那等着他送上门来呢。想到这里，他忽然感觉后背凉飕飕的。

王德意已经好几天没去上班了，他现在一个人把自己关在"钓鱼台"里，觉得如此孤独，想起往日众星捧月的威风，已经恍若隔世。他现在后悔啊，当初就不该去竞争什么副市长，要是还在县委书记的位置上，那么现在大平必然还在他的掌控之下，也就不会有今天这个局面了。他选上副市长的时候，还计划着向市委推荐傅有义或者雷大江接任他的县委书记职务，没想到省里忽然把阎子丹空降下来，任市委常委、兼任大平县委书记，他当时就有种不好的预感，觉得这是上边要为处理他的"身后事"埋下伏笔。事实证明，自从阎子丹做了县委书记，雷大江、傅有义等人的麻烦就开始了，而那张无形的网似乎越收越紧，他陷入了逃无可逃的窘境。现在最可怕的是，被抓进去的下属们，特别是"五大金刚"知道他的事儿太多了，万一有一两个软骨头把他卖了，他离身败名裂也就不远了。

现在的他是如此孤独，连一个商量的人都没有。他自怜自叹一番后又自我安慰，这几天市委、市政府的领导也没打电话找他，说明上边还是风平浪静的，进而说明省市联合专案组并没有掌握关于他的确凿证据。他相信，没事就是好事。再说资历也是软实力，他现在可是一名副厅级高级干部，真要采取"双规"措施的话，不还得省委党委会批准吗？他在省委可是有人的……想到这，他忽然记起那个邱公子。邱公子身为省国安厅处长，又是邱副省长的公子，省里有什么动向他还能不知道？这个节骨眼上正是启用他的时候，王德意满怀希望地一个电话打过去，电话那边传来客服小姐甜甜的声音"对不起，此号码为空号"。反复几次，结果还是一样。王德意的脊梁又开始凉飕飕的，难道邱公子是个骗子?!

正在思绪茫茫的时候，手机忽然响起，王德意看也没看，慌慌张张地接通："你……你……是谁?"对方却不吭声，王德意更加害怕了，喉头抽紧几乎要吼出来，"你他妈的是谁!"对方忽然悠悠发声："王市长吗？好大的官威嘛。"这声音如此镇定，甚至有些玩世不恭，谁敢跟他王德意这么说话？王德意在脑海里紧张地搜刮一番，结果还是想不起来。

对方笑道："哈哈哈，我的王市长老爷子，怎么连你的小弟都忘记了?"王德意脑海里忽然电光石火地蹦出三个字——"邱公子"！这就叫做天无绝人之路！他这一喜非同小可，忍不住跳起来："你是邱处长？哎呀，我的好兄弟！你这段时间都到哪里去了……"对方正是他日思夜想的邱公子！王德意像抓住了一根救命稻草，也顾不得什么官威了，兴奋得语无伦次地说："哎哟，我的好兄弟，你就是我无处不在的大贵人呐！总是在我最想你的时候，出现在我的面前。"

"大哥想我说明大哥心里有我，小弟我还要谢谢大哥的牵挂呢！"

"好兄弟，我们马上见个面吧，哥哥我真想你了。"

"我现在在哥哥的地盘上，就等你一个电话招唤了。"

王德意急切地说："兄弟啊兄弟，你真是哥哥的活菩萨。好，我们兄弟俩今天晚上好好喝两杯。等我电话哟！"王德意马不停蹄地从"钓鱼台"开车跑到市区，在总相宜开了一个豪华包间。他精心摆下一桌子贵宾菜肴，满满十八道菜，特备了花炊鹌子、荔枝白腰子、润兔、姜酸生螺、煨牡蛎、莲花鸭签，这可是他在历年来备尝山珍海味之后挑出来的下酒珍品。这么多的菜，他只想单独和邱处长一人分享，现在就只有这么一个救命贵人了。雷大江、傅有义、张永发、吕正伟先后"进去"了，乔树不但窝在家里待岗而且早吓破了胆，原来众星捧月般的荣耀已成回忆，王德意感到从未有过的孤独，甚至有一丝悲凉。离约好的时间越来越近，王德意从沙发里站起来，焦躁地走来走去。他按照邱处长新给的所谓保密手机号码拨过去，耳边回响的是客服小姐格式化的声音："您拨的号码是空号……"他反复地拨，结果都是一样。这是怎么回事？

这期间，门外侍候的服务员悄悄探头张望，见王副市长始终一个人在焦躁地走来走去，便吐吐舌头又把头缩了回去。王德意在焦躁的等待中又开始了痛苦的思索，感觉自己像一条搁浅的老鲸鱼，正为了最后一口水而苦苦挣扎。本来他设计了几幕大戏，想着要把阎子丹唱臭了。先是指使雷大江、傅有义制造了老师上访的"秀才造反事件"，接着是"建龙改制风波"，没想到阎子丹表现出了惊人的魄力，反而借机把老师和下岗工人们团结到了一起。后来也是老天帮助，育才中学教学楼竟然坍塌了，一死两伤。于是，他抓住这老天爷创造的大好机会，鼓动陈凤儿在《热点追踪》中煽风点火，说什么"安教安学工程"变成了"夺命工程"，大造社会舆论，准备把阎子丹放火炉上烤焦。他甚至在想，如果把阎某人赶出大平，也许市委会让他以副市长的身份兼任大平县委书记，那是多好的事儿，这就叫做"逆转胜"！无奈阎子丹就是命不该绝，市委项书记和市委的决论还是倾向于把责任归于施工单位，而陈凤儿最后也没有把阎某人搞臭，反而让他名声大震。这真是失算……

正在思绪茫茫的时候，包间的门悄然打开，一个30出头的小伙子笑吟吟地站在门口，王德意眼里放光，一个箭步迎上去，抓住小伙子的双手摇了又摇：

"哎哟，我的好兄弟，你可让哥哥我望穿秋水了！"

王德意亲热地把邱处长让进上座，然后自己挨着坐下。邱处长看着眼前的大圆桌，摆满十八道丰盛的佳肴，这十八道菜可有讲究，坊间叫做"降龙十八掌"，乃是"掌"权的官僚们最喜欢的菜式，邱处长自然是知道这个讲究的。邱处长问："这么丰盛，就咱哥俩？"

王德意两手一摊，耸耸肩故作轻松地说："哈哈，就咱哥俩，一醉方休。"说罢摆摆手，漂亮的女服务员识趣地退了出去，又轻轻地掩上包间的门。王德意亲自把盏为邱处长斟酒："兄弟啊，你真是我的大贵人呐，哥哥我一盼你你就来了！"此刻王德意突然想到邱处长神龙见首不见尾，手机号码又变来变去，这应该就是他供职于国家安全厅这个神秘部门的缘故吧。本来有点不高兴，这样一想反而又高兴起来，觉得这正好印证了邱处长的神通广大。

"老爷子，兄弟我实在不好意思，你知道我们纪律的，有时确实是身不由已，你可不要见怪哟。"邱处长察颜观色地这么一说，王德意的满腹狐疑和不快转眼间便烟消云散。

邱处长大大咧咧地端起酒杯说："大哥，来，兄弟今天先敬你三杯。"

王德意大喜之下连饮三小杯，接着不由分说地抢过酒瓶，又亲自给邱处长倒了满满一杯说："好兄弟，哥哥回敬你三杯，先饮为敬！"

王德意接连喝了六小杯，对于客人来说这可是天大的面子了。自从当上县委书记以来，他特别注意在宴席上显示出高人一等的官威，一般都是别人喝完他随意。六小杯下肚，王德意又恢复了往日的神采，滔滔不绝地展示了他的领导口才。

正喝到兴头上，王德意忽然眼睛湿润，抓住邱处长的手说："好兄弟，哥哥遇到难处了，你得帮哥哥这个忙啊……"邱处长说："哥哥是通天的人物，什么事能让哥哥这么为难？说来听听，兄弟如果真能帮上忙，一定全力以赴！"王德意眼角挤出一滴老泪："自家兄弟就是自家兄弟，关键时刻还是……哥哥我快要被人逼到死角了……"

"有这事？"邱处长吃惊地望着王德意，"大哥你尽管说，只要我帮得上忙的我一定帮！"王德意迅速地接上："能，只有兄弟你才能帮我了……现在省市成立了一个专案组，雷大江、傅有义还有吕正伟都被请'进去'了，这怎么得了啊。哥哥我知道你在省里的关系，你就帮我打听打听专案组那边现在是什么情况，哥哥这几天可是睡不着、吃不好啊。"

邱处长更加吃惊："雷局长和傅县长'进去'了？什么时候的事？我还想

叫他们一起喝几杯呢……哥哥你应该早告诉我，这事早点说也许有挽回的余地嘛。”

王德意有点后悔地说：“是啊是啊，早该请兄弟帮我们理顺理顺，现在后悔也晚了……我现在担心的是，专案组现在会不会把矛头转向我……”

邱处长说：“哥哥，你尽管放心。现在啊总是有个别不怀好意的人打着反腐败的旗号搞政治斗争，他们是不会得逞的。你说一个领导干部从科员一步一步干上来，哪能没有一点点问题嘛，美人脸上也难保有一两颗雀斑嘛，对不对？放心吧，这种事是民不告官不理！”王德意叹口气：“可是我的好兄弟，咱们大平县偏偏就出了一个傻呼呼的方正，一个认死理的阎子丹。方正倒也罢了，小泥鳅翻不起大浪，偏偏这个阎子丹是市委常委兼县委书记，手握大权，目空一切，看谁不顺眼就拿谁开刀。这不，雷大江、傅有义就倒了霉了！”王德意目光里透出乞求的哀怜，“好兄弟，他们这是在搞打击报复啊，抓雷大江、傅有义是假，想把我打倒是真啊！”邱处长瞪大眼睛怒道：“他们敢！”

王德意说：“他们就是这么胡作非为！好兄弟，无论如何这回你得帮帮哥哥。”

邱处长手指在桌上有节奏地轻轻敲击，皱着眉头想了一会，端起酒杯和王德意碰了一下一口喝干：“大哥尽管把心放到肚子里去，这个忙我帮定了。”王德意大喜，毕恭毕敬地给邱处长和自己满上一杯，然后双手端起酒杯说：“好兄弟，有你这句话，哥哥我敬你！你就是我王某人的大贵人，不，是救命恩人！哥哥我是个知恩图报的人，今后只要你用得着我的地方，尽管开口！”邱处长说：“大哥说这话就见外了，兄弟我也是举手之劳，不足挂齿，不足挂齿……”

王德意掏出一张银行卡，不由分说地塞进邱处长的口袋，压低声音说：“好兄弟，麻烦你了，全靠你了，拜托你了……这里是50万元……”邱处长作势推让，王德意说：“总不能让兄弟又花精力又花钱……”

邱处长不再推辞，慨然点头：“包在兄弟身上！”

王德意与邱处长喝酒的时候，阎子丹也正在应约去见一个重要人物。这个重要人物正是市委书记项伯瑞。阎子丹赶到项伯瑞办公室的时候已经是下午6点10分了，项伯瑞看到阎子丹，立即从沙发上站起来说：“子丹，跟我走吧，我们边走边说。”原来项伯瑞是带他一起去省城，省纪委领导似乎有什么重要的事情要通报。

两人出了办公室，一起上了项伯瑞的车。时近黄昏，车窗外面的房子和远山逐渐模糊，车子箭一样地冲破暮霭，向省城方向飞速前进。这时项伯瑞的手机响了，他接通：“您好敖书记……哦……李处长到了？好好，我们这边刚刚出发，大概一个半钟头到……好，好的，就请李处长先向您汇报……再见敖书记！”阎子丹何等聪明，心里已经猜到了此行的任务，作为省委常委、纪委书记敖一舟这么郑重其事地约一个市委书记、一个县委书记和省市联合专案组的李同处长一起，肯定是听取专案组的汇报。他甚至进一步推论，十有八九就是专案组的工作取得了决定性的突破，否则不会惊动敖一舟。

到省城已经是晚上8点10分了，阎子丹和项伯瑞直奔省纪委。在省纪委的一个小会议室里，敖一舟和省纪委程副书记正在严肃地听取李同处长的汇报，敖一舟向项伯瑞、阎子丹招了招手，示意他们坐下一起听。事情果然如阎子丹所猜测的那样，省市联合专案组对大平的腐败案已经取得了大量的铁证，到了收网的时候了。

听完了李处长的汇报，项伯瑞和阎子丹分别做了表态，对省纪委在顺州市和大平县开展的工作一定支持和全力配合。最后敖一舟说：“这次行动，由省市联合专案组的李同同志全权负责。记住，有什么情况随时联系我，从现在起我们在座的几位同志的手机务必保持24小时畅通。”敖一舟站起来和项伯瑞、阎子丹、李同一一握手，“我马上还要向省委谷法宪书记汇报，就不留你们吃饭了。等到大平天高云淡的那一天，我到大平去！”

项伯瑞、阎子丹和李同他们马上启程回去，大家的心情既沉重又兴奋，都没有说话。走到半路，项伯瑞提议在路边大排档随便吃点东西，阎子丹看了眼手表，正好上晚上十一点半。

……

话说当晚王德意和邱处长喝酒，慢慢地又喝出了一点自信，觉得自己又找到了靠山，应该不至于就这么被阎子丹击败。两人分手后，王德意忽然涌起一种久违的思乡情愫。这真是奇怪啊。在他的从政生涯中，一切都那么顺利，他常常想到的一句话：时来天地皆同力，运去英雄不自由。的确，他当年是何等的意气风发，30出头就当上了县委常委、县委办主任，也就在那一年他到五柳镇驻点扶贫，一次偶然的机会，他看到镇广播站年轻漂亮的播音员胡媚，心里一动。当时正值盛夏，胡媚穿着一件紧身的无袖宽松上装，咖啡色的紧身短裙，肉色的长筒丝袜，把丰满热辣的身材勾勒得山高水深一览无遗，饱满的双峰高挺着，甚至在无袖宽松上装的第一颗纽扣和第二颗纽扣之间撑开了不小的一条逢儿，露出粉红色的乳罩来。细细的腰在坐下来之后露出一小截白晰晶莹的肌肤，饱满的臀部，还有那长长的腿，让王德意看直了眼……他不由得心跳急剧加速，有点眩晕，男人强烈的性冲动让他不可自拔。没多久，终于闹出了五柳镇那宗至今为人津津乐道的性骚扰迷案来。在雷大江和傅有义的和稀泥之下，胡媚最后被他“招安”了。从此之后，王德意把家当成了事实上的旅馆，对妻子也没有给予多少的温存，妻子基本处于守活寡的状态，只在春节那么几天让妻子稍沾雨露。按照傅有义的说法，那不叫过夫妻生活，应该叫“年度总结”。他从未对妻子有一丝一毫的愧疚，反而觉得自己让妻子过上了富足而体面的生活。但是此时此刻，他忽然觉得妻子是那么可亲，对她是那么愧疚，一种莫名其妙地思念油然而生。

正当王德意千思百转的时候，女儿小丫打他手机，说是好久没见到他，想他了。王德意40多岁才生下小丫一个孩子，平时特别宠她。和女儿通完电话，王德意完全沉醉在一个父亲的幸福之中，女儿读大学，暑假回到家里，自己也一直没去陪过她。王德意忽然很急切地想看看自己的女儿，他也不叫司机，只身开车就往家里赶。他的家还在大平，妻子本来是打算退休后和女儿迁到顺州市的。

车子刚走上通往大平的顺平公路，王德意的手机又响了，原来是胡媚。王德意听她在那边压低声音说：“老爷子你现在在哪呀？我有重要事情要跟你说！”

“你能有什么重要事情？”

“确实很重要，”胡媚把声音压得更低，“听说项伯瑞和阎子丹他们去省城汇报工作去了……”王德意大吃一惊：“你听谁说的，什么时候的事？”胡媚吞吞吐吐地说：“反正我听到风声了……就在今晚去的，有人看到阎子丹坐着项伯瑞的车往省城方向去了，还有人说，这事恐怕是冲着你去的……”

王德意彻底慌了，说：“你在我们家里吗？好，好，我正在回大平的路上，你等我。”他所谓的“我们家”另有含义，乃是他和胡媚的安乐窝——“钓鱼台”。王德意先跟女儿说了声有点事，可能很晚才能到，让她照顾好妈妈。

王德意悄悄赶回大平，又悄悄溜进“钓鱼台”。胡媚一下子就扑到他怀里，吓得浑身发抖，嘴里唠唠叨叨地诉说着她这几天听来的消息，诉说着她心里的恐惧。随着她的诉说，王德意的心脏急促地跳动，事情似乎越来越不可挽回了。他强作镇定，安慰了胡媚一会儿，自己该何去何从却拿不定主意。这时他的手机响了，王德意慌慌张张地瞄了一眼号码，犹犹豫豫不敢接，任凭手机撕心裂肺地响着。胡媚变了脸色问：“谁，谁啊……是纪委吗？”

王德意摇摇头，咬咬牙接通手机：“你好赖秘书长，我是老王啊……”赖秘书长说市委、市政府有一个紧急会议，研究防汛问题，请他务必在明天早上8点准时赶来参加。王德意故作镇定地问："是项书记主持吗？"得到肯定的答复后，王德意有了一种非常不好的预感。他关掉手机，一屁股坐在床上。

胡媚问："老爷子，你要回顺州开会吗？"王德意不由自主地搂住胡媚，哆哆嗦嗦地说："胡媚，万一……""万一什么，万一什么呀……"胡媚大哭起来。

王德意说："先别哭，也许事情不是我想象的那样。我现在得走，明天一定要赶回去，不能自己吓倒自己。再说如果他们找不到我，反而显得我做贼心虚。"

王德意咬咬牙，在胡媚脸上亲了几下："宝贝，我走了，一切会好起来的。"说罢扭身出门，车也不开，匆匆消失在盛夏的夜色中。

王德意又想起他的大救星——邱处长，不知道他在上面运作得怎么样。按照他几十年的从政经验，邱处长既然敢从他手里拿走50万元银行卡，说明他就有能力替他花钱消灾。于是他接通了这位大救星的手机，问他在哪里。

邱处长还是大大咧咧的样子，说是在武汉开一个重要会议，然后压低声音说："你的事我已经问过父亲了，说省委常委会议的意见很明确，考虑到维护社会稳定的需要，基本原则是抓小放大，案子就办到雷大江、傅有义为止，不再向上延烧……"

王德意喜一会忧一会，不知道邱处长的话是真是假。他失魂落魄，像一个游魂，沿着穿城而过的顺水河游荡。顺水河他太熟悉了，岸边的依依垂柳和婆娑大叶榕还是他当时带领县委、县政府的干部们种下来的。当年他也为群众干过不少实事，群众也曾经说他是一个好官，谁想得到当年意气风发的王德意会沦落到如今丧家犬的地步呢？

王德意鬼使神差，不知不觉竟然走到了新大平宾馆旁边的一幢大院门前。这就是自己的家啊！妻子养的狮子狗"富贵"也许闻到了主人熟悉的味道，吱溜一声窜出来，围着他转来转去又舔又叫，亲热得不得了。不知道怎么的，王德意感觉"富贵"的叫声如此凄凉，像哭丧一样。

女儿小丫迎出来一把搂住他："爸爸，我还以为你骗我，没想到你真的回家了！"王德意说："宝贝，爸爸有话跟你妈妈说，你在外面等着。"他走进卧室，妻子已经睡下了。妻子总是这么贤惠，虽然隐隐约约知道一些他在外面干的荒唐事，也从来没跟他打过闹过，总是在默默地帮他操持家务。

妻子说："老王，大平现在的情况你不说我也知道，我就是担心你……"

王德意说："放心，我好歹也是副市长，他们想动我也不容易，得经过省委常委会决定。阎子丹他们没这个能耐……"他又指了指外面的小丫，低声说，"我的事不要跟小丫说，别吓着她一个小孩子。"

妻子点点头。王德意又说："凡事都有个万一，小丫以后你要多照顾着点，她读理工的，毕业以后就做技术工作，研究所也好，学校也好，就是不要再进官场了……"

……

第二天早上8点，王德意赶到顺州市区，参加赖秘书长说的"紧急会议"，结果不出意料：被"双规"了。他终究跟他的"5大金刚"一样，还是"进去"了。"进去"以后，他才知道心中的那根救命稻草、贵人，那个所谓的省国安厅邱处长原来是个彻头彻尾的骗子，其真实身份不过就是湖南农村的一个无业青年，什么省政府邱副省长的公子、国安厅的处长全是蒙人的肥皂泡，风儿一吹全破灭了！至于邱副省长那位国安厅的公子，倒是确有其人，不过人家早就调到公安厅去了。

第二十七回 还是改不了书生气

随着王德意的落网，震惊南华省的大平腐败案终于水落石出。一些腐败边缘的人也现出了原形，得到了应有的下场。袁鸿利因为牵涉到“安教安学工程”的腐败问题，被停职接受调查；陈凤儿被降为科员，和张刚强离婚后不知道去向；胡媚更是不告而别，据说是去广东中山找她丈夫去了。而方正恢复健康后已经返回信访局上班，他妹妹也恢复教职回到五柳镇的育才中学当老师去了。

一年后的某一天。

阎子丹带领陈泠雨以及组织人事部门的五位同志经过近4个月的调研，决定对大平县事业单位进行大改革。阎子丹在全县事业单位改革动员大会上说：“这次我们的改革是动真格的，动真格就会有真痛，相当一批事业单位要变成企业，不少职工要告别‘国家干部’身份，转变为靠市场吃饭的‘社会人’。可以说，农村联产承包责任制打破了中国第一个大锅饭，国企改革打破了中国第二个大锅饭，现在我们的事业单位改革是要打破中国的第三个大锅饭。我知道有些同志可能说别的地方都没改，我们急什么啊？我是急，因为我们现在这个大锅饭已经把大家吃得脑满肠肥，不思进取。就让我们大平成为第一个吃螃蟹的勇者吧。”

从陈泠雨起草的改革方案来看，基本原则是“权责清晰、分类科学、机制灵活、监管有力”十六字，又把事业单位分成三类区别对待：一，承担行政职能的事业单位，原则上是回到政府体系；二，从事生产经营活动的事业单位，原则上是逐步转型为企业；三，从事公共服务的事业单位，原则上是变为非政府组织，也就是国际上所说的NGO，比如消费者委员会、企业家协会等。这次事业单位改革的目标是，从总体上收缩事业单位的规模，把政府财政全额拨款的事业单位减少到最少的程度。

按照事业单位最少化的目标设想，第一个步骤就是把一些事业单位企业化。实践证明，大平的做法受到了上级领导的支持。傅有义出事后，新接任的曹克勤副县长分管医院卫生系统。曹克勤按照改革方案精神，把县人民医院和县中医院暂时保留外，其余乡镇的医院一律实行企业化，变成了股份制企业。最反对的是医院的中层以上干部职工，而广大的干部职工反而大力支持。在县四套领导班子中也有不少人虽然嘴上不说，但内心是反对的。

下午，新任县委办调研室主任的陈泠雨敲门进来，她淡淡地微笑着，手里捧着一个蓝色文件夹。在县委办的都知道，蓝色文件夹里的文件是给书记看的，黄色文件夹的文件是给其他常委看的。

陈泠雨说："阎书记，好消息。"

阎子丹抬起头，放下手里的笔说："小陈，什么事这么高兴？"

陈泠雨打开文件夹，轻轻摊开在阎子丹面前说："阎书记您看，省委办公厅充分肯定了我们对事业单位改革的做法和集资搞农房改造的"安农工程"、'安教安学工程'的做法，省卫生厅、农业厅和教育厅还让下面联合调研，说要把我们大平作为改革试点县来抓呢。"这是经历过多少争议才得来的一声肯定啊，阎子丹心潮澎湃，嘴里却淡淡地说："这是好事。小陈你还记得我跟你说过的话吗？只要心里装着群众，上级迟早会理解我们的。"

阎子丹问："城镇居民安居工程的报告写好了？尽快拿出初稿，我想看看。"鉴于近年来群众关注的房价问题，阎子丹决定响应民声，做好这项重要工程。他要求县委调研室领衔调研，借鉴"安居工程"的做法，再参考重庆模式的做法，研究实行"城镇居民安居工程"，目标是让双职工家庭收入在5年内买得起普通商品房。为此，阎子丹提出了两个参考量化指标：一是在"十二五"规划期间，大平城镇双职工家庭平均5年收入能买套80平方米的普通商品房；二是在"十二五"规划期间，严控新建商品房价格增速，目标是控制在低于城镇居民人均可支配收入增速的2%~3%。要力争房价少增或不增，努力保持长期稳定。

陈泠雨笑笑，轻轻再翻了几项文件，下面正是《关于在大平县实施城镇居民安居工程的调研报告》。阎子丹高兴起来，说这么快就写好了，放这里我慢慢看。陈泠雨悄然退出去。

阎子丹拿起笔，边看边圈点，对这个调研报告很是满意。根据陈泠雨领衔的调研组的数据估计，大平县城主城区目前职工家庭平均10年左右的收入能买套80 平方米的普通商品房。报告提出：一要制订切合大平县实际的“十二五”规划期间的公租房计划，确保每年适当竣工交付使用一批，适当按时开工一批。从而保障约30%的包括新生代大学生、新城镇居民和中低收入城镇居民住房的需要。二是制订大平房产税征收方案，确定纳税范围和对象后报省市有关部门批准实施。三是要研究商品房核价的规范流程和标准，确定合理的利润空间，打击房地产暴利。

刚刚看完，县委组织部部长顾阳胜后脚就进来了。他是来汇报副科级以上干部全部重新竞争上岗的实施方案的。

阎子丹对方案并不满意。他对于这次副科级以上干部全员重新竞争上岗的事是下了决心的，那就是要有利于破除一些人在改革开放的新形势下仍然用老眼光看人、用旧尺子量人和对年轻干部求全责备、嫉贤妒能等陈旧观念；培养选拔优秀青年，要营造一种开明、包容的社会文化环境。他对顾阳胜说：“郡县治，天下安。老顾我们这些七品芝麻官守土有责，肩上的担子可不轻呐。能不能负起人民交给我们的这个责任，还看我们这个干部队伍得不得力了。我们在这方面有过教训啊，过去由于对干部的提拔和任用上没有坚持原则，没有科学化、规范化，像王德意、雷大江、傅有义他们把官场当市场，买卖官帽，毒化吏治，害了多少干部啊，最后还断送了自己的前程。你这次制订的方案大体可行，但是有些地方还要再斟酌，务必探索出一条公开、公平、公正、择优选拔干部的路子。因此请你们组织部牵头，和县委办、县府办以及人事局、劳动社保局一起，抓紧组织一个强有力的调研小组，集中时间，集中精力，研究拿出一个切合我们大平实际的全县副科级以上干部重新竞争上岗的实施方案，交我初审后提交县委常委会讨论。还是那个原则：公开、公平、公正、择优。不要设置太多的条条框框，越多人参加竞争越好。从方案的公布、人员的报名开始，要让广大群众全程参与监督，防止小圈子里选领导，我们要在全县人民群众的眼皮子底下赛马，把千里马挑出来，把群众喜欢的干部选拔到各个领导岗位。我看谁还敢买卖官帽！”

顾阳胜频频点头。阎子丹继续说：“老顾啊，这次我们必须下决心，必须打破传统权力交替、干部选拔的“惯例”，真正让群众有更多的知情权、参与权、监督权，甚至否决权！要摸索出经验来，以后形成新的惯例，我的设想是这样：第一步是在电视上进行选拔公告；第二步是把初始推荐权交给群众，让群众来推荐初始人选；第三步在初始人选当中进行公开考试、考核，按照考试、考核的成绩，从中选择最优秀的作为候选人在电视上公示；第四步叫电视赛马，让候选人在电视上进行公开‘PK’，现场直播。这样，从整体上盘活全县干部队伍，既选拔了一批干部，又发现和储备了一批干部，为全县的发展提供源源不断的组织保证和人才支持。”

顾阳胜说：“‘PK’现场要有专家评委和观众评委，当然人员比例可以再斟酌，由专家评委和观众评委打分，专家评委和观众评委的评分权重也可以再研究。你看呢?”

阎子丹说：“好，就这么办，你迅速组织调研组下去听取意见和研究可能碰到的问题。我等你消息。”

大平的经济发展走上了正轨，这是阎子丹最欣慰的。他仰靠在椅背，思绪飘荡。

要说，这个世界真是奇妙。若干年前，大平还在王德意他们的主政之下，顺水河也是这么清澈，只是街上脏多了，社会有些乱。又更早几年以前，陈泠雨、陈凤儿、庄飞还在五柳镇的某所小学读书，一放学三人就搞在一起，疯打疯闹，一身泥一身水。而在县城的某个地方，也许还有一个外号叫“张大嘴”的小男孩，养尊处优，欺负小同学，在那时养成了自私、冷漠、满嘴粗话、桀傲不驯的一切不良习惯。胡媚初中缀学后无所事事，正为进入镇里的广播站而跟表哥雷大江闹情绪。而在某个遥远的山区，那时他阎子丹正在某所中学读书，周末还到农田里帮着爸爸妈妈插秧。他们对于社会本来都是一样无知，一样纯洁，一样懵懂，但都在某个时刻走进大平这个山区县，走进花样翻新而又复杂多变的生活洪流里，这便是生之因缘，虽然有善缘，也有恶缘。

在省城的柳依依一边操持家务，又常常挂念阎子丹，日子过得忙碌却也满足。这天柳依依走进律师事务所的办公室，她刚刚坐下，发现桌子上有一封信，打开一看，原来是邀请函。只见上面写着：

尊敬的柳依依女士：

您好。

2XXX年，阎子丹同志履新大平，“整顿治安”，励精图治，行非同